ROBERT HOLDSTOCK
Os Reis Partidos

ROBERT HOLDSTOCK

Os Reis Partidos

O Terceiro Livro de Merlin

Tradução
Fal Azevedo

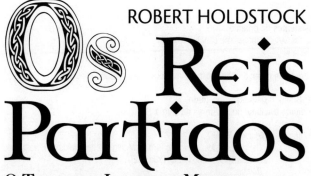

Título original: *The Broken Kings - Book 3 of the Merlin Codex*
Copyright © 2006 by Robert Holdstock

Todos os direitos reservados. Nenhuma parte desta obra pode ser reproduzida ou transmitida por qualquer forma ou meio eletrônico ou mecânico, inclusive fotocópia, gravação ou sistema de armazenagem e recuperação de informação, sem a permissão escrita do editor.

Gerente Editorial
Jiro Takahashi

Editora
Luciana Paixão

Editor assistente
Thiago Mlaker

Assistente editorial
Diego de Kerchove

Preparação de texto
Denise Dognini

Revisão
Rosamaria Gaspar Affonso
Rinaldo Milesi

Criação e produção gráfica
Thiago Sousa

Assistentes de criação
Marcos Gubiotti (projeto de capa)
Juliana Ida

Imagem de capa: Shaffer-Smith /Index Stock Imagery (RM)/Latinstock

CIP-Brasil. Catalogação-na-fonte
Sindicato Nacional dos Editores de Livros, RJ

H674r	Holdstock, Robert
	Os reis partidos: o terceiro livro de Merlin / Robert Holdstock; tradução Fal de Azevedo. - São Paulo: Prumo, 2011.
	(Merlin; 3)
	Tradução de: The broken kings
	ISBN 978-85-7927-119-9
	1. Ficção inglesa. I. Azevedo, Fal, 1971-. II. Título. III. Série.

11-0043.	CDD: 823
	CDU: 821.111-3

Direitos de edição para o Brasil: Editora Prumo Ltda.
Rua Júlio Diniz, 56 – 5º andar – São Paulo/SP – CEP: 04547-090
Tel.: (11) 3729-0244 – Fax: (11) 3045-4100
E-mail: contato@editoraprumo.com.br
Site: www.editoraprumo.com.br

Para os novos argonautas: Josh, Matilda, Callum, Louis, Rory e Toby. E para os três argonautas ligeiramente mais velhos: Kev, Kelly e Ben. Mares Abertos e Dias Felizes!

Agradecimentos

Obrigado a Abner, Howard, Jo, Malcolm, Patrick, Anne, Darren e Sarah, pois todos ajudaram a manter Argo na direção de um porto seguro.

Sumário

Prólogo: Partidos, Eles Sonham com Reis 9

Parte Um: Água do Poço 21

Parte Dois: Maior, Mais Nobre, Mais Terrível 97

Parte Três: Kryptaea 211

Parte Quatro: Dança no Chão da Guerra 289

Parte Cinco: A Bela Morte 389

Coda 511

Notas do texto 518

"O desconhecido *consome* homens como eu. Nós nascemos naquele lugar. Nunca poderemos saber seus limites. Nós desaparecemos ali."

Atribuído a Jasão, filho de Esão e capitão de Argo em *Argonautika*

Prólogo
Partidos, eles sonham com reis

No final da tarde, o último dos cinco carros de guerra atravessou ruidosa e rapidamente a passagem estreita em direção ao local de encontro combinado. O jovem que saltou do carro de guerra ligeiro, feito de vime, era alto e vestia roupas das cores vermelha e amarela de sua classe e seu clã. Seu manto tinha bordas roxas, com a imagem bordada de um lobo rosnando. Seu cabelo havia sido preso em uma trança elaborada que se enrolava em sua cabeça como se fosse uma coroa. O colar pesado em seu pescoço refletia o fim do dia em uma demonstração brilhante e luminosa.

Esse era Durandond, o filho mais velho do Rei Supremo dos marcomanos, uma das cinco federações que tiravam suas forças das florestas do norte e do grande rio Reno. Ele saudou seus irmãos adotivos que, àquela altura dos acontecimentos, já estavam todos bêbados, depois jogou suas armas dentro de seu carro de guerra. O condutor fez os cavalos se virarem cuidadosamente e depois foi se juntar aos outros condutores, que descansavam um pouco afastados, comendo, bebendo e contando histórias sobre a longa jornada rumo às montanhas ao sul.

O odor do ensopado de carne gorda temperada no vinho era uma maravilhosa recepção de boas-vindas para esse príncipe alto.

— Você está atrasado! — um dos outros quatro homens o repreendeu, à guisa de saudação.

Os Reis Partidos

— Não tão atrasado que não possa ajudá-los com esse vinho vindo da Grécia, espero — Durandond respondeu. Ele abraçou cada um dos irmãos, unindo seu rosto ao deles, depois inclinou a mais leve das duas ânforas de barro para que o vinho ácido enchesse sua vasilha.

— Ao destino, às descobertas... E às vidas ricas e mortes nobres de nossos pais! — Ele ergueu um brinde, repetido por seus companheiros, que riam.

Fartas porções de carne de cabra e uma grossa fatia de pão seco foram entregues a Durandond e ele comeu sua refeição sem que mais nada ocupasse sua mente, além do que conhecia como "satisfação" e bons auspícios. Chega de passar fome. Ele deu um tapinha em sua barriga. Sua jornada estava no fim. O homem-oráculo, que se autodenominava "Viajante" e que vivia perto dali, à distância de uma curta caminhada seguindo a passagem estreita, podia esperar até que o vinho glorioso tivesse relaxado seus braços e pernas e melhorado seu humor.

Esta não é a história de Durandond, nem de seus quatro amigos e irmãos adotivos. Não se apegue muito a essas personagens audazes e arrogantes. Eles são apenas espíritos. Mas suas sombras aterrorizavam a fábula a seguir, em particular a sombra desse último homem a chegar a um banquete simples: o último dos arrogantes, o último dos sedutores, o último dos homens jovens que sabiam de forma clara e inequívoca — pois tinham senso comum e haviam presenciado a morte de um homem mais velho — que o mundo deles estava para mudar.

Eles seguiram em fila única pelo desfiladeiro estreito e sinuoso, Durandond na frente, aproximando-se com muito, muito cuidado de cada desvio ou curva fechada que a trilha apresentava. Um fio de água serpenteava ao longo do caminho. Seus mantos se prendiam em arbustos de espinheiro e tojo. Raízes de olmos emaranhadas pendiam ameaçadoramente acima do caminho deles, projetando-se como serpentes adormecidas, verdes com sua cobertura de samambaias e com escamas feitas de fungos.

Por um longo tempo, eles andaram às escuras, porque o desfiladeiro tinha um trecho coberto. Mas, depois, Durandond levou-os até uma área aberta que culminava em uma caverna escura, com seu teto baixo e protuberante, de onde pendiam peles de cervo vermelhas, formando uma cortina, que, aberta, mostrava seu interior.

Um homem alto deu um passo, adiantando-se até o local iluminado. Era difícil precisar sua idade, pois seu rosto estava coberto por uma barba negra e espessa e oculto por uma massa de cabelos negros e lisos, cujas mechas, trançadas com conchas e pedras, pendiam sobre seus ombros. Mas seus olhos, brilhantes e joviais, pareciam extremamente curiosos enquanto passeavam lentamente pela fila de jovens príncipes. Ele vestia calças de camurça imundas e um casaco, e o manto de pele de urso gasto pelo inverno, jogado nas costas, chegava quase ao chão, e suas laterais eram presas com fivelas de bronze.

Em vez de um bastão, carregava um pequeno arco e uma aljava cheia de flechas. Quando os cinco jovens desafivelaram as bainhas de suas espadas e jogaram as armas no chão, ele jogou o arco e as flechas de volta para o fundo da caverna.

— Você é o Viajante? — Durandond perguntou.

— Sim.

— *Esta* é a caverna do Viajante? — Ele deixou claro que não estava impressionado.

Os Reis Partidos

— Viajante. — O homem apontou para si mesmo. — Caverna do Viajante. Sim.

Durandond não conseguia esconder seu desapontamento.

— Ouvi falar tanto sobre você, esperava que sua caverna fosse maior e estivesse tomada de magia e por aquisições proféticas amealhadas em suas andanças.

— Tenho muitas cavernas. Preciso ter. Eu *vago pelo mundo*. Eu chego a lugares muito, muito distantes. Eu dou voltas e mais voltas ao redor do mundo. Venho fazendo isso há tanto tempo que pude até mesmo testemunhar as mudanças na face da lua. Eu lamento se o desapontei. Foi por isso que vieram até aqui? Para discutir as minhas "aquisições proféticas"? Para falar sobre a decoração da minha caverna?

— Ah, não. Não mesmo.

— Então, contem-me quem são vocês.

Durandond apresentou-se e aos seus companheiros. O cheiro de gordura rançosa, de urina de cavalo e cabelo sujo era quase repulsivo para esses filhos de reis, que eram meticulosos com sua higiene, que se mantinham limpos e bem arrumados nos mínimos detalhes. Mas eles ignoraram a repulsa que sentiam por esse homem ao mesmo tempo jovem e velho, enquanto ele se acomodava em um banquinho de três pernas feito de carvalho e se inclinava para a frente, apoiado em seus joelhos, indicando com a cabeça aos jovens que fizessem o mesmo.

Eles não se sentaram, pois isso teria sido muito pouco digno da parte deles. Eles se abaixaram, apoiando um joelho no chão, mantendo a outra perna flexionada. Depois, um por um, colocaram presentes simples no chão diante de si. O vidente examinou a comida e a bebida, o arpão curto, a faca de bronze e o manto de lã verde.

— Obrigado. Vou me deliciar com esse ensopado e com o vinho. E o resto será muito útil. O que eu posso fazer por vocês? Ah, e devo alertá-los: eu não olho longe demais no passado; e não exerço influência nas mudanças que virão a ocorrer. Eu olho para o futuro, mas de forma muito simples. Eu dou conselhos, faço advertências, ajudo as pessoas a se preparar para as mudanças. Nada além disso. O preço de qualquer outra coisa é alto demais. Não para vocês, mas para mim.

— Sim — respondeu Durandond —, realmente, ouvimos dizer que você prefere poupar seus talentos a usá-los. — Ele falou com uma arrogância indiferente às consequências de suas palavras, muito apropriada a um campeão e futuro rei. — Mas isso não importa. Todas as nossas perguntas são as mesmas.

O Viajante deu um leve sorriso ao ouvir esse comentário. Então, ergueu as mãos, os dedos abertos, convidando aqueles homens a usar os talentos dele.

Os cinco príncipes sortearam a ordem em que falariam. Radagos se levantou.

— Bandos de rievos, ainda que em menor número, estão se juntando para tomar a fortaleza de meu pai junto ao rio Reno. Meu pai e eu nos lançaremos pelo mundo tentando reunir uma elite de campeões. Seremos os primeiros a arremessar nossas lanças e erguer nossos escudos contra essas fileiras de soldados covardes. No final da batalha, serei eu um rei ou ainda o filho de um rei?

O viajante balançou a cabeça de um lado para o outro, olhando diretamente para Radagos com seus olhos frios como o ferro.

— Nem um, nem outro — disse ele. — Seu reino será devastado. Você terminará como um cão infeliz, apavorado, imerso em seu próprio sangue, urrando enquanto foge para o oeste,

Os Reis Partidos

sempre à procura de uma pedra sob a qual possa esconder sua carcaça miserável, uma caverna para onde possa se arrastar, um buraco de árvore onde possa se enrolar como um inseto, até encontrar-se em segurança em outro reino.

Radagos pareceu chocado e atônito por um instante.

— Não, esse não será meu destino. Não farei nada do que diz! Independentemente de meu pai viver ou morrer, eu não me tornarei isso que viu. Você está errado — rosnou o jovem príncipe. — Aqui. Pegue a sua faca! — Ele chutou a pequena arma na direção do homem sentado. O viajante a apanhou para então jogá-la para trás. Radagos virou-se e saiu intempestivamente da caverna, tomando o caminho de volta pela estreita passagem, enquanto gritava palavrões.

Foi então a vez de Vercindond fazer a segunda pergunta. Ele se levantou, segurando com a mão direita a barra enfeitada de seu manto roxo, e perguntou:

— Quando eu vencer o desafio para enfim suceder meu pai, e tiver o controle da cidadela dos vedilícios, por quantos anos haverá paz entre nós e os chefes de menor importância de meu país?

O vidente balançou a cabeça novamente.

— Seu primeiro ato como rei dos vedilícios será fugir para o oeste, deixando para trás o que restou de sua fortaleza consumida por fumaça e cinzas e aqueles a quem mais amou, encontrando a morte certa na ponta de cordas. Você sofrerá muito, e se lamentará até chegar a outro país.

Vercindond, por alguns instantes, ficou parado diante do viajante, meditando sobre o que acabara de ouvir, até que encarou o velho.

— Não. Eu não concordo. Sua Visão está incorreta. Além disso, existe uma *determinação* sobre minha vida desde meu nascimento, que diz que quando eu viajar para o oeste será num carro de guerra e na companhia de cinco mulheres de cabelo vermelho. Alguns até mesmo diriam que essa é uma maldição a ser quebrada! Seja como for, na hora da minha mais longa jornada, a da minha morte, a viagem ao Reino das Sombras dos Heróis, não há menção de cordas e cadáveres. Não, você está enganado. Bem, mas aqui está, coma seu ensopado, de qualquer forma. Talvez o ajude a aguçar sua Visão.

O jovem aparentava estar bem calmo, mas também muito bravo. Ele seguiu o mesmo caminho tomado por Radagos e deixou a caverna do viajante.

Cailum deu uma olhada para Durandond, franzindo levemente a testa, depois levantou-se, segurando seu arpão de pesca com pontas letais de marfim. Ele encarou sua arma por alguns segundos, testando-a com seus dedos afiados. Só então ele encarou o viajante.

— Eu pretendia fazer uma pergunta diferente das perguntas feitas pelos outros. Mas todos os meus instintos e o bom senso incutido em mim pelos meus professores druidas — ou, pelo menos, a parte da qual consigo me lembrar das lições — dizem que a resposta à minha questão ainda envolve minha ida para o oeste, em busca de outra terra. Esse parece ser o padrão. Então, minha pergunta é: o que eu posso fazer para ficar no leste?

— Nada — o viajante respondeu. — Seu destino está no oeste, seu destino está traçado. Suas terras arderão às suas costas. Sua cidadela se tornará território de caça para animais selvagens famintos.

Cailum aproximou-se do viajante e se inclinou em sua direção, estremecendo ao ser atingido pelo odor fétido exalado pelo vidente como uma força elemental. Ele colocou o arpão no colo do Viajante. Os olhos dos dois homens se encontraram.

Os Reis Partidos

— Nunca — Cailum disse em voz baixa. — Eu jamais irei para o oeste da forma como você previu. A fortaleza é uma herança, meu lar, o lugar onde nasci. Um dia será minha sepultura. Só deixarei minha colina e minha fortaleza depois que esta lança arrancar as entranhas da lua. Pela mão bondosa e forte de Belenos, e pelo coração de Rigaduna, eu desejo que sua profecia seja desenrolada e passada em volta de seu pescoço.

Ele se virou abruptamente. O viajante passou a mão cuidadosamente pelo pescoço e depois sorriu por detrás da barba.

Durandond havia deixado para formular sua questão por último. Assim sendo, Orogoth levantou-se, trazendo consigo a jarra de vinho do sul. Ele a sacudiu e sorriu, e depois a entregou ao vidente.

— Isto servirá apenas para embaçar a sua Visão — ele disse.

— Então, creio que não vou fazer minha pergunta, afinal. Como meu irmão adotivo, Cailum, suspeito já ser capaz de adivinhar sua resposta. E ouvir a palavra "oeste" não vai me cair bem. Falando nisso, em que direção fica o oeste neste lugar? Talvez eu deva começar minha jornada já.

Ele riu, cofiou o bigode num gesto insolente e depois deu as costas e se retirou para a passagem estreita, não sem antes piscar para Durandond com uma expressão divertida estampada em seu rosto queimado pelo sol.

O quinto dos príncipes impetuosos levantou-se por fim, segurando em suas mãos o manto verde que trouxera de presente para o oráculo. O Viajante o mirava sem nenhuma expressão. Durandond perguntou:

— Você tem um nome?

— Eu sou muito velho. Estou neste mundo há muito tempo. Já tive muitos nomes.

— Um caminho em volta do mundo, você disse. Isso deve levar um longo tempo para ser percorrido.

— Ah, sim, leva. E eu já dei muitas e muitas voltas ao redor do mundo. Algumas partes do Caminho — nas Terras do Norte em particular — são realmente muito difíceis. Bem, eu não gosto do frio, na verdade nunca gostei. Algumas vezes abandono minha rota para ir a lugares interessantes; algumas vezes eu até mesmo permaneço nesses lugares por uma geração ou mais. É ótimo para combater o tédio. Eu venho de um mundo com florestas e planícies, campos de caça que você mal pode imaginar, um lugar repleto de um tipo de magia que seria incompreensível para você, um mundo composto por vários níveis, cheio de espíritos e de entes que você chamaria de deuses em várias formas estranhas e maravilhosas. É invisível agora, mas conforme minhas vidas vão sendo perdidas, elas retornam para lá. Um dia voltarei àquele lugar. A cada século, porém, os lugares pelos quais viajei foram se tornando cada vez mais interessantes para mim. Vidas antigas precisam esperar enquanto vidas novas são forjadas.

Durandond pensou muito sobre isso, perplexo, certamente, mas também interessado, como se estivesse se divertindo por estar na presença de tal mistério. Depois de alguns instantes, balançou a cabeça, ergueu o manto verde e entregou-o nas mãos do viajante. Depois, deu um passo para trás, atando seu próprio manto sobre seu ombro esquerdo e puxando-o em volta e prendendo-o na altura do abdome. Ele inclinou a cabeça em sinal de respeito, depois recolheu a bainha contendo sua espada e passou seu cinto por ela.

Foi a vez de o Viajante ficar atônito, surpreso pela súbita desistência.

— Você não tem nenhuma pergunta a fazer?

Durandond assentiu com a cabeça; sim, havia uma pergunta que gostaria de fazer. Seus olhos claros se estreitaram. Ele coçou o queixo com a cabeça inclinada, talvez ouvindo o futuro.

Os Reis Partidos

— Sim, eu tenho uma pergunta. Quando estiver em outro país... Quando estiver no oeste... — ele hesitou por um momento, antes de acrescentar em voz baixa: — Qual é a primeira coisa que vou fazer?

O Viajante riu e ergueu-se de seu assento de madeira. Ele baixou os olhos para o seu presente e depois disse:

— Você encontrará uma colina verde como a lã deste manto. Você vai subir essa colina. Então, proclamará essa colina como sua. E, por fim, começará a construir.

— Uma fortaleza?

— Mais do que isso. Muito mais do que isso.

— Muito mais do que isso — repetiu o jovem príncipe, pensativo, com o olhar distante. — Muito mais do que isso. Gosto do som dessa frase.

Seu olhar esteve distante apenas por um momento. Ele olhou para mim como se questionasse. Estava curioso, preso entre a incerteza e a excitação pelo que deve ter soado como uma profecia profunda.

— Eu o verei novamente? — ele perguntou.

Como eu poderia responder àquilo? Eu nunca olhava para o meu próprio futuro. Era perigoso demais. Não havia a menor sombra de dúvida de que eu estaria presente em seu mundo durante toda a sua vida. E durante a vida de seu filho. E durante a vida do filho de seu filho. Não havia a menor dúvida.

E, séculos depois, encontrei a colina verdejante que fez parte de minha Visão e vivi por alguns anos na grande fortaleza de Alba que aquele jovem prudente e curioso erguera das cinzas de sua vida. Taurovinda.

Minha chegada a Alba marcou o final de minha extensa viagem, o final de minha caminhada ao longo de meu Caminho.

Alba me acolheu, e o espírito de um futuro rei começou a me perseguir e a me transformar. Mas essa é outra história, deve ser contada em outro momento. Eu ainda estava apegado aos meus novos amores e aos meus primeiros amores: e um dos meus primeiros amores era lindíssimo, muito lindo realmente. Esta é tanto a história dela quanto dessa terra para a qual um dia ela havia voltado coberta de vergonha.

Um dia, durante um verão fresco...

Parte um
Água do Poço

1
Presságios

...Argo, o barco encantado de Jasão, voltou para Taurovinda, a Fortaleza do Touro Branco, um ano depois de ter saído dali. A embarcação voltou ao longo do rio conhecido como "O Sinuoso". Eu sempre soube que o barco voltaria, mas, durante um ciclo de estações, Argo deixou-se ficar, descansando calmamente nas águas que ficam logo abaixo da colina da fortaleza: as nascentes, os riachos e afluentes ocultos que ligavam Taurovinda ao outro mundo, ao Reino das Sombras dos Heróis. E, durante um tempo, eu mesmo não soube da permanência do barco ali.

Jasão e aqueles que fizeram parte da tripulação de argonautas estavam sob a proteção de Argo, abaixo do convés, perto do Espírito do Barco, o coração da embarcação. Argo cuidou deles: seu capitão, sua tripulação composta de homens vindos de vários lugares do mundo conhecido e alguns vindos de outros tempos e eras. Talvez a embarcação considerasse aqueles homens seus filhos.

Mas por que o barco havia retornado? Quando me dei conta de que Argo estava ali nos subterrâneos, ele se fechou às minhas gentis indagações, mantendo-se quieto, negando-me acesso ao seu espírito logo depois de me cumprimentar. Por que Argo havia deixado os quentes mares do sul e voltado para o mundo subterrâneo de Alba?

As estranhas mudanças nos santuários da fortaleza deveriam ter me ajudado a entender o que estava acontecendo.

Niiv, a feiticeira da Terra do Norte, filha de um xamã — banida de minha vida desde que eu a encontrara pela primeira vez com Jasão —, havia se juntado às mulheres que cuidavam do poço. Havia quatro delas ali, todas jovens, meio selvagens, desgrenhadas, capazes de dar risadas e gritos de surpresa, ou berros de horror e desespero mais perturbadores e assustadores. Toda essa gritaria produzida por "aqueles que veem longe e veem mais" tornava essas guardiãs das águas sagradas tão irresistíveis, tão dissociadas das pessoas que viviam ali por perto.

Niiv, na época, havia se tornado minha amante. Dividia comigo meus modestos aposentos na fortaleza, mas não minha cabana no coração da floresta, perto do rio, um espaço para se viver entre os mortos honrados.

Nas primeiras horas de cada manhã, quando ela se arrastava atrás de mim, procurando-me para satisfazê-la, ela cheirava a mistério. O odor de terra antiga e seiva azeda enchia nosso pequeno quarto. Nós vivíamos perto do pomar vigiado onde Aqueles Que Falam Pela Terra, Pelo Passado e Pelos Reis — os homens de carvalho, como eram conhecidos — realizavam suas cerimônias. Nossas cerimônias particulares eram bem mais barulhentas. Niiv era primitiva e ávida. Ela irradiava felicidade. Certas ocasiões, ela brilhava mais que a lua.

Enquanto ela fazia uma busca em meu corpo, seus gritos de prazer lembravam outros de seus gritos recentes: a forma como também havia esquadrinhado o mundo dos espíritos durante seu tempo junto ao poço. Quando finalmente caía sobre mim, seu suspiro suave se devia mais ao seu crescente entendimento da magia do que à minha débil presença dentro dela.

Eu a amava, eu a temia. Ela havia aprendido a me desprezar o suficiente para me manter sempre por perto. Niiv tinha consciência de que eu sabia o que ela estava fazendo. Mas isso não importava para nós. A provocação só aumenta a paixão.

Todos os sinais davam a entender que a forma como a colina que sustentava a fortaleza de Taurovinda estava despertando indicava que o perigo viria do oeste, de além do sagrado rio Nantosuelta — O Sinuoso —, do Reino das Sombras dos Heróis.

Para Urtha, Rei Supremo dos Cornovidi, e para Aqueles Que Falam Pelo Passado — ou druidas — e Altas Sacerdotisas, os sinais eram repentinos e dramáticos. Enormes nuvens de tempestade de formatos estranhos e pouco naturais pairavam acima da colina antes de se espalharem de repente em todas as direções; depois se ouvia um estrondo, como um estouro de boiada, mas não havia gado visível em lugar nenhum. Aconteciam outras manifestações físicas, apavorantes e sugestivas. Mas havia sinais bem mais sutis da mudança que estava ocorrendo, e eu estivera atento a eles por quase todo um ciclo da lua.

O primeiro fenômeno foi o movimento retrógrado das criaturas. Quando um bando de pássaros voa pelos céus é fácil ver apenas sua sombra sem notar que o bando está voando de costas. A gazela parecia ser engolida pela floresta, puxada para dentro do verde em vez de simplesmente sair de nosso campo de visão. Ao amanhecer, quando despontavam os primeiros raios tímidos de luz, os maiores cães de caça de Taurovinda pareciam acovardados. Agiam como se estivessem encurralados, enfrentando um agressor que não podia ser visto, e recuando com o andar endurecido, de costas, em direção às sombras das quais tinham saído para caçar.

Os Reis Partidos

Esses momentos de desorientação passavam tão rapidamente quanto começavam, mas em minha mente não havia nenhuma dúvida de que o passado e o futuro estavam se entrelaçando de forma mortal.

O segundo fenômeno que indicava a aproximação de mudanças eram as charadas. De novo, elas passavam tão rapidamente quanto haviam se manifestado. Uma saudação rápida, uma observação sem importância do ferreiro para seu aprendiz, e de repente as palavras tornavam-se incoerentes apesar de terem sido ditas com a intenção de fazerem sentido. Soavam desconexas aos ouvidos, eram apenas uma sequência de sons guturais que nada significavam. Mas quem as proferia não encontrava dificuldade nenhuma nessas palavras, que saíam de sua boca normalmente, como se estivessem possuídas por um idioma há muito esquecido — o que, de fato, havia acontecido.

Eu conhecia muito bem aquilo tudo.

Quando comecei a notar que o Tempo nos pregava peças, procurei por uma porta de entrada na fortaleza. Primeiro, fui até o pomar, onde as árvores eram guardadas por Aqueles Que Falam Pelos Reis, um bosque cerrado de árvores frutíferas, aveleiras e bagas, escondidas atrás de uma cerca alta, trançada em vime e espinheiros, densa o suficiente para impedir mesmo o mais hábil dos animais de invadir seu interior. As árvores floresciam, seus galhos se espalhavam em direção ao sol poente. Não havia nada de anormal acontecendo por lá.

Depois, fui até o poço.

Esse poço ficava no centro de um labirinto de paredes altas escavadas em pedra. No coração do labirinto, havia um bosque de carvalhos-anões, cobertos de musgo verde, com ramos cheios de líquen. Dentro do bosque, uma mureta feita de pedra guardava a nascente.

Em volta do poço, estavam dispostos alguns bancos feitos de pedra cor-de-rosa translúcida; eram familiares para mim, eu já os vira, não em Alba, mas em países que ficavam ao sul — o quente, o seco e muito mais perfumado sul: Massalia, Córsega, Creta. Aquelas eram as terras dos ma'za'rai — os caçadores de sonhos — que vagavam pelas florestas das colinas durante a noite proferindo maldições e recebendo maldições também. Como os ma'za'rai daquelas ilhas tão distantes, as três mulheres que guardavam o poço de Taurovinda podiam ser vistas com certa frequência correndo como lebres pela colina na escuridão da noite, alimentando-se de insetos e pequenos animais, saltando como cães loucos para apanhar uma ave durante o voo, assumindo formas estranhas, apesar de, ao amanhecer, já serem novamente maliciosamente bonitas como eram aos dezesseis anos.

Quando uma das guardiãs partia, sem dúvida nenhuma submergindo no poço, em direção às águas subterrâneas que ligavam a fortaleza ao Outro Mundo, uma nova guardiã chegava. Mas certo dia uma quarta mulher se apresentou, sem que nenhuma das três anteriores tivesse partido. As três guardiãs do poço se tornaram quatro, sem prejudicar os muitos encantamentos que cercavam aquele lugar.

A nova mulher era Niiv.

Depois dos primeiros sinais de que as Sombras dos Heróis estavam novamente em atividade, eu ia dar uma olhada nas mulheres todos os dias. Elas passavam a maior parte do tempo sentadas em seus bancos de cristal, observando a garganta aberta da colina, ocasionalmente jogando pedras manchadas de sangue ou tranças feitas de grama e ervas na abertura e narrando em voz alta seus pressentimentos, o que elas chamavam de "visões gloriosas", *a visão da estranheza, so-*

Os Reis Partidos

nhos distantes. A água, quando respondia, borbulhava na superfície, quase brincalhona, e então uma louca celebração começava. Não me agradava testemunhar tais atividades. É suficiente dizer que as mulheres manipulavam a água e lhe davam formas. Aquilo era bem normal. Atividades mágicas que envolviam a água eram prática comum desde antes de a cidadela ser construída em cima da colina.

Mas certo dia, em particular, eu observei as mulheres de um lugar discreto. Saberiam elas da minha presença? Niiv, talvez, mas Niiv confiava em mim, acreditando que eu confiava nela. Elas estavam excitadas, espiando a abertura do poço, obviamente confusas com algo.

Dessa vez, quando a corrente subterrânea alcançou a superfície, foi na forma de uma violenta explosão de água que expressou sua raiva rugindo desde as profundezas, espalhando-se pelo ar e atingindo as ninfas que a conjuraram. Ela se curvou e tremeu, uma criatura esperando, observando, músculos líquidos balançando como uma árvore líquida, tocando e testando a mulher que tremia.

Devagar, elas foram reunindo coragem, Niiv aparentemente mais ousada que as outras. Elas deixaram que a copa da árvore de água as envolvesse, estreitando-as em um abraço. E quando elas estavam todas cobertas pelo sangue da terra, o mundo das profundezas da colina começou a trespassar a superfície do poço e a se mostrar, revelando o que estava enterrado lá.

Rostos de um passado ainda mais antigo que Taurovinda olhavam maliciosamente da água, olhos que não piscavam sumiam tão logo conseguiam espiar o mundo dos vivos.

Essas estranhas formas, que certa vez já foram seres vivos, essas memórias de homens e mulheres, haviam se tornado espíritos elementais. Quando a carne as abandonou, elas decaíram e se tornaram meros sonhos, vultos que assombravam as pedras abaixo da colina; algumas fugiram, abandonando a água para seguir os pássaros, dispersando-se no ar. Outras afundaram de volta ao lugar de onde haviam vindo, preferindo permanecer em descanso.

Cavalos também emergiram do poço, as crinas ondulando, fazendo que as guardiãs se abaixassem, gritando à medida que aqueles espectros cinzentos saltavam sobre elas, para depois desaparecerem no labirinto de pedra. Depois vieram os cães de caça de todos os tamanhos e formas, mas usando focinheiras, prontos para caçar, os pelos das costas eriçados, os corpos agitando-se na água com rapidez conforme se aproximavam das paredes do poço, latindo ferozmente e depois uivando enquanto desapareciam no mundo dos homens, sombras apenas, mas vivos novamente.

Cães de caça e cavalos, sepultados com seus reis, agora procuravam por trilhas-fantasmas, para sair à caça de animais selvagens.

E então eu vi pela primeira vez o eco de um velho que fora enterrado ali, o fundador da cidadela: Durandond.

Ele se ergueu, nu e desarmado, um espectro feito de água aparentando estar na meia-idade, mais velho do que era quando ouvira minha profecia tantas gerações atrás, mas ainda muito distante de como ele seria no momento de sua morte brutal.

Ele olhou na direção do leste, onde ficava seu primeiro lar, a terra onde nascera, e depois olhou para os céus. Seu olhar teria encontrado o meu quando ele se virou para avaliar a proteção de pedra que cercava o lugar? Eu não saberia dizer.

Inicialmente, a expressão no rosto de Durandond era de tristeza. Depois, transformou-se em ódio, como se esse espírito, esse fantasma

Os Reis Partidos

líquido, estivesse consciente daquilo prestes a tomar mais uma vez sua orgulhosa fortaleza.

A água perdeu a forma. Durandond retornou à sua câmara de ossos abaixo da colina.

O momento havia passado.

2
Os filhos de Llew

Na terceira manhã, o sol pareceu romper a madrugada em direção ao oeste, um repentino brilho dourado contra a escuridão da noite. Esse brilho esmaeceu tão rapidamente quanto surgiu, apenas para aparecer de novo repetidas vezes, como que se movendo através da floresta que separava a fortaleza do rio sagrado e do desconhecido reino além.

Quando a verdadeira madrugada se instalou, então bandos de pássaros se levantaram da floresta em indignação, e o faiscar intermitente continuou, até alcançar a planície de MaegCatha — a planície da Batalha do Corvo — na forma de um carro de guerra brilhante, ocupado por dois jovens que gritavam e guiado por um par de cavalos de crina vermelha.

Um desses jovens descontrolados estava inclinado sobre as rédeas, o outro, montado no carro de guerra, pés encaixados nas laterais do carro de metal, nu, a não ser por um manto escarlate curto, um colar de ouro que trazia no pescoço e o cinto preso à cintura. Ele segurava uma lança fina em uma das mãos e uma trompa de bronze na outra. No momento em que o carro de guerra dourado atingiu uma pedra e deu uma guinada abrupta, perdeu o equilíbrio; iniciou-se uma discussão veemente, embora o condutor de cabelos amarelos e escorridos risse enquanto açoitava os cavalos.

Os Reis Partidos

O carro de guerra corria através da planície; o chamamento grave da trompa já soara; a multidão reunida no forte fugiu, dando a volta nos muros, seguindo os cavaleiros selvagens quando eles passavam na direção do norte, por entre colinas e florestas, antes de se voltarem para o lado leste da planície e se aproximarem da estrada tortuosa que contava com cinco enormes portões. Um por um, os portões se abriam à medida que os jovens triunfantes avançavam pelo caminho escarpado, para depois irem se fechando atrás deles.

Eles chegaram a Taurovinda, mas tiveram de fazer os cavalos darem três voltas pelo lugar até que os fogosos animais se acalmassem. Os rapazes pularam para fora do carro de guerra afivelando seus kilts e mantos e tirando os arreios dos cavalos que resfolegavam, segurando os animais exaustos pelo focinho e acariciando-lhes a cabeça. Eles pareciam não perceber que Urtha e seus homens os observavam de perto, esperando para saudá-los.

— Bela corrida! — disse um deles.

— Excelente condução! — disse o outro.

O amanhecer avivou as cores do carro com rodas douradas, fazendo que parecesse arder em fogo.

Os rapazes ofegantes que acabavam de chegar a Taurovinda não eram outros senão Conan e Gwyrion, os filhos do grande deus Llew. Eram ladrões de carros de guerra, eu já havia me encontrado com eles em outras ocasiões. Meio deuses, meio homens, eram os maiores ladrões do mundo e estavam sempre sendo perseguidos por seu pai e seus tios, todos enfurecidos com eles — o deus Nodons, em particular. De fato, lá estava, na lateral do carro, o rosto barbado e de olhos sombrios de Llew, uma imagem que parecia se contorcer, cheia de fúria renovada e de promessas silenciosas de revide.

O dom daqueles rapazes era serem incapazes de apresentar qualquer bom senso ou sinal de medo, até que um julgamento mais severo lhes invocasse terror semimortal. E, ainda assim, eles voltavam todas as vezes, animados como sempre.

Os irmãos se curvaram diante de Urtha, depois Conan me viu e sorriu.

— Bem, Merlin! Como você pode ver, nós escapamos novamente daquele velho bastardo a quem chamamos de pai! Embora, dessa vez, tenhamos pago um preço alto por tudo que fizemos.

Ele ergueu a mão direita e seu irmão Gwyrion fez o mesmo. Seus dedos mínimos haviam sido cortados e substituídos por uma tala de madeira.

— Este é um pavio com o qual ele disse que irá incendiar nossos corpos da próxima vez que ele nos apanhar — disse o mais velho dos irmãos. — Mas é um preço pequeno a pagar por nossa liberdade.

— Nossa curta liberdade, ao que tudo indica — acrescentou Gwyrion.

— Mas vai demorar um bom tempo para que ele note que seu carro desapareceu, assim como seus dois cavalos! Hoje em dia, ele passa a maior parte do tempo dormindo. E nós podemos ultrapassar até mesmo o Sol!

Urtha disse-lhes que pareciam estar correndo *na* direção do Sol. Os jovens ergueram os olhos para o céu, depois olharam para o leste e em seguida iniciaram uma discussão breve e furiosa, cada um deles acusando o outro de ser estúpido, antes de fazerem uma pausa e caírem na gargalhada.

Gwyrion levou os cavalos para o estábulo, o carro foi coberto, e Conan veio até mim. Ele havia envelhecido muito. Agora tinha linhas de expressão nos cantos dos olhos, e sua barba que, apesar de ter sido feita, já despontava, estava cheia de fios

Os Reis Partidos

cinzentos em meio aos pelos vermelhos de sempre. Ele parecia abatido, mas ainda forte. Da última vez em que eu me encontrara com essa dupla temerária, eles aparentavam ser dez anos mais jovens do que agora, apesar de o encontro ter sido apenas há dois anos, aproximadamente. Essa era a natureza capciosa da Terra dos Fantasmas, onde eles estiveram presos.

— Merlin — ele disse —, nós atravessamos o Vau do Presente Impressionante. Mas há uma *hospedaria* lá, agora. A hospedaria foi erguida novamente. Isso não se vê desde que a planície em torno de Taurovinda era uma floresta. Há algo errado. Entramos no lugar, claro. Esperamos lá um pouco, na Sala das Lanças de Derga. Ficamos hospedados lá. A hospedaria fica em uma ilha, no meio do rio. Não é um lugar ruim. Muita comida e muito jogo. Mas não é essa a questão. Havia um homem lá que disse conhecer você. Ele quer que você vá até lá e se sente ao lado dele no banquete. Mandou que lhe dissesse o nome "Pendragon", disse que você o reconheceria por esse nome. Ele disse que por ora a hospedaria é segura, mas que já havia centenas de homens nos vários quartos do lugar, e que muitos deles estavam em uma espécie de conselho silencioso. Gwyrion e eu tivemos de nos apressar e retomar nosso caminho, antes de termos a chance de investigar mais a fundo do que se tratava aquilo tudo. Tudo por ali é muito suspeito.

— Suspeito em que sentido? — perguntei-lhe.

Olhando em volta, ele murmurou:

— Eles estão cruzando o rio pelo lado errado. — Não seria demonstração de grande inteligência falar abertamente sobre as hospedarias, nem mesmo para um semideus. — Ou essa é a explicação — disse ele —, ou eles são o tipo errado de cliente. Gwyrion e eu podemos cruzar em qualquer direção. As Sombras dos Heróis não podem.

Comecei a entender o que ele queria dizer: algumas hospedarias no rio — incluindo essa sobre a qual falávamos — haviam sido construídas para abrigar viajantes que vinham do mundo dos vivos e iam em direção ao reino dos mortos. Isso era muito comum. Outras, porém, eram pontos de encontro para evitar que aqueles que vinham do reino dos mortos voltassem para as terras onde haviam vivido. Essas hospedarias eram lugares temíveis. Conan estava sugerindo que a Hospedaria do Presente Impressionante estava comprometida.

Dei-me conta de repente de que a mão de Conan estava em meu ombro e de que ele parecia intrigado. Eu estivera sonhando acordado e ele estava me chamando de volta.

— Obrigado por sua informação — eu lhe disse, mas ele balançou a cabeça, ainda perplexo.

— Esse Pendragon. Um "rei à espera", se é que eu saberia reconhecer um. Ele conhece você. E ele faz parte dos Não Nascidos. Você sabe disso?

— Obrigado — repeti. — Sim, eu sei disso.

— Ele sabe coisas sobre você que ainda nem aconteceram. Você sabia disso?

— Bem, isso não me surpreende.

A intensidade desapareceu do olhar do rapaz, e ele voltou a ser o mesmo jovem afoito e descontrolado de sempre, com seus olhos verdes brilhando ante qualquer possibilidade de cometer uma transgressão. Ele desistira de tentar me fazer responder à sua pergunta.

— Você é um homem estranho, Merlin. Não creio que algum dia eu seja capaz de entendê-lo, não antes de chegar o tempo em que me tornarei o Senhor e tomarei o lugar de meu pai, Llew.

— Bem, eu lhe digo o mesmo.

Os Reis Partidos

— Sim! Mas você não terá de lutar com seu irmão. — O rosto dele tornou-se sombrio. — Eu não aprecio o que está por vir, Merlin, quando irmão e irmão terão de lutar pelo carro de guerra sem poderem simplesmente roubá-lo.

Ele me deu as costas e foi em direção ao alojamento, para descansar nos aposentos do rei.

3
O ressurgimento das hospedarias

É privilégio da cria humana de deuses inumanos correr ou cavalgar em dorsos de cavalos ou em carros de guerra, através do mundo de sombras transitórias, o mundo dos homens, com uma indiferença jovial para seus encontros com o Outro Mundo. Para Conan, a existência da hospedaria no rio Nantosuelta era apenas mais uma parada para uma lauta refeição, uma boa noite de sono e uns poucos dias de apostas, ou jogos, talvez mesmo até uma aventura ao longo do caminho que o havia conduzido, e que ainda o conduziria, a tantos locais neste mundo ou naquele. Para os cornovidi, o povo que cultivava as terras ao redor da fortaleza, pessoas simples, que mantinham uma vasta área cercada por muros altos, a aparência da pousada teria sido assustadora.

Fazia mais de cinco gerações, pelo que entendi, desde que a Hospedaria do Vau do Presente Impressionante surgira pela última vez.

Decidi não revelar nada sobre as coisas das quais Conan me havia informado. Por algum tempo, pelo menos.

Mas enquanto eu fazia meus preparativos para viajar para o rio Nantosuelta, com o objetivo de investigar a presença de Pendragon, o cavaleiro Não Nascido — mais tarde, no mesmo dia —, um grito veio da torre de observação no muro oeste dizendo que os filhos do rei estavam voltando

Os Reis Partidos

da caçada, e cavalgavam a toda velocidade, como se estivessem fugindo do perigo!

Ao se aproximarem do portão do touro, seus guardiães, os guerreiros *uthiin,* dispararam e retornaram para a fortaleza. Kymon e Munda ergueram-se em suas selas, braços esticados, procurando nos muros altos acima por um sinal do homem com quem precisavam falar.

Esse homem era eu.

Munda conseguiu me ver e fez um sinal, depois ela e seu irmão cavalgaram com calma pelo caminho escondido através da planície selvagem, em direção à floresta, até a curva mais próxima do rio Nantosuelta.

Eu os segui e os encontrei discutindo. A briga entre eles parecia ser bem feia. Kymon agia como se estivesse intimidado e bravo. A garota parecia brilhar de suor com o calor da discussão e da cavalgada.

Quando me aproximei por entre as pedras, entre os montes baixos que cobriam os mortos, fiquei por um momento observando-os a distância. Kymon andava rápido, um pequeno rei, em suas cores de caça, manto curto e uma faixa de bronze justa representando uma coroa. Ele ainda não estava autorizado a usar um colar gaulês, mas trazia no pescoço que estava se tornando largo um pequeno símbolo pendurado em uma linha de couro com Taranis, o deus, o "Trovão da Terra".

Ele estava crescendo rápido, mal podia ter dez anos. Dez em anos de idade, mas quinze anos na postura e modos. Kymon ainda usava seu cabelo solto e havia pintado pequenas espirais vermelhas nos cantos dos lábios, simbolizando o bigode que teria em breve e que usaria com orgulho. Ele adorava caçar, correr e participar de todos os jogos. Talvez não fosse o jogador de bola ou de jogos de mesa mais refinado da fortaleza, mas certamente era um rapaz notável.

Ele era extremamente sério. Havia herdado muito de seu pai, Urtha, mas não o senso de humor daquele homem tranquilo.

A menina também era madura para a idade. Ela ainda não estava — como as Mulheres Supremas definiam de modo encantador — "no fluxo da lua". Mas não demoraria muito. Ela usava os cabelos e as roupas ao estilo da madrasta, a caçadora cita Ullanna, que se tornara a esposa de Urtha depois da morte de sua amada Aylamunda. O penteado era feito com três longos rabos de cavalo amarrados nas extremidades, sendo que o rabo de cavalo do meio era preso de modo que ficasse mais longo do que os outros. Ela raspou suas têmporas até o alto e passou uma tintura ocre. Vestia uma camisa larga, amarrada na cintura, um manto de retalhos coloridos, e usava calças até a altura da canela, abertas até o joelho. Quando fazia as refeições com seu pai e a madrasta, usava um vestido verde-pálido, mais apropriado para a garota que se tornaria a Alta Sacerdotisa na família.

Munda estava determinada a aprender tudo sobre as tradições e a história da fortaleza. Mas foi forçada primeiro a aprender cinco das manobras dos campeões, antes de alcançar determinada idade. Da mesma forma, seria necessário que Kymon aprendesse cinco das tarefas do Dom da Vidência. Ele não era um estudioso nato, mas havia descoberto que poderia memorizar trechos inteiros de poesia e da linhagem dos reis. Kymon não era tão bem-sucedido quando o assunto era a medicina tradicional. E se recusava a dançar. Ele pedira que eu o iniciasse na compreensão das questões mais profundas sobre a terra propriamente dita, os caminhos dos espíritos que jaziam abaixo de nós e que podiam, eventualmente, serem encontrados.

Os Reis Partidos

A primeira conquista de Munda foi guiar um carro de guerra e correr ao longo de sua junta, incitando os cavalos a correrem em linha reta. Aquela foi uma manobra bem realizada. Ela havia aprendido a usar a lança e o escudo. Nos últimos tempos, estava empenhada em aprender a caçar. E era de uma caçada ao javali que o bando — a comitiva *uthiin* e os filhos do rei — retornava com toda aquela pressa. Kymon trazia um pequeno porco amarrado ao seu cavalo; Munda, um par de aves selvagens, o que dava a entender que ela falhara ao tentar alcançar um javali. Mas isso não importava. Essas eram apenas as tarefas especiais impostas aos filhos do comandante militar, e quando ela, eventualmente, conseguisse encurralar seu porco e enfiar uma lança nele, provavelmente nunca mais iria pensar naquilo de novo — exatamente como Kymon, que assim que tivesse conseguido recitar as linhas da história épica dos cornovidi durante o tempo que levava para a lua de inverno mover-se através do céu da noite, provavelmente esqueceria cada estrofe e cada declamação que havia sido obrigado a memorizar.

Quando Kymon me viu, ergueu um punho, olhos faiscando:

— Merlin! Este é um encontro *ruim*. Eu sinto isso.

— Não é um encontro ruim, de jeito nenhum! — Munda replicou instantaneamente, estendendo as mãos.

O olhar dela encontrou o meu.

— As hospedarias estão voltando. Por que isso deveria ser ruim? Nós esperamos mais gerações do que a geração de meu avô para sentir o calor das fogueiras deles e aprender com os homens que passam por elas.

— É errado! É perigoso! — o jovem insistiu. Ele quase cuspia as palavras. — É a Hospedaria no Vau dos Cavaleiros de Escudo Vermelho, Merlin. Pergunte a qualquer um. Aquelas hospedarias permitem que apenas os mortos atravessem para o nosso mundo. Pergunte a qualquer um. Se os mortos estiverem vindo... nós ainda não somos fortes o suficiente.

— Os mortos *não* estão vindo — insistiu Munda. Ela olhou para mim buscando confirmação, talvez, e não ficou muito satisfeita ao me ver franzindo a testa. Mas eu não sabia muito sobre as hospedarias.

Kymon gritou:

— Há um homem lá que não pertence a este mundo. Ele está lá esperando. Ele chama a si mesmo de *Rei dos Assassinos*...

Pela primeira vez, eu fiquei assustado. O garoto percebeu e pareceu triunfante; um pequeno sorriso apareceu em seu rosto. Munda balançou a cabeça com desdém:

— Há sempre fantasmas quando as hospedarias surgem. Ensinaram-nos isso. De qualquer forma, é *apenas* uma hospedaria...

— Duas! — eu disse em voz baixa, e ela pareceu surpresa.

Contei-lhes sobre a Hospedaria do Presente Impressionante.

— Eu lhe disse — Kymon sussurrou, mais para si. Ele deu à irmã o que os druidas chamam de "o olhar impiedoso". — Eu lhe disse. *Eu lhe disse.*

— Como vocês souberam que esse homem se chamava *Rei dos Assassinos?* — perguntei-lhes com calma.

Havia lágrimas nos olhos da menina quando ela olhou para mim. Kymon me encarou também, pela primeira vez, talvez, um pouco alarmado.

— Ele é um dos filhos de Jasão — Munda disse em um sussurro. — Jasão! Aquele seu amigo maluco. Mas ele é apenas a sombra do que o filho de Jasão foi. E ele está esperando.

— Esperando?

Ela tremeu.

— Pelo irmão de sangue e osso que pode libertá-lo.

Os Reis Partidos

— Como você sabe disso? — perguntei, sabendo exatamente por que ela havia ficado repentinamente tão incomodada.

Ela cruzou os braços sobre o peito e baixou os olhos.

— Eu entrei — ela disse com uma voz quase inaudível. — Eu quebrei o tabu. Eu entrei lá.

Munda olhou para cima com os olhos marejados.

— Merlin, não é um lugar terrível. Não é mesmo. Mas eu não deveria ter entrado. Desculpe-me. O que devo dizer ao meu pai?

Sua angústia foi desprezada pelo irmão. Mas pelo olhar apenas, não por palavras. Aquilo era injusto. Se ela havia quebrado um tabu, então, como filha do rei, seria obrigada a pagar por isso de alguma forma, e às vezes o pagamento da quebra de um tabu era um sofrimento realmente significativo.

Mas o que ela quis dizer com "o irmão de sangue e osso"?

Perguntei a Kymon com um sussurro o que ele achava que a expressão significava. Ele coçou seu queixo imberbe enquanto me olhava, pensativo:

— Suponho — ele disse —, que essa sombra seja a sombra de um homem que ainda está vivo.

— Sim. Creio que você esteja certo.

Thesokorus! O filho primogênito de Jasão, um jovem deslocado no tempo, que levara o nome *Orgetorix*, "Rei dos Assassinos" (ou às vezes "Rei entre os Assassinos"), e que havia tentado matar o próprio pai sob a influência ameaçadora de sua mãe, Medeia. O fantasma de Thesokorus! O filho verdadeiro de carne e osso estaria na terra? Se estivesse, isso só poderia significar que ele estava procurando por seu pai, Jasão.

Havia mais do que uma tempestade de proporções catastróficas se formando ao redor das terras a oeste pertencentes aos cornovidi. Algo mais sombrio estava a ponto de acontecer

Consolei Munda, prometendo que intercederia com Urtha em favor dela e assumiria a responsabilidade por qualquer castigo. A garota pareceu surpresa com a oferta e eu lembrei-lhe de que era um estranho na fortaleza, um homem que abandonara seu caminho original por ela e sua família, e que Urtha era profundamente grato a mim por eu ter salvado sua vida em inúmeras ocasiões.

Kymon fungou, inconformado.

— Em uma ocasião! Não se sabe. Foi apenas uma ocasião. Eu ouvi meu pai falar sobre o tempo que passou com você.

— Bem, uma vida salva, mesmo que tenha sido salva apenas uma vez, ainda deve valer algo, um favor real, por exemplo. Você não concorda?

Ele deu de ombros, concordando de má vontade.

— O que se passa com você, garoto? Por que você está se comportando como se tivesse sido mordido por um lobo?

A expressão no rosto dele era desafiadora, raivosa. A menção à mordida do lobo havia golpeado seu orgulho. Suas palavras eram tão desafiadoras quanto sua expressão.

— Meu nome é Kymon. Eu sou o filho do rei! Você deveria se lembrar disso! A maneira como você me questiona não é correta.

— Sim, você é. Você certamente é o filho do rei. E eu sou o amigo do rei.

— Nenhum amigo do rei é mais próximo que seu filho. A maneira como você me questiona *não é* correta.

Seu olhar era furioso. Kymon escondia mais do que apenas uma necessidade infantil de ser tratado como homem. Eu estava curioso. E teria dado uma olhada rápida naquela aura de fúria, para ver os demônios que o atormentavam, mas eu queria entender melhor aquela juventude inquieta e de temperamento forte. Um dia ele lideraria os cornovidi. E um dia,

Os Reis Partidos

quando fosse mais velho que eu, ele teria provavelmente a necessidade de me chamar: Merlin; Antiokus; o homem de cem nomes; a presença inabalável em sua vida, e um amigo mais fiel a ele que seu irmão adotivo mais próximo.

Se minha longa experiência era algo a ser considerado, em breve ele descobriria que ser o filho do rei não o tornaria amigo de seu pai!

— Eu lhe fiz uma pergunta simples — eu disse com um tom ponderado. — Qual é o problema entre nós?

Ele me lançou o "olhar do cão de caça": oblíquo, ameaçador.

— Eu não confio em você. Este é o problema entre nós. É exatamente isso. Meu pai envelhece, você não. Minha irmã procura sua orientação, quando deveria procurar a orientação de nosso pai. E eu acho isso muito estranho. Assim sendo, repito: eu não confio em você. Você está nos comprometendo.

Munda olhou para mim. A fala de seu irmão a tinha colocado em um estado de ânimo mais frio. Ela me observou cuidadosamente. Com que facilidade um irmão conseguia influenciar uma irmã!

Eu não estava comprometendo ninguém, mas eu não tinha certeza do meu lugar no coração desses jovens aventureiros. Por isso, fiz a única coisa que poderia fazer, escolhi a única opção disponível, com pouca magia para usar e desta forma traindo de verdade meu relacionamento com eles, respondi:

— Vocês sempre souberam que venho de outra época, de outro mundo. Como é que vocês puderam entender isso claramente quando eram crianças e agora, jovens crescidos, negam a própria lembrança?

— Eu ouvi os homens mais velhos falarem de você — o jovem orgulhoso declarou. — Você conseguiu fazer coisas maravilhosas para nossa família e nosso clã. Ainda que você tenha se recusado a usar os *dez feitiços* porque isso o enfraquece. Você se coloca acima da necessidade dos outros.

Era verdade. Ele estava absolutamente certo.

Eu nunca havia negado o fato de que guardava minhas habilidades cuidadosamente — empregar feitiçaria, o que ele chamava de *dez feitiços*, é a única coisa que me faz envelhecer — e eu racionava meus talentos com muito cuidado, certamente. Mas me incomodou pensar que "os homens mais velhos estavam falando de mim". Isso sugeria um ressentimento crescente, porém estranho, já que fazia muito tempo que na fortaleza não havia nada além de alegria, nada além de torneios normais, corridas por troféus, roubo de gado, empinar os cavalos, competições variadas, caçadas e a manobra dos Três Prazeres do Banquete, ou seja, rir, fazer amor e ser jovem — também conhecido como os Três Desejos Exaustivos.

Eu perguntaria a Urtha sobre isso, mas a questão seria trazida à tona no seu devido momento, não de repente.

A questão do ressurgimento das hospedarias me intrigava. Eu tinha perguntas a fazer. E o druida Cathabach, o amigo próximo de Urtha e Aquele Que Fala Pelos Reis, certamente saberia o que estava acontecendo. Ele teria respostas.

Cathabach havia nascido para o sacerdócio, mas renunciara a seus cursos de aprendizado e treinamento depois de um incidente em sua juventude — ele nunca falou sobre isso — e se tornara um membro da elite de guerreiros de Urtha, os *uthiin*. Como um campeão, estava entre os melhores. Mas depois de dezenove anos eles removeram de seu corpo as marcas que revelavam seu posto de campeão. Ele assumira o bastão de aveleira e o manto de sonhos. Cathabach se tornara um homem de carvalho: não apenas um sacerdote,

Os Reis Partidos

mas também um visionário e mantenedor das memórias e histórias do clã. Ele agora tinha um relacionamento íntimo, guiado pela lua, com Rianata, a Alta Sacerdotisa, embora eles não pudessem deixar que seus filhos sobrevivessem, em caso de gravidez.

Cathabach cuidava do pomar que ficava no coração de Taurovinda. Protegido por uma cerca alta de espinhos e barro, o pomar continha as sepulturas de reis e rainhas, as relíquias dos primeiros construtores de Taurovinda, bem como um grande número de árvores de maçã azeda, espinheiros, aveleiras e muitos carvalhos baixos, com troncos e galhos carregados de musgo verde brilhante. Dois homens foram escolhidos para trabalhar ali como jardineiros, e os dois eram mudos. Cathabach morava no pomar, em um pequeno abrigo, mas era comum vê-lo do lado de fora, observando o céu.

Ele carregava consigo uma espada curta, bem afiada e muito polida, um instrumento de sacrifício e vingança, e era forte e determinado o suficiente para usá-la. Ele usaria sua arma até mesmo contra Urtha, se ele tentasse entrar no pomar. Cathabach estava autorizado a matar até mesmo um rei, caso este tentasse entrar na caverna do santuário sem ser nos dias ou noites permitidos.

E ele me mataria também. (Ele falharia, obviamente.) Mas ele e eu havíamos chegado a um acordo bom para ambas as partes: compartilhávamos as experiências de nossa despreocupada juventude (ainda que meus dias de rapaz tivessem durado milênios), e aquele prazer simples de sermos capazes de falar sobre um mundo de natureza e segredo maior e mais vasto do que o dos nossos nobres compatriotas que habitaram as colinas por tão pouco tempo, causando devastação e riso com seus espíritos efêmeros.

Cathabach era um amigo da razão, assim como do coração. Eu o encontrei rabugento como sempre, inclinado sobre seu cajado. Ele estava esperando por mim e me observava sem expressão. Quando atravessei a cerca externa, ele deu um passo para trás, na direção do pomar, convidando-me a segui-lo. Assim que entrei no bosque ele fechou o pesado portão. As macieiras estavam em flor, o chão era um tapete de flores. Os arbustos de frutinhas estavam amarrados em diferentes formatos, esperando que as frutas se formassem. As vastas copas dos impressionantes carvalhos faziam sombra e abrigo nos bosques. Era uma floresta aprazível, mas descemos até um pequeno vale, protegido do sol e, assim, chegamos à pequena cabana que era o local de descanso de Cathabach. O lugar tinha a largura e a altura de um homem grande, e havia um banco circular ali dentro. A cabana era coberta por peles de lobo e os restos dissecados de corvos. Não havia lareira, fogo aceso, nenhum conforto. Era o lugar para onde aquele homem ia em busca de uma pausa, com o único propósito de descansar de seus pensamentos, após fazer a narrativa do ritual dos reis, depois de todas as cerimônias que exigiam a condução Daquele Que Fala Pelo Rei.

A cabana cheirava a suor do homem e ao inconfundível odor de gordura animal queimada, embora ali não se queimasse gordura; o druida costumava esfregar seu corpo com gordura queimada.

Para mim, era uma casa longe de casa: minha caverna de viajante, apenas ligeiramente menos espartana.

— Eu estou ciente de que as hospedarias estão ressurgindo — ele disse, sem rodeios. — Conte-me o que os filhos do rei viram. E também aqueles outros dois idiotas.

Contei-lhe tudo o que sabia.

Os Reis Partidos

Depois de pensar um pouco, ele me contou sobre as hospedarias.

— Enquanto estive em treinamento, durante aqueles dezoito anos, aprendi que há muitos rios, como o Nantosuelta, que dividem a terra entre os homens e os mortos. Nós pensamos no Nantosuelta como o maior rio que existe, mas não há rios grandes ou pequenos: todos os rios estão conectados através daquilo que você chama de uma "vala".

Eu havia contado a ele muitas coisas sobre minha vida percorrendo o Caminho ao redor do mundo.

— Há caminhos abaixo, sim. Ando por eles o tempo todo. Os rios que correm por lá são muito estranhos, a maioria muito perigosa. Mas eu nunca ouvi relatos sobre as hospedarias antes de vir a Alba.

Ele ficou surpreso com essa declaração, franzindo a testa, e pensou muito antes de prosseguir.

— De acordo com as Declamações de Sabedoria, que decoramos nos bosques, cada um daqueles rios tem cinco hospedarias, apesar de cada um deles ser dedicado de maneiras variadas e incompreensíveis a coisas diferentes, de acordo com as pessoas que vivem ao longo de suas margens a leste. Uma parte da Declamação sugere que cada hospedaria esconde o coração de um rei partido. Algumas delas são hospitaleiras, outras, não. Todas as hospedarias são repletas de aposentos, algumas cheias de armadilhas, todas elas potencialmente mortais. A maioria dos quartos está vazia, ou aparenta estar. Outros se abrem para uma das Sete Regiões Despovoadas.

— E os Mortos têm suas próprias hospedarias. E os Não Nascidos têm as deles. E elas se erguem nos vaus onde esses espíritos atravessam o rio. Correto?

— Sim. As nossas são a Hospedaria do Presente Impressionante; a Hospedaria dos Cavaleiros de Escudo Vermelho; a Hospedaria do Esquife das Lanças; e a Hospedaria da Carruagem de Balor.

— Os Mortos e os Não Nascidos atravessam de um mundo para o outro mesmo quando não há hospedarias. Assim sendo, o que esse reaparecimento significa?

— Eu não sei.

— E quais são as hospedarias perigosas?

— Balor e a do Escudo Vermelho, certamente. E uma das outras. Mas, se não me falha a memória, todas as hospedarias podem estar comprometidas. Algo maior está acontecendo. Não é apenas o ataque de alguns verões atrás. As forças do Outro Mundo haviam esquadrinhado Taurovinda e tomado o lugar de forma absoluta: mataram a mulher e o filho mais novo do rei, arrasaram o solo e ocuparam Taurovinda até serem obrigadas a partir pelo jovem Kymon e seu pai, ainda que com certa ajuda do touro do mundo subterrâneo... e de um jovem andarilho que percorria o Caminho em torno do mundo.

Se aquilo havia sido apenas um ataque, o que estaria por vir?

A preocupação de Cathabach sobre o assunto e as coisas que ignorava sobre os possíveis eventos vindouros estavam estampadas em seu rosto enrugado. Notei que ele tocava uma das tatuagens púrpura que adornavam seu corpo: essa tatuagem em particular estava em sua garganta e mostrava dois salmões saltando. O salmão era o símbolo da Sabedoria.

Cathabach — sem razão ou sabedoria naquele momento — estava inadvertidamente convocando o espírito de uma lembrança antiga.

4
Braços para a batalha e o escudo forte

Não foi a primeira vez que, tanto em Taurovinda, quanto em vezes anteriores, eu me vi enredado pelos acontecimentos investigativos e diplomáticos. Munda passou em silêncio pelos portões em seu potro cinzento e se retirou para os aposentos das mulheres para esperar em vigília que o pai a convocasse depois que eu lhe tivesse falado. Kymon ainda estava em algum lugar perto do rio, exercitando seu direito como filho do rei de vagar a esmo pela floresta (seus ancestrais estavam enterrados lá, afinal de contas) e — quando dei uma espiadela nele através dos olhos de uma corruíra — pude vê-lo emburrado, com os olhos perdidos na correnteza do rio Nantosuelta. Cardumes caçavam insetos, a noite caía e a margem do rio estava viva com o banquete. O rapaz, porém, alimentava apenas sua raiva.

Urtha e seus *uthiin* estavam em algum lugar ao sul, caçando porcos selvagens e cervos nas florestas densas — eles caçavam até mesmo cavalos selvagens que, muitas vezes, podiam ser encontrados nas clareiras. Estavam certamente procurando por carne, mas é quase certo que também estivessem aproveitando a oportunidade para avaliar a força dos clãs que viviam para além da floresta. Nos últimos tempos, corriam muitas histórias sobre bandos de caçadores armados às margens dos vários rios que corriam para o sul da fortaleza de Urtha.

Ele prestava cada vez mais atenção às fronteiras de seu reino, assim como sua mulher, Ullanna, a cita, descendente da grande Atalanta.

Ullanna e seu séquito estavam caçando no norte, cruzando o rio na floresta.

Foi uma longa noite, e então, ao amanhecer, uma trompa soou, partindo dos muros, e através da névoa da alvorada podia-se ver um grupo de cavaleiros trotando devagar pela planície, vindo do sul, conduzindo seus cavalos cobertos com as formas amarradas de dois cervos e também as carcaças de três porcos selvagens negros.

Enquanto seus companheiros de caçada se dispersavam, ocupados com novas tarefas, Urtha foi ladeado por dois cavaleiros armados e portando escudos que agiam como batedores e que o acompanhavam em sua cavalgada em direção aos portões duplos que guardavam a entrada de seus aposentos reais. Quando passou por mim, Urtha me olhou e franziu o cenho, fazendo um gesto para que eu o seguisse até o calor de sua casa coberta de escudos.

Nos três invernos que entorpeceram aquela terra, Urtha havia mudado muito pouco, apesar de sua barba estar mais cinzenta e de seu rosto ostentar uma cicatriz terrível no lugar onde ele recebera o golpe de um machado durante uma escaramuça com um bando de *dhiiv arrigi*, exilados, guerreiros vingativos, párias de tribos de outros lugares, feridas abertas na pele da terra. A quantidade desse tipo de guerreiro vinha aumentando. O golpe por pouco não atingira seu olho esquerdo, e os olhos de Urtha continuavam aguçados e sagazes como sempre.

Entramos na área principal de seus aposentos, onde havia uma boa fogueira acesa e onde a luz nos alcançava, vinda do telhado vazado.

Os Reis Partidos

— Mesmo com todas as suas habilidades em magia, Merlin, eu sempre consigo saber se há alguma coisa incomodando você — disse ele, enquanto se despia de seu manto, tirava a espada e a bainha, e se esparramava em sua robusta cadeira de carvalho, encarando-me. — Mais presságios?

— O mais estranho de todos — concordei, e ele se inclinou para a frente enquanto eu me sentava em um dos bancos encostados na parede.

Quando finalmente acabei de dizer tudo o que precisava ser dito, o rei cofiou a barba. Recuando na cadeira — ele parecia exausto —, apanhou sua cabaça e a esvaziou com um gole só.

— Quando eu era jovem — disse ele, pensativo, olhando para o nada —, as hospedarias eram parte da aventura de contar histórias. Nessa mesma sala, eu me sentava com outros garotos e ouvia Aquele Que Fala Pelo Passado contar histórias espirituosas, deliciosas, sobre essa terra, desde que a primeira fortaleza foi erguida aqui. Todas muito emocionantes. Mas eu nunca mais pensei nas hospedarias. Para mim, as histórias sobre elas eram apenas algo para assustar as criancinhas. Os caminhos para a Terra das Sombras dos Heróis passam por certos vaus do sinuoso Nantosuelta, mas mesmo lá ninguém chegava perto do rio. Não, pelo menos, até que *você* aparecesse. E você diz que Aquele Que Fala Pelos Reis também não sabe o que isso significa?

— Não.

— E Aquele Que Fala Pelo Passado?

— Está enfiado no bosque, treinando seu sucessor.

— Mas Cathabach acha que elas são sinais de um perigo ainda maior do que podemos imaginar.

— Sim, ele parece acreditar nisso.

Urtha concordou como quem entendesse, apesar de estar claro que ele tentava esconder sua completa, total incompreensão sobre o assunto.

— Precisamos tornar a fortaleza mais segura e aumentar nossas defesas na muralha oeste. Precisamos de observadores de pombos.

Ele queria dizer mensageiros, já que os pombos eram a nova maneira de mandar recados, já que eles sempre retornavam para suas pequenas gaiolas.

— Terei de negociar ajuda militar com Vortingoros; o Rei Supremo dos coritani vai cobrar um alto preço em bois e favores em troca das armas. Mas creio poder persuadi-lo a aceitar mais cavalos depois que qualquer coisa aconteça. Se há uma coisa da qual esse reino não sofre é de escassez de cavalos!

Subitamente, ele me encarou, revelando um brilho feroz em seus olhos.

— Vou precisar de você e Cathabach... e de Manandoun também, e talvez de sua amante...

— Niiv?

Por que não? Ela arranca seu conhecimento de você, enquanto você dorme. — Ele riu, zombeteiro. — Em breve, ela será tão sábia quanto você!

Eu sorri, mas com amargura. Sim, era fato: Niiv estava tentando extrair poderes mágicos de mim. Era da natureza dela. Quem — tendo, como ela, nascido filha de um "homem com poderes mágicos" na parte norte do mundo — não tentaria aumentar sua experiência usando a ilusão da curiosidade para dissimular uma determinação dedicada, ferrenha, em esquadrinhar cada um dos sinais e símbolos do poder daquele que o carregava em seus ossos? Se Urtha acreditava que Niiv estava sendo bem-sucedida em sua missão, era apenas porque eu não

Os Reis Partidos

havia contado a ele, e nem a ninguém, que eu constantemente desviava a atenção da garota e também seus pensamentos para áreas em que a força na magia que eu carregava comigo era menos acessível.

Eu não a deixava chegar nem perto de onde eu carregava os *dez feitiços.*

— Bem, se você insiste — eu disse. — Mas ela tem o hábito de ficar no caminho, atrapalhando mais do que ajudando.

— Bem, então vou deixar essa decisão em suas mãos. Mas você precisa ir verificar o que está acontecendo no rio Nantosuelta. — Ele me lançou um olhar duro e longo. — Sim, creio que posso confiar em sua Visão mais do que na de Cathabach, apesar de ele ser muito sábio. Nesse interim, vou pegar "braços para a batalha e o escudo forte" com Vortingoros.

O Rei Supremo suspirou. Ele parecia mesmo exausto. Ele estava no ponto decisivo de sua vida, entre sua fome por aventuras e batalhas e seu desejo de paz.

— Presságios aqui... Presságios ali — ele murmurou. — No que nós estamos nos enfiando, em nome dos deuses, Merlin?

— No que quer que seja, o que quer que esteja se erguendo contra nós, seria uma boa ideia, eu acredito, que fizéssemos uma oferenda ao deus do trovão. Que ele fique do nosso lado, antes que seja persuadido a apoiar o inimigo.

Ele acenou.

— Taurun? Eu não negocio com deuses. Isso é coisa para os druidas em seus bosques que fedem a carne.

— Eu limparia o ar dos bosques, se fosse você, mostraria que é importante estar lá.

Ele fez uma careta.

— Isso significa cortar cabeças. E eu já cortei cabeças suficientes no meu tempo. O prazer acabou virando obrigação.

— Bem, então é chegada a hora de Kymon fazer isso. É tempo de Kymon passar por uma grande prova.

Ele me fitou por um instante, com os olhos lançando faíscas, e pensei que fosse me matar por ter feito essa sugestão. Mas, depois, percebi, ele estava maravilhado.

— Sim! — disse ele, batendo as mãos nos braços de sua cadeira. — Eu deveria ter pensado nisso! Chegou a hora de Kymon ser testado! Vamos matar duas garças atirando apenas uma funda! O rapaz se tornará um homem e nós conseguiremos ambos: a boa vontade dos deuses e o apoio de Vortingoros. Excelente ideia, Merlin. Nem mesmo Manandoun, meu mais sábio conselheiro, teria pensado numa coisa dessas. Que momento maravilhoso esse rapaz viverá! Todos viveremos. Mais tarde eu falarei com ele. — Então, fez uma pausa e seu rosto tornou-se sombrio. — Agora, suponho que eu deva ir ter uma conversinha com aquela minha filha desobediente.

Sua atitude deixava claro que aquilo seria muito mais difícil de fazer do que qualquer outra tarefa que tivesse enfrentado nos últimos dias.

5

A corruíra na viga

As corruíras, aves pequeninas e veneradas, têm a capacidade de encontrar o caminho de volta para seu território, ainda que estejam a uma longa distância dele. Elas reaparecem de repente, sem sinais visíveis de terem voado. O druida e a Alta Sacerdotisa as tinham em alta conta. A corruíra sempre tinha sido minha forma preferida de viajar e observar acontecimentos distantes. Quando eu era garoto, uma de minhas primeiras lições fora a de possuir e controlar o espírito de uma cambaxirra.

Uma corruíra voou entre as vigas da grande sala onde as Altas Sacerdotisas se reuniam e onde Munda esperava que seu pai voltasse do entrevero contra os *dhiiv arrigi*, uma bando de muitos homens que fora visto cavalgando vindo do sul na direção do rio. Apesar de estar cansado e sujo, ele tinha ido se encontrar com ela assim que chegara.

Todas as mulheres tinham saído, a não ser Rianata. A mãe de Munda, Aylamunda, em circunstâncias normais, também ficaria ali com ela, mas Aylamunda estava morta e havia sido enterrada na colina. Ullanna, apesar de estar ligada ao rei, não tinha permissão para entrar no aposento das Altas Sacerdotisas. Ullanna — que era uma caçadora e um espírito brilhante — nunca reclamou disso.

Urtha estava sentado sobre uma pele de lobo cinzento e encarava Munda, ajoelhada em um tapete parecido, com as mãos no colo. Ela estava preocupada e mal-humorada também, esperando que o pai se ajeitasse. Eu só podia imaginar o que ele pensava naquele momento, enquanto procurava uma boa posição para iniciar a conversa.

A parte inferior de sua perna direita estava dobrada sob sua coxa esquerda. Enquanto isso, sua perna esquerda estava levemente dobrada na direção da garota. Inclinado para a frente, seu cotovelo direito apoiava-se em seu joelho direito. Seu braço esquerdo, atrás do corpo, sustentava-o. Esta era uma das Três Posições do Encontro Amigável, a que estava destinada para amigos e familiares. Havia outras duas, a primeira destinada para inimigos que pensavam em conservar a própria cabeça; e a segunda para animais que estivessem possuídos por um dos Mortos que quisesse ser ouvido a respeito do tratamento que recebia dos druidas.

Urtha nunca tivera de assumir essa complicada última postura e, intimamente, sentia-se aliviado por isso. Ele havia me confidenciado que, de qualquer forma, não tinha a menor ideia de como se comportar em circunstâncias como aquela.

As Três Posições também eram conhecidas como As Posições Inventadas Para Matar Um Rei de Desconforto. Era uma piada para qualquer um que nunca tivera de assumir tais posturas. Urtha não achava a menor graça nela.

— Fui informado hoje — disse o Rei Supremo para sua filha —, que você conseguiu realizar a manobra do giro na sela.

— Sim. Fiz muitas tentativas, mas consegui executá-la.

A Manobra do Giro na Sela consistia em, quando se estivesse batendo em retirada por causa de um inimigo, girar sobre a sela do cavalo a galope, atirar uma lança ou uma funda, antes de virar novamente para a frente. Toda a manobra tinha de ser realizada em um único movimento contínuo, sem pausa.

Os Reis Partidos

— Eu costumava ser bom nisso. Mas atualmente, acho difícil até mesmo virar a cabeça para trás, nem pensar em fazer o giro completo. Minhas juntas doem. Acho que estou mais velho do que penso.

Silêncio.

— Muito bem. Hoje — disse o pai —, eu retornei da Floresta das Cavernas Cantantes. Capturei sete bandidos que vinham se escondendo por ali. Homens desesperados. Homens sem lei, vingativos. Sete conseguiram escapar. Sete não conseguiram. Eles fugiram rapidamente.

Ainda silêncio. Urtha se ajeitou, desconfortável.

— Eu trouxe um presentinho para você, Munda. Nada que você possa tocar, comer, ou ver. Mas é seu, não importa o que aconteça.

A garota ergueu os olhos.

— Conte-me o que é.

Urtha pôde, então, realmente começar o assunto que o levara até ali.

— Nós estávamos andando bem devagar em meio a uma vastidão repleta de árvores até que, de repente, demos de cara com uma enorme clareira. Havia dois cavalos lá, a mãe e o potrinho. O pelo da mãe era cinzento mesclado com castanho-avermelhado. Eu nunca tinha visto um animal com aquela pelagem. O potro era castanho-avermelhado, tinha crina negra e uma mancha branca no pescoço. Ele mancava em uma de suas patas traseiras e parecia muito aflito. A égua andava em volta dele, furiosa, observando-nos, bufando, com as narinas dilatadas. Juro por Taurun que ela estava tentando criar chifres de touro em sua testa para que pudesse investir contra nós.

Munda olhava para o pai sem fazer um ruído, de olhos arregalados.

Urtha continuou.

— Eu os deixei lá, é claro, acredito que aquele lugar seja um antigo santuário. Mas eu encontrei ali um pedaço de casca de faia entalhada com os símbolos de *Succellos riana nemata*...

Munda sorriu, concordando.

— O bosque da cura dos cavalos...

— Não sei se você um dia o encontrará. Mas caso chegue até lá, acredito que aquele será um lugar onde poderemos curar mais que cavalos. Será um lugar de proteção, também. Esse é meu presentinho para você.

Fez-se silêncio, novamente. Depois de um instante, Urtha disse:

— Ao fazer oito anos, quais foram as duas determinações que lhe foram impostas?

Munda pareceu perplexa por um momento e depois disse:

— Que não deveria jamais nadar a oeste do Sinuoso, mesmo que eu visse meu irmão ou algum amigo se afogando e gritando por ajuda. E que se eu visse um cão de caça em dificuldades, ferido ou com fome, ou ainda sendo atacado por um javali, que eu deveria parar o que fosse para ir ajudá-lo.

— Sim, foi mais ou menos isso — Urtha concordou. A Alta Sacerdotisa concordou em silêncio, esboçando um sorriso. Havia sempre mais coisas implicadas nessas regras, havia muito mais por trás dessas simples palavras do que a menina poderia entender.

— E por que você acha que essas regras lhe foram impostas?

Munda balançou a cabeça.

— Eu fui salva dos invasores pelo seu cão, Maglerd, que me levou, a salvo, para o outro lado do rio. Kymon também foi salvo dessa forma. Meu irmão Urien foi morto e desmembrado pelos invasores, e o cão que tentou protegê-lo foi morto ao seu lado. Fiquei escondida na outra margem do rio e meu avô foi lá e me

Os Reis Partidos

trouxe de volta, mas isso foi uma dádiva concedida pelas *Matronae*, as Mães dos Mortos, que salvaram minha vida. Eu entrei no Outro Mundo antes do tempo, e estou proibida de entrar lá novamente até que seja realmente minha época de ir.

— Muito bem lembrado. Então, agora você precisa me explicar: por que você escolheu ignorar as determinações que deveria seguir?

Silêncio. Pai e filha se encararam por um longo tempo, avaliando-se mutuamente. Finalmente, Munda baixou a cabeça.

— Eu estava curiosa. Eu me senti atraída para as portas da hospedaria. Quando entrei lá, fiquei com medo. Mas àquela altura, já havia atravessado a ponte e chegado ao lugar. Fica bem no meio do rio sinuoso.

— O que a atraiu? Por que você estava curiosa?

— Uma voz encantada. Que cantava. Eu me lembro da época feliz em que eu vivia sob a proteção das Mães, o tempo em que eu era mantida escondida na outra margem do rio. A nossa fortaleza estava sendo atacada naquele tempo. Bem, eu pensei que estava sendo chamada. Eu queria ir até lá. Senti como se pertencesse àquele lugar. E, por um momento, achei que estivesse errada. A hospedaria era um lugar horrível, e os rostos que me observavam, e os cheiros, e os barulhos, e as risadas... aquele era um lugar ruim. Eu me senti apavorada e fugi. Mas eu fugi do que era estranho ou que se achava além da minha experiência. Meu irmão estava ainda mais assustado que eu. Quando voltamos à nossa terra, eu me dei conta de que não havia nada a temer.

A corruíra na viga prestou muita atenção nisso.

Silêncio.

Então, Urtha disse:

— Ah, como eu gostaria que sua mãe estivesse aqui. Ela sentiria orgulho de você.

— Orgulho de mim?

— Orgulho pela sua coragem. Você teve uma péssima experiência. Mas, quem sabe? Talvez ela tenha valido a pena. Você acha que cometeu um grande erro e aqui está você, triste e abatida. Mas por quê? Você teve um momento de inspiração, de coragem, não recebeu um aviso. E você não quebrou nenhuma determinação.

Ela pareceu perplexa. Urtha deu de ombros, incomodado por causa da posição em que se encontrava.

— Um desígnio não pode ser quebrado pela metade. Terei de checar com Cathabach sobre isso, mas estou certo, sei que sim. Desígnios podem ser totalmente quebrados, mas não pela metade. Não como a lua crescente, não como uma lúnula que pode ser partida, como a meia-lua que você traz em seu pescoço, enquanto seu irmão carrega a outra metade. Munda tocou o amuleto, pendurado em fio de couro. Ele fizera parte, em outros tempos, de um amuleto maior, e era a coisa que ela mais amava no mundo, um presente de seu pai, metade de algo que vinha sendo um símbolo para sua família desde o tempo de Durandond. Era sua ligação com o irmão. Era algo muito precioso, algo que mantinha juntos os filhos sobreviventes de Urtha, um objeto que Urtha esperava que mantivesse sua família sempre unida.

— Quando eu parti esse pedaço de ouro em dois — ele disse em voz baixa —, além de quebrar algo, eu estava unindo algo. Unindo você e seu irmão. Quebrar o ouro é muito fácil. Quebrar um tabu não é tão fácil assim. E esta é minha decisão final. A hospedaria fica no meio do rio. Você me disse isso. Fica, portanto, na metade do caminho. Bem, a metade não fica nem lá e nem cá, se é que minha opinião vale para alguma coisa, minha filha. Logo, você não quebrou seu desígnio.

Os Reis Partidos

Munda atirou-se sobre o pai, chorando de alegria. Urtha caiu para trás, ergueu os olhos para a Alta Sacerdotisa, que deu de ombros. Ela deveria ter uma opinião a respeito do caso todo, mas não tinha a menor importância.

— Saia de cima de mim, garota! Você está grande demais para isso.

Munda ficou em pé e fez um sinal de respeito para o rei, que continuava caído no chão, depois se virou e saiu correndo, feliz, do alojamento das Altas Sacerdotisas.

A corruíra nas vigas notou que a Alta Sacerdotisa Rianata ajudou o rei a se levantar.

6
O rei não nascido

Foi um alívio perceber que Urtha não acreditara em uma só palavra do que a filha dissera. Ele amava aquela garota, claro, mas estava ciente de que a história da menina fora fruto das forças do mal. Ele a havia poupado porque sabia que ela estivera possuída.

Urtha imediatamente trocou opinião com seus comandantes e também com Aqueles Que Falam, para decidir como seria melhor dividir suas próprias forças para enfrentar o que entendeu ser uma ameaça crescente vinda do outro lado do rio. Todos concordaram que os vaqueiros deveriam estar sempre de sobreaviso quando conduzissem gado ou cavalos, e reportar qualquer acontecimento que envolvesse ataques; e os ferreiros, curtidores e oleiros também deveriam fazer o mesmo, caso necessário. Enquanto isso, eles aumentariam a produção de escudos longos e ovais, cobertos de couro grosso, e a produção de lanças curtas e mal-acabadas, pois poderiam ser perdidas durante a luta. Entalhadores de pedra seriam chamados a praticar sua habilidade interminável de fazer lâminas longas e finas de sílex, mais eficientes ainda que ferro, apesar de o ferro ser incrivelmente mortal quando usado nos mortos mais antigos.

Urtha iria pessoalmente, acompanhado de um séquito, até a presença de Vortingoros, chefe dos coritani, pedir-lhe de que cedesse cem escudos de imediato para a causa. Os parísios,

Os Reis Partidos

ao norte, seriam mais difíceis de ser persuadidos, mas, já que o território deles ficava mais distante da Terra dos Fantasmas, talvez eles quisessem cooperar — mas Urtha tinha certeza de que eles exigiriam uma alta compensação financeira. Ao sul, os bandos mercenários dos *dhiiv arrigi* certamente seriam um perigo extra para qualquer coisa que viesse a atravessar o sinuoso rio Nantosuelta.

Aqueles Que Falam cuidariam do lado místico das defesas, as figuras em madeira e os totens, os animais de osso e palha e as árvores mascaradas que certamente formariam uma barreira contra os mortos. Eram os Não Nascidos que causavam mais problemas para serem afastados: eles não reconheciam os elementos de proteção e cavalgavam direto para cima e através deles. Mas os Não Nascidos em geral eram bem menos hostis do que seus ancestrais, e era preciso levar em consideração esse pequeno fato.

Era minha incumbência cavalgar até o rio, acompanhado por Niiv, uma guarda pessoal de cinco homens, e Ullanna, que estaria acompanhada de seu próprio esquadrão de jovens amazonas armadas para protegê-la. Eu estava muito satisfeito de ter sua companhia. Seu séquito pessoalmente treinado, escolhido entre as mulheres de Taurovinda, estava à altura de qualquer um dos *uthiin* de Urtha.

O rio Nantosuelta fluía na direção oeste, para fora das florestas fechadas, afastando-se do brilho permanente do sol que já estava se pondo. Serpenteava por vales pedregosos e pântanos nebulosos, através de florestas densas e escarpadas, e por colinas arborizadas. Ocasionalmente, ao longo de sua extensão sinuosa, viam-se pedras que restaram de construções e estátuas desgastadas pelo tempo. Muitos afluentes oriundos do reino das sombras se juntavam a ele, e suas águas produziam uma espuma vermelha ao se misturarem à corrente principal do rio sagrado. O local da nascente do rio Nantosuelta era um mistério que se ocultava no Reino das Sombras dos Heróis.

A certa altura de seu curso, o rio Nantosuelta desaparecia em um sumidouro, e podia-se ouvir o barulho da água caindo sobre as rochas ocultas no extremo norte do território de Urtha, na floresta conhecida como "a floresta de visões inexploradas". E, depois, ao reaparecer, o Nantosuelta corria em direção a um mar distante que pertencia ao reino dos cornovidi.

O rio atravessava florestas, ainda cheio de qualidades mágicas, mas não mais impenetrável, apesar de suas águas ainda serem perigosas. Ele formava uma fronteira natural para a terra dos coritani, circundando e unindo o reino, protegendo-o e alimentando a terra. O rio Nantosuelta era a força espiritual tanto daquela nação quanto da de Urtha. As margens do rio estavam repletas de sepulcros sagrados e santuários de pessoas de tempos passados, e de encontros antigos com os deuses.

Os cinco vaus que cruzavam o rio estavam todos localizados a oeste, e em cada um deles agora havia uma hospedaria com suas portas abertas, parecendo um convite.

Eu fui primeiro à Hospedaria do Vau do Presente Impressionante.

Ullanna recuou imediatamente, tão assustada quanto sua égua. Apesar de seu nome, a hospedaria era um lugar assustador, toda feita em carvalho, e havia uma padieira grande e pesada sobre a porta baixa. Os pilares localizados de cada lado da entrada eram entalhados com as figuras de bodes, apoiados em suas pernas traseiras, cabeças enroscadas pelos chifres, parecendo atingir um rosto de mulher com expressão fechada. Uma passagem instável ligava a margem mais próxima à ilha enlameada na qual uma construção misteriosa erguera-se. Havia

Os Reis Partidos

espadas quebradas penduradas nos beirais, que faziam barulho ao baterem umas nas outras por causa da brisa vigorosa. O teto era alto, suspenso por estacas, e não havia forro. A fumaça se dissipava pelos espaços entre as vigas rústicas.

Um uivo muito alto podia ser ouvido pela porta aberta. O som assustou os cavalos, eriçando os pelos de seus pescoços.

Niiv se encolheu na sela, capuz puxado sobre o rosto, e permaneceu perto de mim.

Na ponte, observando-nos, estava um homem alto coberto com um manto vermelho-escuro, e seu cabelo claro chegava até os ombros. Seu rosto estava barbeado. Ele era jovem, tinha olhos espertos, não carregava nenhuma arma e segurava pelas rédeas um vigoroso cavalo negro.

Eu o reconheci: era Pendragon. Ele era o fantasma que assombrava meus sonhos. E foi um homem, mesmo que ainda não nascido, e atravessou meu caminho em várias ocasiões, de forma fugaz.

Ele acenou para mim e eu apeei do cavalo, entregando as rédeas para Niiv. Enquanto eu seguia pela ponte estreita, tentando manter-me equilibrado, Pendragon virou-se, amarrou seu próprio cavalo e se abaixou para entrar na hospedaria barulhenta.

Eu o segui.

No momento em que me inclinei para atravessar a porta da hospedaria, fui atingido pela desorientação comum da Terra dos Fantasmas. O corredor estreito parecia se alargar e se afastar de mim por uma enorme distância. O gemido que ouvíamos do lado de fora transformou-se no burburinho produzido por muitas vozes e no som sobrenatural de risadas. A hospedaria parecia balançar sob meus pés. O ar estava carregado com a fumaça produzida pela lenha em brasa e o cheiro de carne sendo assada. O ressonante som de metal contra metal, como

Robert Holdstock

o badalar dos grandes sinos de bronze que eu escutara no leste, tornou-se reconhecível como o retinir de lâminas de ferro. Nessa hospedaria havia festividade e competição. Aposentos abriram-se em ambos os lados do corredor. Pendragon desaparecera no interior da hospedaria. Eu procurei por ele nos aposentos.

No primeiro quarto, vi sete homens usando mantos de tecido xadrez, sentados com uma expressão triste, observando-me. Entre eles, sobre o fogo aceso, havia um caldeirão de cobre, e eu consegui ver as empunhaduras de osso e madeira das armas erguidas acima da beirada. Eles franziram a testa quando espiei atentamente dentro da câmara.

Em outro aposento, vi quatro homens com o rosto muito marcado por cicatrizes, nus até a cintura, com figuras de lobos pintadas em verde sobre o peito. Cada homem tinha um colar no pescoço e um arco com presas de javali ao redor da cabeça, mantendo os cabelos louros presos para trás. Eles pareciam temerosos e confusos, observando-me com uma expressão curiosa, mas sem fazer nenhum gesto para que eu me juntasse a eles. Estavam sentados ao redor de uma grande mesa com o tampo quadriculado, sobre a qual espalhavam-se pequenas figuras entalhadas em osso e madeira escura. Um de cada vez, eles moviam uma das figuras com a ponta de sua espada. Não parecia haver nenhuma razão, nenhuma regra para o jogo, mas a cada movimento, os outros gritavam de desespero, com raiva, observando o próximo toque da lâmina.

Em um terceiro aposento, havia uma fogueira, e a carcaça de um novilho estava sendo lentamente virada em um espeto por um senhor que voltou seu rosto desdentado para mim, revelando olhos tão vazios quanto sua boca. Ele sorriu e acenou, como se sentisse a minha presença ali. E dois jovens, vestindo saiotes

Os Reis Partidos

de tecido xadrez e armadura de peito feita de osso, pulavam sobre o animal tostado em direções opostas, e batiam suas espadas curtas uma contra a outra, enquanto davam cambalhotas em pleno ar. Aquilo não era uma luta, era apenas um jogo, e seus braços nus estavam cheios de manchas vermelhas, por causa da gordura quente que espirrava da carne. *Havia algo perturbador e familiar naquela cena, eu me lembro de ter pensado ao vê-la.*

Em um quarto cômodo, mais um salão do que um aposento, encontrei Pendragon novamente, acompanhado de seu pequeno séquito, o que encerrou minha pequena expedição pela hospedaria.

Era um ambiente amplo, com bancos e mesas e um bando de homens de todos os tipos, alguns portando armas, alguns não, alguns usando mantos, outros não, alguns com o cabelo curto, outros com o cabelo preso em longos rabos de cavalo, outros com a cabeça meio raspada aqui, mais um pouco ali e uma tal variedade de tatuagens feitas em cores tão diferentes que ficava difícil dizer onde acabavam os desenhos e começavam os homens. O lugar estava uma balbúrdia, aqueles homens pareciam se divertir. Havia jarras de cerâmica com vinho, barris com cerveja adoçada com mel, e os homens se serviam das bebidas em chifres ou canecas. Todos pareciam bastante embriagados. Seis ou sete figuras, usando capas pesadas, carregavam grandes bandejas com nacos de carne assada de porco e aves no espeto.

Apenas Pendragon e seus quatro homens estavam sóbrios, e não havia comida sobre sua mesa.

Eu me sentei com eles, mas por ter cavalgado algum tempo, estava com fome e com sede. Então, servi-me de carne e de um vinho fermentado e azedo, que deixava na boca certo sabor de resina de pinho: vinho de fabricação grega, eu tinha certeza. Até os mortos, ao que tudo indicava, apreciavam os produtos do sul.

— Beba isso e você corre o risco de ficar aqui para sempre — Pendragon grunhiu para mim.

— Eu estive na Terra dos Fantasmas antes e escapei — respondi. — E estive nas tavernas da Grécia e me perguntei se veria a luz do dia novamente, abandonado no fim do mundo.

— Coma isso e os porcos do submundo vão pedir por você — murmurou um dos companheiros de Pendragon quando mordi um pedaço de lombo.

— Eu comi em mil lugares proibidos — repliquei. — Nada pode me deter, exceto a necessidade de mais.

— Espera ver o fim do mundo? — um segundo homem perguntou. Ele era jovem, tinha uma barba rala. Parecia genuinamente curioso sobre mim, assim como um terceiro homem, sentado próximo a ele, que poderia ser seu irmão gêmeo.

— Meu mundo acabou mil vezes — eu lhe disse em um tom enigmático. — Um coração partido, uma esperança partida, um prazer partido. Mas se você tem a mesma capacidade de esquecer que eu tenho, então agradeça a qualquer que seja o deus que protege você. Esquecer é uma forma de recomeçar a viver.

— É uma forma amargurada e lamentável de viver a vida — censurou o quarto do séquito de Pendragon, um homem mais velho, seus olhos avermelhados, respiração difícil. — Mas quem sou eu para dizer uma palavra contra você? Eu ainda nem vivi. Meu tempo está para chegar. E só espero que chegue logo.

Eu perguntei seu nome. Como Pendragon, ele havia escutado seu nome apenas em sonhos: Morndryd. O nome me causou calafrios. Fiquei confuso pensando por que ele havia surgido já em idade madura, em vez de aparecer na juventude como o resto de seu bando. Mas aquela era uma pergunta para a qual, naquele momento, eu não tinha tempo de procurar respostas.

Os Reis Partidos

Fome e sede satisfeitas, perguntei a Pendragon sobre a hospedaria e os homens que eu havia visto nos outros aposentos.

— Há sete homens em um daqueles quartos, todos muito infelizes...

— Infelizes, certamente. E por uma boa razão. Eles são sete primos, todos filhos de um rei e de seus irmãos que vão resistir a uma invasão armada proveniente do leste. O exército do leste será uma ameaça incrível, legiões de homens equipados com armas inimagináveis. Com o intuito de dar um exemplo, eles irão trucidar aqueles sete homens quando eles forem ainda *crianças*. A razão pela qual eles estão pensativos e com raiva é o fato de que estão cientes, em seus sonhos, que nunca se tornarão os homens cujos corpos eles habitam enquanto esperam pela vida.

— E quem são os quatro homens jogando na mesa de tampo quadriculado?

— Eles são os quatro filhos de Bricriu, que possuirão sua própria terra em duas gerações. São apostadores compulsivos. Eles discordaram do druida que também espera por seu nascimento, que pode ter predito o destino deles, e lhes deu a tarefa que você viu: jogar o jogo 19 vezes, 19 vezes os 19 ciclos da lua. O resultado do último jogo declarará o futuro deles, mas eles perderam a conta. Jogar vezes demais ou muito pouco será devastador para eles.

— É um número de luas complicado.

— Certamente.

— E quem são os combatentes pulando sobre o novilho assado?

Pendragon deu de ombros:

— Eles são um mistério para mim. Para todo mundo aqui. Eles não parecem pertencer a este lugar. Estão possuídos pelo espírito juvenil de uma era diferente. Eles pulam compulsivamente. Quando chegam ao limite de suas forças, dormem por vários dias e depois se alimentam do novilho. Quando a carcaça é destroçada, outro novilho é posto no espeto e os pulos recomeçam. Eles carregam um segredo, pelo menos é o que eu desconfio. Mas nem eles conhecem a origem desse segredo.

Eu não contei a ele que a atividade dos dois rapazes pareceu familiar para *mim*. Eles eram saltadores de touros, mas naquele local essa não era uma prática comum.

Então, disse a Pendragon que eu escutara que ele estava esperando por mim. Perguntei o que ele esperava de mim. Sua resposta me surpreendeu. Eu não havia esperado uma resposta tão desanimada. Ele falou em um tom formal, como se fosse Aquele Que Fala Pelo Futuro em vez de um rei à espera.

— Nós estamos cientes de que um dia vamos cavalgar, vagar e controlar a terra. Sabemos que estamos esperando nossa vez. Nós todos estamos cientes de que nossos sonhos não significam nada. Nós nunca nascemos, somos apenas os espíritos de vida, e vidas que um dia ocuparão este território, as florestas e as planícies, os desfiladeiros, vales, os canais do mar, os rios, aquela colina alta com suas escarpas, seus muros caídos prontos para ser reconstruídos.

E nós construiremos sobre os mortos, ou sobre o que os mortos tiverem deixado para trás.

Nós somos sombras sem história. Vivemos entre sombras que pairam, criam e lamentam a injustiça de seus ancestrais. Nós somos reféns, nós Não Nascidos, no Reino da Vingança. Vocês, aqueles que ouvem seus druidas contarem sobre quão maravilhoso será o mundo depois da morte, fiquem atentos, pois não há tranquilidade na terra dos fantasmas.

Os Reis Partidos

A vida é tão brutal depois da morte quanto é antes dela. Eu não digo a vocês que os prazeres da vida esquecida não existam mais. Eles existem. Mas quando ambos, Mortos e Não Nascidos, não envelhecem, não há compaixão. Nós não sofremos nenhuma mudança em vida, nenhum envelhecimento, nenhum terreno de testes no qual desenvolver o tipo de satisfação e realização que levam a uma calma final, para aquele momento que nós invejamos — quando observamos o mundo além do rio: o momento da passagem. O momento da liberdade sublime.

A vida curta de um homem, quando seus dias de caça terminam, conduz à vida longa do fantasma, infinitamente caçando.

Seus companheiros acenaram com a cabeça, concordando enquanto ele falava, todos eles compartilhando uma melancolia repentina.

Depois de um momento, eu o instiguei:

— E você estava esperando me ver... por quê...?

— Eu pretendo partir desta hospedaria, o que pode vir a ser perigoso. Mas eu sinto que você corre risco, como também aquele rei para quem você trabalha, e a família dele e seus nobres.

— Você está tentando me dizer que o Reino das Sombras dos Heróis está planejando atacar a fortaleza pela segunda vez?

Pendragon olhou-me, confuso:

— É estranho dizer, mas não parece ser isso. E, ainda assim, pode ser esse o caso. Quando Taurovinda foi atacada antes, os exércitos se juntaram nos vaus, praticaram com armas, prepararam-se para a batalha, exercitaram os cavalos e juntaram suprimentos. Dessa vez, nós fomos invocados a nos reunir nessas hospedarias, mas não há nenhuma menção a conflito armado. Nós estamos simplesmente esperando, apesar de

Morndryd ter patrulhado a terra atrás de nós e descoberto que há grupos de homens se movendo através dos vales. Mas eles não estão vindo para o rio.

Essa hospedaria é onde os Não Nascidos estão se reunindo. Nós todos estamos inseguros sobre isso tudo, alguns mais do que outros. Nós estávamos satisfeitos em nossa ilha, a Ilha à Beira da Aurora. Boas planícies para a caça selvagem, boas florestas para a caça mais difícil. Bons vales e colinas. Água agradável. Bosques onde a visão de mágica era reconfortante e às vezes encantadora. Quando o nível do mar baixa, de vez em quando, uma passagem elevada se revela, e, naqueles tempos, eu tive a oportunidade de cruzá-la e entrar no reino de Taurovinda.

Os Não Nascidos têm o privilégio de poder viajar pela terra na qual eles viverão. Você me viu em muitas ocasiões quando esse privilégio me foi concedido. Mas os sussurros do santuário no coração da Ilha sempre diziam que era preciso cavalgar para o exterior, que era preciso ouvir realmente, com todos os sentidos, o vento e a chuva e notar as preocupações dos que vivem. Para fazer a breve jornada. Para voltar para casa outra vez.

Dessa vez, exigiram que voltássemos para essas hospedarias e esperássemos. Barcos chegaram para nos levar da Ilha à Beira da Aurora. Nossas perguntas, geralmente respondidas claramente, agora são simplesmente ignoradas. Este não é um ataque. É algo diferente, algo maior, sinistro, e, com certeza, não é algo nobre. Uma invasão? Se é a preparação para uma invasão, há de ter uma natureza inesperada.

Voltei a perceber o clamor no salão, a comemoração barulhenta, as trocas de insultos, a tosse e o engasgar de homens que se entregavam à diversão.

Os Reis Partidos

— Há alguma força gerando toda essa ação pouco nobre e sinistra? O perigo vem de uma única pessoa?

Pendragon balançou a cabeça. Seus companheiros pareceram igualmente em dúvida:

— A resposta para essa pergunta se encontra além desta terra de sombras. E é a razão pela qual desejo sair deste lugar. Mas se eu perder você durante a tentativa... Merlin...

Ele disse meu nome com uma hesitação que sugeriu que isso significava mais para ele do que simplesmente o fato de lembrar como eu havia me apresentado. Da primeira vez em que me encontrei com esse senhor da guerra de olhos vivos e espírito alerta, nós soubemos que nos encontraríamos outra vez, embora de forma mais sólida, mais terrestre, e muito tempo depois, no futuro.

Pendragon continuou:

— Se eu perdê-lo neste momento, procure por mim nos anos que estão por vir. Procure adiante se você puder, se ousar arriscar. Há uma sensação de incerteza pairando sobre a terra que seu bom rei comanda. Um dia, este mundo passará para outro rei. — Ele se inclinou na minha direção e me endereçou um sorriso, dizendo calmamente: — E quando eu tomá-lo para mim, gostaria que ele estivesse livre do que o corrompe.

Deixei a hospedaria e me reuni a Ullanna e Niiv. Pouco depois, Pendragon e seus companheiros cruzaram a ponte intempestivamente, cabeça baixa, mantos esvoaçando atrás deles. A nuvem cinzenta e fantasmagórica que parecia envolvê-los poderia ser apenas fumaça das fogueiras, mas eu vi um rosto raivoso ali, e cinco pássaros de asas largas voaram sobre os cavaleiros, batendo suas asas na direção leste, seguindo o Não Nascido fugitivo.

7
A sombra do filho de Jasão

A Hospedaria dos Cavaleiros de Escudo Vermelho estava a dois dias de distância, e havia um território cheio de dificuldades a ser atravessado. Próxima ao vau, a correnteza era mais forte; nós nos aproximamos através de uma garganta estreita, movendo-nos sobre pedras soltas, tropeçando na madeira flutuante que havia sido depositada lá quando o rio transbordara. Havia um trecho na margem cheio de pedregulhos, diante das corredeiras e do alojamento sinistro que se estendia pela mata desgastada que atulhava o banco longínquo.

A entrada era uma porta dupla em forma de mulher, braços estendidos, mãos repousando sobre a cabeça de dois cães de caça sentados. Cada porta ficava entre um cão de caça e a mulher. Ela era esculpida em madeira escura, tinha os seios nus, as pernas cobertas por uma longa saia. Os olhos eram buracos vazios, negros como a noite. E os cães pareciam estar se aproximando para mordê-la, mas ela os mantinha a distância.

— Uma porta incomum — Ullanna observou, seca. — Mas me faz lembrar algo.

Eu havia tido a mesma sensação. Essa sofisticada escultura evocava uma imagem mais antiga, e ela não tinha nenhuma relação com o mundo de Urtha, ou qualquer mundo que o tivesse precedido. Mas qual imagem seria essa?

Os Reis Partidos

Esta era a hospedaria da qual a descuidada filha do rei havia escapado em meio à confusão, quando percebeu que quebrara um tabu, mas que também havia adquirido um senso de mudança para o bem.

Havia guardas ali. Quando deixei Ullanna na margem para cavalgar pelas áreas rasas, escolhendo meu caminho cuidadosamente sobre rochas escorregadias, eles emergiram das trevas, dois homens de constituição robusta e olhar maldoso. Ambos usavam camisa de cota de malha larga e calça de retalhos. Túnicas costuradas com couro protegiam suas costas. Ambos carregavam escudos ovais pesados e sem identificação, além de um punhado de dardos.

Quando subi até a terra seca, um deles se adiantou e despreocupadamente tomou as rédeas de meu cavalo. Ele resmungou algumas palavras, enquanto me observava com atenção. Depois as repetiu, franzindo o cenho. Eu incorporei o espírito daquele idioma por uns momentos e reconheci o dialeto do norte. Ele estava me perguntando se eu era um "morto recente" ou "algum fantasma sangrento esperando por minha carne".

Respondi que não era nenhum dos dois, mas que havia um homem me esperando dentro da hospedaria. Sua pergunta, contudo, sugeriu que o trânsito era de duas vias.

Eles permitiram que eu me dirigisse ao interior sinistro, e outra vez eu me encontrei em um labirinto de corredores com aposentos pequenos e miseráveis se abrindo em cada lado. A distância, o som era de caos, clamor de vozes e ruído de discussão. Segui um dos guardas na direção da luz. Conduzi meu cavalo, que dava trancos nervosos enquanto eu andava pelo estreito corredor até o jardim aberto no coração da hospedaria. Lá, para minha surpresa, encontrei uma praça ensolarada que pertencia à Ilha Grega, e não a Alba, um lugar cheio de oliveiras, pinheiros e pequenas casas brancas caiadas, com telhados feitos de telhas de cerâmica. O vento zunia e produzia sons de um verão diferente. O caos tinha ficado para trás. Grupos de homens e mulheres sentados à sombra conversavam preguiçosamente, alguns bebendo, outros cuidando do fogo. À sombra de uma macieira, o escudo apoiado em seu joelho, estava sentado um rapaz que eu reconheci, mais velho agora devido aos muitos anos que haviam se passado. Seu rosto tinha uma expressão dura. Seu olho direito levara um golpe cortante, e o cabelo sobre a cicatriz estava branco. Ele tinha perdido um dedo na mão esquerda. Suas pernas e braços eram cobertos por veias saltadas. Suas roupas eram simples, uma camisa listrada larga, calças na altura dos joelhos e sandálias. Mas, atrás dele, sentado assim de forma tão tranquila, suas armas estavam à mão.

Ficou claro que ele me esperava. No momento em que entrei na praça ele me viu e, com um meio sorriso, aguardou que eu amarrasse meu cavalo, aproximou-se de mim e sentou-se à sombra.

E, falando em "sombras", Orgetorix me saudou profusamente antes de dizer:

— Sim, você está certo. Eu sou apenas a sombra do homem que conheceu. Você é Antiokus, tenho certeza. Você estava presente quando tentei matar meu pai. Aquele momento é como um sonho para mim. É porque o homem vivo do qual sou a sombra se comunica comigo. Eu sinto a dor dele. Carrego suas cicatrizes. Sinto quão perdido ele está. Eu cresço com ele, e mudo com ele, mas eu sou a sombra. Eu o chamo de meu irmão de osso e sangue. Eu só existirei enquanto ele estiver perdido.

Orgetorix em forma de espírito, pelo que parecia, era tão melancólico quanto o jovem guerreiro que havia vagado pelas colinas e vales da Grécia.

Os Reis Partidos

Eu talvez devesse escrever algumas palavras sobre o que acontecera a Orgetorix. Ele era o mais velho dos dois filhos de Jasão com Medeia e nascera muitos séculos antes, depois da procura pelo Velo de Ouro. Batizado de Thesokorus, ele foi apelidado de "Pequeno Toureiro". Seu irmão, Kinos, tinha o apelido de "Pequeno Sonhador". Quando Jasão traiu Medeia com outra mulher, ela, que era uma feiticeira de grande poder, matou seus dois filhos diante do marido. Jasão ficou arrasado, nunca se recuperou daquilo e acabou morrendo de dor por causa da perda. Na verdade, Medeia usara truques e ilusão para mostrar uma aparente execução. Os dois garotos deixaram a Grécia vivos. E depois, e esta é a parte engenhosa, ela os escondeu, ainda vivos, no Tempo. Ela mandou os meninos, filhos dela e de Jasão, para o futuro, para o tempo em que esta narrativa se passa. Os garotos foram separados, mas Medeia criou um "fantasma-irmão" para cada um deles, embora isto lhe tenha custado caro em termos de vida e poder. Finalmente, os fantasmas tomaram seus próprios caminhos. Kinos morreu em circunstâncias trágicas, mas Thesokorus, conhecido agora como Rei dos Assassinos, depois de ter caído nas mãos de mercenários celtas que rondavam as ilhas ao redor do rio Danúbio, foi encontrado por seu pai. Eles lutaram na sombra do oráculo em Dodona, na Grécia, e Orgetorix rejeitou o homem mais velho, além de feri-lo gravemente.

E como Jasão tinha retornado à vida tão longe no futuro que lhe permitiu encontrar os filhos arremessados no tempo?

Bem, uma conspiração entre velhos amantes leva a isto: uma embarcação (Argo, é claro) e eu. E foi quando eu ajudei a ressuscitar o herói grego de seu lugar de descanso, no convés de Argo, no fundo de um lago na Terra do Norte, onde conheci a divina e temível Niiv, a presença persistente em minha vida, em minha mente e sob minhas peles — e também sob minha pele. Mas basta disso por enquanto.

Voltando à questão sobre o filho de carne e osso de Jasão: agora, ao que tudo indicava, ele estava em dúvida sobre sua decisão — abandonar o pai —, e essa sombra era uma parte dessa angústia.

Naquela época, eu não tinha ideia de onde se encontrava o Orgetorix vivo. Em algum lugar em Alba, certamente.

— *Você* é Antiokus? — a sombra perguntou outra vez.

— Sim, eu sou — confirmei. — Também conhecido como Merlin, meu apelido de infância. Eu tive muitos nomes.

— Eu tenho a lembrança de que o senhor é muito idoso. Mas não parece.

— Bem, eu certamente deixei mais que algumas marcas nas trilhas deste mundo. Mas o vento e a chuva já apagaram todos os meus vestígios.

Ele pareceu se divertir com isso, embora tenha sido apenas por um instante.

— Meu irmão de carne e osso está fazendo o mesmo. Os vestígios dele, diferentemente dos seus, ainda assombram o vento. Ele é atormentado por cães de caça, observado por águias. Está perto. Não demorará até que ele o encontre. Este lugar...

Ele olhou a pequena praça ao redor dele, as casas baixas e singelas:

— Eu, *ele,* esperei aqui para visitar um santuário. Em um território quente. Eu me sentei à sombra desta árvore. Estava com companheiros. Homens rudes, mas orgulhosos. E foi quando eu vi você.

A sombra olhava fixamente para mim. A lembrança era forte para ele; e, ainda assim, vinha de algum outro lugar. Eu estava curioso para saber de onde.

Os Reis Partidos

Eu me perguntei, sentado ali ao seu lado, o quanto deste lugar ilusório poderia se estender para além da hospedaria. Quando eu vi o filho mais velho de Jasão pela primeira vez, ele estava na Macedônia, esperando para subir as colinas com seus companheiros, para consultar um oráculo onde ele iria descobrir a respeito de seu verdadeiro passado. Havia sempre mentiras e verdades em oráculos e santuários. Medeia, sua mãe, residia neste oráculo na Macedônia. Talvez ela estivesse zelando por seu filho novamente, esperando por ele, esperando por mim, esperando para poder orientá-lo uma vez mais.

O que nós perderíamos por tentar?

Eu disse a ele:

— Se este lugar é um reflexo verdadeiro de onde eu o vi pela primeira vez... O seu par humano, eu digo... Então há um oráculo nas colinas atrás de nós.

— Eu sei. Fui enviado para levá-lo até lá. Eu estava esperando há algum tempo.

— Levar-me lá? Para conhecer...?

— Minha mãe.

— Ah.

Eu estava certo.

Enquanto desamarrávamos os cavalos, Thesokorus me perguntou:

— A garota está bem? Ela pareceu transtornada ao entrar na hospedaria. Mas a influência de minha mãe é muito forte. Ela atravessou todo o caminho até esta praça. Tentei deixá-la à vontade enquanto lhe dava a mensagem para entregar a você.

— A garota está bem. Ela é a filha do rei. Ela é muito corajosa.

Medeia havia criado uma fantasia intensa, árida e incrivelmente detalhada, agora eu tinha certeza. Orgetorix cavalgou lentamente pelo caminho sinuoso até as colinas, curvando-se para passar sob os galhos baixos de oliveiras retorcidas, com o tropel dos cavalos ressoando pelos desfiladeiros secos, apertando-se entre as pedras com suas esculturas intrincadas, claros sinais de que estávamos nos aproximando de um oráculo.

Atrás e abaixo de nós, a pequena praça tremeluzia no calor preguiçoso, as paredes brancas das construções confundindo-se, ainda que, para além delas, a hospedaria se estendesse, um amplo alojamento fazendo fronteira com um rio quase irreconhecível e com o mundo de Urtha ao longe, coberto de brumas. A hospedaria tomava uma forma diferente quando vista da Terra dos Fantasmas. Recebia cordialmente, confortava.

Como se ele tivesse estado aqui antes — e em seus sonhos ele estivera —, Orgetorix cavalgava vagarosamente e sem se perder, na direção do pátio externo do oráculo, seguindo os caminhos arborizados até os muros íngremes de rocha cinzenta onde a caverna falante poderia ser encontrada, atrás de sua proteção de carvalho e oliveiras retorcidas pelo calor. Esse era um reflexo, em toda sua extensão, do Oráculo na Macedônia, ao norte da Grécia. Era chamado de "o fôlego recuperado do tempo". O vento sussurrava e chamava por entre as fissuras nas pedras. Eu não consigo pensar em nenhuma forma melhor de descrever o som que vinha da terra. Orgetorix parecia estar entrando em um sonho, passando as rédeas de seu cavalo para mim e me empurrando suavemente para longe dele.

— Vá e se esconda nas pedras. Deixe-me apresentá-los. Rápido!

Ele esperou, ainda em estado de transe, enquanto eu me retirava para a saliência onde, anos antes, eu o escutara perguntar sobre seu destino, sem saber que era Medeia quem lhe respondia.

Os Reis Partidos

Amarrei os cavalos e observei na sombra. Orgetorix avançava em direção à mais ampla das cavernas, inclinando-se levemente enquanto espiava na escuridão, os braços ao longo do corpo, relaxados.

— Mãe?

Ele ficou ali por um longo tempo, sem se mexer, a brisa alisando seu cabelo. Esperei que ele fosse repetir o chamado, mas permaneceu em silêncio, ainda que inquieto, como se estivesse congelado, uma criatura pega subitamente pela luz da tocha durante a noite, incapaz de raciocinar ante o brilho repentino, o corpo paralisado, indeciso.

Depois ele chamou outra vez, quase um sussurro, e desta vez eu o ouvi dizer silenciosamente:

— Ele veio. Eu o encontrei e ele está aqui. Mãe?

A brisa ficou mais forte. Orgetorix se endireitou. O ar parecia tê-lo silenciado. Um instante depois, a cara de um carneiro, chifres enrolados e ferozes, encarou-o da ampla rachadura. Os chifres eram negros, o focinho cor de sangue, e os olhos abertos e alertas. A criatura era monstruosa. Ele se aproximou em dois saltos, elevando-se diante do jovem antes de chifrá-lo e lançar uma pata em seu peito. Depois, baixou a cabeça. O animal emitiu um som raivoso, protetor. Ele inclinou a cabeça e mergulhou um chifre na barriga do rapaz, rasgando-a em um instante. Orgetorix gritou, os olhos cheios de medo e confusão. O segundo chifre foi em direção ao seu pescoço, atravessando-o, deixando Orgetorix contorcido, agonizando, um braço erguido, como se pedisse ajuda. A criatura urinou sobre o homem moribundo, voltando o olhar para o meu esconderijo. Depois, berrou e saltou em direção à moita de carvalho que demarcava o oráculo.

Eu pude vê-lo indo para lá, espreitando, bufando, esfregando seus chifres contra as árvores, limpando o sangue. A Sacerdotisa do Carneiro, a assassina da Cólquida; a esposa de Jasão. Em uma forma *familiar.*

Esperando por mim, pelo homem que, quando o mundo estava apenas começando, havia sido seu primeiro amor.

Medeia sempre gostara de jogar esse jogo de se disfarçar de animal. Eu pensei em segui-la na forma de um lobo, mas ela — especialmente como um carneiro — estaria equiparada a qualquer animal. Um urso? Ela seria mais rápida. Um carneiro rival? Sempre houvera algo destemido em Medeia, e eu duvidava poder vencer tal batalha. Era um jogo que ela jogava, e quando me dava conta e me lembrava disso, sentia que ela não o fazia para me machucar, apenas — meu primeiro instinto — para me ver outra vez.

Mas eu poderia fazer um bom jogo também, ainda que me custasse. Quando entrei no bosque aberto seguindo seu rastro fui no disfarce raso e ilusório de Jasão, carregando um arco como aquele de Ulisses, reforçado com osso e de corda dupla.

Quando ela me viu chegando, um caçador agachado e cauteloso, golpeou o chão, irritada, bufando e andando para lá e para cá nas pedras e troncos arcados de carvalhos.

Seus olhos brilhavam, ameaçadores, em seu focinho vermelho-sangue.

Ilusão é um feitiço barato; ter tentado atingi-la poderia sair caro; mas a melhor parte foi observar seu choque com a súbita visão do odiado marido, Jasão, dos idos tempos em Iolcos, depois da viagem de Argo para a Cólquida.

O carneiro desapareceu. Eu me aproximei da caverna com cuidado, curvando-me para entrar e deixando meus olhos se acostumarem à escuridão.

Medeia em pessoa estava sentada na pedra fria, enrolada na pele de carneiro, observando-me com olhos ameaçadores.

Os Reis Partidos

— Aquilo foi desnecessário. Foi cruel.

Eu quase sorri com seu fel.

— Não tão cruel quanto o derramamento de sangue que você acabou de promover usando seu pobre filho.

— Aquele? Ele não é meu filho e você sabe disso. Só o brinquedo que eu criei para manter o irmão dele feliz.

— Um brinquedo que respirava. Um brinquedo que sentia. Um brinquedo que estava assustado. Um brinquedo que estava perdido.

— Ensinaram-nos a fazer isso. Fomos feitos para fazer isso. Você não lembra? Foi há muito tempo, Merlin. Ensinaram-nos a fazer algumas coisas difíceis. Disseram-nos que nossos ossos seriam marcados com os códigos e segredos que nos fariam mais fortes que as pedras. Disseram também que nós nunca descansaríamos, que deveríamos conservar os presentes que nos fossem dados, esse feitiço, essa mágica. Disseram-nos para "percorrer um Caminho". Mas um por um — você se lembra dos outros? Havia outros. Um por um, nós caímos na beira do caminho. Caímos na carne. Caímos no amor. Um por um. Todos, exceto você. Brinquedos? Nós somos todos brinquedos. Você faz, de longe, pior do que eu, quando vem com *intenções maldosas*. Eu tive dois filhos de Jasão. Eu salvei os dois daquele monstro, seu amigo, aquele mesmo Jasão. E dei a cada um deles um "brinquedo"... O fantasma de seu irmão. Os brinquedos foram o sinal de amor por meus filhos. Tive de escondê-los daquele monstro, seu *amigo,* Jasão! Tive de separá-los. Mas eles não aguentariam ficar separados, então, criei um brinquedo para cada um deles: um irmão da sombra, um menino-sombra, a imagem e suas necessidades. O conforto de companhia familiar. Os brinquedos não importam, como você bem sabe. Apenas os filhos importam. E um deles já está morto. O outro... vivo. E é por isso que eu quis você aqui. Nós devemos falar de Thesokorus. Eu preciso de sua ajuda. E devemos tratar do outro homem. Seu amigo. Jasão.

Havia uma mistura de intensidade, incerteza, fúria e arrependimento na voz de Medeia, de maneira que, por um tempo, eu não consegui responder. Nós nos sentamos em silêncio. Ela primeiro, com os olhos perdidos na distância, e depois, olhando um pouco mais afetuosamente para mim.

A lã do carneiro havia afrouxado e eu desconfiei de que ela estava deliberadamente permitindo-me ver seu corpo nu, escondido ali.

Eu recuperei a voz:

— Por que você está fazendo isso?

— Fazendo o quê? — ela perguntou, franzindo a testa.

— Por que você está sentada aí, me ridicularizando? Vestida em uma pele de carneiro?

— Talvez eu queira mostrar-lhe minhas cicatrizes.

Ela se moveu e veio em minha direção, segurando a veste mais cuidadosamente sobre seu corpo nu. Medeia inclinou-se diante de mim, observando-me, divertida.

— Minhas cicatrizes, Merlin. As cicatrizes de uma vida longa, dura e desesperada. Você gostaria de vê-las?

— Por que você quer que eu as veja?

Ela se acomodou, cruzando as pernas, ajustando a pele de carneiro para cobri-la.

— Você viveu muito, mas não o suficiente. E sabe por que eu digo isso? Porque você esqueceu o dano que causou. Eu nunca, jamais esquecerei o dano que você causou. E meu corpo tem as cicatrizes para comprovar. Há homens aqui — ela provocou, apontando para seu peito e sua barriga. — Muitos homens. Muitos Jasões, ainda que ele tenha sido o único a deixar a cicatriz mais profunda. Ah, sua própria cicatriz?

Os Reis Partidos

Ela deu um pequeno sorriso:

— Está em algum lugar aqui, abaixo da lã, se você quiser ser lembrado. Você foi o primeiro, Merlin. O menino cresceu bastante, mas ainda não conseguiu amarrar os cadarços dos sapatos. Não é isso o que significa "Merlin"? "Não pode amarrar seus laços." Mas sua marca está em mim. Quantas marcas há em você?

— Minhas marcas são mais profundas. Eu as escondo.

— Claro que esconde — ela sorriu. E depois pareceu relaxar. — Ou talvez elas tenham se apagado, como urticária e arranhões de roseiras. Como aquela pequena rosa de neve que você violentou apenas para seu prazer. Quantas rosas de neve, Merlin? Quantas rosas perderam o frescor porque encontraram um homem que não consegue cair para o lado na beira do caminho; que não consegue se apaixonar; e continua a caminhar, sacudindo-se para eliminar o toque da vida de si mesmo, como um cão se sacode para eliminar a água da chuva presa em seu pelo? Eu tenho pena de você.

— E eu tenho pena de você. Seu grande amor, seus filhos, os vestígios de seus filhos, todo aquele tão precioso toque de vida acabou assim.

— Assim como?

— Perdida, sozinha, abandonada, completamente desamparada. Miserável em sua melancolia, desesperada em sua angústia, temida em sua dança com a morte. Você *está* morrendo, Medeia. Você usou demais seus poderes. Custa pouco refazer um rosto. Mas não se consegue renovar o coração.

— Oh, meu Deus... — ela murmurou lentamente, balançando a cabeça. — Que poeta caído em desgraça está sussurrando para *você*, eu me pergunto.

Nós ficamos em silêncio por uns instantes, cada um perdido em suas próprias escolhas, cada um recordando a seu próprio modo. Os ânimos pareciam estar mais brandos. As palavras afiadas de Medeia trouxeram de volta um passado apaixonado, e a terra em que nós compartilhamos isso, ainda que brevemente.

Eu disse algo que teria sido melhor não dizer:

— Houve um tempo no qual eu teria arrastado você do túmulo. Como um último gesto de amor.

— Ah, é mesmo?

— Sim. Talvez nada tenha mudado.

— Então vou tomar as devidas providências para ter certeza de que serei cremada! — Sua gargalhada parecia com o ruído de uma gralha. — Você pode fazer um esboço de meu corpo em sua cama usando minhas cinzas.

— Você é cruel.

Seu suspiro foi de desespero, enquanto apoiava a cabeça nas mãos:

— Oh, isso outra vez não! Não, Merlin. Não seja cruel. Eu estou cansada — e ela parecia mesmo cansada, quando subitamente olhou para mim. — É o que a vida lhe faz. É *você*, Merlin, que está morto. Não eu. E você já está morto há muito tempo. Desde que você era um garoto, na verdade. Nem uma rosa de neve, apertando-o entre suas mãos hábeis, colocando a seiva da manhã e da noite em você, para que ela então possa consumi-la ao seu próprio capricho, nenhuma prostituta de *gelo* pegajosa pode mudar o fato de que você morreu quando construiu aquele estúpido barquinho...

— Que estúpido barquinho?

— Você o chamou de Pequeno Viajante. Você o preparou para flutuar sobre o rio em que nós crescemos, quando éramos crianças. Você disse que ele voltaria, porque todos os rios voltavam para suas nascentes. Você não se lembra? Você devia se lembrar, Merlin. Mesmo os Mortos têm memória. Aquele barco

Os Reis Partidos

significava tudo para você. Quando você o deixou flutuar... seu coração foi junto. Nós, que ficamos, praticamos nossas habilidades e seguimos nosso caminho de acordo com o que estava escrito dentro de nós. Mas você: oh, Merlin, tente se lembrar. Você flutuou junto com aquele estúpido barquinho. Você é o único de nós que nunca agarrou as chances que lhe foram dadas.

Eu me lembrava do Viajante como se fosse um sonho. Sua construção me tomou muito tempo. Um dia, a embarcação-modelo zarpou para longe de mim, pega por uma correnteza no rio, perdida para sempre na floresta erma entre as montanhas. O que Medeia sabia que eu havia esquecido?

Eu a vi mais claramente agora. Ela se agachou diante de mim, uma mulher de idade, cabelos grisalhos, bochechas caídas, olhos ferozes, certamente, e intensa em aroma e presença. Medeia ajoelhou-se diante de mim, subserviente, mas esta não era uma posição de humilhação ou mendicância. Eu me sentei, trêmulo e incerto, excitado e com a boca aberta. Ela me lançou um olhar que desejava que eu fosse gentil e forte.

— Você me quer, Merlin? Você me quer como costumava querer? Ou você esqueceu o quanto me quis?

— Esqueci — eu disse sem rodeios, e percebi uma pequena expressão de desapontamento em seu rosto, rápida como a batida de uma asa, todavia perceptível. Seu humor poderia mudar muito rápido. — Mas eu não me esqueci de que brincávamos disso antes.

— Brincávamos? Voltamos aos brinquedos?

— Brincar de sedução. Você já fez isso comigo antes. Centenas de vezes.

— Centenas de vezes — ela repetiu, encolhendo-se de volta para dentro da pele de carneiro. — Centenas de vezes antes. Você se lembra de todas elas, suponho.

— Eu sei que você me enganou antes.

— Você é tão fácil de enganar. É difícil resistir a você. Mas a trapaça é mais do que simples trapaça: é provocação. Depois da provocação vem o prazer. Você parece ter-se lembrado das trapaças e não da paixão. Que homem estranho você é, Merlin. É tão velho quanto eu, apesar de sua aparência jovem. Mas é tão antigo quanto o tempo. Como frutas, nós estamos maduros e doces. Na verdade, nós estamos tão terrivelmente velhos que deveríamos estar apodrecendo nas videiras. Mas você está ainda azedo. A juventude o manteve azedo. E isso me intriga. Eu me lembro de quando você era jovem, e você era tão gentil quanto peixe de água-doce. Você disse o mesmo para mim. E você deveria saber que nunca me provei do jeito que você me provou. Mas você cresceu tão amargo.

— Eu não deveria ter esperado mais nada de você.

— Nada mais do que o quê?

— Nada mais do que os mesmos truques. Nós estivemos aqui antes. Você sabe disso. Nada que você diga pode esconder o fato de que está tramando alguma coisa.

— Eu confesso que o enganei antes, mas não agora.

— Eu me lembro dessas mesmas palavras. De antes.

— Eu mudei minha opinião a respeito de muitas coisas, Merlin. Não vou dizer que fiquei mais sábia. Eu estou cansada. Cansada de invocar a ira e a agressão contra um homem que um dia foi brutal, mas que hoje está tão perdido quanto eu. E não, eu não estou falando de você. Eu falo de Jasão. Eu tive dois filhos, Merlin, dois que eu mantive. Eu deixei muitos irem antes que pudessem dar o seu primeiro suspiro. Eu tive de fazer isso. Eles eram parecidos demais com o homem. Mas eu mantive dois, e os amei. Um Pequeno Sonhador e um Pequeno Toureiro; um garoto ativo e um quieto. Eles eram

Os Reis Partidos

encantadores, cada um deles de seu próprio jeito, e, claro, para Jasão também. Quando os roubei de Jasão, eu o matei bem ali, naquele momento, e depois matei tudo o que ele havia conhecido, cada desejo em seu coração, cada sonho de paz em sua mente. Agora eu percebo que feri a mim mesma da mesma forma. Thesokorus está vivo e nos procura. Eu digo isso do fundo do coração, Merlin. O garoto, o homem, merece estar com os dois pais.

Eu não disse nada. Medeia estava exausta; cada movimento do rosto e dos membros denunciava sua fragilidade. Eu não teria como explorar até que ponto aquele comportamento era mero teatro; pois naquele lado do rio minhas habilidades e minha percepção eram restritas e eu não podia usá-las.

Eu estava desconfiado dela, e era certamente porque ela havia mentido para mim de uma forma muito parecida, ela fora muito persuasiva em nosso último encontro também ali, na terra dos mortos, naquele mesmo lado do rio, em um vale que ecoava e aparentava ser a imagem do lugar em que crescemos. Quão facilmente eu havia acreditado em suas palavras então! Mas é claro, isto acontecera antes. A cada novo encontro com Medeia, eu me lembrava um pouco mais desses séculos passados, quando nós éramos próximos como amigos, como amantes, como caçadores, espreitando o Caminho ao redor do mundo, temerosos e maravilhados com o que estávamos descobrindo.

Era um pensamento bastante desconfortável. Eu estava ligado a Medeia porque ela, tendo dilapidado sua feitiçaria, e envelhecendo rapidamente como estava, podia se lembrar de muito mais coisas do que eu. Eu, que havia poupado minha mágica e permanecido jovem, estava pagando o preço de ter negado a extensão da minha própria vida.

Apenas ao envelhecer, eu entenderia e experimentaria a dor e o prazer dos encontros e experiências, as aventuras e perseguições selvagens que havia sido minha vida por milhares de anos. Como um veterano mentalmente comprometido por causa de alguma guerra terrível, capaz de me lembrar apenas de alguns poucos anos, às vezes uns poucos dias por vez, eu estava fechado para mim. Em alguma parte remota do mundo leste, onde tabuletas de argila eram usadas para registrar os feitos dos reis e as façanhas dos heróis, as sentenças de criminosos e a riqueza de noivas, talvez houvesse mais sendo escrito sobre minha vida do que eu poderia sonhar em cem anos. Minha vida estava coberta de barro. Eu lembrava tão pouco.

Medeia sabia disso, e sua expressão, encantadora e atraente, me dizia que ela estava ciente desse fato.

— Ajude-me, Merlin. Você me ajudará?

— O que você quer exatamente, Medeia?

— Que Thesokorus se reconcilie com o pai. Que haja uma reconciliação entre mim e Jasão. Difícil, eu sei. Algo complicado de conseguir. E é por isso que eu não posso fazê-lo sozinha.

Eu a observei por um tempo. Era difícil decifrar o que se passava em sua mente. Desejei que pudesse atraí-la através do rio onde ela precisaria de defesas mais fortes para me impedir de buscar seu espírito.

— Das suas propostas, qual é a mais importante?

Foi uma tentativa válida, mas Medeia poderia ter visto aquela pergunta óbvia da própria Lua.

— A reconciliação de Thesokorus e Jasão — ela disse. — Mas eu tentarei com todas as minhas forças ser parte da família outra vez. Mas, primeiro: pai e filho.

— Onde está Thesokorus agora? O verdadeiro.

Os Reis Partidos

— Eu não sei. Perto. Não na Terra dos Fantasmas. Mas se escondendo. Se você encontrá-lo, pode contar a ele tudo o que eu disse.

Depois de um instante, concordei. Em seguida, pedi-lhe que me ajudasse a voltar.

— O que está acontecendo ao longo deste rio? Por que essas hospedarias apareceram? Os sacerdotes em Taurovinda não têm dúvida de que elas sinalizam alguma mudança dramática..

— Eu não sei. E é a verdade. Mas não há como negar que algo está para acontecer. Algo vem sendo preparado já há algum tempo. As ilhas estão desertas. O oceano está obscurecido pela bruma, e estranhas embarcações podem ser vistas, às vezes. As florestas fechadas estão no inverno. Há enormes tempestades nas montanhas. Algo está remodelando essa terra. Há uma força agindo sobre tudo o que nos cerca. Sinto que é algo "antigo", Merlin, velho como nós. Se eu conseguir descobrir mais, prometo pela vida do meu filho que lhe conto.

Ela viu meu olhar cínico, sorriu e deu de ombros.

— Eu não tenho mais nada com o que jurar para você, então é pegar ou largar. Eu o *ajudarei*. Por favor, me ajude.

Eu não sou forte nem sábio. Nem agora, enquanto escrevo isto, nem quando Medeia me observava com olhos que nunca envelheciam, e pensava em mim com aquela mente que recordava do tempo em que ainda éramos amantes. Ela devia ter visto que eu a desejava, mas que tinha medo em reatar nossos laços de intimidade. Mas eu não conseguia resistir.

Quando a pele de carneiro deslizou de seus ombros, mergulhei em um sonho. Nós nos abraçamos por um longo tempo. Eu me lembro de ter chorado, e ela me confortou com palavras. Nós estávamos nos divertindo. Fizemos amor como os gregos. Pensei que meu coração fosse explodir com o esforço.

Depois, quando despertei de um sono leve, sentindo-me desconfortável, esperei que tudo tivesse sido um truque, que ela tivesse me provocado e me roubado, como Niiv estava tentando me provocar e roubar. Esperei acordar frio e sozinho, e sendo mais uma vez o tolo que é o homem que não se deixa levar pelo correr do Tempo.

Mas lá estava ela, uma figura triste, pequena e encurvada, enrolando-se em sua pele de carneiro, dormindo calmamente. Havia lágrimas secas em sua face. Ela murmurava enquanto respirava. Estava retraída como uma criança assustada.

Eu tentei acordá-la, mas ela resmungou em sua sonolência, contraindo ainda mais o corpo.

Ainda que o sono ajude a resolver enigmas, é também um refúgio do desespero. Exceto durante a madrugada. Durante a madrugada, cães voam até o sonho, devastando com muita ternura. Isso a acordaria? Não. Ela estava perdida. Eu deixei a caverna, cavalgando através da luz intensa, para voltar à hospedaria e depois ir embora.

Voltei rapidamente para Ullanna e seu grupo de companheiros com cabeças raspadas. Era cedo e o ar estava fresco. Três dos homens da minha guarda estavam montados em seus cavalos, armas cruzadas, olhos fechados, cochilando. Os outros dois, agachados à beira do rio, traseiros na água, conversavam e sorriam. Ullanna estava recostada sobre o lombo de sua égua marrom, a cabeça no pescoço do animal, brincando com as rédeas. Quando viu que eu me aproximava, ergueu-se, cutucou a égua com os pés, incitando-a ao galope e veio em minha direção.

Ela não estava feliz.

— Niiv voltou para a fortaleza. Eu enviei dois dos meus cavaleiros com ela. Algo a enfureceu.

Os Reis Partidos

— Tolice dela.

Ullanna estava com mais raiva do que eu imaginara:

— Você sabe há quanto tempo nós o estamos esperando?

— Não.

— Três dias! Você sabe o que comemos?

— Gansos selvagens? Salmão?

Ela bateu as rédeas de couro em suas pernas, um gesto furioso que demonstrava mais frustração do que raiva.

— Nós não comemos nada! A caça aqui está morta. Sem pássaros, sem peixe, sem caça, e a folhagem fede! Há algo errado, Merlin. Tudo parece igual, mas não é não! Está morto. E ali em volta do caminho que leva à colina também! Eu concordei em esperá-lo, mas você só voltou agora. Então, venha ou fique, a decisão é sua. Mas nós estamos fora! Cavaleiros! Aos cavalos! — ela gritou.

Os que dormiam acordaram, outros montaram, e com uma agitação de galopes, um alarido, uma barulheira de gritos — eles pareciam menos angustiados que sua líder —, o bando começou a galopar para o leste, olhando para trás o tempo todo, como se receoso do que pudesse estar nos perseguindo ou talvez para observar o que eles estavam deixando para trás.

Eu os segui em sua rota, mas mantive passos mais lentos.

Quando os alcancei, mais tarde naquela noite, eles estavam acampados entre ruínas, com uma fogueira acesa. Uma fonte perto deles fluía levemente para um poço e Ullanna estava agachada lá, apanhando um pouco de água com as mãos, enchendo uma calha improvisada para os cavalos.

As mulheres cantavam; uma pequena carne de caça estava no espeto. Talvez nós tivéssemos alcançado a zona de morte.

Ullanna me viu e fez um gesto me chamando, e indicou com as mãos que eu me agachasse. Ela encheu um pote de água fresca, segurando-o diante de mim, olhando para ele:

— O que está acontecendo, Merlin?

— Eu não sei.

Ela suspirou, um som fatigado, um suspiro triste.

— Eu não estou na vida dele por muito tempo; não quero perdê-lo. Eu não estou nesta terra por muito tempo; não quero perdê-la. Pareço muito zangada, é por esta razão: eu não quero perder o que passei a amar. Urtha. Esta terra — ela olhou para mim. — O que você tem visto nesta última estação? Nada está certo.

— Ecos do passado — eu respondi honestamente. — Faces que saem de dentro da água do poço. Memórias. E nem todas elas pertencem a este mundo.

— Algo está remodelando as coisas — Ullanna murmurou sombriamente.

Fiquei perplexo por ela usar palavras parecidas com as de Medeia.

— Sim.

— O que você acha que pode ser? O que os rostos no poço lhe dizem?

— Pistas. Observações. Nenhuma resposta. Mas estou começando a acreditar que isso tem muito que ver com Jasão. Eu não consigo explicar, é apenas uma sensação na parte humana do meu ser.

— Jasão — ela repetiu, balançando a cabeça. — O Tempo é torto. Mas... Não houve sempre relação com ele? Aqui... — ela me passou uma caneca de couro cheia e, em seguida, pegou água da fonte com as próprias mãos. — Em minha terra, beber água do poço é um sinal de boas-vindas a estranhos, desde que a água tenha o mesmo gosto em qualquer lugar. E nós a bebemos também para nos lembrarmos da boa vida e dos antigos e dos novos amigos.

Os Reis Partidos

Ela sentou-se de pernas cruzadas.

— Parece-me que você andou encontrando velhos amigos. Eu encontrei também. Aqui! — Ela tocou a cabeça com o dedo. — Mas o novo é mais importante.

A luz do fogo fazia seus olhos brilharem enquanto ela olhava para mim, e havia um sorriso fraco, mas receptivo, em seus lábios. Nós tocamos a ponta de nossos copos rústicos, um brinde.

Eu não sabia o que se passava pela cabeça de Ullanna. Ela era cita. Eu era um ancião.

Mas, juntos, nós bebemos água do poço.

PARTE DOIS

Maior, Mais Nobre, Mais Terrível

8
Noite de caça

Enquanto eu estava investigando as informações, os rumores envolvendo o aparecimento das hospedarias, Urtha e um séquito que incluía seu filho orgulhoso, Kymon, seguiram para leste abrindo caminho pela floresta até a terra dos coritani. Ali, perto do ponto onde o rio Nantosuelta se aproximava da amplidão do mar, erguia-se a fortaleza de muros altos do rei, Vortingoros, uma colina menor do que Taurovinda, mas ainda proeminente e austera.

Os coritani tiveram uma relação pacífica com seus vizinhos do oeste por muitos anos. Vortingoros, quando criança, havia sido adotado por um tempo, em Taurovinda, pelo pai de Urtha. Ele era dois anos mais velho do que Urtha, e, naqueles tempos, eles haviam compartilhado o espaço na terra do rei, e caçando na beira da Planície da Batalha do Corvo, eles haviam "trocado golpes", que significa tocar o oponente com o que, não fosse a combinação feita anteriormente, seriam golpes considerados mortais, mas, em vez disso, não podiam causar ferimentos.

Apesar dessa potencial humilhação para o garoto mais velho, os laços de amizade criados com essa convivência continuaram até a idade adulta dos dois. Mas essa amizade perdeu-se em uma disputa a respeito de gado encontrado pastando solto ao longo do rio que ligava seus territórios, e que poderia pertencer a

Os Reis Partidos

qualquer um dos reinos. A guerra, que não passou de uma série de lutas, prolongou-se por dois anos e custou diversas vidas. Mas a amizade foi restabelecida, depois de um acordo de combate de campeões e troca de escudos, cavalos e escravos de igual valor. Depois desse conflito, a amizade durara.

Dessa vez, no entanto, a nação coritani estava muito apreensiva, em um estado que beirava o medo.

Quando o comandante militar Brennos chamara os guerreiros mais valentes dos clãs do reino para participarem de um grande ataque de vingança ao oráculo em Delfos, na Grécia, muitos dos campeões de Vortingoros responderam ao chamado, e, em igual número, os campeões de Urtha. Eles haviam cruzado o mar para se juntar à expedição armada no rio Danúbio, que estava pronta para avançar para o sul, explorando e saqueando todas as terras que atravessassem. A Grande Busca, como ficou conhecida, no fim triunfou, mas os homens que dela participavam acabaram descobrindo que Delfos já havia sido pilhada e que seu tesouro fora levado. A maioria retornou para casa desiludida e com ferimentos de combate.

E aquela viagem, que começara com alegria, confiança e esperança em cada coração, acarretou mudanças assustadoras e confusas a ambos os reinos. No caso de Urtha, até mesmo trágicas.

Urtha voltou para encontrar sua terra arruinada: deserta, devastada e destruída, sua fortaleza saqueada e queimada, muitos de seus amigos — e um de seus filhos — mortos.

Para os coritani, a mudança também fora sombria, mas muito mais estranha. Toda a vida selvagem da floresta fora dizimada, assim como todos os peixes dos rios e córregos. Sobraram apenas os pássaros, que sobrevoavam o território em bandos enormes. O sabor do corvo é horrendo, mas, em breve, até uma criança conseguiria acertar um desses caçadores de carniça com uma flecha. Ver um reino abandonado dessa forma pela natureza é por si só muito estranho.

A esta altura, depois que os campeões e guerreiros menos importantes já haviam partido para oeste a cavalo ou pelo rio, de onde atravessaram o oceano para se fixarem na foz do rio Reno, imagens de madeira dos que haviam partido começaram a surgir nos bosques. Elas uivaram por algumas noites, sons terríveis que impediam os druidas de entrarem naqueles lugares sagrados. Por isso, os druidas se dispersaram na escuridão, por todo o território, alguns para a beira da água, outros para os arredores da floresta, alguns para os desfiladeiros estreitos, outros para o alto dos penhascos. Em cada um desses lugares, eles se ajoelharam, armas de carvalho recostadas ao corpo, e se tornaram frios, árvores duras mais uma vez.

Cada efígie era a representação perfeita do homem que havia ido para o ataque a Delfos.

Urtha ouvira falar sobre isso e ficara intrigado. Na ocasião de sua viagem para a terra dos coritani, com Kymon e seu séquito, quando eles chegaram ao alto do forte a oeste, sua curiosidade foi aguçada de novo.

As efígies que espreitavam da vegetação rasteira, agora cobertas de heras, algumas meio tombadas, haviam sido pintadas e cortadas com cruzes e espirais e decoradas com grinaldas de flores mortas, ou cobertas com xales vermelhos esfarrapados. Ao longo do rio margeado de salgueiros, podia-se ver a mesma coisa. Havia poucas estátuas ali, e os corvos e outros pássaros haviam sujado as efígies de seu próprio jeito, grandes listras brancas deteriorando feições um dia altivas.

Ainda assim, esses homens ajoelhados haviam sido adornados por mãos desajeitadas e enlouquecidas.

Os Reis Partidos

O primeiro pensamento de Urtha foi que eles haviam se tornado memoriais de homens mortos, e que famílias vinham visitar essas imagens para relembrarem os que haviam partido.

Ele estava parcialmente correto. Vortingoros deu-lhe uma explicação detalhada sobre o que havia acontecido, depois de recebê-lo de forma apropriada e oferecer aos seus convidados comida e vinho forte e doce, salvo do naufrágio de um barco mercante do leste, arrastado à terra pelo revolto mar costeiro de seu reino. Vortingoros fez que seus hóspedes fossem recebidos com músicas e com a poesia de seu mais velho e mais respeitado poeta, Talienze, um homem de cabeça raspada e rosto sem barba. Talienze vinha do outro lado do mar cinzento, de algum lugar ao sul, e era um prisioneiro de Vortingoros que, na virada do inverno, havia trocando a morte certa por seus talentos, que eram variados e frequentemente divertidos.

Talienze sentou-se em um banco atrás de Vortingoros, com os conselheiros do chefe e com a Alta Sacerdotisa. Urtha percebeu que enquanto Vortingoros falava, os olhos do poeta estavam semicerrados, seus lábios se movendo quase imperceptivelmente. Ele estava, talvez, memorizando a conversa.

— Você tem um bom filho — Vortingoros disse, erguendo sua tigela de vinho para o garoto. — Seus olhos me dizem que ele viu a morte, e também a cortejou. E venceu, é claro, até porque ele está aqui.

Urtha ergueu sua tigela.

— O garoto teve um momento complicado de...

— Eu posso falar por mim — Kymon exclamou de repente, pondo-se de pé e encarando o pai.

Embora Urtha estivesse surpreso com a aspereza de seu filho, olhou para ele em pé, sem se deixar abalar, com uma postura pomposa.

Robert Holdstock

— Não, você não pode!

Dividido entre a raiva juvenil e o entendimento de qual era o seu lugar, Kymon foi incapaz de falar por um instante. Por fim, disse:

— Eu sei que ainda tenho de encarar o desafio, mas certamente fiz o suficiente na retomada de nossa fortaleza, para estar apto a falar...

— Não! Você não está. Sente-se.

Kymon hesitou o tempo suficiente para sinalizar sua desaprovação ante as palavras de seu pai e se sentou, cruzando as pernas e se inclinando para frente, o olhar fixo no mastim que dormia aos pés de Vortingoros. Este olhou para Kymon por um momento e acenou com a cabeça.

— Eu estou muito interessado em ouvi-lo, Kymon, mas seu pai está correto. Ouça o conselho dele. Você tem muito a dizer, pelo que percebi, e, sem dúvida, muito a oferecer. Mas na hora certa e da maneira correta.

— Você é muito gentil — Kymon murmurou.

— Sim. E eu tenho um sobrinho que é tão cabeça quente quanto você. Ele não está aqui agora, mas você o conhecerá em breve. — Ele se recostou na cadeira. — Eu perdi meus filhos, todos os três. Eram mais velhos do que você, mas não muito. Eles foram mortos quando o seu irmão Urien foi morto. Você se lembra dele?

— Urien? É claro. Ele lutou como um homem e foi derrotado. Eu fui arrastado para um local seguro, choramingando, por cães.

— Graças ao Bom Deus que você foi — Vortingoros disse. — Você terá uma vida longa agora.

— Não como um cão!

— Aqueles cães — Urtha repreendeu o filho — eram meus cães de caça. Um deles morreu tentando proteger seu irmão

Os Reis Partidos

dos assassinos, os outros dois salvaram você e sua irmã. Cães? Como você ousa chamá-los de cães? Cães de caça, garoto! E valentes como qualquer campeão. Se eu morrer amanhã, aqueles cães de caça se tornarão seus.

— E eu os receberei — Kymon concordou, com um tom insatisfeito. — Eles estão velhos, mas eu os receberei.

Houve um momento de pausa enquanto pai e filho se olhavam. Kymon disse:

— Eu serei cão de caça tão bom, tão rápido e tão temerário quanto o seu Maglerd, que me salvou. E Uglerd, que salvou Munda. Eu serei o cão de caça de meu pai e ficarei orgulhoso disso.

Então, Urtha disse, com um sorriso de orgulho:

— Você terá o seu momento, Kymon. Muitos momentos. Longos depois que eu morrer.

— *Eu mal posso esperar* por isso. Por *ter meus momentos* — ele disse, e depois rapidamente se corrigiu: — Não por você morrer.

Vortingoros sorriu, derramando vinho de sua tigela:

— Todo este caminho, uma longa jornada, para ter uma discussão de família e reconciliação? Bem, se essa foi a sua finalidade ao vir aqui, Urtha...

A paz foi restaurada.

A discussão se voltou para os presságios de mudança: aqueles do passado, aqueles que se manifestavam no momento.

Vortingoros virou-se para um de seus conselheiros, murmurou algo, e o homem deixou o alojamento do rei, voltando alguns instantes depois, arrastando, com ajuda, um pequeno carro com uma efígie de madeira disposta e torcida sobre ele. A figura estava gritando, uma das mãos repousando sobre o peito, a outra cerrada. Era a imagem exata de um guerreiro moribundo em seus espasmos de morte: olhos meio abertos, boca se abrindo, cabeça entortada para trás, armamentos ainda pendurados em seu cinto e ombros.

— Este é Morvran — Vortingoros disse em voz baixa.

— Um de seus mortos?

— Não. Um de nossos vivos. Morvran voltou da Grécia, daquele oráculo deserto em Delfos.

Kymon estava olhando a figura com uma fascinação infantil. Urtha correu sua mão sobre a madeira polida do rosto da efígie.

— Este é o rosto e a postura de um homem caído em combate. Você está certo de que Morvran foi o homem que saiu de lá?

Vortingoros então descreveu os eventos que se seguiram ao ataque em Delfos e o retorno de sua espada e lanceiro.

Eles haviam voltado em pequenos grupos, que contavam com algo entre quatro homens e quarenta, remando rio acima, ou cavalgando em cavalos roubados. Muitos retornaram a pé. Todos eles estavam exaustos, muitos com raiva e uns poucos triunfantes, embora mesmo esses só trouxessem consigo o espólio mercenário conseguido durante sua retirada.

As famílias receberam os homens. Vortingoros acendeu dez fogueiras ao redor de sua fortaleza, cada uma com porcos e bois assando e jarras de pedra cheias de cerveja com cheiro pungente.

Vortingoros nunca economizava quando se tratava de surpresas e prazeres, e nunca hesitava em compartilhá-los.

Poucos dias depois, o uivo vindo da floresta começou novamente, dessa vez durante o amanhecer.

Enrolados em seus mantos, uns poucos homens e dois druidas cavalgaram na direção do rio, através do nevoeiro da manhã. Várias formas se moveram diante deles, escudo sobre a cabeça, espada apontada para a direita. Quando os cavaleiros

Os Reis Partidos

as alcançaram, viram que eram as efígies daqueles vivos que haviam retornado. Eles uivaram como lobos, um som que evoluiu para um tipo de lamúria, quando os guerreiros de carvalho alcançaram o rio e pisaram na água. Lá, eles rapidamente perderam a forma, simples cortes do tronco de uma árvore, o brilho de sua pele se transformando nas ranhuras espiraladas e profundas da casca do carvalho.

A madeira morta flutuou na direção do mar. O silêncio repentino foi bem-vindo.

Dia após dia, as mesmas aparições ocorriam, a mesma lamúria era ouvida em toda parte. Aquela era uma forma de vida para os homens de carvalho. Talvez eles estivessem lamentando o retorno para as sombras.

Depois, por curiosidade e na esperança de aprender algo sobre a vida de carvalho, o druida, que era Aquele Que Fala Pela Terra, convenceu Morvran — que retornara recentemente da busca — a deixá-lo fazer uma emboscada para sua efígie enquanto ela caminhava para o rio. Morvran, ignorante de sua situação, concordou prontamente. A estátua lutou com Morvran e quatro outros, mas em algum momento foi derrotada e, com um grito aterrorizado de angústia, caiu, congelada, na posição em que estava agora preservada.

Morvran ficou deliciado com aquele troféu. Ele ajudou a transportá-lo para uma área com pedras e espinheiros, onde seria guardado, vestindo-o com sua própria armadura de batalha e saiote de guerra, e gastou muito tempo satisfazendo a curiosidade dos visitantes, falando sobre suas façanhas de combate na Grécia.

Vortingoros e Aquele Que Fala Pela Terra toleraram a vaidade e fanfarronice do homem até durante o banquete pelo dia do fogo, para celebrar a primeira semeadura de cereal, quando ele disse para quem quisesse ouvir que a efígie provava seu "triunfo sobre os truques do Outro Mundo".

No momento em que ele pronunciou essas palavras, o rei o repreendeu. Aquele Que Fala Pela Terra amaldiçoou Morvran antes de deixar seu lugar no banquete para voltar ao pomar de maçãs, onde iria se consultar com os crânios sagrados sobre o que havia ocorrido.

— Um pouco depois disso — Vortingoros contou a Urtha —, o homem começou a se comportar de forma muito estranha. Sua esposa acordava e não o encontrava na cama. Mas pouco tempo depois, ele voltava, fedendo à noite da floresta. Havia sangue em sua boca e, por vezes, catinga de lobo em suas costas. Ele dormia, mas depois acordava chorando. Dizia um nome com frequência, o nome de alguém da cidade, e evitava essa pessoa. Tornou-se perceptível que a pessoa cujo nome ele gritava em desespero cairia doente, quebraria um membro ou morreria. Quatro homens morreram de forma inesperada depois que ele gritou seus nomes. Todos eles haviam retornado do oráculo na Grécia.

— Estou certo de que você, como nós, pratica caça noturna sob a Lua do Lobo.

— Sim — Urtha concordou. — E sob a Lua do Cervo também. Um cervo estranho pode surgir nesse momento. Com cores estranhas.

— É uma prática comum, então. Um grupo de caça noturna saiu enquanto a Lua do Lobo estava nascendo. Uma matilha de lobos havia se escondido entre as pedras e os bosques montanhosos. As trilhas e armadilhas foram armadas, os esconderijos construídos e disfarçados, as essências preparadas, as tochas prontas para a confusão quando a família de lobos aparecesse.

Os Reis Partidos

Nós estávamos esperando agachados, o rosto pintado num tom escuro, mantendo nossos olhos afastados do reflexo da lua, quando um lobo cinzento, altivo, um macho grande, repentinamente saltou da margem da floresta, parou e farejou o ar. Ele era um bom adversário e seria um bom troféu, tinha uma boa pele. Mas quando nós pensamos nisso, transpiramos de empolgação e a criatura sentiu nosso cheiro e virou em nossa direção mostrando os dentes. Notamos que seus caninos eram tão longos quanto punhais, de um branco resplandecente sob a luz da lua. Nós teríamos de atacar rápido, e arriscar sermos atacados brutalmente.

Naquele momento, uma figura apareceu do nada, um homem com o manto esvoaçante e os olhos flamejando. O lobo virou-se para encará-lo, uivando com raiva e energia. O homem *deu uma cambalhota* sobre a anca da criatura, caindo em pé e se virando para atacar de novo. Aqueles dentes poderiam partir duas cabeças com um rápido movimento. Outra vez, a aparição correu na direção do animal e deu uma cambalhota sobre sua anca.

Dessa vez, quando o lobo correu para ele, o homem desferiu um monumental golpe na cabeça do animal, matando a criatura imediatamente. Em seguida, subiu na carcaça do bicho e a virou para cima, observando seus traços, segurando a cabeça pendida pelas mandíbulas. E ele gritou, o grito de um homem que cometeu uma ação terrível.

Com a mesma rapidez que aparecera, o homem com manto correu da cena do assassinato e se perdeu nas sombras. Nós nos aproximamos cuidadosamente da criatura morta. A floresta perto de nós parecia pesada com a respiração do resto do grupo, e uma repentina visão nos assustou. Nós não havíamos apagado as tochas. Mas apenas pela luz da lua, vimos o rosto sem vida, com suas marcas pretas e brancas e olhos expressivos. E, por um instante, vimos um rosto humano ali. Apenas por um instante. E todos concordamos ter reconhecido o homem.

— E logo depois do acontecimento, o homem caiu doente.

— O homem morreu à noite. Ele havia sido um campeão no campo de batalha e nos torneios. Era um homem bem conhecido e querido. Todos nós lamentamos.

— E o homem com manto... Morvran?

Vortingoros acenou gravemente.

— Ele gritou em sua cama. Ele gritou o nome do homem que morreria. Ele tinha o odor da noite e do almíscar do lobo. Não negou o que havia feito, embora apenas clamasse que aquilo tinha sido um sonho. Quando nosso amigo morreu, os druidas e sacerdotes convocaram um interrogatório e um julgamento. Eles o levaram para o bosque por cinco dias e cinco noites. Não chegaram à conclusão do que ele era, o que havia se tornado, ou o que o possuíra. Então, o despacharam. E foi isso.

Despacharam-no! Aquilo significava que ele havia sido pendurado de cabeça para baixo, amordaçado e apertado firmemente, suspenso de uma viga cruzada no fim de um fosso estreito, cavado na mesma profundidade de um poço profundo; depois fechado do mundo acima com uma rodela grossa de carvalho, com pedras em cima, terra e oferendas de carne e bebida, bagas e tutano de osso no topo, todos para satisfazer a fome de qualquer "espírito descendente" que pudesse ficar curioso sobre o cadáver abaixo; um estímulo para deixá-lo em paz. E feitiços em metal e pedra estavam no topo do fosso, para lacrá-lo. Bastante terra foi amontoada sobre o lacre.

E Morvran se foi para sempre.

Esses eventos rapidamente se tornaram conhecidos nos povoados e vilarejos do território tribal dos coritani. Os coritani se tornaram um povo temeroso dos seus próprios sonhos. Os eventos eram incompreensíveis para eles, para os videntes,

Os Reis Partidos

para os druidas e para Aqueles que Falam. As Altas Sacerdotisas, com seus poderes de *imbas forasnai*, a luz da previsão, também não tinham respostas.

Urtha observou seu velho amigo de perto. Vortingoros parecia perturbado simplesmente com a lembrança da história que ele havia contado.

— Por que você não veio para Taurovinda antes, quando essas coisas estavam acontecendo? Talvez nós pudéssemos ter ajudado.

O outro homem foi ligeiramente arrogante:

— Você acha que eu não pensei em pedir? Mas *como* vocês poderiam ter ajudado? Tendo em mente a localização de sua fortaleza, imaginei que você tivesse problemas suficientes em suas mãos.

— Problemas, certamente. E enigmas. E é por isso que estou aqui, para pedir emprestado alguns dos seus melhores homens. Eu trouxe meu conselho e Aquele que Fala Pelos Reis, para negociar um tributo justo em troca disso.

Pela experiência de Urtha antes do ataque na Grécia, Vortingoros normalmente teria prestado atenção a isso e perguntado: o que exatamente você está oferecendo? Cavalos? Gado? O empréstimo de um touro? Rodas de carro de guerra?

Mas para horror de Urtha, Vortingoros balançou a cabeça:

— Seus enigmas têm algo que ver com as Sombras dos Heróis? Com a Terra dos Fantasmas?

— Não é sempre assim?

— Mesmo se eu pudesse incitá-los, duvido que eles quisessem entrar em sua terra. Esta é uma nação assustada, Urtha. E agora eu expliquei o motivo, não expliquei?

— Mas se a ameaça contra nós for tão grande quanto nossos druidas acham que ela pode vir a ser, então seu território não está seguro também. Você me ajudou uma vez antes, Vortingoros. A visão de cem dos seus cavaleiros saltando da floresta para a margem da Planície de MaegCatha, enquanto eu lutava para recuperar Taurovinda do exército ocupante, inspirou muitos poemas e músicas dentro de nossos muros. Foi um momento heroico. Meu filho lutou ao lado de seus próprios campeões.

— Eu me lembro — Vortingoros murmurou com um olhar afetuoso para Kymon. — Foi um bom trabalho com o carro de guerra. Você controlou os cavalos muito bem. Mas as coisas eram diferentes na época.

— Talvez os homens fossem mais corajosos na época. Então, se os homens não podem nos ajudar, o que acha dos garotos? Eu posso guiá-los.

Agora, Urtha também se pôs de pé, bufando e com o rosto ruborizado. Ele soltou o broche de ouro que segurava o manto em seu ombro e deixou a vestimenta cair, um sinal de desculpa ao seu anfitrião. Então, olhou duro para o filho, que respondeu ao seu olhar com frieza.

— Você pagará caro por esse comentário. E Vortingoros escolherá o pagamento . Agora, deixe o salão.

Vortingoros disse rapidamente:

— Urtha, eu gostaria que ele ficasse. Não me senti insultado por suas palavras. Indelicadeza em um comentário não quer dizer necessariamente que esse comentário seja falso. Kymon está certo. Não é apenas medo que nos aflige. É a falta de coragem. As florestas estão começando a exalar o cheiro de *dhiiv arrigi*, os renegados de gerações voltando em busca de vingança. Eles parecem saber que nós estamos enfraquecidos.

— Os *dhiiv arrigi* estão se tornando um incômodo na minha terra também. É parte do enigma.

Os Reis Partidos

Vortingoros puxou um dos longos fios de cabelo de seu bigode.

— Os Mortos estão formando um novo exército?

— Eu desconfio que sim. O Viajante está no rio enquanto nós conversamos, seguindo pistas, avaliando a força deles. As Cinco Hospedarias apareceram. Nós acreditamos que isso sinaliza uma invasão maior do que a anterior.

— O Viajante? Aquele seu amigo feiticeiro?

— Sim, Merlin.

— Bem, isso é útil. Nós podemos atravessar o rio e ganhar visão e premonição.

Urtha balançou a cabeça:

— Os poderes dele diminuem quando cruza o rio Nantosuelta. Além disso, ele divide os poderes de feitiçaria como um idoso divide sua cerveja: de má vontade.

— Diferentemente de uma mulher de rei que distribui seus favores — Vortingoros suspirou.

Urtha ficou chocado com aquela indiscrição, que não era de forma alguma digna de um rei. Ele entendeu o comentário, mas não respondeu. Aylamunda, sua mulher, havia sido impecável em seu comportamento em relação ao marido antes de sua morte. Ullanna, sua companheira na morada real, mataria qualquer homem que tentasse tocá-la de forma íntima ou que tentasse enfeitiçá-la.

Vortingoros pareceu ter percebido que ultrapassara o limite e, com um pigarro, voltou ao assunto.

— As Cinco Hospedarias — ele repetiu. — Já faz muito tempo que eu ouvi falar *delas*.

Ele virou-se ligeiramente para seu poeta, Talienze, que se inclinou e sussurrou algo em seu ouvido por alguns instantes. O olhar de Talienze não abandonou Urtha em nenhum momento enquanto falava com seu rei. Urtha estava curioso com o que Talienze poderia saber sobre as Hospedarias, considerando que ele era de outra terra. Mas o fato é que todos os poetas possuíam memória prodigiosa. Era quase certo que o ex-prisioneiro havia decorado toda a história da terra para a qual ele fora levado, e dos reinos que a circundavam.

— Eu preciso pensar um pouco sobre o assunto — Vortingoros finalmente disse. — Posso concordar que a situação é séria. Oferecerei a você a ajuda que eu puder. Mas antes devo discutir o assunto com meu conselho.

— Sim, certamente.

— E devo apresentar Kymon ao meu sobrinho. Eu tenho a sensação de que os dois rapazes se darão muito bem.

Kymon sorriu e baixou a cabeça. Estaria atento ao murmúrio bem humorado no grupo de campeões no salão do rei?

— Pelo menos, antes da cerimônia do corte no queixo, sem dúvida — o rei anfitrião acrescentou, o que deixou todos mais alegres.

Vortingoros se levantou e saudou Urtha, cada um segurando os pulsos do outro.

— A propósito, apesar de tudo o que eu disse, nós ainda praticamos a Caçada da Lua. Sua hora se aproxima e, se Aquele Que Fala Pela Terra concordar, poderíamos caçar depois de amanhã, após o anoitecer.

— Caçar javali?

— Caçar um cervo, cujo bramido nos diz que é um prêmio de quatro pernas.

— Depois do que descreveu para mim, você está certo de que é inteligente fazer isso?

— Inteligente? Não. Mas a caçada ainda está em nosso sangue. Você e seu filho devem se juntar a nós. Eu presentearei vocês com a melhor porção da carne, embora tenhamos de ir

Os Reis Partidos

ao combate cerimonial juntos, se você quiser garantir a pele e o chifre — ele sorriu. — O que acha?

— Eu acho ótimo.

Uma coruja, com cara escura e penas trigueiras, subitamente deu um voo rasteiro pelo salão e foi até o feixe de luz que surgia em uma abertura esfumaçada no teto.

Franzindo o cenho para o pássaro que o surpreendera e com o comentário em voz baixa "Você observa *tudo* o que eu faço?", Urtha se retirou para o salão de convidados com seu filho e seu séquito, cansado, apreensivo, insone.

Eu teria de responder essa pergunta com muito, muito cuidado quando chegasse o momento.

9
A cerimônia do corte no queixo

Na noite anterior à Caçada da Lua, por acordo e concordância entre os dois reis, Kymon e o sobrinho de Vortingoros, Colcu, deveriam encontrar-se na arena onde o jogo aconteceria, um espaço aberto, cercado de postes emplumados e cheio de armas enferrujadas espalhadas, espadas de madeira, lanças curvas, cordas e obstáculos próprios para saltos, troncos de árvores cortados e blocos de pedra cinzenta com a parte de cima plana, cuidadosamente posicionados. Alguns dos arbustos de espinheiro da área não haviam sido podados, e bem no centro da arena havia um carvalho, bastante usado e danificado, que sugeria sua finalidade perigosa e mutiladora.

Kymon inspecionou a arena e a desdenhou:

— Não há nada brilhante. Nada feito de ferro brilhante. Nenhum objeto afiado de bronze. Não há escudos. Isto aqui parece um parque de brincadeiras infantis.

Urtha pegou uma das espadas descartadas e a dobrou até que ela se quebrasse. Ele entendera logo de cara o que aquela arena representava. Não era um parque de brincadeiras infantis, mas um eco do Campo da Batalha do Corvo. Aquelas armas, mesmo os bastões de madeira, haviam sido retiradas de campos de batalha. Urtha deu uma olhada para a luz que começava a se apagar acima dele. Ficou claro que uma ave sobrevoava o lugar, espiando e desaparecendo cada vez que

Os Reis Partidos

dava uma olhada lá embaixo. A uma das filhas de Morrigan, foi dada uma pequena missão, já que crescera para se tornar uma ceifadora de almas quando ferro temperado com sangue foi colocado de novo na forja da vida.

Haveria matança ali naquele dia. A ave era jovem, pairando por entre as nuvens; ela deveria apenas observar e aprender.

Colcu, que estivera fora com seu grupo, montando armadilhas para a Caçada da Lua, que se aproximava, cavalgava através do portão principal da colina, em um cavalo branco, adornado com penas negras e vermelhas acima dos antolhos feitos de bronze brilhante. Seus pés quase tocavam o chão. Ele cavalgou direto para a arena, guiado por seu tio, e saltou da sela estreita para confrontar Kymon. Os dois jovens se encararam friamente, enquanto seus guardiães conversavam e riam. Colcu era uma cabeça mais alto que o filho de Urtha e parecia incomodado por ter de provar seu valor enfrentando a "criança" do reino vizinho.

Apesar de Kymon se manter sabiamente em silêncio, ele estava alarmado em ver os dois colares púrpura retorcidos que Colcu trazia tatuados na garganta, uma distinção que sempre precedia a entrega e o consequente uso do colar dourado, a joia usada pelos reis e que também sinalizava que o usuário havia tirado uma vida. Colcu percebeu o olhar de nervosismo que o oponente lhe deu e esboçou um leve sorriso.

Rosto bonito, olhos pálidos, Colcu parecia-se mesmo com o guerreiro que estava determinado a se tornar, o cabelo caiado e endurecido, adequado àquela forma de conflito que, muito comumente, acabava em morte. Ele usava uma armadura de batalha, feita de couro, bem larga, uma túnica verde e cinzenta com a barra bordada em vermelho e botas curtas de couro preto. A espada que pendia do lado direito de sua cintura tinha cabo de marfim e ônix preso com couro branco. Colcu desembainhou a arma lentamente com sua mão direita, claro, e apresentou-a, permitindo que Kymon a inspecionasse.

Nenhuma palavra foi dita, mas o olhar direto de Colcu permaneceu imutável.

Kymon tirou sua espada também. Os guardiães as receberam e as partes se retiraram para seus bancos, para que os rapazes se refrescassem e recebessem instruções.

O garoto estava ansioso.

— Ele tem colares reais tatuados no pescoço — ele disse ao pai. — O que exatamente isso quer dizer?

Urtha já havia falado com Vortingoros sobre isso.

— Houve um ataque numa comemoração de caçada no Vale do Lobo, ao sul da colina. Já faz certo tempo. Vários dos cavaleiros de Vortingoros foram surpreendidos por um bando de *dhiiv arrigi*. Colcu e dois de seus companheiros participavam da festa e apesar de terem fugido quando o ataque começou, Colcu lançou uma pedra com sua funda que matou o líder dos renegados. Foi um tiro certeiro, um tiro muito oportuno, que valeu a Colcu uma promoção na Ordem.

— Bem, mas então, por que ele tem de competir comigo?

— Ele ainda tem de passar por essa formalidade, por esse torneio de jovens. E essa é uma boa oportunidade para você, Kymon, você deve vencer essa competição.

No breve silêncio assustado que se seguiu, a expressão de Kymon foi da perplexidade ao que ele considerou uma ofensa à sua pessoa, enquanto encarava o pai. Urtha puxou os bigodes grisalhos, nervoso.

— Uma formalidade? — Kymon disse com a voz fraca, e ainda assim em alto e bom som. — Uma *formalidade*? Eu não sou uma *formalidade*! Eu não sou a "formalidade a cumprir" de ninguém! Isso é um insulto intolerável.

Os Reis Partidos

— Nem tanto, nem tanto — Urtha acalmou o rapaz. —
Esta é uma excelente oportunidade. Quantas vezes terei de
lembrá-lo: controle sua raiva e só a libere quando puder usá-la
e obter vantagens com ela. E sempre procure oportunidades,
em qualquer situação.

Ao longe, eles podiam ouvir risadas. Colcu e seus acompanhantes jovens e pálidos tinham ouvido o arroubo de indignação de Kymon e estavam fazendo piadas sobre ele. Aquilo fez o
sangue do rapaz esfriar, e ele encontrou um foco para sua fúria.

— Ele é alto e parece ser muito forte — Kymon murmurou. — Esta vai ser uma competição dura. Será difícil marcar o
queixo dele para obter a vitória.

Urtha observou o rapaz alto, com o cabelo cheio de cal,
que se exibia descalço e usando sua armadura de combate.

— Sim, todas as chances estão contra você. Mas lembre-se:
o que para Colcu é uma formalidade, para você é um desafio
que lhe renderá uma linha nos versos sobre a história deste
ano. Há um bardo assistindo a tudo o que vai acontecer aqui
hoje. Ele ainda é jovem, e provavelmente está procurando por
alguns bons versos, algumas boas piadas e alguns bons insultos. Você será ridicularizado ou louvado? Só depende de você,
agora. Faça dessa formalidade uma oportunidade. E, aconteça
o que acontecer, você terá recebido seu corte no queixo. Assim,
o jogo pode começar com honestidade. E depois — nunca se
esqueça disso — sempre haverá outros bardos!

Urtha abraçou o filho e depois ajudou-o a se vestir para a
competição.

O corte no queixo de Urtha fora tão limpo e cicatrizara
tão bem, que eu só o notei quando a luz da lua refletiu-se em
sua tênue cicatriz quando estivemos juntos, tempos atrás, na

Terra do Norte. E mesmo naquela época, eu presumira que ela fosse lembrança de um ferimento de batalha. Na verdade, ele a recebera quando era ainda mais novo do que Kymon, apesar de ter atingido o queixo de seu adversário antes de receber sua marca.

Ambos, Colcu e Kymon, receberiam suas marcas um do outro naquele confronto, mas o vencedor — o primeiro a marcar o adversário, portanto —, seria sempre lembrado. Assim como também seria lembrado aquele que fizesse a segunda marca, que desse o golpe do perdedor. Colcu passaria os anos finais de sua juventude vangloriando-se de todas as formas possíveis, e o desejo de tornar-se um adulto e de se cobrir de glórias de Kymon ficaria seriamente abalado.

Urtha sabia muito bem disso. Kymon estava externando sua ansiedade de uma maneira muito direta, criticando isso, reclamando daquilo, perdendo o controle a todo momento e com lágrimas nos olhos, sofrendo por antecipação.

Urtha afastou-se dele, sendo o mais duro que podia, e até mesmo troçando um pouco com o filho. Mas acrescentou:

— Colcu não vai se gabar por muito tempo. Não vai poder se exibir para o resto da vida. Qualquer homem que exiba os dentes como um lobo cinzento, tão cheio de vaidade cada vez que vai encarar um oponente, acabará ganindo como um cachorrinho, mais cedo do que imagina.

Exibir os dentes como um lobo cinzento. Péssima ideia. Uma estratégia de luta não muito inteligente.

Kymon cuspiu na palma de sua mão esquerda e fechou o punho. Urtha envolveu a mão do filho com a sua, depois ergueu os olhos para o céu, que estava ficando cada vez mais escuro, com as nuvens movendo-se rapidamente para o oeste. O vento estava forte e trazia com ele o cheiro da terra de Urtha.

Os Reis Partidos

— Faça um corte limpo nele — foi tudo o que Urtha disse, ainda olhando para os céus. — Faça-o lembrar-se de você. Amanhã caçaremos esse cervo que brama, e depois vamos continuar tentando convencê-los a nos ajudar.

Uma roda de campeões, velhos e novos, todos de escudo em punho, formou-se em torno da arena onde a competição teria lugar. Não havia favoritismo, o círculo de homens solenes estava silencioso, avaliando os dois garotos que se encontravam, naquele instante, no centro da arena, e se abraçavam, para depois retornarem aos seus cavalos.

No momento em que cavalgaram um em direção ao outro, atravessando o círculo de homens que observavam, o coração de Urtha ficou apertado. Seu garoto estava em franca desvantagem.

Os dois garotos atacaram um ao outro, dando gritos estridentes. Depois, desmontaram e foram escolher suas armas: Colcu pegou uma lança quebrada; Kymon, uma espada de ferro sem fio. O primeiro encontro foi inconclusivo, mas Colcu mostrou-se flexível, gingando e se dobrando, atirando pedras com incrível rapidez. Ele estava usando muitos metros de corda puída para segurar a montaria inquieta de seu oponente.

De todas as formas possíveis, Colcu zombou de seu oponente e insultou o jovem dos cornovidi. Apesar de Kymon ter conseguido repelir o ataque cruel, aproveitando o mau uso do golpe esquerdo por trás de Colcu, este imediatamente entendeu sua fraqueza, encobriu-a e compensou-a.

Quando os dois se encararam no chão, pois seus cavalos, cansados, foram retirados da arena, Colcu surpreendeu Kymon com um salto duplo, e apesar de Kymon ter saltado de volta, Colcu atingiu seu oponente na panturrilha com a haste da lança quebrada. Ele jogou o garoto no chão, apoiou a lança atravessada em seu pescoço e ajoelhou-e em cima dela, colocando Kymon em posição de submissão.

O herdeiro de Vortingoros desembainhou sua espada com lâmina de bronze e fez um corte triunfante ao longo do ângulo da mandíbula de Kymon. Depois, permitiu que Kymon se levantasse e ficou quieto enquanto ele marcava seu queixo.

As marcas no queixo estavam feitas.

Os dois jovens então se abraçaram três vezes, solenes e em silêncio, sem se sentirem incomodados pelo sangue que saía do corte. Um deles, na verdade, estava muito, muito infeliz.

Enquanto Kymon deixava a arena, passando pela fileira silenciosa de guerreiros mais velhos, seu sangue ferveu, exatamente como ferveu quando ele ouviu os companheiros de Colcu rindo às suas custas.

Ele abriu caminho até o alojamento dos convidados, onde Urtha estava reunido com seus conselheiros. O rei não ficara para assistir à humilhação de seu filho, retirando-se discretamente logo após as primeiras rodadas da competição. Kymon vira o pai se retirar e ficara estarrecido com o fato.

— Eu tenho uma pergunta — Kymon disse ao pai com ousadia, apesar de ainda estar tremendo.

Urtha ergueu os olhos para encará-lo.

— Sim?

— A marca em seu queixo... Foi obtida em triunfo ou no final, depois de perder a competição?

— Em triunfo.

— Pois a minha não foi.

— Eu sei.

— Eu deveria me sentir envergonhado? Bravo? Humilhado? Como eu deveria me sentir?

— Como você se sente?

— Furioso. Arrasado e furioso. Incrivelmente furioso. Parece que a qualquer momento eu vou explodir.

Os Reis Partidos

Os conselheiros do rei riram, mas sem fazer alarde, sinal de que não estavam fazendo pouco caso dos sentimentos do rapaz. Urtha voltou ao assunto corrente, dizendo:

— Não há nada de errado com isso. Tenho pena do cervo na caçada de amanhã à noite. — Ele olhou para seus homens. — Espero que você veja o rosto de Colcu mesmo quando o animal estiver de costas, fugindo de nós. Eu odiaria ser aquele animal.

Mais risadas suaves e apreciativas foram ouvidas. Kymon se retirou, confuso, ajeitando-se em um canto da cabana, encarando o pai com um olhar fulminante por um tempo, para depois se encolher e chorar da forma mais silenciosa que pôde.

Eu não testemunhei a Caçada da Lua. Eu havia me retirado àquela altura, cuidando de outros afazeres. Foi Kymon quem me falou sobre ela depois, e o que ele me contou deixou-me absolutamente perplexo. Ah, se ao menos eu tivesse sido capaz de entender a dimensão do episódio naquela época.

10

A Caçada da Lua e o animal mais antigo

O som dos sinos de bronze chamou os caçadores. Urtha e Kymon haviam terminado seus preparativos no salão do rei. O rosto deles estava marcado com listras feitas de tinta preta e havia lã de carneiro negro presa em volta de seus ombros. Seus cavalos esperavam por eles quando saíram; os cavalariços haviam substituído os arreios de metal por couro. A lua estava baixa, e não completamente cheia, com uma parte escurecida, e outra iluminada, conforme as nuvens se moviam no céu.

Vinte homens tinham sido convocados para a Caçada da Lua. Eles formaram um círculo em volta Daquele Que Fala Pela Terra que, usando um manto feito de penas negras de corvo, estava abaixado no chão. Ele parecia perturbado, assim como Vortingoros, que reconhecera Urtha e depois voltara sua atenção novamente às atividades angustiantes do druida.

Colcu havia levado seu cavalo para a arena e lançara um olhar breve e amargo para Kymon, mas este estava, agora, comportando-se muito bem. Ele tocou de forma rápida e zombeteira em seu queixo com a cicatriz e desviou o olhar.

Aquele Que Fala Pela Terra ouviu o que a terra dizia, depois bateu a palma da mão sete vezes na grama seca. Urtha sussurrou uma pergunta ao caçador que estava de pé ao seu lado. Ele

Os Reis Partidos

percebeu que o druida estava confuso com o tamanho e a natureza do cervo macho. O som que ele fazia era familiar, mas a forma como ele corria não era. Ele se encontrava nos limites da floresta, na direção da lua, e se movia determinado em direção à fortaleza de Vortingoros. Mas a terra não estava respondendo como deveria à presença da criatura. Havia algo errado.

Aquele Que Fala Pela Terra ergueu-se e dirigiu-se a Vortingoros. A caçada não deveria continuar, ele aconselhou. O cervo tinha o vento do impedimento da caça e estava reunindo forças elementais para protegê-lo. Havia algo que ele deveria conseguir ver mais claramente, mas ele não conseguia cumprir sua tarefa. Abandonem a caçada.

Que absurdo, foi a resposta do rei. Nós temos convidados. Com a caçada, deveremos trazer para casa um animal dez vezes maior ou dez vezes menor do que o esperado, mas a Caçada da Lua tem de continuar.

Houve alguma discussão sobre o fato entre os membros da comitiva do rei, que Vortingoros escutou visivelmente irritado.

O druida abriu seu manto de penas de corvo no chão e deitou sobre ele, onde deveria permanecer em vergonha, até que os caçadores retornassem.

— Afinal, nós vamos caçar ou vamos ficar? — Kymon resmungou, impaciente. Ele sentiu o pai gentilmente apertando seu ombro.

— Nós vamos caçar, eu acho. Fique calmo. Não se esqueça de que somos convidados.

— Não me esqueci de como fui tratado — o rapaz respondeu, olhando feio para Colcu. — Minha lança vai atingir o cervo antes do que a dele, isso eu prometo.

— Tenha a certeza de que a lança dele não atinja a sua na escuridão.

— Obrigado pelo conselho.

— Pela respiração de Hernos... Acredito que uma decisão tinha enfim sido tomada!

Vortingoros se jogou sobre a sela de seu cavalo e saiu em disparada rumo ao portão. Os demais caçadores também montaram e cavalgaram planície abaixo de forma desorganizada, na direção da lua e da floresta.

No momento em que deixaram a fortaleza, Kymon separou-se do resto dos caçadores. A terra sussurrava para ele. A lua parecia crescer cada vez mais. Seu cavalo, galopando no solo duro, de repente tornou-se macio sob seu corpo, balançando levemente, como o cavalinho de balanço no qual ele brincava quando era pequeno. Os outros cavaleiros moviam-se como num sonho, afastando-se dele na escuridão, dispersando-se para enfrentar a floresta. O barulho dos cascos dos animais contra o chão foi diminuindo. Kymon sentia-se envolvido por completo. Ele procurou por seu pai, mas ele havia se afastado na distância e sumido na escuridão.

Essa sensação surreal foi abruptamente interrompida quando Colcu surgiu cavalgando, emparelhou com ele, mantendo a lança acima da cabeça e disse, com um sorriso no rosto pintado:

— Meu corte está curado. Você deveria ter cortado mais fundo. Ou usado uma lâmina mais afiada.

Dito isso, atiçou o cavalo com os calcanhares, lança e cabeça baixas, e seguiu na direção da lua. O insulto — a referência à lâmina — enfureceu Kymon, como pretendera Colcu. Seu primeiro impulso foi o de ir caçar numa direção diferente da escolhida por seu desafeto, mas depois de um momento de reflexão, ele seguiu Colcu a galope.

Os Reis Partidos

Como em Taurovinda, a floresta em torno da fortaleza dos coritani havia sido derrubada à distância de uma lança atirada cinco vezes. O limite que demarcava o começo da floresta era como uma parede feita de árvores, que brilhava com a luz da lua crescente. Os caçadores andaram ao longo da borda da mata.

O idioma dos caçadores era uma série de toques curtos de trompa e de pios que imitavam corujas. As mensagens que iam e vinham de um ponto ao outro da fileira de caçadores confundiam Kymon — e seu pai também, sem dúvida nenhuma —, mas pareciam bem claras para os coritani.

De repente, houve um movimento generalizado, a fileira se virou para o norte e cavalgou veloz, novamente se dispersando, mas dessa vez os cavaleiros formaram uma meia-lua abruptamente e entraram na floresta, abaixados na sela, abrindo caminho por entre as árvores. Não havia cães de caça nessa caçada, não havia, portanto, uivos nem rosnados, apenas o som dos cascos dos cavalos, a conversa sussurrada e o zumbido dos sinais. Pássaros voavam alarmados na direção do céu. As criaturas da floresta farejavam o perigo e fugiam por entre a vegetação rasteira. Kymon ficou desorientado na escuridão, obrigando-se a seguir os sons que ouvia à sua frente. Colcu passou na frente dele a certa altura, Kymon pôde reconhecê-lo pelo olhar brilhante, direto e carregado de insultos que ele lhe lançou.

A terra estremeceu, então; parecia que algo gigantesco começara a correr. A caçada voltou-se para o sul, através da floresta, homens passando juntos, rapidamente, por um Kymon cada vez mais confuso. Urtha reconheceu seu filho — só Hernos sabe como isso foi possível — e pediu-lhe que seguisse os demais.

— Será que é o cervo?

— É alguma coisa, certamente — o pai disse. — Mas, como alguém ou alguma coisa consegue se deslocar tão rápido nessa floresta é algo que não consigo entender.

Novamente, Kymon estava perdido. Ele conseguia ouvir os sons da caçada em volta dele e não estava mais em um lugar protegido. Ele não estava próximo à planície e sim em uma clareira. Uma escarpa de terra nua apareceu diante dele, e a lua ficou parcialmente encoberta por ela. A terra tremeu novamente. O cavalo de Kymon ficou nervoso, tentando se afastar da clareira, apesar das tentativas de fazê-lo avançar.

Um frenesi de bater de asas noturnas disse a Kymon tudo o que ele precisava saber: o que quer que estivesse fazendo a terra tremer, encontrava-se do outro lado da escarpa e se aproximava cada vez mais.

Com a lança acima da cabeça e pronto para tudo, ele esperou que os chifres do cervo despontassem no horizonte, contra a lua. Em vez disso, o que ele viu foi um homem que, cavalgando ao longo da escarpa, parou, e virando o cavalo empinou-o. Era Colcu que, erguendo sua lança na direção da besta que se aproximava, deu um grito de alarme.

Nenhum par de chifres apareceu contra a lua no céu. A forma que surgiu de repente e que se agigantou na frente dos rapazes tinha pequenos olhos brilhantes, presas brancas brilhantes e era um javali de proporções monstruosas. Ele avançava em grande velocidade pela escarpa e, usando a cabeça para atacar ferozmente o cavalo, jogou Colcu no chão. O jovem rolou para o lado e conseguiu escapar da primeira investida das presas contra ele, tentando atingir o animal com um dardo, mas não estava bem posicionado para fazer um bom arremesso. A lança passou perto do enorme flanco do javali, sem machucá-lo.

O rosnado do javali foi profundo e grave, e ele partiu para cima do sobrinho de Vortingoros, que deu um grito penetrante quando a fera colocou uma pata sobre seu peito e virou a cabeça para desferir o golpe de morte.

Os Reis Partidos

Kymon gritou algo sem sentido, apenas para distrair o animal, um som de fúria. Com os calcanhares, fez o cavalo se adiantar na direção da confusão e atirou seu próprio dardo no javali com toda força. A lâmina atingiu o animal na orelha e ele se endireitou, furioso, uivando. Kymon ficou em pé na sela e pulou na frente do focinho erguido do animal, quase sendo apanhado por suas presas quando o javali investiu contra ele. Kymon saltou para cima das costas do animal, suas mãos mal tocando as presas afiadas.

Ele se virou e enfiou sua espada na carne tenra atrás da orelha da criatura, suas pernas em torno do pescoço do animal e sua mão esquerda segurando sua afiadíssima presa. Conforme a lâmina da espada cortava a carne e entrava ainda mais fundo, o javali tremia e guinchava, para depois ficar imóvel.

De repente, ele rosnou de novo. Havia dor naquele som.

— Não na orelha! Tire a lâmina agora! — disse o animal. Sua voz era uma súplica surda e prolongada. — Não na orelha! Dói demais!

Atônito, Kymon afrouxou o golpe e no instante seguinte foi jogado no chão. Assim que ele caiu, o animal veio para cima dele, inclinando-se em sua direção, aproximando sua boca com cheiro de terra do rosto do rapaz. O coração de Kymon estava disparado; pensando que iria morrer, ele gritava por Avernus, pedindo que sua caminhada para a Terra dos Fantasmas fosse leve.

Mas o massacre nunca aconteceu. Subitamente, o javali se ergueu nas patas traseiras, sua figura maciça contra a luz da lua. Com mãos humanas, ele arrancou a lâmina do pescoço, olhou para ela e a quebrou em duas, jogando a arma danificada no chão. Depois, voltou seus olhos brilhantes para Kymon. O estômago da besta roncou.

— Aquele foi um bom salto e um ótimo arremesso — disse o javali. — Ainda sentirei dor amanhã a esta hora. E talvez por mais tempo ainda.

— Que espécie de criatura é você? — perguntou Kymon, assustado, erguendo-se cuidadosamente. — Homem ou javali?

— Eu sou *Urskumug*. Sou ambas as criaturas. Um animal muito antigo. Um dos vários que existem. Alguma coisa nos despertou e nós a estamos procurando por aí; a liberdade é um luxo que não dura para nós. Foi um bom salto. E um bom lançamento. — A enorme criatura se aproximou novamente de Kymon. Seu hálito horrível e o medo fizeram Kymon recuar. Ele recuou até alcançar uma árvore e não conseguir mais se mexer. As narinas do javali se dilataram, o animal franziu a cara. Seu semblante era quase humano, como que marcado a giz, a sombra do rosto de um homem na cara de um animal.

Urskumug disse:

— Você cheira a possessão. Há mais alguém. Há mais em você que apenas um garoto. Você é perigoso. Matá-lo facilitaria minha vida. Mas, em vez disso, posso fazer-lhe uma promessa. O que você prefere?

Encurralado contra a árvore, Kymon não hesitou em responder.

— A promessa.

— Não posso prometer muito, mas se disser meu nome em qualquer um de meus santuários, vou rosnar para você. Eu não tenho muito santuários, e os que tenho estão bem escondidos.

— Qual é a vantagem em rosnar?

— Qual é a vantagem em pular? — Urskumug replicou, esfregando a orelha ensanguentada. Depois, Urskumug ergueu o focinho e farejou o ar.

— Seu cheiro. Cheiro de outras terras, você sente? Há algo extraordinário acontecendo nesta terra devastada. Algo muito grande. Animais muito antigos despertando. Velhos fantasmas também. Algo está sendo preparado. Tome cuidado.

A besta deu as costas para Kymon e andando novamente sobre as quatro patas, rosnando e com as presas quase tocando o chão, foi embora.

Um pouco depois, um cavalo relinchou de dor e morreu, liberto da enorme agonia de ser estripado. O som arrancou Kymon de seu transe. No final da escarpa, Colcu levantou depois de ter terminado sua terrível tarefa, limpando a lâmina de sua faca e murmurando uma invocação a Rhiannon, o deus que cuidava dos cavalos de batalha. Depois, ele andou na direção da árvore onde estava Kymon e encarou-o, dizendo sem rodeio.

— Eu não estava com medo de você na arena e não o admirava. E não estou com medo de você agora. Mas, sim, eu o admiro agora. Aquela criatura poderia ter matado nós dois. Estou vivo por causa de seu ótimo arremesso com aquele dardo e por causa de seu excelente pulo. Você está vivo porque a besta o poupou. Não entendi quase nada do que aconteceu aqui... Kymon.

— E nem eu, Colcu.

— Bem, então vamos combinar que o entendimento é coisa para os druidas. E a ação é para o resto de nós. Eu tenho vinte ótimos cavaleiros, todos da minha idade e todos excepcionais na execução de qualquer manobra. Vou levá-los até seu pai. Vou liderá-los. Você entende? Junte-se a nós se quiser. Mas eu vou liderá-los.

— Esta é uma condição aceitável — disse Kymon, de maneira formal.

Colcu hesitou, olhando Kymon diretamente nos olhos.

— Aquela criatura... disse que você estava possuído.

— Eu ouvi.

— O que você acha que ela quis dizer?

— Eu não sei.

— Você se sente possuído?

Kymon olhou para a escarpa, depois na direção da escuridão da floresta, onde Urskumug desaparecera. Depois de um instante, respondeu:

— Eu não sei.

A conversa era desconfortável para ambos. Colcu sorriu sem uma expressão irônica pela primeira vez.

— Não é de admirar que o pobre coitado do nosso O Que Fala Pela Terra estivesse tão confuso — disse ele. — Acho que devemos chamar os outros caçadores. E terminar com a caçada. Era a lua errada.

— Eu concordo.

Colcu ainda não havia terminado. Seu rosto estava molhado de suor e seus olhos, apreensivos. Ele disse:

— Serei o Rei Supremo quando meu tio, Vortingoros, morrer. Espalhei encantamentos pela terra para garantir que isso aconteça. Você será o Rei Supremo quando seu pai fizer a travessia do rio?

— Espero que sim. Mas apenas em seu devido tempo. Não agora. E eu não tenho encantamentos para espalhar.

— Seu lugar é mais garantido. Você é filho, não sobrinho. Eu me pergunto se seremos amigos. Ou inimigos, quem sabe? O que o homem possuído pensa sobre isso?

Colcu tinha uma presença impressionante e dominadora. Apesar de Kymon não ter sentido medo do rapaz mais velho na arena, estava ansioso nesse novo encontro. Havia uma repentina falta de vida em Colcu, o olhar insensato de uma fera. Kymon preferiu responder à pergunta dele como imaginou que seu pai responderia a uma provocação daquelas:

Os Reis Partidos

— Amigos por agora — ele disse em um tom sereno. — Isso certamente é adequado. E no futuro? Eu não sei. Eu não sei mesmo.

— Esta é uma resposta aceitável — disse Colcu, com calma. E de modo formal.

11
A Filha de Oestranna

Ao mesmo tempo em que Kymon conhecia o homem-javali, sua irmã, Munda, estava passando por uma transformação.

Com seu novo sangue nas mãos, e com uma estranha fúria de excitação que dela brilhava, Munda escapou do alojamento das mulheres e correu até o muro alto da fortaleza, subiu a escada e ficou lá, olhando na direção oeste. Munda vestia apenas um roupão feminino que havia sido dado a ela, era seu primeiro, não devia ser o último. As duas mulheres que a protegiam correram atrás dela, mas eram muito lentas para a criança de pés velozes. Embora elas tivessem ordenado que retornasse, Munda as ignorou. Seu estado era de desespero, ao que parecia.

A lua estava baixa; lua crescente. O oeste estava escuro, aparentemente a Terra dos Fantasmas dormia, ainda que todo mundo em Taurovinda soubesse que não era bem assim.

As duas guardiãs foram interceptadas pela Alta Sacerdotisa, Rianata, também conhecida como a Mulher Sábia.

— Deixem-na sozinha.

— Mas ela está sob nossos cuidados.

— Deixem-na sozinha — Rianata insistiu. — Ela tem o dom da vidência. Isso ficará com ela ou irá embora. Este é um momento de morte ou de crescimento para a filha do rei.

Munda gritou e gemeu de cima do mundo:

Os Reis Partidos

— Vejo o escuro.

Eu o vejo transbordando.

Eu o vejo sem lua e com olhos gélidos.

Eu vejo a explosão noturna dos mortos.

Meu irmão se opõe a essa reunião de terra antiga, vida antiga.

Em seguida, com um tom quase infantil na voz, ela gritou:

— Mas eu ainda consigo ver! Eu consigo ver!

Ela havia aberto os braços, como se desse boas-vindas a tudo o que conseguia ver na escuridão.

Em seguida, Munda gemeu de dor e medo. Depois de um tempo, ela desceu das muralhas e encolheu-se no abraço maternal de Rianata.

— Meu irmão nos destruirá — ela sussurrou. — Ele agirá para deter a chegada deles. Eu devo detê-lo. De alguma maneira, devo detê-lo.

Ela me viu oculto pelas sombras e se animou. Correu para mim, abraçando-me pela cintura. Quase imediatamente, percebeu o estado em que estava e deu um passo para trás, desconcertada, estendendo as mãos ensanguentadas como se fossem ratos mortos.

— Eu sou filha de Oestranna agora. E ficarei assim por muito tempo.

— Sim. Ficará.

— A vida se formará em mim. A vida bruta e rude se formará dentro de mim.

— Sim, vida se formará dentro de você.

— Mas eu ainda consigo *ver*, Merlin — ela sussurrou com satisfação. — A maioria das mulheres acreditava que a visão teria ido embora depois disso. O Dom da Previsão. A luz. Até mesmo Rianata. Eu terei a luz da visão para sempre?

— Venha comigo para o poço — eu sugeri. — Você poderá limpar suas mãos lá e eu lhe mostrarei uma coisa.

As três mulheres que protegiam o poço olharam quando nos aproximamos. O ultraje inicial por minha invasão foi aplacado quando elas viram quem me acompanhava. Cada uma delas sentou-se perto de uma tocha, que iluminava os semblantes pálidos e o brilho profundo da água. Niiv não estava com elas, às voltas com seus próprios problemas, certamente.

Quando Munda estava limpa, ou melhor, limpa nos limites que a decência e a companhia permitiam, fiz que ela olhasse para baixo, para a superfície trêmula.

— O que você consegue ver aí? No fundo.

Ela observou atentamente, mas balançou a cabeça.

— Nada. O que *há* para ser visto? — e depois acrescentou, olhando para mim: — O que *você* consegue ver?

— Um velho amigo — eu disse a ela. — Algumas coisas, na verdade, e não apenas o amigo. Há um mundo lá embaixo, um lugar incrível, estendendo-se através dos córregos, abaixo da terra, todos conduzindo para o Sinuoso. Seu querido rio Nantosuelta.

Outra vez, Munda olhou com bastante atenção, inclinando-se tão abruptamente no muro de pedras ao redor do poço que houve um murmúrio de alerta vindo de uma das três guardiãs.

— Nada — a garota repetiu, frustrada. — Aonde você quer chegar além de provar que possui olhos de falcão e de peixe?

As três mulheres sorriram com essa observação.

— Quando olhou para baixo pela primeira vez, Niiv, que tem grandes poderes mágicos e de feitiçaria, conseguiu ver muita coisa também. Não tanto quanto eu, mas coisas importantes. Mas agora ela não pode mais ter essas visões, a menos que gaste grande parte de sua energia.

— Você então está dizendo que ela enfraquecerá. A visão vai se apagar.

Os Reis Partidos

— Estou dizendo que ela *pode* se apagar. Como também pode não se apagar. O que estou dizendo é que esse talento deve ser usado com inteligência, é um presente e um bem que não podem ser desperdiçados. Aja como se ele fosse acabar a qualquer momento! Durante meu tempo em Alba, aprendi que é raro haver *duas* mulheres com *imbas forasnai*. Como tem acontecido comigo há *muito* tempo, o dom diminui com o uso.

Munda olhou para mim com malícia em seus olhos.

— Todo mundo diz que você é muito mesquinho em distribuir seus talentos.

— Isso vem sendo dito há séculos.

— Você poderia ter feito meu pai ser o Rei Supremo dos Reis Supremos, se quisesse.

— Eu não poderia. Esta é a verdade. E mesmo que pudesse, não teria feito isso. E Urtha também não queria. Não ouça a conversa provocante dos *uthiin* de Urtha. Eles espalham mais maldades que Niiv. Ou que você, já que falamos nisso.

Ela logo me perguntou:

— Quem é o velho amigo lá embaixo?

Eu não esperava por essa pergunta tão repentina, e respondi antes de considerar a sabedoria da resposta:

— Argo.

— Argo? Aquele barco bonito? — Munda encantou-se com a ideia. Mais uma vez ela buscou no fundo do poço um sinal do mastro, do convés, do remo, qualquer coisa, mas se recolheu, desapontada.

— Eu me pergunto o que aquele barco estaria fazendo lá embaixo...

Levei Munda para longe dos ouvidos aguçados das três mulheres no poço. Ela continuou, calmamente:

— Ele está aqui embaixo? Exatamente sob nós?

Robert Holdstock

— Não. Ele se esconde em algum lugar no curso das águas. Está enfurecido com alguma coisa. Acho que está tentando se acalmar... Tanto quanto um barco pode se acalmar

A garota bateu palmas, pensando profundamente.

— Navegar todo esse caminho de volta apenas para se esconder. Ele tem um segredo. Um segredo *cruel.*

— Eu acho que você tem razão.

— Você contará ao meu pai?

— Eu terei de contar, agora que eu disse isso sem pensar na frente daquelas mulheres. Mas não até eu encontrar Argo e fazer-lhe algumas perguntas.

— Eu me manterei calada também. Sobre minha visão! — ela disse com um sorriso malicioso.

— Obrigado.

A transformação estava no ar, era uma presença potente, invisível, intangível, porém inequívoca. Sua fonte não se limitava ao oeste. Taurovinda inteira estava envolvida por ela, ainda que tudo estivesse normal na fortaleza. De madrugada, cachorros e galos produziam seus sons. As fornalhas começaram a baforar e chiar; o martelar do ferro retinia através da colina sob os primeiros raios de luz, sinos sobrenaturais soando de forma desordenada.

Ao redor da colina, a planície mudava e se levantava, estendendo-se para longe da fortaleza. Ou seria apenas uma ilusão da luz crescente da madrugada? A floresta negra a leste parecia mais próxima do que o habitual, mas quando o sol brilhou e o verde começou a surgir, foi possível notar que ela estava em seu lugar correto.

Passei a noite na torre de observação ao leste, refletindo sobre as palavras de Munda:

Os Reis Partidos

Meu irmão nos destruirá.

O que ela queria dizer com isso? O que ela teria visto?
Eu o vejo escuro, eu o vejo transbordando.

Meu irmão se opõe a isso.

Ele agirá para deter a chegada deles. Eu devo detê-lo. De alguma maneira, devo detê-lo.

Eu não conseguia compreender aquelas palavras, não havia visão que me permitisse ter a experiência que *ela* tivera. Era inegável que ela discutia com o irmão. Era óbvio que eles estavam tomando caminhos diferentes. Mas por que *destruir*?

Quando irmão e irmã retornaram do oeste, nervosos e confusos, depois de seu encontro na Hospedaria dos Cavaleiros de Escudo Vermelho, fora *Munda* a declarar que a Terra dos Fantasmas não estava ameaçando a terra de seu pai. Kymon ficara com raiva e temeroso do risco. Mas ele os trouxera de volta para casa, e faria isso outra vez. Estava claro em sua postura. Taurovinda era uma herança dele, e apenas dele. Ele era arrogante, orgulhoso e um grande perigo para si mesmo, é claro, mas a atitude estava lá, se não a força em termos de número de defensores. Ele não tinha nenhuma intenção de destruir sua fortaleza.

Eu fui distraído pelo som dos cavaleiros lá embaixo e pelo chamado para abrir o portão leste. Olhando, vi Munda escoltada por dois lanceiros cavalgando para fora da fortaleza. Ela deveria saber que eu estava na torre, porque olhou para cima e me lançou um meio sorriso.

Ela também estava transformada. Tinha o cabelo trançado da forma complexa que eu havia visto em sua falecida mãe, Aylamunda, quando ajudei a trazer a sombra daquela grande mulher de volta do submundo, há muito tempo. E a garota usava as roupas de cavalgar de sua mãe, encurtadas e apertadas para caberem num corpo menor e mais delgado: calças e túnica verde-vivo com cortes nas laterais, ricamente bordadas nas barras, e um manto curto, vermelho-escuro, preso do ombro até a cintura. Seus guardas carregavam lanças curtas, e seus escudos ovais estavam atirados nas costas. Eles não pareciam felizes, trocando olhares ansiosos enquanto seguiam Munda pela estrada, através do portão baixo e para além da planície. Lá, eles viraram ao longo do caminho escondido, na direção da floresta.

O que estava acontecendo?

Fiquei tentado a enviar um falcão para sentar no ombro de Munda e captar seus pensamentos, mas em vez disso corri e desci as escadas, tomando meu caminho ao longo do conjunto de casas até o centro da colina, onde os pomares, santuários e o poço sagrado estavam escondidos atrás de seus altos muros. Assim que eu comecei a rumar para o norte, Rianata, que vinha correndo do sul, me viu e gritou de longe.

— Merlin! A garota está com o enjoo da lua! Ela está arriscando a própria vida!

Rianata me contou que Munda planejava entrar na floresta e se banhar no rio.

— Ela disse ter sonhado que precisava fazer isso. Um "sussurro de água" contará a ela como defender Taurovinda de seu irmão. O que isso quer dizer? O que deu na cabeça dela?

— Seu palpite é tão bom quanto o meu.

Embora isto não fosse exatamente verdade. Sussurro de água? *Alguém sussurrando na água,* mais provável.

Cathabach, o Que Fala Pelos Reis, não ficou satisfeito quando eu o encontrei e contei que a filha do rei estava outra vez a ponto de quebrar um tabu.

— A pequena estúpida!

Os Reis Partidos

Ele buscou seu manto e um cajado de sorveira brava torcida, afiado, com lâminas finas de pederneira em sua ponta proeminente. Em muitos casos, Cathabach trocava o metal pela incorruptibilidade da pedra. Nossos cavalos nos foram trazidos, e cavalgamos em busca da garota precipitada, com a intenção de detê-la. Mas era tarde demais. Vimos o cavaleiro que havia acompanhado Munda à beira do bosque. Proibidos de entrar, eles se viram incapazes de detê-la. Ela cavalgara por entre as árvores e desaparecera em meio às pedras cinzentas entrecortadas que se erguiam dentro da floresta. Eles estavam ansiosos e enfurecidos, mas Cathabach os ignorou.

— Espere por nós — eu disse, e eles desmontaram, observando enquanto eu seguia o druida.

Entrar na floresta era como passar da realidade presente, dura, flagelada pelo vento, e entrar em um santuário que quase tremia com a força do passado e do futuro. Alguém como eu, em sintonia com o Tempo, devia permitir-se parar e ouvir. Naquele lugar, as vozes dos que haviam partido há muito e dos que ainda chegariam dali a um longo tempo ecoavam e lamentavam, gritos distantes, resmungos fracos, os sorrisos e a dor de muitas eras soprando através desse lugar de pedras, espinheiros silenciosos e carvalhos, muitos dos quais haviam crescido aqui, imutáveis, elementais apesar da aparência, por milênios.

Eu amava a floresta. Estava acostumado a tais santuários, tocando, como ele fazia, os desígnios de Kronos e Kthon, o Tempo e a Profundeza. Eles eram certamente meus lugares "de tocar", e um dia seria através de um círculo de florestas que eu reexploraria minhas origens.

Naquele momento, entretanto, ouvi brevemente a música familiar e reconfortante do mais antigo dos meus dias e passei pelo rio, onde, tarde demais, tentamos deter Munda de entrar no Nantosuelta, o rio que fluía da Terra dos Fantasmas, e em cujas águas ela estaria em perigo.

Ela havia arrancado suas roupas e nadava como um peixe, lançando-se nas profundezas da água, quase cantando de prazer quando vinha à superfície, olhos fechados, cabeça inclinada para trás.

Eu mandei que ela voltasse à terra firme.

— Oh, Merlin, Merlin! — ela disse — Se você pudesse apenas ouvir o que estou conseguindo ouvir.

— Volte para cá!

Ela mergulhou outra vez, até o fundo, desaparecendo por tanto tempo que ficamos sem fôlego. Quando reapareceu, estava tão adiantada no rio, na direção da Terra dos Fantasmas, que Cathabach e eu ficamos assombrados. Ela deveria ter nadado como uma enguia para alcançar tal distância. A correnteza a trouxe de volta para nós, uma forma pálida, flutuando gentilmente no meio do córrego.

— Venha para a *terra*! — gritei mais uma vez.

— Não há nenhuma ameaça deles, Merlin. Estávamos enganados.

"Ela me assegura de que estamos enganados. Nós não compreendemos bem tudo a respeito das hospedarias e o que estava acontecendo lá. Algo maravilhoso está para acontecer, Merlin. Algo brilhante. O futuro é tão brilhante."

Ela certamente estava sendo encantada. Mas por quem?

Antes de chamá-la uma terceira vez, Munda já havia mergulhado. Cathabach e eu observávamos atentamente rio acima, mas ela nadara para a margem atrás de nós, rastejara até suas roupas e as vestira. Ela nos provocava, sorrindo enquanto nos pegava de surpresa, seu cabelo molhado com a água do rio, rindo enquanto espremia suas tranças, respirando de modo ofegante.

— Você vai me punir, Cathabach?

— Este lugar é proibido para você, a menos que o acesso seja concedido, e apenas um druida pode concedê-lo.

— Eu sei. Entrei na floresta com você quando Taurovinda estava nas mãos dos Mortos.

— Eu lembro – Aquele Que Fala Pelos Reis disse. — Você e seu irmão cavalgaram pelos portões e desafiaram os ocupantes da fortaleza. Você quase morreu na ocasião. Você foi precipitada daquela vez, e está sendo precipitada agora.

— Precipitada naquele momento e precipitada agora, mas obtive êxito nas duas ocasiões. Você é amigo de meu pai, Cathabach. Você deve convencê-lo de que nós estamos enganados a respeito dos Mortos e dos Não Nascidos. A única coisa que eles querem é ser nossos aliados nesta terra, não possuí-la.

Eu troquei um olhar com Cathabach. O olhar disse tudo. Possuir? É a garota que está possuída.

Uma voz sussurrava para ela, a transformara, tomara sua razão e distorcera sua visão. Ainda que os Não Nascidos, aqueles que esperavam atravessar o rio em direção a uma vida nova, não fossem amigos ou inimigos, tudo que a terra dos cornovidi vivenciara nas últimas gerações indicava que os Mortos estavam muito comprometidos com uma guerra contra seus vizinhos humanos.

Munda sorria suavemente enquanto observava nossas expressões.

— Merlin — ela disse calmamente. — Você e eu deveríamos conversar sobre isso. Você sabe muito. Mas não sabe tudo.

Aquele foi um comentário firme e autoritário e, depois de fazê-lo, ela se virou e deixou a floresta.

Transformação. No ar.

Foi um abraço frio, um afago sinistro. Eu não era o único a sentir. Os cães de caça e os cavalos estavam agitados e raivosos.

Robert Holdstock

As crianças em Taurovinda, que antes haviam lutado e brincado em seu próprio festival de flores e máscaras, agora estavam desanimadas. Elas ficavam em suas casas; as mais novas choravam com frequência. A diversão acabara para elas, e fora substituída por apreensão.

As nuvens de tempestade do outro mundo voltaram. O vento estava frio e agitado. No crepúsculo, o sol deslizava para o Reino das Sombras dos Heróis, e ficava um tempo parado ali, quieto, um fogo sem chamas, brilhando, brilhando cada vez mais.

Munda recusou o convite de esperar pelo retorno de seu pai antes de enfrentar os druidas. Um Conselho de Druidas foi convocado no dia seguinte, no santuário da capela de Nodons, dentro do pomar de Taurovinda. Foi a primeira vez em que Munda ultrapassou o limite imposto pelos altos muros de vime ao redor do bosque, e ela estava apreensiva e atenta, mas determinada. Usava um vestido simples e curto, um manto liso, cinto trançado na cintura e sua preciosa relíquia dourada — a forma da lua em metal de sol — envolvendo seu pescoço.

A capela de Nodons era uma construção simples de telhado de palha, paredes de pedra, com janelas amplas. Não havia altar. Os poucos sacrifícios que se realizavam ali eram colocados em uma cova coberta antes do vão onde as imagens dos deuses ficavam para apodrecer ou exalar os odores de sua cremação.

Quatro nichos na parede foram alinhados próximo ao vão que guardava o barbudo Nodons, que observava atentamente com olhos estreitos e sinistros a assembleia no pequeno espaço. Ao seu lado direito estava a figura de madeira de Nantosuelta, suas mãos agarrando a pequena casa com a qual ela foi associada, seu cabelo esculpido para representar o rio. À esquerda de Nodons estava seu consorte Sucellus, uma figura contemplativa, formada basicamente de carvalho, segurando

Os Reis Partidos

um bastão e uma pequena tigela, a tigela de sangue da qual ele conseguia tirar vida ou colocá-la. Ele era conhecido como o Bom Golpeador. Apenas Nantosuelta estava adornada com flores, pequenas aquilégias lilases ao redor do pescoço, heras serpentando em volta de seu corpo para simbolizar as ervas aquáticas daninhas.

Quando me acomodei nas sombras do santuário, percebi que a pequena casa que ela segurava era muito parecida com as hospedarias que apareciam ao longo do rio. Fez sentido para mim: Nantosuelta era parte dos dois mundos, uma "observadora" da lareira e da casa, e da passagem para a terra dos espectros.

Seria essa deusa, esse espírito que estivera sussurrando para Munda?

A garota se submeteu a um breve interrogatório dos druidas, um protocolo chamado por um antigo nome que queria dizer *a justiça da lei do tabu*. Era um processo monótono, reflexo de muitas investigações, no qual aqueles que fazem a mediação entre o mundo da carne e o além usam sua concepção fraca e, às vezes, seus sonhos precisos e luminosos para estabelecer a verdade. Cada druida tinha uma pequena gaiola de vime diante de si, com uma corruíra. Enquanto a garota falava, os homens observavam os pássaros se agitando e se debatendo. Munda falava tranquilamente, sem medo. Fiquei ligeiramente surpreso ao saber que ela havia sido forçada a atravessar a floresta pela presença, em sonho, de sua avó, Riamunda, enterrada nas pedras. Uma coruja prateada com asas castanhas havia chamado Munda, o espectro da mulher. A garota entendeu a presença do pássaro noturno como um sinal de que tudo estava bem e ela, segura.

Não, não fora o rio que sussurrara para ela enquanto nadava, mas alguém cuja voz era carregada pela correnteza. Nantosuelta era meramente o mensageiro, mas a mensagem estava clara para ela.

Taurovinda não estava sob a ameaça da Terra dos Fantasmas; os dois mundos precisavam se unificar, e isso deveria ser feito quando o rei estivesse de volta e em seu lugar apropriado, entre os muros.

No fim do interrogatório, todos os três druidas estavam profundamente incomodados com o que a garota havia lhes dito. Eles permaneceram no santuário de Nodons para se dedicar à *conversa da corruíra*, o que envolveria o sacrifício dos pássaros e a inspeção de suas vísceras. Conhecendo Cathabach como eu conhecia, um homem prático e centrado, que havia sido um guerreiro campeão e membro dos *uthiin* de Urtha por dezenove anos antes de voltar ao sacerdócio, achei difícil entender que aquele homem prático e corajoso e o homem que lia augúrios nas vísceras de aves fossem a mesma pessoa. Nada poderia ser lido nas tripas de uma corruíra!

Depois, outra vez, através do mundo, ao redor de todo o Caminho que percorri, o sobrenatural na natureza podia ser visto trabalhando e de modo eficiente quando as condições e a mente dos sacerdotes e feiticeiras estavam harmonizadas — ainda que apenas um pouco — com as fronteiras mutantes do mundo inferior.

A habilidade de Munda, pequena, mas cheia de energia, a estava iludindo agora. Eu a perdi por um tempo, e em seguida a encontrei na extremidade oeste da colina. Ela havia ordenado a pintura de símbolos em vermelho-ocre nos três muros altos. Seu trabalho estava sendo realizado com um prazer intrigante, ainda que a Mulher Sábia, Rianata, não estivesse se divertindo ao observá-la de longe.

Os Reis Partidos

— Ela está ciente de que o vermelho é a cor da morte? Ela deveria. Está pintando sinais de boas-vindas. E o que ela está construindo?

De alguma forma, do portão interno, parada na estrada rústica que levava ao centro de Taurovinda, Munda ajudava a construir uma cabana frágil. Cinco homens estavam fazendo o trabalho pesado. Dois dos campeões de Urtha observavam com curiosidade, recostados em seus escudos. Nenhum deles sabia se ela teria o direito de fazer isso, nem entendiam a razão. A estrutura era tão instável que uma brisa um pouco mais intensa derrubaria tudo; então, se fosse uma desobediência às leis da fortaleza, poderia ser facilmente destruída.

Só quando fui ao encontro da menina ocupada — ocupada amarrando estacas para fazer os suportes angulares do telhado — que percebi que ela estava fazendo o modelo de uma das hospedarias perto do rio. Teria uma entrada dupla, o pilar central já rudemente pintado, sugerindo a forma de uma mulher, seus braços esticados e repousando em finos pilares de olmo, descascados e prontos para serem modelados na forma de animais.

— Para que isso?

— É um lugar de boas-vindas. Para os representantes da Terra dos Fantasmas.

— É pequeno. Poucos representantes caberiam aí dentro.

— Eles não terão de ficar aqui. Este é apenas um lugar de boas-vindas.

Ela olhou para mim e sorriu.

— Eu não consigo imaginar que seu pai vá lhes dar as boas-vindas. Você se esqueceu de Urien? Foram as Sombras dos Heróis que o mataram.

— Eu não esqueci Urien, claro que não. Mas você não entende, Merlin? Os ânimos mudaram. Eu vi e ouvi. A voz é muito clara. Nós não devemos ficar alarmados com o que está acontecendo no rio. Devemos preparar um grande evento. A união entre mundos. E a terra de meu pai se tornará maior do que todas as outras juntas.

Ela continuou ocupada, envolvida com a brincadeira. As palavras que saíam de seus lábios eram moduladas com sua voz, mas não eram palavras de Munda. Tudo a oeste estava calmo, mas os céus moviam-se rapidamente em nossa direção, silenciosos, sem brisa ou ventos fortes, uma tempestade vista na superfície calma de uma poça.

Eu a observei e pensei. A curiosidade se apoderou de mim; invoquei um pequeno feitiço, olhando fixamente para a garota enquanto ela se concentrava no que fazia.

Inocência e preocupação foi tudo o que eu vi por um instante, mas depois, quando me arrisquei e sondei um pouco mais a fundo, uma presença mais velha surgiu diante de mim, bloqueando meu caminho, uma figura coberta pela tempestade, uma figura cheia de poder e com uma fúria assustadora. Fiquei assustado e saltei para trás rapidamente, mas não sem antes captar um lampejo nos olhos ferozes, enfurecidos. Foi apenas depois que notei que não havia visto um velho inimigo, mas um velho amigo. E era hora de encontrá-lo de novo.

Niiv me ajudou a arrumar os suprimentos. Ela fora convencida a ficar na fortaleza e ajudar a cuidar de Munda.

— Alguém astuto precisa ficar de olho nela — foi meu argumento para impedir minha amante um pouco animada demais em me acompanhar.

O encontro que eu iria enfrentar era algo que desejava fazer sozinho.

Os Reis Partidos

Como sempre, supliquei por dois bons cavalos do pequeno bando de cavalos de viagem. Selecionei animais que seriam adequados a florestas complicadas e pântano. Cavalos de batalha não serviam para esse tipo de missão. E assim, deixei Taurovinda, com Munda me observando com olhos de falcão de uma das torres do portão. Niiv, na passagem da outra torre, fazia os movimentos habituais de um cisne em voo. Ela havia colocado seu manto de penas brancas, e enquanto eu me afastava na madrugada, o sol nascente a transformou em um pássaro de movimentos vagarosos, acenando para mim, chamando meu nome. Minha garota-cisne.

Cavalguei para o norte, depois para o leste, e entrei na floresta. Após poucos dias, reconheci que estava deixando o território dos cornovidi. As marcas nas árvores e o formato das altas pedras começaram a mudar. Eu me encontrava perto do Nantosuelta, mas Argo estava se escondendo de mim.

A embarcação enviou seu emissário para me buscar, ele mesmo um homem que vivia uma busca constante, um espírito vivo. Ele não falou e não me reconheceu; apareceu subitamente no outro lado de uma clareira e me chamou.

Não hesitei. Segui meu velho amigo Jasão, sabendo que ele me levaria para onde eu desejava ir.

12

Um barco tão antigo, tão belo

Argo havia se escondido em um pequeno recuo do verão tardio. O barco se aninhara em um córrego, entre juncos espessos e salgueiros densos. A atmosfera estava enevoada e quente, os ruídos daqueles que madrugam combinando certa inquietude a um pouco de calmaria.

O espectro sombrio de Jasão apareceu diante de mim quando prosseguiu ao longo de um caminho escondido, parando perto da beira do rio, seus pés afundando na lama. Dois grous de crista negra voaram alarmados à nossa frente e seguiram protegidos pela penumbra do rio largo. Então eu vi Argo pela primeira vez, mas apenas os olhos pintados em sua proa. Eles pareciam me observar com aflição à medida que eu me aproximava, afastando os juncos altos.

Jasão me olhou antes de se afastar da embarcação. Enquanto eu o observava desaparecer, vi a figura imponente de meu velho amigo e companheiro Rubobostes, um dácio em circunferência e poder, mas um homem que agora olhava para mim meio escondido pela vegetação alta, com uma expressão de pura ignorância quanto a minha natureza. Ele parecia magro, olhos fundos e com olheiras, barba e cabelo grisalhos e desalinhados, sem o tom negro lustroso de nosso primeiro encontro, nossa primeira aventura. Lentamente, ele se abaixou até se acocorar, enrolado em seu manto pesado.

Os Reis Partidos

Quando estiquei minha mão em sua direção, ele não respondeu.

Fui consumido pela atmosfera de desolação e desespero. O que acontecera com aquele barco luminoso, o barco tão belo de outros anos, a concha de carvalho e bétula vibrante que havia navegado por mares e córregos mais estreitos, ainda rastejante sobre a terra entre as nascentes de rios, cintilando de magia, mantido afastado dos olhos comuns, feito de acordo com antigas leis da natureza? E o que acontecera com sua tripulação?

Argo estava suavemente adernado na direção da margem, uma escada de corda pendurada em sua amurada. As decorações em seu casco outrora vívidas, os ecos simbólicos de seu passado — medusas, harpias, ciclopes, entre outros, estranhas criaturas —, estavam bastante apagadas, pareciam débeis aos olhos assim como era o espírito da embarcação para os sentidos.

— Posso subir a bordo? — sussurrei, minhas palavras quase perdidas no farfalhar dos juncos.

Houve silêncio por um momento. Em seguida, a deusa guardiã da embarcação, Mielikki, Senhora das Terras do Norte, respondeu:

— Esta é uma embarcação triste, Merlin. Esta é uma embarcação danificada. Esta é uma embarcação envergonhada. Mas, sim, você pode subir a bordo.

Eu subi a escada de corda balançando e Argo deslocou-se ligeiramente com meu peso. Tudo nele tinha um ar precário. Quando me debrucei sobre a amurada inferior, vi os traços ameaçadores da Senhora da Terra do Norte na popa, a deusa de todo inverno e todo verão do norte, de Pohjola, onde Niiv foi criada. O espírito da floresta de Pohjola me fitava firme com olhos enviesados e maliciosos, um acrostólio de bétula entalhada que me olhava de soslaio. As harmoniosas tranças de seu cabelo, entalhadas de forma complexa pelas pessoas que a construíram, estavam entrelaçadas com hera, envoltas pela folhagem amarelo-vivo do salgueiro. A deusa e a embarcação estavam sendo puxadas para a floresta.

Os porões fediam a água parada e comida podre. Barris, cordas, pilhas de tecidos e ossos de animais estavam espalhados, como se a embarcação tivesse se chocado contra sua margem frondosa, e não ancorado nela.

Argo, meu querido barco, meu caro amigo, estava em péssimas condições.

Passei com dificuldade por seu convés inferior e me aproximei da parte mais estreita da popa, onde eu sabia que o "Espírito da Embarcação" estava escondido. Mielikki — "feita de madeira e maldade", como Rubobostes a chamava — surgiu diante de mim. Em seguida, ouvi um som muito sutil de madeira rangendo quando ela virou a cabeça para me olhar melhor, mas ela sabia que eu não era nenhuma ameaça a Argo. Além disso, ela gostava tanto de mim quanto era possível a uma Senhora das Terras do Norte gostar de alguém. Em sua terra natal, entre florestas e lagos congelados, era possível que ela não tivesse consideração nenhuma pelos outros, mas em Argo — aliás, como Argo, o próprio barco, mestre dela — ela preferia os capitães, independentemente de velhos ou novos.

Eu havia sido o primeiro capitão de Argo.

Algo me disse — uma intuição, sem absolutamente qualquer relação com feitiçaria — que Argo precisava de mim, agora que eu era um convidado por cuja presença ele ansiara, mas hesitara invocar.

O Espírito da Embarcação é o umbral, a fronteira, entre o mundo do convés inferior e um mundo anacrônico, um mundo vago, um lugar em que todos os mares estão sendo

Os Reis Partidos

desbravados, todas as costas invadidas, todos os santuários violados ou apreciados, o mesmo em todos os verões, embora a celebração de verão seja comemorada de forma diferente em diferentes mundos. Dei um passo e atravessei o umbral em direção a uma espiral de lembranças da embarcação.

Mielikki, agora coberta por um véu fino e usando suas vestes, estava em pé entre as árvores de verão, com seu ar juvenil, esguio e sereno. Esticou uma das mãos para mim em cumprimento. A malícia sinistra havia desaparecido. O lince de orelhas aguçadas que a acompanhava agachou-se diante dela, olhos atentos, pelos eriçados ao longo das costas.

Mielikki fez um gesto para que eu me adiantasse. Pisei mais fundo no espírito de Argo e:

Uma onda arrebentou contra a proa, jogando a embarcação primitiva na direção das pedras.

O céu brilhou, o vento uivou, o mar frio mostrou sua face furiosa para nós. Cordas balançaram bruscamente, plataformas se romperam, os nós de marinheiro que mantinham a embarcação simples unida produziram um som agudo quando a tensão os rompeu. A pequena vela ficou despedaçada. Alguns remadores, que não haviam sido feridos na colisão contra as pedras nessa passagem estreita, se levantaram contra a onda, enquanto o capitão e outro homem projetaram-se sobre o leme com toda a sua força. Este não era Jasão; esta não era sua Argo como eu havia conhecido. Era uma embarcação mais antiga, em uma aventura que era parte da memória da embarcação, não da minha. O capitão, aclamado por um de seus homens, era Acrathonas; o nome era familiar. O aventureiro do mais alto calibre; um Jasão antes de Jasão.

Nesse sonho marítimo, eu vi formas brancas, criaturas nos penhascos, criaturas na forma de ossos, criaturas de tamanho

Robert Holdstock

gigantesco. Esta era a passagem marítima de Petros, e agora eu sabia para onde Argo estava indo, ainda que o motivo que o fazia sonhar com essa tempestade não estivesse claro para mim.

Pelos olhos de Argo, vi aqueles ossos serem cobertos por carne, depois cor, os verdes e vermelhos iridescentes de monstros marinhos. Eles ganharam tamanho nos altos paredões de pedra, deslizaram e escorregaram para o oceano, começando a morder e rasgar Argo com mandíbulas impossíveis, olhando sua presa inerte, sem piscar.

Arpões foram arremessados e puxados. Homens foram arrancados da embarcação, abocanhados pelas mandíbulas dentadas e arrastados, lavados em seu próprio sangue, para o mar revolto.

Apenas quando uma imensa cabeça com aparência de lagarto surgiu no oceano atrás de Argo, uma cabeça do tamanho de uma casa, olhos do tamanho do escudo de um gigante, foi que a embarcação começou seu longo deslizar pelo mar para um local seguro, escapando das mandíbulas do destino, empurrada pela onda do mar que se ergueu com o surgimento daquela criatura de enormes dimensões.

Uma nova vela foi puxada rapidamente para a ponta do mastro, e o vento do norte, enganado pela saída estreita, soprou uma rajada em favor da franzina embarcação, que adernou perigosamente a ponto de virar, mas voltou para pegar uma brisa salvadora e se enfiou na tempestade, na direção leste, na direção de uma ilha, uma estranha e misteriosa extensão de terra montanhosa, que um dia eu viria a conhecer muito bem. Acrathonas, como Jasão faria depois, saquearia aquela ilha, embora eu soubesse disso apenas de ouvir falar.

Eu não tivera tempo de tentar entender qual era a intenção de Argo ao compartilhar esse fragmento de sonho comigo, e

Os Reis Partidos

certamente havia um significado nesse ato. Argo, mesmo com todo o coração humano que parecia bater dentro dele, não era dado a nostalgias sem sentido. Pouco depois, eu estava de volta com a embarcação no mundo presente.

A floresta tremeluzia. A boca da caverna diante de mim, na fachada esmigalhada de pedra, formada de madeira petrificada, soprava brandamente. O mato alto que separava a caverna da floresta farfalhava com aquela brisa. O lince espreitava impacientemente, e Mielikki deslocou-se em minha direção, olhos vivos atrás do fino véu branco, boca solene.

Quando Mielikki me abraçou, fui consumido por ela, mas parecemos cair suavemente. E embora eu estivesse preso nos braços de uma mulher, estava sendo envolvido pela madeira do casco firme de Argo, desgastada pelo mar.

Eu senti cheiro de brisa salgada e betume, corda apodrecida e madeira cortada.

O Espírito do Barco, a velha consciência, falava comigo por meio de sua guardiã.

— A embarcação está envergonhada e assustada, Merlin. Foi responsável por uma grande traição em seu passado, e a sombra de Nêmesis está por perto. Esta embarcação é mais do que madeira e cordame...

— Eu sei. Por que me lembrar? Eu a construí!

— Você a construiu de forma inocente, e a lançou nas águas do mundo com orgulho. Enquanto você crescia para se tornar um homem, lentamente, ao longo de gerações, Argo cresceu para se tornar uma bela embarcação na qual Jasão navegava. Uma cobra troca a pele para crescer, Argo troca a madeira. Trabalhadores e construtores navais levaram a embarcação e a reformularam ao longo dos anos. Ela está mais forte, mais rápida, mais lustrosa e mais esperta do que a embarcação que você construiu, mas aquele coração infantil, a lasca de carvalho, permanece encravado nela.

Eu estava perplexo. Sabia muito bem que Argo continha um pedaço de cada embarcação que havia sido, um fragmento do coração de cada capitão que guiara seu caminho ao longo de rios e oceanos. E estava ciente de que meus esforços infantis em construir barcos, sob os olhares atentos de dez figuras mascaradas, dez mil anos antes, ou mais, haviam sido o início desse estilo de vida devotado ao mar, esse mundo sobre as ondas.

Por que ele dava tantos rodeios para me fazer lembrar?

Tristeza e ansiedade eram um gosto amargo para minha boca seca, enquanto eu deixava Mielikki me transmitir os sentimentos e sonhos da embarcação.

Subitamente, me peguei no mundo da minha infância, e tudo o que havia em volta de mim era o bramido da água.

Foi um momento de euforia, um lampejo de memória tão intenso, tão real, que me chocou. Essa visita ao passado não foi obra minha. Era Argo, usando sua própria energia para me mandar de volta, proporcionar-me um vislumbre do momento em que eu coloquei feitiço e vida na embarcação.

Eu estava com água até a cintura no poço imenso, abaixo das saliências rochosas altas do santuário, observando a água cair em cascatas nos dois lados. O poço fervia onde a queda atingia a superfície. O céu acima de mim era um círculo azul-celeste reluzente, moldado pelos braços das árvores de verão. A vegetação rasteira era formada por uma massa estreita de mata e samambaias, onde o poço não era moldado pelas cascatas cor de prata, e dez rostos me observavam enquanto eu fazia marcas em minha criação.

Os Reis Partidos

Dez *rajathuks*, meus guardiães, minha inspiração, todos me esperando terminar a construção de meu barco.

Pintei olhos na embarcação redonda. Prateado: os olhos de um peixe, para levá-la rio acima em segurança. Falkenna: os olhos de um falcão, porque eu desejava que o barco *voasse* sobre a água. Cunhaval: o cão de caça, porque ele se meteria em terras escondidas e águas secretas.

Meu *Viajante* estava sendo feito também sob o olhar interessado de *Skogen*, a sombra das florestas, e eu havia sido inspirado por *Sinisalo*, a criança na terra. Invoquei *Gaberlungi* para colocar aventura na embarcação, grandes histórias, um destino de aventuras esperando por ela. E o maior dos *rajathuks*, O Profundo, lançou um feitiço sobre a embarcação que lhe permitiria mover-se por rios despercebidos, e mergulhar nas profundezas do mundo e para dentro da terra propriamente dita, para se tornar uma embarcação de muitos reinos.

Como tarefa minha, entalhei uma pequena imagem de um homem em madeira, meu próprio capitão, e escondi a figura rústica atrás de um suporte de vime.

Eu me lembro de ter subido a bordo e assumido o remo, virando-me diversas vezes e rindo enquanto lutava para manter o controle da armação coberta de pele. Em seguida, uma corrente pegou força e me empurrou, arremessando-me para fora do poço, sobre a superfície rasa até o córrego que fluía para longe do meu vale.

Quando rodei mais uma vez, ainda incerto do balanço da embarcação, percebi que sete dos *rajathuks* haviam desaparecido. Os três que restaram, suas máscaras de casca de árvore longas e lúgubres, observavam-me com olhos apertados.

— Eu não preciso de vocês para nada! — gritei. — Eu voltarei quando precisar.

Lamento foi o primeiro a se retirar, depois Sonho da Lua. Por último, a máscara de crânio de Morndun: o fantasma na terra.

— Eu não preciso de você — disse outra vez, mas agora, olhando de volta, senti uma ponta de insegurança.

Você deveria marcar o barco com todos os disfarces. Se fizer isso, a proteção estará sempre ao seu lado.

Estas eram palavras de minha mãe. As palavras de todas as mães que estão dizendo adeus aos seus filhos. Os outros obedeceram? Os outros encontraram uma forma de levar dor, a lua e a morte para suas embarcações?

Vocês são imprestáveis. Eu voltarei quando precisar de vocês...

Arrogância! Pura arrogância. E o pior é que tive a intenção de dizer claramente cada palavra. Não conseguia enxergar o ponto da Morte e da Lamentação naquele momento e deixei o Devaneio da Lua sozinho, mas minha intenção não era tirar-lhes o valor. Eu estava cheio de vida, e meu barco de vime tinha vida própria e me testava severamente enquanto eu lutava para controlá-lo. O rio o agarrava; o salgueiro dependurado e os galhos de amieiro agiam como açoites enquanto eu tomava velocidade, embrenhando-me em sua folhagem e tomando impulso para sair da lama da parte rasa, sorrindo enquanto a terra me levava, enquanto eu era carregado para longe de minha casa, para começar minha vida no Caminho.

Como eu poderia saber que estava fadado a perder o barco, para então andar a esmo por anos a fio, antes de encontrar o Caminho e ser levado para minha vida nova a pé ou no lombo de qualquer animal que me suportasse? Eu estava despreparado.

A intensidade da memória se desvaneceu, e outra vez eu estava no Espírito de Argo cheirando a verão e inverno das Terras do Norte juntos, a presença pacífica e acalentadora da Senhora das Florestas do Norte, ambos confortantes e, ao mes-

Os Reis Partidos

mo tempo, desconcertantes, diante de mim. Seu lince estava ronronando, mas sempre atento, sempre alerta.

Mas embora as imagens visuais rígidas tivessem desaparecido, permaneceu um eco de desespero e medo, construído talvez por minha própria mente, uma mente inadvertida e indesejadamente aberta às minhas origens.

Eu nunca havia sido capaz de controlar aquele barco, aquela bacia de vime, carvalho e couro que correra pelos rios, a despeito dos meus esforços, e que me obedecera apenas nas águas calmas das partes rasas e nos poços que encontramos em nossa jornada.

Uma tempestade tinha caído, um pesadelo invernal, gelo sendo lançado violentamente pelo ar, árvores sem folhas mostrando que não passavam de criaturas sem vida quando se desfolharam no rio, pegando-me assustado e congelando dentro da vulnerável bacia de vime.

Alcancei a costa e amarrei o barco, agachando-me sob o abrigo de uma saliência, chorando, encolhido, observando um paredão escuro de neve aproximar-se no vento que vinha do oeste, sempre tentando ver através da escuridão, de volta para o norte, onde o fogo da minha mãe queimava no vale que era meu lar, e as pinturas de meu pai, nas profundezas do desfiladeiro, estariam tão frescas e vibrantes quanto no dia em que ele as produzira, antes de entrar na terra, enredando nas entranhas daquela outra mãe, para não mais retornar.

A neve começou a cair como um redemoinho, inocente e gentil em um primeiro momento, depois como insetos congelados, criaturas das lendas, as memórias de pessoas mais velhas que haviam explorado a terra ao redor de nosso vale.

O pequeno barco estava oscilando violentamente no rio. Eu não havia amarrado a corda que o prendia com um nó, amarrei apenas ao redor de um tronco e atochei a ponta da corda entre dois galhos. E ela não o protegeria da tempestade.

Agora eu lutava com os laços da minha bota, mas meus dedos estavam desajeitados, os fios de couro escorregaram e se enrolaram longe de mim. Frustrado, comecei a chorar. E meus dedos estavam tão dormentes que desisti do esforço e me deitei, cobrindo a cabeça com meu manto, minhas lágrimas passando do desespero à raiva, da solidão ao medo.

Eu ouvi o movimento perto de mim e congelei, pensando que era um animal que fazia aquele barulho em algum lugar próximo. Então, o toque atrapalhado, mas gentil, de mãos conhecidas sobre a minha bota. Dedos hábeis amarraram o laço de couro. Eu descobri meu rosto e, ao olhar para baixo, vi uma forma encapuzada, uma forma pequena, e quando o capuz foi retirado, olhos ferozes e maravilhosos encontraram os meus.

E um sorriso que ironizava tanto quanto dava boas-vindas.

— Você realmente deveria ter prestado mais atenção — Olhos Ferozes disse.

— Eu não consigo amarrar estes nós. Eu *não* consigo amarrar estes nós. Eu não vou me envergonhar por causa disso. Farei sapatos que não precisem deles.

Ela se aconchegou a mim, enrolando seu manto bem apertado ao redor do corpo, mas estendendo a mão rapidamente para pegar a minha. A neve se abateu sobre nós, acumulando-se sobre nosso nariz.

— Eu não esperava isso — ela disse.

— Nem eu. O que você está fazendo aqui?

— O que *você* está fazendo aqui?

— Eu trouxe o barco para a costa. O nível do rio está muito alto.

— Eu perdi o meu. Ele virou e me jogou na água. Tentei segurá-lo, mas foi levado de mim. Então, agora, resta-me andar.

Os Reis Partidos

Eu olhei para a pequena embarcação e pensei em tentar conduzir nós dois, mas o pensamento não durou muito tempo. Nossas vidas haviam sido levadas repentinamente. Tudo o que conhecíamos já não existia mais. Olhos Ferozes e eu não éramos os únicos. Havia outros. Mas eu comecei a esquecer deles. Comecei a esquecer dessa garota que me provocara e me atormentara, amando-me e se divertindo comigo por tantos anos, aqueles anos pacatos no vale, quando o tempo passava ao nosso redor, mas não dentro de nós. Aquela longa, lúdica e desafiadora infância que enchera nossa cabeça com sonhos sobre o que estava por vir, e poderes entalhados em nossos ossos, poderes que ainda não experimentáramos presos aos nossos ossos, que manobram e fazem nosso pálido e frio corpo trabalhar.

Sua presença era como o melhor dos presentes, e eu debrucei em seu calor. Novamente, nossos dedos se enlaçaram. Eu senti seu corpo tremer. Pensei que ela estivesse nervosa com este toque furtivo, mas depois de um instante, percebi que ela chorava, e permaneci em silêncio, rígido... Ainda tocando nela.

Logo o galho quebrou!

O tronco do amieiro de inverno se quebrara, e minha amarra ineficaz começou a se desfazer.

— Meu barco! — eu gritei, tropeçando em meus pés.

Olhos Ferozes entendeu o que acontecia, e enquanto eu me lançava na direção da minha corda desamarrada, ela escorregou até a margem para tentar segurar o barco.

Ela gritava e caía, assustando-me por um momento. Naquele instante, a corda se soltou da árvore, como uma cobra deslizando habilmente para seu buraco na pradaria. Olhos Ferozes havia mergulhado no rio. Tinha a cabeça sob a água, a mão acima. Por causa da neve, era difícil ver o que estava acontecendo, mas o barco rodopiou subitamente para o meio da água, e a amarra se enrolou ao redor dele. Eu vi a mão de minha amiga agarrar a ponta da corda e, em seguida, ela se ergueu como uma ninfa das profundezas, encharcada e gritando. Ela agarrou a ponta do barco e se segurou nela, olhando em minha direção com seu rosto pálido e assustado enquanto o rio, a tempestade, a noite e mãos invisíveis a afastavam de mim outra vez, permitindo que a distância e a escuridão tomada por uma massa de neve a levassem, não me deixando nada além de seu lamento no vento, um lamento que poderia ter sido o meu nome.

Em dramas tão simplórios, em noites tão frias e insignificantes, grandes histórias acontecem, destinos são traçados em seu caminho. Como eu poderia saber disso? Tudo o que eu conheci, por um longo tempo depois dessa terrível perda, foi o som do meu próprio terror e abandono.

Agora, também, havia algo abandonado e terrível a respeito de Argo. A embarcação estava em um estado deplorável. Convivia com um segredo e o guardava incrustado em seu casco de carvalho e bétula. Seu segredo era carregado de culpa. E como uma criança, ele queria que o fato fosse conhecido tanto quanto que ele fosse escondido.

Eu lutei para me desvencilhar do abraço apertado de Mielikki. A Senhora das Terras do Norte se afastou; a comunicação foi encerrada. Seu lince deitado silvou para mim, sua respiração estava irregular. Mielikki o acalmou e ele se afastou, deitando-se outra vez, perturbado, protetor, selvagem. Mielikki afastou o véu que cobria seu rosto. Essa foi a primeira vez em que eu o vi descoberto, exceto a velha ameaçadora entalhada na madeira que fiscalizava o barco. Um rosto de incrível beleza me

Os Reis Partidos

cumprimentou com interesse e simpatia. Seus olhos eram pequenos e delicados, como eu esperava, mas sua pele era branca como o leite, com apenas um sutil rubor em suas bochechas. Seus traços poderiam ter sido feitos de neve, inclusive os lábios, fartos e sensuais, não possuíam muitos vestígios de sangue, ainda que cheios de vida.

— Eu fui entalhada de forma diferente — ela disse, com um aceno distraído na direção da entrada dessa terra de espírito, para além da qual a efígie de madeira franzia o cenho. — As pessoas que queriam uma figura de proa para suas embarcações me entalharam por medo, não por amor.

— Sim, obviamente.

— Eu não sou o mais forte dos guardiães de Argo. Antes de mim, há uma deusa grega.

— Hera.

— Um de seus nomes. Apenas um de seus nomes. E sua filha, Atena, também. Ela lançou uma longa sombra de volta no tempo, e o tempo da embarcação. Ela sucumbiu com Jasão depois daquela longa viagem, após ele morrer de desespero. Uma parte dela, de qualquer forma. Uma pequena parte, um fragmento de vida, um fragmento de seu espírito protetor, afogado nas Terras do Norte com seu capitão favorito. Embarcação e guardião podem ter seus favoritos, e Jasão certamente era um dos que ela mais gostava, mas havia outros. Antes de Jasão, um homem chamado Acrathonas. Antes deste, em tempos remotos, imprecisos, um homem de grande coragem e grande fúria chamado Argeo Kottus, e antes dele, uma mulher de fisionomia pálida, vigorosa. Ela é lembrada como Gean'anandora. Houve muitos no intervalo entre esses que eu citei. O primeiro foi você, o jovem capitão, o ser inspirado que lhe deu forma, que o inventou. O primeiro inventor de Argo. O primeiro de muitos.

O Inventor. Essa palavra outra vez. Esse nome mais uma vez.

— Argo está perturbado — eu disse. — Ele é um barco muito forte. E não me dirá exatamente o que é que o está incomodando.

— Você poderia usar seus talentos e quebrar-lhe o casco, sua proteção, como uma gaivota quebra uma concha.

— Eu poderia, mas não o farei. Seria custoso demais e muito perigoso para mim. Além do mais, eu não perguntarei nada que ele não queira me contar.

— Uma traição cometida no passado ronda esse barco — Mielikki disse calmamente. — Um momento de sua vida em que ele foi de encontro às instruções e à lealdade do homem que o transformou na embarcação que é hoje, uma grande embarcação, erguida a partir do pequeno barco que você um dia construiu com vime e pele.

— Quem foi esse?

— Eu não sei. Ele não está pronto para revelar. Mas ele está lá, em Alba, por causa do que fez. E eu estou certa de que ele deseja navegar com você novamente. Você não está seguro em Taurovinda. Você está procurando no lugar errado a origem do problema que em breve engolirá essa terra.

Esse diálogo misterioso estava me deixando transtornado. Tentei entrar na mente de Mielikki, mas um lince mostrou os dentes, e a forma efêmera da beleza dos desertos gelados de Pohjola provou ser um frasco vazio. Muito dessa mulher formosa, essa árvore e espírito de neve, estava ainda muito próximo às luzes do norte onde ela havia nascido, na terra gelada. Havia muito pouco exposto nos espíritos guardiães que acompanhavam Argo.

Mielikki não achou graça em minha sondagem, mas também não ficou com raiva.

Os Reis Partidos

— Eu não posso ajudá-lo — ela insistiu. — Eu posso ser a voz de Argo. É tudo o que eu posso ser. Mas essa embarcação está de luto.

Eu conseguia compreender. Argo revelaria a origem de sua perturbação aos poucos. Mas, no momento, ele foi muito perspicaz em me advertir para sair de Taurovinda.

— Eu sei que você está aqui há muito tempo — eu lhe disse por meio da Senhora das Terras do Norte. — E você sabe que a Terra dos Fantasmas está avançando para além do rio. Há locais, hospedarias, onde os Mortos estão se reunindo para celebrar antes da luta. Diga-me qualquer coisa, absolutamente qualquer coisa em que possa ajudar para nos proteger. Há Não Nascidos nessa reunião, mas eles sempre foram menos agressivos do que os Mortos. O que está acontecendo, Argo? O que você pode me dizer? Qualquer coisa ajudará.

Após um breve momento, Mielikki suspirou:

— Ninguém está seguro na terra de Urtha. Os Reis Partidos comprovaram isso. A terra de Urtha está pronta para entrar na penumbra. Não há nada que você possa fazer.

— Os Reis Partidos?

— Cada um deles inocente. Cada um deles culpado. Eu posso dizer a você apenas um nome: Durandond. Ele foi o fundador de Taurovinda. Argo está atento a ele, sob a colina. Ele acha que você se lembra dele.

Durandond! E seus companheiros.

Imediatamente, a memória retornou. Com uma facilidade surpreendente, os olhos internos, que estavam fechados, não por medo, mas por tédio, foram abertos. Por que, com tudo o que me aconteceu durante as gerações, eu me lembraria de cinco jovens precipitados, cinco presentes simples, cinco rapazes desapontados e enfurecidos? Por que eu me incomodaria com rosnados, risos e queixas de campeões insolentes, ofendidos, feridos pelas estúpidas previsões de seus respectivos futuros?

Eu passei uma vida contando a verdade através da clarividência, e fui prejudicado em muitas ocasiões em que minha reação física foi mais lenta que minha cólera geniosa e fugidia. Mas aqueles cinco rapazes me visitaram em minha casa "perto de casa", a pequena caverna e clareira onde eu costumava relaxar e me recuperar depois de percorrer o Caminho por duas ou três gerações... Eles sumiram da minha lembrança tão depressa quanto suas carruagens os carregavam para casa e para o desastre.Mas eu sempre me lembrei de Durandond. Um Rei Partido? Eu teria de descobrir mais sobre ele.

Estava claro para mim que eu tinha me comprometido com o barco estremecido tanto quanto ele me permitira naquele momento. Eu o lembrei, por meio de sua protetora, que Urtha e seu filho estavam voltando do território ao leste, a terra dos coritani. No final, uma resposta veio através de minha velha amiga:

Mantenha-os lá! Não permita que eles retornem. Abandone a fortaleza.

Eu não hesitei. Ainda que eu tivesse vontade de fazer mais cem perguntas, deixei aquele interior, aquele início de verão no barco. Atravessei o porão apodrecido outra vez, subi para o convés dos remos e pelo lado, escorregando de volta até a lama cheia de juncos, pisando na terra firme da margem do rio.

Argo me observou de uma forma sombria. Já estava ficando tarde, escuro, o ar pesado com a umidade. Só o movimento dos patos ondulava o rio, mais adiante.

Eu chamei Jasão e recebi a resposta pelo vento que agitava os juncos. Enquanto me aproximava da floresta, chamei outra vez. Agora, Argo estava atrás de mim, escondido nas sombras.

Os Reis Partidos

Será que sua tripulação havia de alguma forma subido furtivamente a bordo daquela embarcação apática?

Um movimento repentino roubou minha atenção, e Jasão apareceu. Ele ainda estava em pé como um cadáver, trêmulo, sem expressão, com a fisionomia pálida e desatenta, ainda que seu olhar estivesse fixo em mim. Atrás dele eu conseguia ver Rubobostes, o dácio. E queria tanto que sua expressão enrugada se abrisse em um de seus famosos sorrisos... Mas ele estava distante, apenas seu corpo se achava presente.

Mais uma surpresa ainda estava por vir: caminhando na minha direção, abatido e obscuro, os olhos vivos, estava o cretense Tairon, outro homem do segundo grupo de argonautas de Jasão, do tempo da invasão em Delfos.

Tairon era um caçador de labirintos. Ele havia nascido em Creta, o grande lar dos labirintos. Havia nele algo estranho, que me fazia acreditar que ele era mais velho do que sua idade sugeria. Como Jasão e outros, ele tinha o mesmo ar de desprendimento da realidade sobre ele. Tinha a mente distante, apesar de claramente presente em forma física. Era apenas... Aqueles olhos! Ele seria mais fácil de ser despertado do que os outros.

Eu havia visto isso antes, claro. Há uma luminosidade que sugere consciência, mesmo em um cadáver. Há uma efervescência que se diferencia da "vigilância". Embora Tairon estivesse dormindo, como o resto do grupo, havia um espírito dentro dele que o incentivava a ter contato comigo.

Eu lhe disse:

— Pensei que tivesse ido embora para casa depois da aventura em Delfos.

— Mas eu fui — o homem de olhar pungente respondeu solenemente.

— Então, por que você está aqui?

— Eu me perdi outra vez. Argo me encontrou. Ele me pediu para voltar. Eu posso ser útil em tarefas que precisam ser concluídas.

Ele ficou em silêncio por um momento, franzindo a testa enquanto olhava para mim, como se tentasse se lembrar de algo. E, então, continuou:

— Eu posso aconselhar sobre tarefas que foram cumpridas.

— Tarefas?

— O passado de Argo é uma confusão como qualquer confusão. E eu acho que é por isso que ele me quer aqui. Aconteceu algo terrível a ele. Não me pergunte o que foi. Eu não sei, embora desconfie. Quando eu despertar, você terá de me lembrar dessa conversa. Uma pequena parte em mim se lembra de você, Merlin. Estou feliz em vê-lo. Eu pensei que o tempo o havia jogado no futuro.

— Encontrei uma pedra. Estou me aguentando.

— Aguente firme, então. Eu o verei em breve.

O espírito abandonou seu olhar e ele, ficou tão sem expressão quanto Jasão e os outros. Eles ficaram lá, figuras miseráveis, maltrapilhas e vazias, esperando que eu fosse embora.

Eu fui.

Eu determinei a posição em que etava e rumei para floresta. Os cavalos não se achavam amarrados onde eu os havia deixado. Pelo jeito, eu os perdera. Mas minhas habilidades me permitiam conjurar um animal, e eu poderia voar, nadar, vagar a esmo ou galopar com a criatura de minha escolha.

Encontrei um dos animais ao voar até ele como um corvo. Eu virei a besta para o outro lado com um golpe agressivo. Ela se voltou para mim, arreios pendendo, boca espumando, olhos envergonhados.

Os Reis Partidos

Eu o perdoei imediatamente.

Enquanto voava, aliás, eu vi Urtha, seu séquito e muitos outros seguindo o caminho de volta para seu território. Eles estavam seguindo as trilhas para o rio seco que separava os coritani dos cornovidi, até as duas rochas enormes conhecidas como Pedras do Salto Único. Então, eu já sabia aonde ir para interceptá-lo. Assim que o cavalo descansasse e se alimentasse, eu me apressaria em encontrá-los.

13
Kryptoii

Eu continuei andando pelos lugares mais altos que pude, usando um pouco de intuição para localizar trilhas antigas e escondidas nos pontos em que a floresta se tornava mais densa. Em dois dias, eu soube que me aproximava de Urtha. Também fiquei atento para a possibilidade de estar sendo seguido a distância.

Desconfiando de que fosse Jasão que me seguia, talvez montando o cavalo que eu perdera, enviei um espião de asas para investigar. Mas quando o pássaro e o perseguidor se encontraram, a floresta envolveu o cavaleiro como um manto, abraçando e engolindo a criatura, escondendo-o completamente. Tudo se passou tão de repente que me pegou de surpresa, um alarmante rodopio da natureza que eu associei mais àqueles que possuíam a habilidade mágica de mudar a aparência do que a ex-marujos grisalhos. Quem quer que estivesse me perseguindo, portanto, era alguém que se parecia comigo, mas que se aproximava do norte e oeste, onde Argo meditava.

Fiquei remoendo o mistério. As palavras de Argo que diziam *"não permita que eles retornem"* martelavam em minha cabeça. Aquela sensação de transformação iminente estava em todo lugar, e havia muitas estranhezas e incertezas nesse mundo comum de tribos em disputas e guerras, que eu tinha de acompanhar de perto naquele momento.

Os Reis Partidos

Estava cansado. Fui forçado a reconhecer isso. O chamado do Caminho estava se tornando mais forte. Em breve, seria tempo de seguir meu caminho, retornar àquela antiga trilha, abandonar um mundo e desbravar um novo, um mundo mais forte, voltar a um Tempo mais vasto e mais profundo que governava a minha existência.

Eu relutava em atender àquele chamado.

Niiv estava em meu sangue, agora. Pensamentos ao seu respeito e a sensação de aconchego que eu tinha com ela ganhavam força. E havia Medeia também, aquela lembrança de amor na minha infância. Se eu tivesse de abandonar Alba, teria de abandonar também esse encontro renovado, ainda que doloroso, com a mulher que fora tão importante em minha vida.

Continuei cavalgando, confuso e assolado pela incerteza, parando para descansar não por mim, apenas pelo cavalo.

Alcancei Urtha em mais ou menos um dia, durante o crepúsculo. Estava cavalgando com a lua crescente atrás de mim, vindo do território dos coritani e em direção às terras de Urtha. Atravessando uma escarpa descampada, momentaneamente fora da floresta, eu vi as fogueiras espalhadas lá embaixo. Urtha acampara durante a noite no curso do rio seco que separava os dois reinos. As chamas queimavam contidas pelos círculos de pedras e árvores. Tendas foram erguidas, vinte ou mais, e formavam um grande círculo em volta da área mais ampla, que entendi ser a do rei e de seu séquito.

Ao longe, eu conseguia ouvir as risadas roucas dos homens que descansavam. E as brincadeiras animadas dos jovens. Se havia no ar cheiro de comida sendo preparada, o vento me negava tal prazer.

Um dos *uthiin* de Urtha me reconheceu e me interceptou, levando-me ao acampamento. Urtha veio me cumprimentar:

— Merlin! Dando um passeio ao luar, pelo que vejo. Espero que seja um bom presságio. Venha para minha fortaleza!

Eu me abaixei para entrar na tenda feita de peles. Havia muitos homens lá dentro, alguns dos quais eu reconheci. Havia cobertas sobre o chão irregular. Urtha passou-me um garrafão de cerâmica contendo vinho fresco. Ele estava com uma expressão curiosa.

— Vindo do norte? O que você tem feito, meu velho amigo?

— Vindo do norte?

— Sim. Eu o deixei em Taurovinda, mas aqui está você, cavalgando do norte.

— Bem, quando eu me movo, trato de me mover bem rápido. Estive tentando falar com Argo. O barco está ancorado e parece muito perturbado.

Os homens que estavam na tenda do rei acompanhavam a conversa com atenção, sem compreender do que falávamos. Urtha fez um gesto para que eu me calasse.

— Mais tarde, então. Falaremos sobre isso depois. Nesse meio tempo, eu reuni esses bravos homens... Aqui estão eles... Os campeões de meu velho amigo Vortingoros, embora o rei em pessoa tenha de ficar e proteger sua terra.

Fui apresentado brevemente aos homens mais importantes dos coritani, e depois Urtha me contou a respeito de seu encontro naquele reino.

A coisa mais importante da reunião com Vortingoros havia sido que Urtha trouxera aproximadamente cem bons lutadores com ele.

— Homens contra as Sombras dos Heróis?

— Bem, já funcionou antes. E que outra opção eu tenho, Merlin?

Os Reis Partidos

Ele sussurrou essas últimas palavras. Eu entendi o motivo. Tudo o que ele fez, cada ato, cada feito, cada enfrentamento com o Outro Mundo que ficava nos limites dessa terra fora feito como um ato de desafio. Determinação e desejo geralmente conseguiam ser mais fortes do que ferro e carros de guerra.

Contudo, a descrição que ele fez da efígie de madeira, o retorno deles à vida ou seu caminho final e ameaçador para o rio era intrigante. Mais uma vez, resquícios de pensamentos, fragmentos esparsos de memórias abandonadas agitaram-se nos nichos escondidos de minha vida.

Uma história ainda mais intrigante estava por vir.

Ao saber que eu estava no acampamento, Kymon deixou o pequeno abrigo que dividia com os sete jovens dos coritani e veio para a tenda de seu pai. Na verdade, ele não veio sozinho. Estava com ele um rapaz pálido e grandalhão, um garoto cujo rosto ostentava as marcas de um triunfo antecipado, um olhar faminto, uma boca que desdenhava tudo e todos. Mas quando me viu, ele franziu a testa e ajeitou-se quieto em um canto do chão coberto, pernas cruzadas, paciente.

Kymon me cumprimentou, inclinando a cabeça para me mostrar a cicatriz grosseira em seu queixo.

— Agora eu tenho meu queixo cortado! — disse ele. — Aquele rapaz foi quem fez isso. E eu fiz o mesmo nele. Seu nome é Colcu e eu fiz um acordo com ele sobre liderança e honra.

— Bom para você. Eu não entendi uma palavra do que você acabou de dizer.

Kymon percebeu o riso abafado de seu pai, mas estava muito cheio de si para se importar. Ele fez uma descrição detalhada de seu combate com Colcu e do motivo de seu queixo cortado. Percebi que Colcu balançou a cabeça em duas ocasiões e cerrou o punho diversas vezes. A descrição de Kymon não era tão confiável quanto a lua cheia, pelo jeito. Mas Colcu, por alguma razão, permitia que Kymon contasse sua própria versão da história.

Ele e Kymon haviam chegado a um acordo "de campeões", e sendo assim, por duas estações Colcu seria o mestre de quinze jovens, cinco deles cornovidi, dez coritani. E depois, por duas estações, Kymon comandaria. Depois disso, eles discutiriam a liderança. Esse acordo era tão tenso quanto um novilho que enfrentava um touro pela primeira vez, mas estava claro que o arranjo vinha funcionando e os termos acordados, os termos aceitos, e as questões que ainda surgiriam estavam sendo e seriam respeitadas, mesmo que a situação fosse um tanto incômoda.

Fui apresentado a Colcu, então, e me dei conta de que gostei dele. Tive a forte impressão de que ele e Kymon, diferentes de tantas maneiras, um dia poderiam ser grandes aliados e grandes amigos. Enfrentar anos tão duros numa idade tão tenra era um desafio para o amadurecimento dos dois, e eles brigariam um pouco entre si. Mas, ainda assim, o quadro geral contribuía para que tivessem um futuro de união e poder.

Apenas o Reino da Sombra se colocava entre eles, um fato que eles reconheciam sem compreender totalmente. Kymon havia sido arrancado de sua terra natal durante a infância, os tormentos da época estavam vivos em sua lembrança. E Colcu, embora livre do fardo de tal lembrança, parecia inclinado a aceitar a experiência ainda tão vívida de seu companheiro e estava comprometido com a missão.

Colcu, Kymon e os demais jovens organizaram-se em um grupo similar ao grupo dos *uthiin* de Urtha. Eles se chamavam de *kryptoii*.

— Esse é um termo grego?

Kymon franziu a testa, mas Colcu sorriu.

Os Reis Partidos

— Mais velho do que a Grécia — ele disse. — Eu ouvi esse nome, sonhei com ele. Os sonhos fluem livremente nesta ilha, você sabia?

— Não.

O rapaz sardento sorriu outra vez e concordou com a cabeça de um jeito conspiratório.

— Bem, mas eles fluem sim. Esta é uma ilha de sonhos. Eles voam por todos os lugares, mas onde mais eles podem voar? Não há nada além do pôr do sol depois da Terra dos Fantasmas. Eu ouvi sobre rochedos e um mar revolto, e ilhas que aparecem e desaparecem. Mas e daí? Esta é a última fronteira do mundo, e sonhos não podem voar mais do que os pássaros. Nós estamos vivendo em um poço onírico, e palavras e vidas vêm para cá e param aqui, e, entre nós, alguns conseguem captá-las. Eu sonhei, tive o sonho de um garoto, de uma terra mais antiga do que a Grécia e ele disse que era um *kryptoii*.

Colcu falava como se estivesse dentro de um sonho, ou como se alguém estivesse falando por meio dele.

E o que ele queria dizer com *kryptoii*?

— Boa pergunta. Eu acho que ele quer dizer: *ocultador.* Eu acho que ele quer dizer: *eu sei sobre isso, mas não revelo.* Eu acho que ele quer dizer: *eu tenho um segredo.*

— No sonho — ele prosseguiu —, vejo uma noz, a casca ainda intacta, embora não haja nenhuma fruta dentro, só algo que espera ser descoberto. A casca da noz deve amadurecer, crescer e se partir, para que então o segredo seja revelado. Isso sim — ele disse com um sorriso confiante —, é um amigo apropriado para você.

— Nozes esperando amadurecer?

— Prontas para revelar tudo quando amadurecerem.

— Então por que não se autodenominam "As nozes"?

Os homens sorriram, mas o rapaz continuou focado e intenso:

— Palavras estranhas, linguagem estranha, linguagens antigas... Você deveria saber disso, pelo que Kymon me conta sobre você. Todas essas palavras soam melhor quando contadas nas lendas. Quando usadas nas rimas dos poetas. Mundos antigos. Significados mais antigos ainda.

— *Kryptoii?* Sim. Soa bem.

Kymon disse:

— Nós estamos ligados, agora. Ligados por uma verdade desconhecida e por consequências desconhecidas.

Ele olhou na direção de seu pai. Urtha estava observando seu filho com grande interesse.

O garoto tirou a *lúnula* de ouro partida de dentro de sua camisa.

— Isto me liga a você, à fortaleza. Nunca esqueça disso, pai.

— Como eu poderia esquecer? Munda tem a outra metade.

— Sim — Kymon disse, franzindo a testa. — Espero que ela dê valor a isso.

Arriscando-me a interromper o momento de revelação e união entre pai e filho, entre irmão e irmão-adotivo — essa era a ligação que eu acreditava ocorrer entre Colcu e Kymon —, toquei o símbolo de meia-lua que pendia do pescoço do rapaz. Urtha havia dividido esse antigo disco decorativo em duas partes iguais. Eu nunca havia realmente olhado para ele. Eu já vira muitos ornamentos desse tipo. Mas o gesto protetor de Kymon com relação a ele e um repentino brilho da luz do fogo refletido pela velha peça danificada, forjada em ouro, deixou-me intrigado.

Aqui estava um teste de confiança: o garoto permitiria que um feiticeiro examinasse sua herança?

— Eu gostaria de examinar a peça mais de perto — eu disse.

— Tire-a para mim.

Os Reis Partidos

Kymon olhou para seu pai, e em seguida olhou para o frágil objeto de ouro. Um momento depois, quase sem pensar, ele tirou o amuleto do pescoço e me deu. Aquele gesto me alegrou. O vínculo de confiança entre nós ainda existia.

Em minhas mãos, portanto, estava um quarto de lua em ouro, um símbolo do inverno, cunhado em metal solar, marcado com estrelas, o agrupamento de sete, o sol em eclipse parcial, a lua mostrada em algumas fases, o feixe de luz que caía do fogo do céu. A metade que ficara com Munda conteria outros aspectos do céu, é claro. O pensamento não me ocorrera até então, mas o velho disco, um bem de família passado através das gerações, havia sido dotado de poder e continha uma mensagem que podia ser importante.

E, naquele momento, eu senti. Senti o curso do rio, a noite selvagem, aquela tarde sossegada antes da tempestade que estava a ponto de cair. E eu me senti como uma casa de portas abertas na qual todos os visitantes vinham bater.

Tudo estava se encaixando e parecia haver mais do que apenas uma tempestade chegando. Havia um espinho no ar. O que era isso que Colcu havia dito? Palavras estranhas, linguagem antiga.

O que era antigo, o que era singular. O segredo a ponto de ser revelado. Uma verdade a ponto de ser revelada. E eu ainda não conseguia decifrá-la.

As chamas ardiam; aves de caça chilreavam. Vinho ácido saciava gargantas cansadas; piadas antigas ainda arrancavam risadas. Homens velhos sonhavam com triunfos juvenis. Jovens sonhavam com triunfos ainda por vir, triunfos que seriam lembrados com vinho cansado e mentes amarguradas.

Nós nos reunimos. Fomos pegos. A armadilha estava armada.

E enquanto comecei a me preocupar, Kymon me confidenciou seu encontro mais estranho, o encontro com o homem javali, com *Urskumug*, com o animal mais antigo.

— ...Eu o impedi de matar Colcu. Eu o esfaqueei. Pensei que eu era um homem morto, pois a besta era enorme! Mas ela parou, arrancou a lança de seu peito e a atirou no chão. Era como um homem que, depois de surpreendido, não sabia mais como agir. A besta disse: "Este foi um bom golpe". Então, ela voltou a apoiar as quatro patas no chão e disse: "Há algo extraordinário acontecendo nessa terra devastada. Algo muito grande. Animais muito antigos despertando. Velhos fantasmas também. Algo está sendo preparado. Tome cuidado". Depois disso, o animal foi embora.

— Você estava assustado?

— Por um momento — Kymon concordou. — Mas depois não. De jeito nenhum. O javali era meu amigo. Ele parecia confuso por ter saído naquela noite. Tão confuso quanto eu estava em lutar com um javali na forma de um homem.

— Parte de ser *kryptoii*, talvez.

Aquela reflexão era profunda demais para ele. Ele e seu novo bando de protocampeões haviam criado a palavra mais como brincadeira do que com intenções sérias. Mas o nome viera de algum lugar. O nome moldava o rapaz e seus amigos, não o contrário, e eu imaginei se o homem javali não estava ligado a isso tudo.

Kymon deu de ombros quando respondeu à minha questão.

— Talvez. Sim. Eu deveria tentar entender mais profundamente? Você pode me ajudar? Você poderia procurar por mim?

— Procurar por você? Você quer dizer, tentar ver o que realmente aconteceu?

Ele acenou:

— Bem?

— Se eu tentar ver o que realmente aconteceu, eu o verei brigando com uma criatura da terra antiga, rolando pela

Os Reis Partidos

margem do rio, esfaqueando, atacando, acuando... E, depois, sobrevivendo. E escutando uma observação de mau gosto de uma criatura saída de seus pesadelos. Em outras palavras, exatamente o que você mesmo vivenciou.

Kymon me observava com atenção, como se digerisse a informação, e disse em voz baixa:

— Mas ele disse que havia uma razão para estar neste mundo. Você poderia procurar essa razão.

— E ser arrastado para o submundo pela barba e cabelo! Existem formas de olhar dentro da terra que podem ser vantajosas. Era minha habilidade. Procurar no reino errado pode ser tão perigoso para mim quanto para você ou para seu pai. Então, não: eu não deverei arguir tão a fundo a ponto de perguntar por que *Urskumug* ergueu sua cabeça pontuda e descabelada.

— Não importa — Kymon respondeu, dando de ombros. — Eu venci a luta. E a besta demonstrou respeito por mim. Eu não tenho medo de *Urskumug*. Estava só perguntando...

Kymon me deixou. Que outro dos Animais Mais Antigos estava surgindo, eu me perguntei. Primeiro as hospedarias e agora isso. Quem ou o que os estava chamando?

Urtha quis conversar, assuntos relativos a sua esposa e filha, que ele já não via fazia algum tempo. Houve discussão e estratégia sobre posicionamentos e o remanejamento do limitado grupo de homens, carros de guerra e campeões quando as forças das sombras de heróis cruzassem o rio Nantosuelta pelo vaus, para atacar Taurovinda.

Eu ouvi. Estava com a cabeça fria. Eu conseguia ver as armadilhas ao meu redor com as bocarras abertas, a mordida se aproximando. Nada estava certo, e o encontro estranho e cortês de Kymon com *Urskumug* era uma declaração simples:

O Outro Mundo havia nos enganado, desviado nossa atenção e nos apanhado desprevenidos.

Deixei o interior frio da tenda e fiquei do lado de fora observando a lua acima da escarpa nua. Subitamente, alguém se interpôs entre mim e ela: um homem diminuído pelo brilho prateado da luz, que gritou de cima de seu cavalo.

— Merlin, saia de perto do rio. Saia agora! Todos vocês! O rio está transbordando! Vocês têm pouco tempo. Corram!

— Jasão! — gritei, reconhecendo aquela voz assombrada.

A aparição envolta em um manto levantou um braço na direção sul, e depois gritou a instrução urgente outra vez:

— Vocês estão no caminho da correnteza. Vão para lugar mais alto!

A terra sob meus pés tremeu. Olhei para o sul, através da noite, e vi as nuvens rodopiando de uma forma incomum. O cheiro de água fresca ficou subitamente forte. Urtha ouvira a gritaria, e então, eu mesmo alertei:

— Peguem os cavalos. Deixem tudo para trás e cavalguem na direção das árvores.

— O que está acontecendo?

Como se respondesse, o rio que transbordava, ainda escondido pelas árvores e muito próximo, quebrou contra as pedras próximas. Eu vi o chuviscar de uma onda aumentar e se desfazer. O ruído da água de repente pareceu um rugido que vinha do centro da terra.

De repente, o acampamento fervilhava. Os cavalos em pânico se dispersavam. Homens e garotos fugiam em todas as direções, alguns correndo na direção do homem na escarpa, outros voltando na direção da terra dos coritani. Então, vi que Jasão começou a descer para a cabeceira seca.

Os Reis Partidos

Não havia tempo para eu empregar minhas habilidades mágicas. Ainda que houvesse, o que eu poderia fazer? Bloquear o rio? Possível, mas improvável. Entretanto, quase sem pensar, direcionei meu dom de visão para as águas que corriam e fiquei sabendo de algo muito importante: o rio Nantosuelta já correra por ali certa vez, e estava correndo de novo! Quando a água recomeçasse a correr no leito desse afluente seco e abandonado e ele estivesse novamente conectado ao rio principal, seguindo para o oceano, o reino de Urtha seria destruído, como já havia sido no passado.

Cathabach me contara sobre isso anos antes. E eu me esquecera.

O Outro Mundo não estava atacando Taurovinda com homens. Estava simplesmente alterando a forma da terra propriamente dita!

Corri para o leste, escalando pedras, lutando para abrir meu caminho pela floresta que cobria a encosta, consciente da presença próxima de Urtha e seu filho, Kymon, chamando por Colcu, que certa vez o vencera e que, então, tornara-se seu amigo de aventuras, atento a cavalos que relinchavam e escorregavam, conduzidos para a segurança por homens resmungões, que com uma das mãos controlavam os arreios e com a outra carregavam suas armas e seus escudos.

E a oeste, uns poucos homens corriam na direção errada, gritando de medo, perdidos e confusos.

O rio surgiu diante de nós, parecendo vivo, serpenteando como um animal, engolindo árvores e rochas, assumindo seu velho curso, fazendo-o submergir, preenchendo espaços, reclamando a terra como sua.

Eu o vejo escuro... Eu o vejo transbordando...

Eu vejo a explosão noturna dos mortos...

As palavras proféticas de Munda ecoaram em minha cabeça como se eu estivesse em um sonho. Uma garota, tomada por uma visão limitada, antecipara um evento que só me enganara porque não me ocorreu procurá-lo.

Ouvi Kymon, assustado, angustiado. O rapaz alto, o sardento e arrogante jovem, Colcu, perdera o equilíbrio, agarrando o galho da árvore, caindo de lá. Foi pego por uma onda e atirado na lama. Ele se debateu, virou-se e escorregou na direção do rio. Um segundo braço na curva do rio Nantosuelta subiu e o envolveu, atirando-o na espuma, à medida que a água passava por baixo de nós num estrondo.

Então, para meu desespero e certamente de seu pai, Kymon se jogou deliberadamente da encosta atrás do sobrinho de Vortingoros. Ele havia amarrado uns metros de arreios à sua cintura, para uso próprio, e eu o vi desenrolar o couro, enquanto era levado pela inundação para baixo da superfície.

— Que garoto imbecil! — Urtha gritou.

Um de seus *uthiin*, um homem robusto chamado Bollullos, empurrou o rei e começou a descer em busca dos dois rapazes, mas eu o impedi, balançando a cabeça.

Eu conjurara um pequeno feitiço, nadando como peixe pelas águas encantadas, e vira Kymon e Colcu abraçados no momento de submergir, um momento apenas, porque os dois rapazes estavam se debatendo com vontade, segurando a correia. Eles emergiram, fora do alcance da vista, na escuridão, atingindo com força um carvalho que havia tido suas raízes afrouxadas, mas que ainda assim se agarrava firmemente à terra.

Eles estavam ofegantes, vivos e cheios de uma furiosa vontade de sobreviver.

O queixo de cada um, recentemente cortado, sangrava na água quando o ferimento se abriu.

Os Reis Partidos

— Para onde vamos? — Eu ouvi Colcu arquejar.

— De volta para a sua terra — Kymon balbuciou. — Há algo errado com a minha.

Eles ficaram parados lá, enquanto o Sinuoso tentava separar suas carcaças frágeis da árvore que oscilava.

Então, o carvalho de outro corte surgiu diante dos rapazes. A vida brilhava através daquela madeira. Ela oscilava, encharcada, quase submergindo, mas ainda flutuando, mais forte que a corrente furiosa e avassaladora. Ela se movia *contra* a inundação, e passou pelos rapazes. Voltando-se para o rio, ela atingiu os jovens indefesos, o casco coberto por figuras cada vez mais próximo deles, esmagando-os. Kymon se debateu na água e agarrou a corda encharcada que pendia do convés. Colcu fez o mesmo. A árvore perdia o apoio e começava a ceder à força do rio. Argo, por sua vez, conseguiu se aprumar, recebendo mais duas almas a bordo. Ele então se moveu, graças à sua própria mágica, até a margem leste, atingindo a margem com força e estremecendo enquanto uma terceira onda do rio Nantosuelta o golpeou com fúria de gelo, mais um ataque feito de rugido e espuma à pequena embarcação, mas um ataque que falhara em sua tentativa de arrancar Argo do ancoradouro.

Kymon nunca tivera aroma tão doce, imaginei. O óleo e a cal em seu cabelo haviam sido completamente lavados. Até mesmo a tintura em sua pele, que poderia durar por estações, fora apagada.

Notei que ele olhou para Colcu. E os dois garotos sorriram um para o outro de espanto e alívio. Eles sabiam que haviam corrido grande perigo, mas morrer foi algo que não lhes ocorreu. A ignorância é mesmo uma bênção. Duas vidas já marcadas pela dor da perda e cortadas pelo orgulho, mas ainda não forjadas pelo lamento rude dos anos.

O rio os levou, levou o barco, fazendo-o deslizar sobre as águas. Com seu brilho suave, os olhos observadores em sua proa — cheios de astúcia e entendimento, mas não mais de tristeza — fitavam o horizonte e depois a água revolta. Mas o barco era competente para lidar com a pressão inesperada e furiosa da Terra dos Fantasmas, e rapidamente se voltou para enfrentar a enchente.

Abandonei no rio o animal que havia incorporado e fui ter com Urtha, que estava tomado pelo medo e banhado pelas lágrimas.

— Argo os tem em total segurança — garanti ao rei.

— A embarcação está condenada.

— Não. Não condenada. Nunca condenada.

— Naquelas águas? Ela será engolida.

— Não Argo. Ele já navegou em águas muito mais turbulentas que esse rio.

Ele pareceu se tranquilizar com minhas palavras, mas apenas brevemente. Uma luz estranha iluminou seu rosto, sendo refletida por olhos arregalados de surpresa.

Frequentemente, tenho motivos para duvidar de minha perspicácia, mas nenhum momento me mostrou isso com mais clareza do que aquele, quando os estágios finais da invasão da Terra dos Fantasmas ficaram evidentes para os que tinham fugido para a colina arborizada a leste e estavam a salvo.

O rio Nantosuelta, percorrendo seu antigo leito, tomava a terra dos cornovidi do mundo dos mortais. Por isso, as margens do reino de Urtha se transformaram nas margens do Reino das Sombras dos Heróis. A floresta só aumentava, tornando-se cada vez mais densa, mais escura, mais forte e mais impenetrável. Então, a luz começou a brilhar e resplandecer nas clareiras e nos estreitos que levavam para as profundezas.

Os Reis Partidos

Criaturas uivavam e ladravam, lamentos desrespeitosos. O céu da noite estava escuro, tomado por corvos, bandos que se dividiam e voltavam a se reunir em pleno voo, enquanto falcões avançavam com fúria e pairavam, sem nunca atacar os da própria espécie, assistindo ao anfitrião frenético e assombrado que agora recuava. Eles eram os olhos sempre atentos daqueles que estavam devastando a terra de Urtha.

E o nível do rio não parava de subir! Ele era como uma criatura viva, surgindo entre as encostas cobertas de mata, mordendo nossos calcanhares, obrigando-nos a adentrar cada vez mais profundamente na floresta que cobria a colina leste. Em algum momento, ele se acalmou, correndo com força, prateado sob a lua, falsamente belo.

E depois o sol pareceu se erguer a oeste. As florestas estavam cheias de pontos iluminados pelo fogo. Uma ventania forte uivou sobre nós, trazendo consigo sons distantes de incontáveis vozes humanas, um pequeno clamor de triunfo tornando-se ainda mais alto, menosprezado pelo alarde causado pelos cavalos e carros de guerra. O fogo e a floresta ganhavam forma à nossa frente, uma das hospedarias ganhava corpo, a luz se espalhava através das suas portas duplas. A Hospedaria dos Cavaleiros de Escudo Vermelho. À esquerda e à direita, enquanto nossos olhos perscrutavam o rio, as hospedarias do outro mundo foram aparecendo, seus grotescos entalhes ostentando rostos desconfiados de criaturas saídas de sonhos agonizantes do submundo do lago Averno, uma das entradas do inferno. Era como se aquelas criaturas tivessem vindo para nos observar.

Temi o que poderia sair pelas portas da hospedaria do outro lado do rio onde nos agarrávamos à colina, atônitos com a transformação. Urtha murmurava palavras que eu não consegui entender em um primeiro momento, mas que depois entendi mais claramente do que desejava:

— Munda... Munda... Ela se foi. Grande Deus, não a leve. Não Munda. Não minha estrelinha...

Bollullos era um otimista, e havia reunido dez *uthiin* e muitos dos coritani. Eles se juntaram em volta do rei, espadas desembainhadas, mas apontando para baixo.

— Nós temos cordas, Urtha. Podemos puxar uns aos outros e atravessar esse riacho lamacento... — ele gesticulou com sua espada, cheio de arrogância, na direção do rio largo. — ...e tomar aquele lugar à força. Não há por que simplesmente ficarmos sentados aqui apreciando a vista!

— Você tem alguma ideia do que está acontecendo? — gritei para o campeão do rei, tentando fazê-lo entender o que se passava.

— Absolutamente nada! — foi sua resposta. — O que isso tudo tem que ver com uma inundação?

— Aquele rio é o Sinuoso, como chamamos. Ele arrebentou as velhas represas, erguidas para contê-lo, e está reivindicando a anexação de parte do que já foi seu ao território do Reino das Sombras. Você não pode atravessá-lo. Apenas os Mortos podem cruzá-lo.

— Apenas os Mortos?

— Apenas os Mortos.

— Então eu morrerei tentando — Bollullos respondeu aos berros, tratando-me como o charlatão que sem dúvida alguma ele me considerava.

A crença nos druidas não era uma unanimidade entre aquele povo. Bollullos era um daqueles homens que acreditavam apenas em seu próprio julgamento e na consciência de suas limitações físicas. E como acontecia com todos os homens do tipo, nenhuma das duas coisas era seu forte.

Os Reis Partidos

— Nada de lâminas aqui — Urtha disse a ele, mostrando os dentes, uma instrução para o homem embainhar sua arma.

O campeão o encarou:

— Eu seguirei o rei ou ficarei para protegê-lo, mas o rei deve agir!

As palavras do *uthiin* enfurecido e ávido por batalha foram uma lembrança completa e pontual dos eventos ocorridos quando as crianças de Urtha eram bem mais jovens e a fortaleza de Taurovinda caíra, ainda que por apenas algumas estações. Bollullos usara esses mesmos termos então, um tranco que fizera Urtha parar por um tempo de se lamentar pela perda da mulher e se preparar para a batalha.

Urtha apanhou um punhado de folhas mofadas do chão, cerrou a mão com firmeza, enquanto encarava o rio.

— Nós agiremos sim, quando esse pesadelo terminar. E eu vou querer você ao meu lado. Essas folhas mortas se espalharão pelos cadáveres quando tomarmos a terra de volta.

Ele poderia ter dito mais, e poderia haver mais protestos por parte dos homens, mas a margem da Terra dos Fantasmas agora começava a resplandecer com a luz do dia, um falso amanhecer, um amanhecer do oeste, um céu assustadoramente azul sobre as colinas e florestas que cercavam Taurovinda, ainda que nós soubéssemos que ainda era noite.

Aquele era um poder mágico impressionante!

Sob essa luz nova, erguendo-se acima dos declives arborizados, vimos gigantes se delineando. Seus cães de caça acorrentados ladravam vorazmente. Cada homem segurava cinco das bestas de bronze. Cada homem — com três vezes o peso de Bollullos — fora forjado do próprio bronze. Eu contei uns vinte desses *talosoi*, esses guardiães de uma antiga era. Eles eram seculares e estavam vestidos de acordo com essa era. Eles haviam sido derrotados. Seus corpos protegidos por armaduras vertiam cobre verde proveniente de feridas profundas. O rosto deles não passava de máscara escondida atrás do elmo com viseira. Essas máscaras representavam imagens dos espíritos dos amaldiçoados, que se livravam de seus pesadelos antes de morrer e abandonavam seus horrores para quem quer que tivesse criado essas máquinas abomináveis.

No alto da colina eles pareciam altos, segurando cães de caça ferozes e forjados a ferro e fogo. Eles demoraram muito para cruzar o Nantosuelta e espalhar a destruição entre nós.

— Eu conheço essas criaturas — uma voz familiar atrás de mim disse.

— Eu também — respondi.

A respiração de Jasão estava pesada, seu hálito era fétido. Olhando para ele, notei uma luz forte brilhando no vazio de seus olhos, embora ele ainda estivesse desalinhado e sua pele, macilenta. Era quase como se ele estivesse morto. Seu olhar estava fixo no outro lado do rio.

— Eles não pertencem a esse lugar.

— Não, não pertencem.

Urtha olhou para Jasão, depois para mim por um instante, franzindo a testa:

— De onde vocês os conhecem?

— De uma terra nos mares do sul. Uma ilha. Eles patrulhavam a costa dessa ilha, como guardiães, destruindo as embarcações dos invasores ou mercenários — como Jasão aqui —, punindo traidores, cavando grutas nas encostas dos grandes desfiladeiros, uma terra de espíritos para deuses fugitivos. O próprio Zeus renasceu lá, depois de uma de suas mortes precoces. A ilha era um esconderijo para todo tipo de estranhos visitantes: as montanhas são cheias de labirintos. E os *talosoi* não

Os Reis Partidos

são nascidos na terra, mas construídos como homens, o que significa que um homem os fez. Um inventor. Um criador...

— Ainda que esse criador não seja deste mundo ou de qualquer outro mundo que conheçamos — Jasão suspirou atrás de mim. — Dédalo. Dédalo era o seu nome. Eu me lembro de algo sobre ele. Mas ele se foi há muito tempo. Ele está morto há muito, muito tempo. O que traz esses monstros até aqui?

— O mundo foi para a lua? — Urtha explodiu de repente, furioso. Seu rosto estava vermelho. Atrás dele, Bollullos e dois outros homens me observavam com um olhar furioso. — Meu filho está perdido — o rei prosseguiu. — Minha filha está lá. *Lá!* Minha esposa está *lá!* E meu conselheiro mais próximo fala por meio de enigmas de druidas moribundos. Inventores? Morto faz tempo? Máquinas? O que isso tudo significa?

Foi Jasão que respondeu à pergunta de Urtha:

— Vingança — ele suspirou suavemente. — As consequências da pirataria. As consequências da feitiçaria. Uma longa espera por vingança. — Ainda que essas palavras tivessem estarrecido o rei, um arrepio de reconhecimento percorreu minha espinha e minha mente, até então não totalmente desperta, que de súbito colocou-se em guarda. Ecos do passado começaram a soar, e, ainda assim, sem força suficiente para que parecessem parte do meu próprio passado (muito do qual permanecia escondido de mim). As palavras de Jasão me lembraram de algo que eu havia escutado; talvez alguma história que me fora contada, um encontro com uma lenda, mais significativo do que o encontro com o fato por trás da lenda.

Eu queria mais detalhes, mas Jasão estava ainda sob os cuidados da bela Psique. Ele ainda perambulava pela Terra dos Sonhos.

— Em nome misericordioso do Pai Ligeiro da Floresta! — Urtha gritou. Ele estava apontando para a hospedaria e para as mandíbulas brilhantes de suas portas, as aberturas inferiores alcançando os membros das bestas entalhadas, suas formas contidas pela mulher alta e mascarada.

Uma garota estava em pé na porta da hospedaria. Ela era pequena de corpo, cabelo loiro liso, braços caídos ao lado do corpo; suas vestes modestas esvoaçavam. Seu rosto estava contorcido em um sorriso de triunfo. Seus olhos brilhavam com fogo e prazer. Ao redor de seu pescoço, o fragmento da lúnula de ouro reluzia. Era tão cintilante que eu vi o reflexo do amuleto no rio.

Lentamente ela ergueu as mãos, como se dissesse: "Viram só?"

Ela gritou:

— Eles pegaram de volta o que era deles. Tudo voltou para o seu estado natural. Meu irmão perdeu a batalha pela terra. Pai! Pai! Volte para nós. Você pode atravessar o rio em segurança. Você não deve temer nada.

Bollullos declarou:

— Vê? Vamos!

Urtha desembainhou sua espada — um movimento veloz feito com sua mão direita, puxando a lâmina da bainha do quadril direito — e jogou a arma no chão em frente ao outro homem, onde ela ficou, barrando o caminho, impedindo que o *uthiin* continuasse. Seria impensável para um guerreiro não cumprir uma ordem tão clara.

— Nós temos absolutamente tudo a temer — disse Urtha.

Depois, ele se agachou e olhou desamparado para a garota que sorria para ele do umbral da Terra dos Mortos e dos Não Nascidos, parte de um mundo ao qual ela não deveria pertencer a não ser dali a muitos anos, e, ainda assim, ao qual ela agora parecia pertencer.

14

Argonautas

Calculamos quantos de nós haviam escapado para leste. Mais da metade de nossos homens correu na direção errada. Eles, agora, padeciam ainda vivos na nova terra dos Mortos. Isso incluía muitos dos jovens *kryptoii* que Colcu havia trazido com ele, sete ao todo, e dez dos cinquenta cavaleiros coritani que Vortingoros havia cedido a Urtha. E dos *uhtiin* de Urtha, apenas Bollullos, Morvodummos e um exilado do Norte, Caiwain, haviam permanecido. Os outros cinco correram em direção à sua terra natal, e estavam perdidos para nós.

O chamamento de Argo era um lamento em minha cabeça, mas Urtha insistiu que nos reagrupássemos longe da influência da hospedaria. Os *talosoi* haviam se retirado, ainda que seus cães de caça de bronze ladrassem a distância. As portas da hospedaria foram fechadas, e Munda desapareceu de nossas vistas. Uma paz atípica pairava sobre o lado distante do rio, embora a terra ainda fizesse um ruído surdo devido à movimentação dos carros de guerra e das forças que se reuniam.

Os coritani haviam presenciado acontecimentos suficientes, mesmo que não tivessem feito nada. Todos, menos um cavaleiro encapuzado e coberto por um manto, retiraram-se, partiram para sua terra natal, usando os cavalos que encontrassem, deixando para nós a maior parte de seus suprimentos, cavalgando ou correndo de volta para sua fortaleza. Quatro dos garotos também se foram. E quando eles haviam partido, o homem encapuzado se mostrou.

Era magro e pálido, cabeça raspada, olhos verdes e brilhantes. Ele captou meu olhar e sorriu discretamente, acenando com suavidade, uma saudação tão pálida quanto seus traços.

— Você — disse Urtha.

— O rei me liberou para ficar e ajudar vocês — disse o homem.

— Eu esqueci seu nome.

— Talienze. Mas eu não sou campeão. Não com armas. O que não significa que eu não possa realizar um bom arremesso de lança ou usar uma flecha precisa.

— Você é o druida — Urtha resmungou.

— Eu sou Aquele que Fala pelo Passado — Talienze corrigiu.

— Nós fazemos essa distinção.

— Então, fico feliz com sua presença aqui. Meus próprios druidas estão do outro lado do rio. Incluindo o melhor deles, Aquele que Fala pelo Rei.

— Cathabach. Sim. Eu o conheço. Quando estávamos treinando, conversávamos nos bosques.

— Que bosques? — Urtha perguntou.

— Os bosques de seu território. Os bosques sussurrantes dos coritani. Outros bosques, em outros lugares. Nossas presenças eram permitidas nesses lugares. E nos encontrávamos com frequência.

— Eu espero que você possa encontrá-lo outra vez — Urtha disse incisivamente, e se virou para mim. — Eu estou perdido, Merlin. O que fazemos? Eu ouvirei todos os conselhos, incluindo o conselho do touro audacioso.

Eu supus que ele se referia a Bollullos. Urtha estava esgotado e cansado. Parecia mais um homem velho do que o rei

Os Reis Partidos

valente que eu sabia que ele era. Talienze me observava cuidadosamente. O homem tinha habilidades mágicas similares às de Niiv. Ele conseguia se proteger, frustrar o "olhar fácil". Ele tinha um pouco mais de controle sobre a natureza do que Cathabach, mas aquele não era o momento para investigar a fundo seus talentos.

O fantasma vivo de Jasão permanecia por perto, aguardando a ressurreição completa. Os garotos tagarelavam, trocavam insultos, nervosos e ignorantes, perdidos sem Colcu para comandá-los, incertos de seu destino, ainda não preparados para abandonar a aventura que haviam abraçado. Colcu estava vivo. Disso eu tinha certeza. Mas eles não teriam acreditado em mim, não teriam acreditado apenas em minhas palavras. Eles precisavam ver seu amigo. E em breve o veriam.

Tudo aquilo se relacionava, de alguma forma, com Argo. Esse pensamento havia crescido e amadurecido em mim, tinha me incomodado e me cutucado, incitado em mim lembranças de nossos primeiros anos juntos. Minha simples embarcação estava agora me contando, como Argo sem dúvida alguma desejara, que precisava de minha ajuda. Eu havia sido seu primeiro capitão. Ele crescera e agora controlava seu mundo. Seus olhos haviam sido os mundos do Oceano e as nascentes que surgiam dos rios. Os olhos em seu convés — os homens toscos e remando por suas vidas — haviam experimentado maravilhas. Mas agora o barco precisava de mim, ainda que a natureza dessa ajuda fosse indefinida.

— O que vamos *fazer*? — Urtha disse outra vez.

Ele provavelmente fizera essa pergunta diversas vezes enquanto fiquei ali, abaixado, olhando saudosamente para o passado.

— Encontre o barco. Suba a bordo. Conserte o que precisar ser consertado. Navegue-o. Fale com ele.

Robert Holdstock

— Argo?

— Bem, sim. A menos que você conheça outro barco.

Urtha olhou para mim, desesperado.

— O barco não pode ter sobrevivido a essa inundação.

— Ele sobreviveu. E Kymon também. E seu amigo. O barco foi carregado pela correnteza, mas não está fora do nosso alcance. Você não concorda? — enderecei essa última observação para o feiticeiro magro.

Talienze ergueu a cabeça e deu de ombros.

— Eu não saberia dizer.

Eu não conseguia decifrá-lo. Algo nele não se encaixava ou ele não pertencia àquele lugar. Mas o fato é que ele estava ali, entre nós, entre os sobreviventes da inundação, e aquele fato me sugeria — eu estava confuso, vou admitir, mas agarrando-me a qualquer coisa para me salvar — bem, aquele fato sugeria que ele viria conosco. Pensei nisso porque me parecia que ele sabia mais do que deixava transparecer.

Argo poderia sanar minhas dúvidas.

Nosso pequeno bando, digno de pena, encaminhou-se então para o norte, mantendo-se longe do campo de visão de quem observava do rio Nantosuelta. Fomos seguindo as escarpas, dirigindo-nos para onde o rio parecia estar mais amigável, fluindo para o mar que separava Alba das terras mais extensas. Eu liderava o grupo, mostrando o caminho. Nós tínhamos cinco cavalos e os usamos para carregar os armamentos e suprimentos que conseguimos salvar no acampamento antes que o Sinuoso viesse para cima de nós, exigindo seu antigo caminho de volta.

Éramos um grupo de catorze homens. Cinco de nós eram garotos. E dos outros nove, três andavam como se estivessem em um sonho, arrastando-se atrás de nós, ainda que de boa vonta-

Os Reis Partidos

de. Eu fui até cada um deles — Jasão, Tairon e Rubobostes — e sussurrei palavras gentis. Eles caminhavam como sonâmbulos, e em breve seus olhos se abririam.

Argo chamou por mim, e nós logo o encontramos, ancorado em um córrego raso, disfarçado com juncos e frondes de salgueiros. Colcu estava de pé na popa, os braços descansando suavemente na figura de Mielikki, talvez ainda desatento à natureza da Senhora das Terras do Norte. Kymon estava na margem, ajoelhado diante de uma pequena figura de madeira, um entalhe tosco que representava uma menina — algo me dizia que era sua irmã — circundada por brasas ardentes. Diversos fragmentos de ferro partido haviam sido martelados no seio da efígie.

Quando o nosso grupo de homens apareceu por entre as árvores, Kymon ergueu-se e gritou uma saudação para o pai. Kymon parecia um pouco culpado por um momento, olhando para a estatueta, mas então tomou uma decisão.

— Ela não tomará a terra! — ele declarou.

Urtha andou até o santuário do garoto, chutou as brasas, e, em seguida, jogou a estatueta na água.

— Seu pequeno estúpido! Não destrua nossa família desse jeito antes que tenhamos a chance de reconstruí-la.

— Ela não tomará a fortaleza — Kymon sussurrou; sua voz e seu comportamento eram quase selvagens.

Ele estava desafiando um homem mais velho, e os dois trocaram olhares ameaçadores.

— Não, ela não tomará — Urtha disse. — A questão é: ela realmente quer tomar?

— Ela está no outro lado do rio.

— E minha mulher também! E nossos druidas também! O meu amigo mais próximo também! Uma legião de Mortos e Não Nascidos também. E pessoas tecendo planos que não conhecemos. Não deixe sua raiva comandar seu bom-senso, seu pequeno estúpido.

— Não deixe uma filha roubar o seu! — Kymon respondeu furiosamente.

Urtha deu um murro nele. O garoto aceitou o golpe e pensou a respeito dele, mas em nenhum momento desviou seus olhos. Ele continuou a encarar o homem mais velho.

— Alguém está colocando palavras na sua boca — Urtha murmurou, e Kymon sorriu.

— Sim! — ele desafiou o pai mais uma vez. — Eu ouvi a voz do meu avô. Eu ouvi a voz do pai dele antes dele! A voz do pai *dele*. Tão distante quanto a voz de Durandond! Você não?

Urtha não resistiu ao sorriso de admiração:

— Se é verdade, então é admirável. Estou feliz de encontrá-lo vivo. Um conselho de Durandond não seria nada mal.

Kymon tocou no lado do rosto onde seu pai havia golpeado. Seu olhar era duro, questionador.

— Estou feliz por estar vivo também. Tenho muito pelo que viver. Devo agradecer à embarcação por isso.

E depois ele olhou para mim, franzindo o cenho.

— Quando rastejei para o convés, me senti seguro. Mas a embarcação está com raiva. Eu sei que Argo tem sentimentos, como homens e mulheres têm. Mas fiquei surpreso com a fúria que o barco sente. Apenas achei que você deveria saber.

Eu reconheci as palavras.

Raiva? Ele estivera desesperado antes. Algo havia mudado?

Eu percebi também que Colcu e Talienze estavam envolvidos em uma discreta discussão; Aquele que Fala pela Terra segurava a mão do jovem enquanto Colcu se inclinava para ouvir suas palavras. Eles trocaram sinais com os dedos, toques no queixo e se afastaram.

Os Reis Partidos

Um alerta foi emitido... Por Bollullos, eu acho. O perigo se aproximava na direção de Taurovinda. Certamente, nós conseguíamos ouvir o barulho crescente dos cães de caça do Inventor. Os novos guardiães da margem do Outro Mundo estavam em algum lugar além da escarpa, e não havia dúvida de que vinham em nossa direção.

Argo sussurrou que devia colocar todos a bordo. Ele lutou contra suas amarras, contorcendo-se no riacho. Um barco muito impaciente. Colcu se desequilibrou, reclamando em voz alta. Quando eu informei a Urtha o que Argo dissera, ele ordenou que todos subissem a bordo imediatamente. Homens e garotos correram para a margem enlameada, metendo-se entre o junco, jogando seus pertences sobre a amurada e saltando para o interior seguro de Argo. Bollullos amarrou os cavalos na popa. Eles teriam de nadar atrás de nós até que pudéssemos achar um lugar para embarcá-los. Urtha e eu desamarramos as cordas que seguravam a embarcação e fomos os últimos a entrar. Pareceu que metade da lama desse fim de mundo veio conosco.

Silenciosamente, Argo começou a se mover ao longo do córrego. Ele virou, adernado, pegou a corrente mais forte e começou a seguir na direção do mar.

Atrás de nós, o bosque ficou repleto de figuras movimentando-se com grande velocidade, escorregadias por causa da travessia do rio — sua tentativa de invasão —, que vinham galopando em nossa direção. Nós já estávamos bem adiantados córrego abaixo quando essas criaturas estranhas se enfileiraram ao longo da margem, assistindo à nossa partida. Definitivamente, não eram cães de caça. Eu vi carneiros e porcos selvagens, touros e animais com cara de pássaro que não pertenciam ao mundo de Urtha. E eles não cintilavam como bronze. Eram feitos de madeira polida.

Jasão estava certo. Ele conhecia quem havia chegado para ocupar a Terra dos Fantasmas. Eu havia visto todos os sinais, pistas que ficaram óbvias a partir do momento em que as hospedarias começaram a reaparecer. Eu simplesmente não me dera conta do que estava acontecendo.

Mas como isso havia sido feito?

O que o grande inventor da Ilha da Besta estava fazendo tão longe de sua casa nos mares quentes, a muitos dias de navegação da Grécia, e todos esses séculos depois de seu desaparecimento?

Mielikki me desviou do caos que eram meus pensamentos. Ela sussurrou:

— Argo os levará até a resposta. Para a ilha propriamente dita. Mas ele está relutante. A jornada no mar não será difícil. Mas será um sofrimento quando vocês chegarem à costa e tiverem de encontrar refúgio certo. Leve um dos *dri'dakon* com você. Há um que está fora do lugar.

Esperei, quieto, tentando encaixar as palavras no lugar certo. "Madeira e espírito", eu pressenti: palavras muito antigas. Então, entendi o que queria dizer: ela falava sobre uma das efígies de carvalho que estavam espalhadas entre os bosques dos coritani.

A voz de Mielikki ergueu-se mais uma vez, repentinamente com mais autoridade, e me alertou:

— Há alguém chegando que precisa de você. Ela está correndo, assustada como um pequeno cervo. Nós devemos esperar por ela. Aceitá-la. Depois você deve compreender o Espírito do Barco outra vez. Estimular sua própria pequena criação a confrontar seu passado e uma jornada de volta no tempo. Isso será duro.

Muito duro, certamente, foi meu pensamento mal-humorado. Minha "própria pequena criação" — Argo — provavelmente estava tão vulnerável quanto eu aos esforços de ir de um tempo para outro, de adotar tal feitiçaria.

Os Reis Partidos

Quanto mais me demorava em Alba, mais velho eu parecia ficar. Envelhecer era cansativo, e eu não estava acostumado e nem gostava disso.

E eu estava para envelhecer ainda mais, mesmo que apenas pelo retorno do entusiasmo e do fogo da juventude para a minha vida. Era Niiv que nos perseguia. Poderia haver alguma dúvida disso? Eu não conseguia pensar em ninguém mais bem disposto do que a ninfa das Terras do Norte para cruzar do mundo da morte até o mundo do sangue quente. Apenas puro desejo e genuína determinação a teriam empurrado ao longo do rio Nantosuelta, ainda que à sombra daquelas monstruosidades de bronze e seus métodos cruéis de defender e raptar aqueles que cruzassem as fronteiras que eles guardavam.

Argo estava no controle, sua tripulação, aturdida. Nós limpamos a lama de nosso corpo e roupas e confiamos nas intenções da embarcação. Kymon, Colcu e os *kryptoii* fizeram um inventário de nossos suprimentos, verificaram cordas, a vela rasgada, os remos quebrados, abriram espaço para podermos viver e viajar. Urtha e Talienze mantiveram um olhar cauteloso um no outro e permaneceram na proa da embarcação. Os três argonautas idosos sentaram-se juntos, olhar perdido, ainda sob efeito do sonho, não realmente entre nós.

O grito de uma mulher, vindo da floresta, uma trompa aguda de fúria absurda alertou a todos nós. Era o grito que a própria Medusa poderia ter dado quando viu, tarde demais, a lâmina de Perseu que a golpearia no pescoço. Era um uivo de desespero; uma súplica que vinha das profundezas, gutural.

Argo ficou estático na água, desafiando o fluxo. Nós fomos até a amurada tentar ver o que estava acontecendo na floresta, e da mata agitada surgiu Niiv, vindo em nossa direção, furiosa e arfante, abrindo caminho com o uso de feitiçaria. Seu cabelo escuro grudara no rosto. Seus olhos, arregalados, desafiavam a exaustão; a boca, impiedosa, resmungava. Ela estava resmungando: *bastardos, bastardos, bastardos... Por que eles não poderiam ter esperado? Bastardos...*

Estava a ponto de entrar em colapso. Ela certamente havia apelado para a feitiçaria mais do que a sua energia permitia. Agarrou um pequeno saco de couro ao seu lado, segurando-o com toda a fúria de sua vida. Cordões cheios de espinhos e hera estavam presos na lã de seu vestido simples preto. E ela estava *descalça*!

Seus pés pareciam cobertos por sapatos vermelhos. Mas era seu próprio sangue seco sobre a pele, mais espesso que couro.

Ela caminhou até o rio, aos tropeços, perdeu o equilíbrio e começou a se molhar. Niiv praguejava como um soldado. Equilibrando-se outra vez, nadou em nossa direção. Seus olhos estavam fixos nos meus, o rosto demonstrando irritação.

— Jogue sua bolsa! — gritei.

— Apenas me ajude a subir! Por que vocês não puderam esperar?

Bollullos e eu a puxamos a bordo. Ela recusou minhas tentativas de carinho e de consolo e foi para onde Jasão estava nos observando. Sentou-se ao lado dele, ainda resmungando, e começou a espremer a água de seu cabelo e roupa. Ela estava conversando com Jasão, até que animada, mas apenas por um momento. Quando não recebeu nenhuma resposta, ela o observou mais de perto. Niiv suspendeu a conversa e inclinou-se para trás, franzindo o cenho, perplexa com o que havia percebido.

O barco já tinha soltado suas amarras invisíveis e deslizado de volta ao riacho.

Nós colocamos três dos cavalos a bordo, não sem dificuldade, e fizemos cada pequeno animal deitar, para ser cuidado por

Os Reis Partidos

um dos garotos. Argo estava lotado. Colocamos nossos quatro remos para fora e mantivemos a embarcação no centro do córrego. Eles foram necessários apenas quando o barco adernou demais e nós precisamos evitar os bancos de lama. Nós nos acomodamos o melhor que pudemos, o conforto possível no casco abarrotado. Ninguém disse mais nada.

Niiv, depois de um tempo, afastou-se de Jasão e encontrou um pequeno espaço na proa, onde se ajeitou, ainda molhada, ainda agarrando seus singelos pertences. Tinha um humor muito estranho, mas usava seu pé esquerdo para fazer cócegas nas narinas dilatadas do cavalo que estava deitado, com seu tratador *kryptoii*, exatamente diante dela. A besta bufou e pareceu se divertir, e um brilho momentâneo pôde ser visto sobre a garota das Terras do Norte.

O sorriso desapareceu quando me aproximei, cauteloso, para sentar-me ao seu lado.

—Vá embora. Eu preciso dormir. E morrerei de febre nessas roupas úmidas.

— O que você tem naquele saco? — perguntei a ela.

—Nada que lhe interesse — ela respondeu, franzindo o cenho.

—Se você tem comida no saco, interessa a todos nós. Distribua.

Ela praguejou em voz baixa, abriu a bolsa de couro e retirou fruta, carne de porco seca e bolo de aveia duro e mofado. Ela atirou esses escassos itens em mim e depois amarrou a boca do saco bem apertada novamente.

— O que mais você tem aí?

— Nada! Nada que lhe interesse.

— Se você tiver mágica aí, objetos... Talismãs, qualquer coisa do gênero...

— Nada do gênero. — Ela bateu de leve na cabeça, os olhos arregalados mais uma vez. — Está tudo aqui. Ou foi deixado para trás em minha casa, escondido abaixo da neve, aos cuidados da Senhora da Floresta Antiga. Deixe-me em paz.

— Você tem *alguma coisa* nesse saco.

— O que você quer que eu faça? Produza um cisne morto, coloque-o ao redor da cabeça e depois o observe voar? Deixe-me em paz. Há apenas uma coisa aqui e é pessoal. E se você olhar, *se você mexer nas minhas coisas* — ela me desafiou, ameaçando —, isso fará de você um amante pior do que jamais imaginei que você fosse.

Ela se curvou sobre a bolsa, fria, úmida e sob a influência do ressentimento, resmungando, algo como "...que não está dizendo muito... homens velhos... nenhuma resistência... mentes sempre voltadas para outras coisas...".

Mas eu olhei, de qualquer forma, roubei um olhar, sorrindo o tempo inteiro. Havia um pequeno disco de cobre, e era tudo. Ele não tinha significado, não me dizia nada, não me conduzia a nada, não transmitia nenhuma emoção, natural ou produzida pela mágica. Era apenas uma lembrança, eu pensei.

— Você olhou? — ela perguntou de repente, pegando-me desprevenido.

— Você pediu para eu não olhar.

— Então, você não olhou.

— Não.

Ela suspirou e depois descontraiu a postura.

— Que mentirosos nós dois somos. Você acabou de ficar mais velho, com mais um fio de cabelo branco. — Seu olhar para mim era triste, embora afetuoso. — Isso não me faz deixar de amá-lo.

— Você ficou mais velha também — eu repliquei. — No entorno dos olhos, no entorno da boca.

Os Reis Partidos

— Não foi fácil, atravessando aquele rio — ela disse com muita suavidade. — E outras coisas...

— Que outras coisas?

— Não se preocupe com isso. Nada que lhe interesse.

Ela se deitou, então, encolhendo-se e caindo no sono, a bolsa com seu disco vazio e frio agarrado ao peito.

— Você parece achar que eu *nunca* me interesso pelas coisas.

— Eu tenho certeza de que se interessa — ela murmurou, enigmática. — Quando lhe convém. Antes que seja hora de ir embora de novo.

Ela parecia estar dormindo, mas eu sabia que estava acordada. Eu me deixei ficar sentado ao lado dela por um longo tempo, observando-a. Fui forçado a me mover apenas quando o cavalo começou a mordiscar meus pés.

Enquanto seguíamos rio abaixo, pensei em Dédalo.

Há muito tempo, eu havia ouvido falar dele em diversas ocasiões. As histórias sobre suas invenções eram contadas por marinheiros ao longo de todas as costas de todas as terras conhecidas em sua época.

Ele criara criaturas de bronze e pedra, e os labirintos para os quais homens como Tairon — um rastreador de labirintos — foram despachados, para explorar as profundezas e contar o que haviam visto quando voltassem — ou simplesmente não voltassem! (Tairon foi desses homens: ele havia se perdido nos tempos labirínticos, ou não estaria aqui, no mundo de Urtha.)

Dédalo havia aprendido também como dar vida a um carvalho, a árvore sagrada. Ele conseguia moldar a madeira, transformando-a em criaturas quase vivas. Ele aprendera a arte em um dos santuários na Grécia. Certamente, os reis das pessoas que habitavam a Grécia durante esse tempo pagavam muito bem pelos produtos tão estranhos e divertidos daquele homem do outro mundo.

Agora, alguma parte dele estava na Terra dos Fantasmas.

O despertar de *Urskumug* e outros dos Animais Mais Antigos, entretanto, não combinava com as habilidades de Dédalo. Mas os eventos deviam estar todos ligados, de alguma forma. Quem controlava os Animais Mais Antigos? Havia um segundo Inventor agindo naquela ilha?

Argo estava nos levando para a ilha — A Ilha das Bestas, a Ilha dos Labirintos — que tinha tantos nomes. Minoa era outro. E também *Creta*.

Rumo a Creta, portanto. Em busca de um passado esquecido.

Depois de um tempo — um dia ou mais —, chegamos ao embarcadouro que servia a fortaleza de Vortingoros, para além da floresta, enorme em sua colina a distância, delineado com chamas que eram mantidas acesas por guardas. A noite já havia caído, e muitos homens permaneciam de guarda em terra firme, debruçados em seus escudos. Eles chamaram uns aos outros quando nos aproximamos, uma trompa soou, e houve uma correria, mas quando Urtha os saudou, eles se acalmaram e até nos ajudaram a atracar.

Duas pequenas embarcações já estavam ancoradas ali, ambas mercantes. Uma era da Grécia. Sua tripulação descansava nas sombras, observando nossa presença com desconfiança. Ela havia comercializado vinho e mel, pelo que pude entender. Muitas jarras de cerâmica ainda se encontravam empilhadas na plataforma. Era uma longa viagem rio acima para obter troca tão escassa, mas talvez fosse parte de um comboio maior. Vortingoros tinha uma segunda fortaleza, de onde se podia observar o estuário.

Os Reis Partidos

Deixamos nossos cavalos no local, para que fossem cuidados até nosso retorno. Havia ficado bem claro que era impraticável navegar com eles a bordo. No fim, negociamos dois deles, um com os gregos, em troca de frutas frescas, vinho e ervas de cura.

A outra embarcação era das Terras do Norte, rasa e larga, e havia uma tenda de peles costuradas armada no convés. Ela negociava carne seca e peles, e nós barganhamos um segundo cavalo em troca de dois barris de carne de cervo e peles suficientes para fazer um abrigo para a chuva. Argo, naquele momento, funcionava em estado bem precário.

Esses suprimentos teriam de ser suficientes até nós encontrarmos um abrigo adequado nas costas do sul.

Catorze em número, então, e cinco de nós garotos. Não o suficiente para operar os remos caso precisássemos remar com mais vigor.

Argo sussurrou por meio de sua deusa:

— Apresse-se. Não demore. É uma longa jornada, mais longa do que você imagina.

Antes do amanhecer, quando a embarcação estava quieta e até os argonautas pareciam descansar, fui até a terra firme, passando pelas defesas da beira do rio e procurando na floresta pelas efígies de madeira dos coritani que tinham sido deixadas ali havia muito tempo. Não restavam mais tantas delas. As vivas haviam retornado, e as mortas se encontraram com elas em seu caminho para a Terra dos Fantasmas, e as haviam liberado de suas obrigações entalhadas e congeladas no tempo. Sobrara apenas um punhado delas, abaixadas, segurando suas lanças com firmeza, descansando sobre seus escudos. Elas estavam todas ocas, os espíritos que as habitavam tinham todos partido, exceto um, e eu o encontrei, encolhido, bem separado dos outros. Era a imagem de um homem chamado Segomos. Foi necessário um pouco de feitiço para descobrir isso.

Eu ficava mais grisalho a cada momento que passava.

— Eu sei que você pode se mover, porque sei quem o criou.

O leste começava a ficar iluminado. As florestas estavam agitadas com o despertar dos pássaros, cheias de atividade e sons. O dia refrescou o ar, fez o sangue correr mais rápido. A superfície de carvalho da estátua começou a brilhar, refletindo a luz, a cabeça saliente lançando uma sombra longa em seu peito coberto com uma armadura. O sussurro de uma memória humana jazia no ponto mais profundo da escultura.

— Fale comigo — pedi à efígie. — Eu sei que você pode. Eu sei quem a fez.

Depois de um tempo, o brilho da madeira pareceu enfraquecer, a madeira rígida tornou-se macia. A figura pareceu recuar, a lança baixa, o escudo se movendo para um lado. Seu rosto tornou a olhar para mim, nariz franzido sobre o bigode pesado, olhos se estreitando.

— Onde estou? — Segomos perguntou.

— Morto. Morto e perdido.

— Eu pensei nisso. Eu sonho estar vivo, mas nunca deixo o sonho. Eu estava em um lugar quente, lutando com fúria. Foi um bom dia, uma luta selvagem. Eu era um entre milhares. Nós estávamos de frente para um barranco, com o mar à nossa esquerda. As Termópilas. Eu me lembro de pensar: estas são as Termópilas... Mas o mar está à nossa esquerda. Eu me lembro do mar crescendo em ondas, do sal no ar, da sombra das gaivotas, da marcha forçada que nos obrigava a seguir adiante, do ataque furioso, da briga de socos, escudos erguidos, inimigos desmembrados, o cheiro de sangue, do olhar triunfante, da

Os Reis Partidos

pegada que enfraquece, do som do tapa ensanguentado, da fúria final repleta de medo e depois... Eu me lembro da sensação de ser tragado, de ser esmagado, sendo dividido por muito tempo, da dormência causada pela enorme dor, de ser levado pelo sonho, da força do vento me arrastando para a escuridão.

Outra vez os olhos de madeira me encararam.

— Mas por que eu estou perdido?

— Eu não posso lhe responder. Você morreu na Grécia. Outros morreram lá e voltaram para casa, mas você não.

— Eu mal conhecia o lugar antes de ir até lá.

— Você não está sozinho nisso.

— Mas onde eu estou? Onde está o meu coração?

Houve um momento de desespero naquela voz de madeira. O espírito preso em uma armadilha do homem que invadira, junto com tantos outros, o oráculo em Delfos, lutava para recuperar a memória que outros deuses, que não o seu, resolveram reter. Ele nunca saberia seu destino. Ele não foi pego pela maré, nem em mar aberto, nem em terra. Ele ficaria ali afundado, eternamente, afogado na lama de lugar algum.

— Ajude-me a entender — o guerreiro agachado sussurrou. — Você pode me ajudar a entender?

— Eu o levarei de volta, se puder. Não vivo, não para sua família... Mas de volta... De volta para o lugar apropriado onde você poderá cruzar para o Reino das Sombras dos Heróis. Para tornar isso possível, você deve vir comigo agora. Suba a bordo de Argo.

— Eu nunca mais viverei — disse Segomos, cheio de melancolia.

— Não. Seu tempo passou. A espada de um grego cuidou para que isso acontecesse, e um sacerdote grego o arrastou da festa do corvo de Morrigan e da limpeza de ossos de Bathaal para adornar seu próprio santuário.

Eu conhecia o suficiente dos costumes da Grécia para saber que esse era o caso mais provável. Os restos de Segomos estavam provavelmente envolvidos pelo mármore. Sua pele teria sido queimada e servido de roupa para o sacerdote.

— Nós o levaremos de volta. Eu prometo. E você cruzará o rio Nantosuelta e irá para a ilha de sua escolha. Todo mundo que você ama vai se juntar a você, não todos ao mesmo tempo, mas cada um ao seu tempo.

— Eles vieram conosco? O coletor de almas, o limpador de ossos? Morrigan estava lá? O bardo? O estridente? Eles estavam lá?

— Eles estavam lá. Eles fizeram o melhor que podiam.

— Então por que eu fui deixado para trás?

— Eu não sei — repeti em voz baixa. — Ajude-me, se você desejar, e eu o ajudarei também.

O fragmento da mente de Segomos que permanecera o levou da lamentação para a curiosidade.

— Ajudá-lo? — ele parecia estar perguntando. — Como eu posso ajudá-lo?

Era uma questão que eu não poderia responder. Argo parecia pensar que ele era importante. Talvez Segomos não estivesse disposto a me ajudar de jeito nenhum. Mas eu o queria conosco quando chegássemos à Ilha do Inventor.

Segomos ergueu-se. O som desse movimento foi como o de uma árvore curvando-se devagar ao vento. Ele depôs seu escudo e sua lança. Eu o levei até Argo. Estendemos uma rampa para ele, e quando subiu a bordo e se instalou em um lugar seguro na proa, longe da efígie incandescente de Mielikki, agachou-se e se encolheu com os braços cruzados sobre o peito, a cabeça curvada em direção ao rosto reluzente na popa. Ele se tornou uma parte do casco, ainda que brilhasse, um eco da invenção, onde Argo estava gasto pelo uso e manchado com sal e piche.

Os Reis Partidos

Era hora de deixar Alba outra vez, hora de abraçar o vasto mundo que nos cercava. Nós tínhamos menos provisões que o necessário, menos homens que o recomendável, mas o rio estaria conosco até o mar, e depois poderíamos usar os ventos fortes que circulavam pela costa e recrutar homens ao longo do caminho quando estivéssemos sob o clima mais brando e suave do sul. Nosso único medo era o ataque de mercenários, saqueadores de embarcações que esperavam em grutas profundas, observando os barcos mercantes.

Mas nós teríamos a pequena embarcação grega como companhia, e sua tripulação de olhos atentos conhecia as rotas perigosas. A desconfiança com que sua tripulação nos encarara anteriormente desaparecera depois da negociação, e nós navegaríamos com ela e suas quatro embarcações companheiras, esperando, nós havíamos aprendido, na boca do canal, para voltarmos para o mar do sul, onde eles atracariam para descarregar peixe, óleo e laranjas. A arte da negociação era uma coisa muito complexa. Sempre fora. Eu nunca gastara tempo dando muita atenção a isso.

Nós seríamos uma frota a menos então, e havia certa proteção na quantidade. Mas era hora de deixar Alba, e esse pensamento me entristecia, pois eu tinha certeza de que nunca mais voltaria para lá. Apesar de Niiv permanecer ao meu lado, ela estava agitada, criatura cheia de energia que era. Medeia atrás de mim, sem dúvida alguma planejava seu próximo passo, agora que um de seus filhos estava morto, e o outro perdido em sua própria Terra dos Fantasmas. Se nossos caminhos fossem se cruzar outra vez —, algo que eu desejava profundamente —, eu esperava ser depois que Niiv se fosse. A garota já esquecera sua raiva e estava ao meu lado, quieta e concentrada, observando enquanto o rio que se agitava atrás de nós, despedindo-se à sua maneira de Taurovinda e da vida que conhecera lá.

Ela não voltaria, eu tinha certeza. Ela era apenas um empréstimo das Terras do Norte. A deusa que protegia Argo também protegia essa criança impetuosa, e ainda que Mielikki olhasse fixamente para nós com uma expressão gélida de fúria, ela era uma mãe gentil, e Niiv era sua filha. Quando tudo acabasse, Argo procuraria um novo protetor e eu procuraria um novo amor.

Quando terminasse! Como era fácil dizer isso, tanto tempo depois do ocorrido, tanto tempo depois de tudo resolvido. Eu falo desses fatos olhando para trás, lembrando como era, como nos sentíamos, lembrando do medo e da tristeza, da expectativa e da confusão concentradas ao redor desse pequeno bando de homens dos dois grandes reinos ameaçados por seu próprio passado, seu próprio futuro, os espíritos vivos do ancestral e do descendente que haviam se reunido em suas fronteiras, comovendo e conquistando terras, e todos sob uma influência que jamais conseguiriam compreender, e por razões que eles não descobririam nem em cem gerações.

Eu também não conhecia essas razões. Eu não estava preparado para olhar para o futuro. Eu suspeitei que um grande desafio estava diante de nós, e que uma solução era possível, ou a devastação seria inevitável. Qualquer dos dois iria me libertar da minha ligação com Alba.

Quando acabasse!

Quando acabasse? Nós estávamos para começar uma aventura em busca de respostas em um lugar que Argo conhecia bem, uma ilha da qual eu, particularmente, não me lembrava muito bem e também um lugar onde Jasão — por razões que Argo não me deixava saber — não tinha permissão para ir,

Os Reis Partidos

não em um estado de total consciência. Ela o estava retendo lá como um fantasma.

Nós estávamos enredados em algo maior que nós mesmos, presos em um labirinto. Encontrar o fio que nos conduziria para fora era um grande desafio.

Nesse meio tempo, eu não estava sozinho em minha tristeza em deixar a grande ilha de Alba. Urtha e seu filho estavam de pé, abraçados, rostos tristes, observando a terra de seus vizinhos desaparecer na distância, engolida a cada curva preguiçosa no rio, e a floresta que se adensava a cada trecho percorrido, galhos refletidos na água, tão imóveis quanto os corações a bordo do barco. Pai e filho, sem dúvida, tinham seus pensamentos voltados para as duas mulheres deixadas para trás naquele interior ameaçador de cães de bronze e hospedarias cheias de fantasmas.

Ullanna e Munda: mulheres com diferentes sentimentos em relação às circunstâncias que haviam se abatido sobre elas.

Parte Três
Kryptaea

15
Despertando

Rubobostes, o dácio, cuidava do leme, preparando-se para a tempestade. Ele parecia inabalável mesmo quando Argo adernava violentamente e sacudia, enquanto ondas maciças batiam sobre seu convés. Jasão, coberto, encapuzado e assombrado, estava agarrado à amurada, segurando um lampião e sinalizando para as embarcações gregas, mantendo contato através de um código combinado entre eles quando entramos em mar aberto. Tairon — exilado da mesma ilha para a qual o mar nos levava agora — agarrou-se à proa que se erguia, encharcado pelas ondas causadas pelo movimento que atingia nossa frágil embarcação, buscando um caminho através dos montes de água que se formavam. Tairon era um especialista em labirintos, e este oceano, ao sul de Alba, perto da Gália era um emaranhado mais complexo do que as tumbas cavadas abaixo das grandes pirâmides de cristal branco do Egito.

Esses três velhos argonautas tinham, pelo menos, começado a acordar daquele estado de sonho. Mas ainda que tivessem começado a cumprir suas tarefas, continuavam incomunicáveis. Eles me reconheceram, mas não na forma humana, como se nos víssemos como reflexos num espelho escuro. Argo ainda não estava preparado para libertá-los completamente do silêncio que lhes havia imposto. Suas vozes cumpriam apenas funções vitais.

Os Reis Partidos

No fim da tarde, com o céu escuro, carregado de nuvens de tempestade, um navio grego começou a fazer água, adernando mais que o recomendável, sinalizando sua agonia. A costa na distância lúgubre era alta e íngreme, não havia nenhum refúgio óbvio ou caverna à vista. As outras embarcações gregas que nos faziam companhia estavam um pouco à frente de nós. A tempestade nos pegou de surpresa e na parte errada do oceano.

Jasão gritou:

— Eles estão pedindo ajuda. Pedem que permitamos que quatro membros de sua tripulação venham a bordo de Argo e também que recebamos todo o equipamento e carregamento que pudermos.

— Quantos homens eles têm a bordo? — Urtha gritou diante do barulho do mar.

— Quatro homens mais importantes, ele diz! E catorze pares de mãos nos remos.

Urtha abriu caminho em minha direção, escorregando no assoalho molhado.

— Quatro pares daquelas mãos nos deixariam no limite de nossa capacidade, se eu me recordo bem o suficiente da última viagem. Mas quem é que vai decidir, Merlin? Quem é o capitão de Argo?

— Esta não é uma boa hora para discutirmos hierarquia, lorde Urtha — respondi. Ele estranhou minha formalidade. — Jasão será o capitão quando Argo assim o desejar. Não antes disso. No momento, você deve assumir o comando. Eu concordo com você. Quatro ou seis podem ser salvos da galé! E nenhuma carga.

— Eu concordo.

Rubobostes jogou seu peso sobre o leme. Bollullos e Caiwain se prepararam para puxar a outra embarcação quando ela se aproximasse. Argo se inclinou e deu uma guinada abrupta na direção da outra embarcação. Quatro rostos gordos e molhados nos observavam ansiosamente. Cada um desses homens carregava um grande pacote amarrado às costas.

Bollullos jogou-lhes cordas e os quatro as agarraram, para depois saltarem no mar agitado e começarem a se arrastar na nossa direção. As ondas quebravam sobre os homens, mas eles se agarravam às cordas, desesperados.

Bollullos largou as cordas. Quatro rostos brancos rapidamente desapareceram, gritando, atrás do barco.

Argo chegou o mais perto possível, mas com segurança, do outro barco, que começava a se inclinar de forma assustadora, cheio de água, o mastro ameaçando quebrar nossa própria embarcação. Os remadores pularam — onde mais eles poderiam ir? Recebemos sete deles a bordo. O resto afundou com seu barco, puxados para as profundezas do mar com sua carga de ânforas de cerâmica, peles e cavalos — incluindo o cavalo que havíamos negociado com eles, pobre criatura — e seus barris de conserva de ameixa no vinho temperado.

A tempestade amainou à medida que a madrugada chegava, e nós alcançamos as outras embarcações. O agitado oceano tinha causado danos a Argo, e à primeira luz da manhã chegamos a algum porto nas margens, para fazer reparos. Ainda estávamos distantes dos penhascos da Península Ibérica quando encontramos uma baia, num pântano coberto de junco. Havia ali uma boa quantidade de aves aquáticas que lentamente fomos abatendo com o uso da funda, mas não havia por ali nem água fresca e nem sinal de um vilarejo.

Três das sete almas salvas por nós preferiram ir para barcos gregos. Os outros quatro homens ficaram a bordo de Argo, satisfeitos pela chance de usarem seus músculos em uma

Os Reis Partidos

aventura um pouco mais inspiradora do que apenas trocar mercadorias.

Nós zarpamos.

Duas das embarcações mercantes nos escoltaram até Gades, na costa da Ibéria; as outras aproveitaram o vento para seguir a península até os Portões de Hércules. Ao chegarmos, as duas embarcações também nos deixaram, uma delas para explorar as baías da Numídia, a outra para seguir ao sul e a leste através do oceano, até chegar a Cartago. Ancoramos com nossas companheiras na baía ibérica de Erradura, uma cidade pequena que fedia por causa das tinas de pedra de peixe apodrecido — uma iguaria muito apreciada em diversos lugares —, mas onde encontramos frutas aromáticas e carne fresca. Havia muitos cimbros ali, exilados de seu território em Alba, excelentes contadores de história. Nós passamos um dia agradável, em ótima companhia.

Argo passou as Ilhas Baleares e nós remamos com força para o porto em Massilia e a região pantanosa do delta do Ródano, antes de cruzar o mar aberto até a Córsega, e o porto de Listra coberto de túmulos, com seus guardiães escondidos atrás de capuzes negros e repleto de esqueletos de navios, embarcações cujas carcaças jaziam meio naufragadas. Foi nesse lugar, onde uma vez ele havia estado em sua busca pelo Velo de Ouro, que a luz da razão reacendeu nos olhos de Jasão e nos de Rubobostes também, que despertou com um bocejo enorme e depois — quando me viu — um grande sorriso.

Tairon estava se arrumando, verificando o estado de sua barba, examinando a pele incrustada de sal de seus braços e pernas. Ele era um homem magro, meticuloso, um homem com grandes habilidades.

Eu desconfiei que Tairon estivera em um estado mais consciente que os demais, mas ele não me confidenciou nada.

Jasão caminhou pela embarcação inspecionando os suprimentos, o estado dos remos, a vela, os danos ao mastro. Ele lançou um olhar inquisidor sobre todos os novos argonautas, cumprimentando-os com educação. Parecia impressionado com Bollullos, talvez reconhecendo nele força e determinação, duas coisas úteis no mar. Pareceu perturbado com os cinco jovens, ainda que, é claro, tivesse reconhecido Kymon. Brincando, ele tentou empurrar Niiv para o lado — mas ela não estava com o melhor dos humores — e depois veio em minha direção cofiando sua barba rala, olhos brilhantes, dentes manchado quando sorriu para mim.

— Você comanda uma embarcação em péssimo estado, Merlin.

— Chegamos à metade do caminho para Creta nela, em péssimo estado ou não.

— Ah! — Jasão olhou para os rochedos em volta de nós e percebeu onde estávamos. — Córsega! Eu reconheço o lugar. Nós aportamos aqui com o velo, com a feiticeira da Cólquida, tivemos de lutar contra o povo de Listra. Criaturas horríveis que reduziram a pó o crânio de dois membros da minha tripulação com porretes do tamanho do traseiro de um touro e atiraram pedras em nós do promontório. Nenhum sinal deles agora, graças a Hades. Quando nós chegamos aqui?

— Há pouco tempo. Você *estava* em um estado de suspensão, como se sonhasse.

— Sim — ele disse com um olhar sinistro para a figura de Mielikki na proa. — Algo deu errado, logo depois que deixamos Alba da última vez. O humor de Argo mudou. Ele nos reteve, nos fez prisioneiros. Não tenho exatamente certeza de para onde ele nos levou, mas era escuro e frio e ele nos fez remar

Os Reis Partidos

como loucos, e depois, de repente, pousamos os remos, nos abrigamos e foi isso. Eu sabia que estava dormindo, mas não conseguia despertar. Mas aqui estou eu. E Rubo e Tairon também! Só restamos nós? O que aconteceu com o resto?

— Sim, restam apenas vocês. Eu não sei o que aconteceu com o resto. Eu acredito que eles foram abandonados.

Jasão ficou claramente desapontado com minha resposta.

— Há algumas perguntas que precisam ser feitas. Mas a primeira delas é: O que nós estamos fazendo aqui? E por que nós estamos voltando para aquele lugar pavoroso?

Eu acho que não estava prestando atenção. Levei muito tempo até que suas palavras me afetassem. *Voltando* a um lugar pavoroso?

— Quando vocês estiveram lá antes? — eu perguntei a ele.

Antes que Jasão pudesse responder, o navio começou a mover-se, provocado por uma ondulação repentina. O mar parecia se erguer ao nosso redor. A força da água varria tudo o que encontrava, inclusive Argo, fazendo que o barco batesse com o pontão de pedra. Fomos todos atirados no convés.

A onda se foi tão rapidamente quanto chegou. Jasão se ergueu, fazendo um gesto com um dedo sobre os lábios — não fale sobre aquele assunto —, e foi ajudar a empilhar os potes de provisões que tinham se espalhado.

Tairon lançou um olhar nervoso na direção de Mielikki e depois sussurrou para mim:

— Você acha que Poseidon mandou aquela onda, não é? Mas não foi ele. A onda veio da embarcação. Eu consegui ver os mesmos desenhos na água. Uma onda grande se afastando de Argo, depois voltando para causar o estrago.

— Você tem certeza?

— Tanta quanto posso ter. Esta é uma embarcação infeliz.

As palavras de Tairon não me surpreenderam. Mais tarde, ele pediu para me acompanhar em terra firme até um vale estreito onde Colcu havia descoberto uma nascente. As nascentes de água eram consideradas algo quase mágico para os celtas, ainda que tivéssemos um amplo suprimento de água fresca de córregos que corriam até o porto. Então, cada um de nós carregou duas bolsas de couro grandes com a maior quantidade de água que conseguimos carregar. O uso daquela água deveria ser restrito.

Eu não fiz perguntas sobre isso. Tairon queria escapar do coração de Argo.

— Ele abandonou todos, menos nós três — ele me disse enquanto descansávamos depois de nossa caminhada pelo vale. Nossos sacos de água estavam cheios, nosso rosto refrescado com a água da nascente, nossa barriga cheia de amêndoas e suculentas bagas que catamos ao longo do caminho. Ao longe, acima das montanhas altas, nuvens de tempestade se expandiam de forma ameaçadora, mas ali onde estávamos, de frente para o sul e para o sol brilhante, nós nos sentimos em paz. Argo era uma embarcação pequena em um porto estreito, cercada por escombros de navios naufragados. O brilho branco dos rochedos de giz que cercavam a baía quase me faziam sentir-me em casa.

— Foram abandonados à beira d'água, em Alba. Foi uma crueldade. Eles não tinham como voltar para casa, aqueles homens. Mas ele os abandonou porque não é mais a embarcação que era antes. Algo está podre em seu coração. Ou algo se enfiou lá e está morrendo, causando essa putrefação. Ele nos arrastou por essa rota costeira ao norte. Eu não conheço bem esses mares, mas Jasão conhece e ele levantou a questão: por que nós não navegamos para o sul, pela costa da Numídia, para Cartago, e depois para Sicília? Teria sido mais rápido e muito mais seguro.

Os Reis Partidos

Eu tive certeza de ter entendido a resposta para a questão: Argo estava refazendo seu caminho pelo mar a partir daquela viagem anterior, quando Jasão o carregara por terra, da cabeceira do rio Danúbio até o rio Reno, que fluía para o sul, passando pela Ligúria e desaguando no oceano perto de onde Marselha um dia se tornaria um abrigo. E depois, para o mar aberto.

Talvez Argo estivesse escolhendo entre ecos de tempos mais felizes. Talvez o barco estivesse juntando os pequenos cacos de sua vida, espalhados em séculos anteriores como eu sabia que ele era capaz de fazer, as pequenas embarcações, ecos fracos de seus primeiros anos, quando ele conseguia navegar ou ir, com a força dos remos, até reinos escondidos de sombras e magia.

Era hora de voltar para o porto. Tairon colocou a bexiga carregada de água nos ombros, lutando com o peso das bolsas de água — ele tinha uma constituição muito frágil —, e nós nos pusemos a caminho do barco.

— Quando você deixou Creta? — perguntei-lhe, ciente de que sabia muito pouco a respeito desse homem.

Ele vacilou um pouco enquanto tentava virar e continuou a caminhar.

— Há alguns anos — ele respondeu. — Nós nos conhecemos no Norte, perto do lago congelado. Onde você conheceu Niiv e reconstruiu Argo. Você certamente se lembra.

— Muito claramente. Você surgiu do nada no meio daquela longa noite de inverno. Você disse que esteve vagando em um labirinto por um tempo. Você estava surpreso por se encontrar tão longe ao norte, tão frio.

— Sim, eu me perdi.

— Quem governava Creta quando você foi embora?

Houve muitos. Ele me citou um nome. Não significava nada para mim. Depois perguntei sobre os grandes palácios pintados que haviam sido construídos antes de os gregos conquistarem a ilha. Eles estavam em ruínas, ele me disse. O centro da ilha fora envolvido por uma nuvem permanente. Todas as fortificações mostravam um machado duplo em seus portões, os *labros*, o símbolo de poder da ilha, mas os labirintos haviam se tornado lugares proibidos.

Era por isso que ele havia se perdido. A cada geração, poucos garotos nasciam com algumas das habilidades antigas em rastrear labirintos. Essa era uma prática estritamente controlada. Mas a tentação de quebrar regras era geralmente grande demais. Aqueles rapazes que rastreavam labirintos antes de receber a instrução necessária desapareciam na terra para sempre, em sua maioria. Os poucos que retornavam ficavam desorientados, falavam coisas sem nexo e eram rapidamente executados, ainda que não fosse em homenagem a uma divindade, e sim a uma mulher selvagem conhecida como "Dominadora".

Tairon era um dos rastreadores de labirintos perdidos.

Minha memória era vaga. Muitos séculos para lembrar de tudo que aparecia no meu caminho pelo caminho da história, ação ou lenda. Mas me parecia que Tairon não estava apenas uns poucos anos fora de seu tempo, mais do que isso, parecia que ele estava a um milênio longe de seu próprio tempo.

E Argo o queria a bordo. Minha curiosidade foi aguçada. Quanto mais eu ouvia sobre Creta, mais intrigado pela ilha eu ficava, e pelo que havia passado lá tempos atrás.

Do porto branco, nós seguimos nosso caminho para o sul, ao longo do mar Tirreno, depois pelo Estreito de Messina, antes de pegar a rota comercial pelo mar conhecido como Jônico na direção da Grécia propriamente dita, para a península ao sul, que Jasão chamou de Aqueia, guardiã dos navios de

Os Reis Partidos

guerra e das águas revoltas que poderiam engolir até uma embarcação grande para o leito do mar em instantes e que era muito comum fora dessas costas. Caríbdis era o mais conhecido e um dos mais perigosos turbilhões criados por Poseidon.

Vimos velas a distância apenas uma vez, mais ou menos umas vinte, bastante coloridas, agitadas pelo vento forte. Nós conseguíamos distinguir a batida fraca dos tambores enquanto as embarcações faziam sinalizações mútuas. Elas eram gregas e navegavam em um curso paralelo ao nosso, mas a neblina que vinha do mar e as ondas que não paravam de crescer logo nos impediram de enxergá-las. Rubobostes controlava o leme, alterando nosso curso apenas o suficiente para se certificar de que havia uma distância segura entre nós e aquela frota imprevisível.

O estado de Rubobostes era péssimo. Ele estava triste, angustiado. Pouco falamos desde que ele deixara o estado de sonho, na boca do rio Ródano, mas agora — com Bollullos assumindo o comando no remo — a mão pesada do dácio agarrou meu ombro e seu sorriso de hálito podre me saudou enquanto a memória de nossos encontros anteriores voltava.

— É bom vê-lo outra vez.

— E eu a você.

— Para onde nós estamos indo? — ele perguntou.

— Para Creta.

— E onde é isso?

— Sul. Uma ilha longa e estreita, cheia de mistério.

— Por que nós estamos indo para lá?

— Para encontrar respostas.

— Respostas, é? — O homem grande pareceu pensativo. Ele alcançou um pequeno jarro de vinho enquanto sentávamos no porão do navio. — Então eu espero que nós as encontremos. Mas no momento, estou cansado demais para sequer pensar nas *perguntas*. E sinto falta de Ruvio. Ruvio assombra meu sono. O que aconteceu com Ruvio? Eu morrerei com o nome dele em meus lábios, estou certo disso.

Ruvio era seu cavalo.

— Ruvio está vagando livre em algum lugar em Alba, fertilizando tudo o que galopa diante dele.

— Eu fico feliz com isso — o dácio murmurou, depois puxou pesadamente o jarro. — Aquele cavalo e eu somos parte da mesma vida. Você sabia disso, Merlin? Não apenas inseparáveis, embora estejamos separados agora, mas parte do mesmo ser.

— Eu sei que você ama muito aquela criatura. Vocês dois são únicos.

— Nós somos um e o mesmo — o homem grande corrigiu. — Nós viemos do mesmo útero. Eu já contei isso a você? A mesma mãe nos colocou no mundo.

— Eu não sabia disso — assegurei-lhe, incomodado pelo que ele estava me contando. — E talvez, neste momento, seja melhor não falarmos sobre isso.

Mas o dácio balançou a cabeça:

— Uma mãe, dois filhos. Você já ouviu falar de centauros?

— Centauros? Sim. Eles existiram certa vez na Grécia. Estão mortos agora, destruídos pelos Titãs.

— Eles existem em todo lugar. Aprenderam a se esconder. As lições da Grécia não foram ignoradas. Peito de homem, barriga de cavalo, braços também de homem, a passada rápida de um equestre. Eu estava destinado a ser um *centauro*, mas o útero separou-me em duas partes. Isso acontece, aparentemente. Então, nascemos irmãos, um para cavalgar e o outro para carregar. Foi o que me disseram.

— Você é meio cavalo?

— Não. A minha parte de cavalo foi separada, como eu acabei de explicar.

— Mas sua mãe deu à luz um humano e um potro ao mesmo tempo. Que mulher!

— Que parto! — Rubobostes adicionou.

— Ela sobreviveu a isso?

— A mãe-potro morreu. Ruvio era enorme, pelo que me disseram. Minha mãe de leite sobreviveu, mas não por muito tempo.

Dácios!

Comecei a entender que acontecimentos mais ligados à natureza e menos "mágicos" tiveram vez no passado daquele homem, e no passado de seu povo, que tanto amava os cavalos. Uma mulher, à beira de ter o filho de um chefe de tribo, seria trancada em uma caverna — o útero da mãe — com uma égua a ponto de parir um potro. A criança e o cavalo seriam em seguida criados juntos. O cavalo seria o primeiro cavalo da criança, o vínculo seria mantido até o cavalo morrer. Referências a "centauros" eram simbólicas, relembrando um tempo de lendas e mitos.

Rubobostes estava em seu vigésimo quinto verão, apesar de parecer mais velho devido ao seu tamanho e sua vasta cabeleira. Ruvio tinha a mesma idade, então, até ele se perder. Uma idade surpreendente. Dácios criavam cavalos para durar, ao que parecia.

— Eu lamento por sua mãe. Sua ama de leite.

— Eu nunca a conheci — Rubobostes respondeu, dando de ombros. — Seu rosto foi tatuado na anca direita de Ruvio. Às vezes, eu cortava o cabelo para ver seu rosto. Ela estava de perfil. Parecia muito forte. Era tudo o que eu tinha dela. Lamento ter perdido o cavalo.

Nós estávamos em águas abertas, águas perigosas. O vento que soprava era fraco, e ainda que a vela estivesse erguida, tínhamos oito homens nos remos, remando lenta e cuidadosamente sobre o mar que recebia o ardor completo do sol poente. Havia ilhas a leste, mas elas não eram nada além de manchas negras no horizonte. Talienze se encontrava na proa, sua familiar jovialidade, e Colcu estava com ele. Eu percebi que quanto mais próximos nós ficávamos de Creta, mais tensos ficavam os músculos da face do homem que falava pela terra, e mais ansioso se tornava seu olhar. Kymon parecia relaxado, fazendo jogos e mais jogos com os outros *kryptoii* (ocasionalmente incluindo Colcu). Na verdade, eram mais treinamentos que jogos. Eles estavam formulando regras de silêncio, leis de sigilo, planos de campanhas silenciosas. Era pueril, mas sugeria intenções mais sérias.

Talienze me intrigava. Ele e Jasão não tinham trocado uma palavra, não nos longos dias de viagem. Todo mundo tinha trocado pelo menos uma saudação, ou se oferecido para compartilhar uma tarefa. Mas não aqueles dois.

Na verdade, apenas uma vez Jasão referiu-se ao exilado de Armórica, que havia se tornado tão importante no séquito de Vortingoros.

— O que você acha dele, Merlin?

— Muito discreto. Muito quieto. Ele está ficando ansioso.

— Ele está se aproximando de casa, eu acho. É apenas uma sensação. Mas ele tem laços mais estreitos com essa parte do mundo do que o restante de nós. Com exceção de Tairon.

— E você, é claro.

— Eu? Eu sou da Aqueia. Grécia.

— Você *está* indo para casa? — eu perguntei rapidamente, e o mercenário franziu a testa.

Os Reis Partidos

Eu estava pensando em seu comentário, feito mais cedo, quando ele se disse abismado com o fato de estarmos "voltando" para aquela ilha.

— Não. De jeito nenhum. Não indo para casa. Mas eu estou voltando. Eu não posso negar isso.

Ele fez uma longa pausa, fitando o mar, agarrando os cabos, tomando a dianteira na mudança de direção do navio. Em seguida, disse:

— Mas por que, como, quando, que seja... A lembrança se foi. A lembrança foi roubada. — Então ele me encarou com um meio sorriso de ironia nos lábios. — Pelo menos ela está sendo negada a mim no momento. Argo está se assegurando disso.

— Você e Argo têm um passado muito mais complexo do que me dei conta todos esses anos. Vocês são muito mais próximos do que jamais imaginei.

— Eu acho que você tem razão — foi o comentário final de Jasão, antes de ir para sua estação de remo para render Tairon.

O brilho do sol dividia o horizonte do mar a leste. Um bando de gaivotas de cabeça preta escolheu pousar e fazer estardalhaço em nosso mastro e amuradas, abrindo suas asas e alçando voo sem esforço antes de pousar outra vez, com gritos de interesse, nessa embarcação solitária. Uma massa negra cresceu diante de nós, montanhas ainda sob a luz da noite, apesar de já começarem a receber os primeiros feixes de luz do amanhecer. Um grande braço de terra se esticava para nos abraçar, à esquerda. E Talienze gritou:

— A terra é aqui! Rume para leste, contorne o cabo.

Bollullos rapidamente foi à amurada, arremessando-se na corda de sondagem:

— Pedras! Levantem-se rápido. Recolher remos!

Ação, desordem. Argo foi lento. (Ele poderia ter desacelerado! Ele ficava caprichoso quando navegava com homens a bordo.) Enquanto a luz se tornava mais forte, vimos a sombra da embarcação no fundo do oceano, o movimento das criaturas marinhas e as formas espalhadas de construções submersas.

Nós estávamos na parte rasa e perto de bater em um recife escondido.

Jasão lembrou a todos nós, por suas ações, do grande capitão que havia sido um dia. Ele deu instruções para os remadores, controlou o leme, ao mesmo tempo em que usava a imensa força de Rubobostes e com Talienze e Tairon examinando a água em busca de perigos ocultos, visíveis e invisíveis, ele nos conduziu em segurança em torno do cabo, e depois para um abrigo abaixo dos rochedos proeminentes e para dentro de um porto mais seguro, abaixo do que Tairon imediatamente reconheceu como a Caverna de Akirotiri.

Nós lançamos a âncora ao mar, recolhemos os remos e esperamos o dia terminar de nascer para nos inteirarmos de onde estávamos e qual era nossa situação.

16
A Dominadora

Da caverna acima do porto, a Dominadora assistiu à chegada do barco pintado e de sua estranha tripulação. Ela recuou, escondendo-se nas sombras, encolhida junto à pedra fria, nervosa e tentando se lembrar. *Lembre-se!* Havia algo familiar naquele barco.

Algo familiar naquele barco.

Não poderia ser. Não pode ser. Foi há tanto tempo... Tanto, tanto tempo...
Havia algo familiar naquele barco. Mas aquele barco...
Não! Não pode ser!
...havia se perdido fazia tempo, muito tempo. O tempo, as marés e a dança das estrelas, do sol e da lua, certamente já teriam destroçado as tábuas de seu convés em uma barreira de corais. A água salgada teria apodrecido seu convés, seu mastro e sua vela, e aquela hedionda, odiosa, sorridente, com a cabeça e os peitos de uma vagabunda, sereia-cantante guardiã do barco!

Não!

Não aquele barco, não agora, não depois de o céu ter dado tantas e tantas voltas. Não depois de tantas reviravoltas triunfantes.

Ela deu alguns passos para frente, tentando aplacar seu medo. O barco oscilou na baía, entre os esqueletos de outras embarcações. A maré subiu e baixou, as ondas faziam a grande estrutura se agitar, e sua pequena e patética tripulação ficava no convés, olhado para cima, espiando as falésias cor-de-rosa, rostos sem expressão, curiosos e amedrontados, inseguros, mas ansiosos para desembarcar.

A Dominadora farejou um deles e de novo se escondeu por entre as sombras.

Não, não ele. Não novamente. Não pode ser ele. Pelo Touro e pela Vinha! Acalmem o meu coração desesperado! Não ele. Ele está morto há muito tempo. Muito, muito tempo. Que não seja ele. Que não seja ele.

Ela invocou o Cervo e a Vinha, o Touro e o *Labro*, mas não houve resposta dessas velhas entidades, embora elas estivessem por toda a ilha, silenciosamente cientes de tudo.

Ela recuou para a caverna, correndo como uma louca pelo labirinto, saindo da caverna, emergindo nas montanhas, entre as estátuas quebradas e os bustos de bronze espalhados aqui e ali, que haviam sido levados para a ilha para aplacar a tempestade nos tempos do Inventor. Ela procurou por entre as árvores e nos campos; ouviu o murmúrio das águas, o bater das asas, o farfalhar das vinhas ao se esticarem e se agarrarem, enganchando-se e puxando umas às outras em sua pressa de ficarem mais densas. Ela sentiu o cheiro da potência das ervas e flores nas quais elas se inchavam, ou ficavam maiores. Ela tremeu enquanto a terra, lentamente, engoliu tudo o que estava podre: uma cobra devorando sua presa.

Novamente, ela passou por debaixo da terra, dessa vez indo até a praia ao sul, onde subiu a colina para observar a amplidão do mar, sentindo a agitação e ondulação do vasto oceano.

E de volta aos túneis subterrâneos, emergindo dessa vez de cima de uma vale escuro. Havia sempre nuvens de tempestade acima do vale, dando voltas, silenciosamente. O vale sombrio a assustava, apesar de seus ocupantes já terem, há

Os Reis Partidos

muito, desaparecido. A água que fluía do vale era gelada e amarga. As árvores que cresciam nos barrancos íngremes do desfiladeiro eram deformadas, escuras, lutando para viver entre os restos petrificados da floresta que já crescera ali, no passado. O Vale do Inventor.

Agora era o Vale da Dominadora. Ela lutara bravamente por esse lugar. Ela se apressou até onde estavam as ruínas.

A criança de mel ainda estava em seu santuário. A Dominadora percorreu as paredes que se desintegravam, procurando pela menina. Então, seu coração se acalmou um pouco. A criança de mel a observava. O lugar estava seguro. Nada havia sido perturbado no santuário. Nada havia escapado do vale.

A criança de mel sorria. Ela era tão linda. A Dominadora acenou para ela e disse:

— Não posso falar com você agora, mas voltarei logo.

Ela voltou para a caverna, atravessou o labirinto, abrindo e fechando as passagens protegidas por pedras, até chegar novamente à beira do penhasco, avistando o porto ao norte.

O barco havia atracado e os homens pisavam nas rochas cobertas de musgo escorregadio, descarregando o equipamento. Um grupo pequeno abria caminho colina acima, seguindo uma das antigas trilhas, olhos fixos na ladeira escorregadia, tomando muito cuidado para não cair.

Mas três membros da tripulação estavam vindo na direção da caverna ampla e baixa. Um deles parecia ser mais ousado, com olhos mais brilhantes e mais sagazes que os demais. Havia algo errado com ele. Ele era jovem, mas, ao mesmo tempo, a idade parecia pesar-lhe muito. Ela o tornava feio.

A Dominadora ocultou-se na escuridão. Isso não era nada bom. Na verdade, isso era péssimo.

Ela precisava pensar sobre isso. Havia apenas um lugar para ir, onde ela poderia pensar com calma sobre isso tudo, e assim, como uma sombra brilhante, ela escapuliu para o submundo, abandonando a caverna fria.

Mas deixara um eco ali, um eco de seu medo e de sua surpresa, de sua preocupação e de sua solidão, um eco inaudível para um homem como Urtha, que estava comigo quando entramos na caverna, mas um eco que ressoou dentro da cabeça do homem que ficara "feio com a idade". E aquele foi um som mais alto que os tambores que reverberavam no santuário coberto de carne de Medeia.

Eu bebi daquele eco e o digeri. Eu não conseguia ver o rosto da mulher, mas o silêncio dela falava comigo e seu nervosismo e sua agitação eram tão claros quanto as pinturas nas paredes daquela caverna.

17
A ascensão de Raptor

Antes disso, entretanto, por um longo momento ficamos sobre o agitado convés de Argo, longe do cais, ao sabor da maré, perscrutando o porto. Tairon estava intrigado.

— Este é certamente o porto de Akirotiri — disse ele —, mas está abandonado. Este é um dos portos mais importantes da ilha. Pode-se dizer isso apenas observando as redondezas.

Enclausurado por altos penhascos e protegido por uma dupla barreira de diques, o próprio cais delineado por um amontoado de construções, que compreendiam de amplos armazéns a conjuntos de habitações, todas pintadas em cores vivas, o lugar de fato parecia próspero.

E que cores! Verdes vibrantes, azuis de todas as tonalidades, da água-marinha ao lilás, cor-de-rosa e laranja da aurora... O brilho exótico que envolvia as águas agitadas contrastava com a montanha abrangente que restringia o refúgio.

— Aquela é a Caverna de Akirotiri — Tairon nos fez lembrar, apontando para a abertura larga e baixa, a meio caminho acima de uma das encostas íngremes. — É a caverna onde Kronos atirou a flecha que atingiu Zeus enquanto ele nadava em direção à Grécia. Zeus usou a flecha como mastro, atando nela sua camisa à guisa de vela. Há mais cavernas em Creta do que se pode imaginar e todas foram criadas para celebrar ou iniciar uma vida. Dicté é a maior caverna de todas, no interior mais profundo, quase impossível de se encontrar. Aquele mesmo Zeus havia se formado inicialmente ali, expelido de seu ventre todo coberto de cabelos, mas já totalmente formado como homem.

O rastreador de labirintos olhou à sua volta, confuso e perturbado.

— Esse lugar não deveria estar tão abandonado. O que está havendo? — divagou.

— Não descobriremos ficando aqui sentados — Jasão disse, aos berros, atrás de nós. Ele estivera ouvindo a conversa. — Vamos ancorar e colocar ordem nesse barco, listar os suprimentos de que precisamos e escolher uma equipe para desembarcar. Cores bonitas e recém-pintadas, também. Deserta? Então, há um motivo. Creio que encontraremos comida se procurarmos com afinco.

Todos concordaram com aquilo. Todo mundo estava faminto, mas o maior incentivo para descer à terra era mesmo o racionamento de água fresca. O mastro fora baixado ao convés e os remos a estibordo foram recolhidos. A âncora foi transportada a bordo e com movimentos hábeis e suaves, e tendo Bollullos no leme, a tripulação levou Argo até o abraço da muralha dupla.

Viramos a embarcação e a amarramos para que ficasse de frente para o mar aberto, na margem extrema da cidade. Se precisássemos fugir rapidamente, esse seria o único lugar de onde poderíamos realizar tal manobra.

Os rapazes receberam a tarefa de limpar o navio. Os gregos realizaram os reparos nos remos quebrados, na vela rasgada e em nossas mãos gretadas e rachadas que haviam se tornado calejadas enquanto singrávamos o oceano, de Alba até esse lugar quente e inóspito.

Os Reis Partidos

Jasão encabeçou um pequeno grupo que iria até o limite mais ocidental para avaliar a situação em terra. Com Urtha e Tairon, subi pelo íngreme caminho até a caverna.

E foi ali, agachado abaixo da profusão de imagens pintadas e arranhadas nas paredes grosseiras, que captei o eco da mulher que havia nos observado o tempo todo.

Com uma tocha acesa diante de si, Urtha observava os ornamentos. Eles retratavam pássaros voando e outros animais, esticados como se estivessem sendo secos ao vento. E havia estranhos desenhos relacionados a navios e velas, e símbolos que poderiam ter representado projetos de estruturas. As paredes estavam repletas deles, sobrepostos e desordenados.

— Isso tudo é muito estranho — observou Urtha, desnecessariamente. — Nunca vi algo assim. São quase humanos, quase selvagens. Rostos muito estranhos. Expressões tão estranhas, os olhos tão impressionantes, quase caninos. E muito longos e finos. Eles não pareciam corretamente posicionados. Isso posto, quando olho para Rubobostes, mais cavalo do que homem, não consigo ter certeza de que não existe nada que não possa acontecer no ventre.

Ele vagou até a parte mais profunda da caverna, inclinando-se ocasionalmente para observar ao longo do estreito fosso que levava à abertura. Tairon o observava da entrada. O rastreador de labirintos estava muito perturbado com algo, mas em resposta à minha pergunta delicada, ele permaneceu impassível, imóvel, olhando não para as sombras, mas para seu próprio passado, eu suspeitava.

— É sombrio lá embaixo — disse Urtha. — Mas eu vejo um brilho: metal, talvez, ou aquela coisa que brilha no escuro, aquela pedra engraçada. Eu a vi no caminho para Delfos.

— Fósforo.

— O túnel vai longe, aparentemente. Mas é estreito. Estreito demais para um homem crescido.

O eco da criatura feminina, mas não totalmente humana, que havia estado ali recentemente, ainda era forte. Eu o segui pelo fosso e Urtha estava correto, de fato. O túnel tornou-se tão apertado que só se podia rastejar por ele, sinuoso e ramificado, uma rede que se curvava ao redor e formava um nó em suas próprias dimensões, espalhando-se na escuridão subterrânea. As paredes se fecharam ao meu redor, tornando minha respiração ofegante, sufocando-me com um pânico repentino.

Rompi a ligação com a forte e ainda evasiva lembrança e voltei, encontrando Urtha sobre um dos joelhos, a tocha mergulhada diante de si. Ele ainda estava olhando para o interior da caverna.

— Tairon desceu pela passagem e pude ouvi-lo por um tempo, mas agora desapareceu. Devemos ir atrás dele?

Eu não achava que seria uma boa ideia. Tairon era um rastreador de labirintos e se *ele* podia se perder, como já havia feito antes, então mesmo eu poderia me perder, se não fosse cuidadoso.

Mas seria uma grande perda para nós se Tairon não conseguisse voltar.

Não precisávamos ter nos preocupado. Tão logo Urtha e eu retornamos ao porto deserto, encontrando-nos com os outros grupos que haviam saído para explorar o interior em torno da enseada, Tairon apareceu, caminhando sobre a crista da falésia, segurando sua pequena bolsa. Ele veio para o caminho e se juntou a nós.

As águas estavam agitadas e ondas se formavam com o vento que vinha do oeste. O crepúsculo não iria demorar. Trocamos

Os Reis Partidos

informações e observações, nada de mais, certamente nada que fosse mais importante do que Tairon e do que eu mesmo sentíamos ao entrar numa caverna na qual estivéramos sendo observados, embora Tairon claramente escondesse algo.

Foi apenas quando Urtha foi procurar seu filho que ele perguntou.

— O que aconteceu aos *kryptoii*?

Rubobostes respondeu:

— Eles foram por ali, ao longo daquele caminho estreito, pendurados como insetos caminhando sobre um graveto. Aquele homem calvo, Talneeze, os liderava.

O caminho que ele indicara os teria levado sobre o ponto mais alto do monte que sombreava o porto.

— Talienze?

— Esse mesmo. Disse que queria avaliar a situação desse lugar. Disse que os olhos dos rapazes eram mais afiados que os nossos.

— Não confio nele — Niiv sussurrou em meu ouvido. Os dedos dela seguraram meu braço com vontade. — Não sei quem é e nem de onde veio esse druida. E não confio nele.

Urtha ouviu essas palavras murmuradas e concordou.

— Ele se comportou de um jeito muito estranho no salão onde Vortingoros nos recebeu. Disse que era da Armórica, um exilado. O tom de sua pele se parece com a de Tairon.

— Eu estava pensando na mesma coisa — comentou o cretense deslocado —, mas seus olhos são verdes e ligeiramente amarelados. Uma cor muito incomum nessa parte do mundo. Dito isso — acrescentou cuidadosamente o rastreador de labirintos —, desde o momento em que nos aproximamos do canal marítimo para essa ilha, o homem parecia em casa.

Tudo isso fazia algum sentido, mas no momento Urtha estava mais preocupado com seu filho. Ele enviara Bollullos e Caiwain para escalar o mesmo caminho. Eles se armaram e partiram.

Fomos saudados a distância por um dos gregos. Dois outros estavam rolando uma grande ânfora de barro para fora de uma das construções. Quando nos alcançaram e arrastaram o vaso, colocando-o na vertical, cortaram o espesso lacre de cera, revelando o que parecia gordura amarelada e congelada.

Era mel cristalizado.

Se muitos argonautas pareceram um pouco desapontados porque o tesouro não era algo líquido, a verdade é que isso era um excelente aditivo para nossas refeições ocasionais. Olhando para dentro do jarro, Niiv acrescentou:

— Há objetos escuros no fundo. Podem ser frutas.

Melhor ainda.

Notei a forma como ela se concentrava, o que significava o uso impetuoso de seus poderes de encantamento. Enquanto ela olhava mais profundamente para dentro do jarro, estremeceu de repente, franzindo o cenho ligeiramente.

— É fruta? — perguntei a ela.

— Nozes — respondeu ela, enquanto ia se sentar no cais, ligeiramente perturbada.

— Que tipo de nozes? — perguntou um dos gregos.

— Das grandes — foi tudo o que ela disse, e o grego subitamente compreendeu.

Notícias melhores estavam por vir. Um chamado alto do topo do penhasco, em direção ao crepúsculo, anunciava o retorno de Bollullos e Caiwain. Eles estavam na companhia dos três jovens *kryptoii*. Assim que começaram a descer pelo caminho traiçoeiro, Tairon observou que o homem grande carregava algo em volta de seus ombros. Em breve ficou claro

Os Reis Partidos

que era uma cabra, ainda viva, amarrada pelos cascos. De fato, era um animal de aparência incomum, com chifres que se espiralavam de forma estranha e uma cor de pelagem que parecia combinar mais com as tonalidades brilhantes das flores do que o disfarce sem graça de um animal das pastagens.

Kymon e Colcu não estavam com esse grupo. Apareceram acima da Caverna de Akirotiri na companhia de Talienze. Isso deixou Urtha preocupado.

Voei até a caverna para observar mais de perto, revoando diante deles na forma de um colibri enquanto eles ajudavam uns aos outros a descer pela face mais escarpada da falésia até a estreita beirada da entrada da caverna.

Exploraram o interior, admirando as pinturas, e então desceram até o porto.

Bollullos fez seu próprio relatório.

— A terra é encantadora. Do topo do penhasco pode-se ver que há vales que se estendem para o interior e uma região montanhosa a distância. Alguns dos vales são obscurecidos por nuvens e outros são densamente florestados. Mas há espaços abertos onde criaturas de todas as formas correm e pastam. Para o leste posso ver uma planície e um rio largo. O que se parece com nuvens de tempestade a distância podem ser mais montanhas. Esse lugar é vasto, selvagem e protegido.

— Há sinais de pessoas? — perguntou Tairon.

— É difícil dizer. Há padrões na terra e estruturas que podem ser ruínas de construções.

— Mas nenhuma pessoa viva — pontuou Urtha.

— Apenas cabras e criaturas que devem ser especiais para esse lugar.

Quando Colcu chegou, confirmou o que Bollullos e os outros rapazes haviam dito, mas acrescentou:

— Certamente há construções, que a mim pareceram estar no meio de um processo de serem engolidas pela terra, parte aqui, parte na rocha. E outra coisa: vi fumaça a distância.

Kymon acrescentou:

— Há movimento a distância, no lado onde a terra começa. Luzes piscando, reflexos, aparente movimento e algo como pequenas figuras humanas correndo em busca de abrigo.

— Essa certamente não é a terra que deixei — Tairon me disse enigmaticamente. Eu o estivera observando enquanto ele ouvia esses vários relatos e ele estava claramente perturbado e perplexo com o que ouvia.

— Você partiu há muito tempo em sua busca pelos labirintos — lembrei a ele.

— Eu sei. Mas essa mudança — ou a mera sugestão dela — é muito estranha. É quase como se não fosse a mesma ilha. Só a forma dela. Estou confuso com isso tudo, preciso pensar.

Ele se afastou de mim e um pouco depois o vi embarcando em Argo, dirigindo-se furtivamente em direção à popa, abaixo da deusa. Ele ficou ali por algum tempo, falando ocasionalmente — e ficava um tanto agitado quando fazia isso —, mas a maior parte do tempo deixou-se ficar ali agachado calmamente, talvez escutando, talvez contemplando seu retorno a essa terra tão antiga.

Do outro lado da embarcação, a figura imóvel de carvalho de Segomos o encarava de volta.

A cabra fora pelada e eviscerada, pendurada por cerca de um dia. Fizemos uma refeição de suas vísceras. Os gregos sabiam muito bem como preparar aquilo, e a comida ficara deliciosa, ainda que um pouco doce.

Os Reis Partidos

Tairon desceu pela rampa de Argo e veio até nós, bastante distraído. Sentou-se, pensativo e deprimido, sua atenção com frequência atraída para a entrada da caverna no penhasco acima de nós. Subitamente, ficou ereto e atento quando Urtha sacou de seu cinturão várias espirais de bronze.

— Encontrei-as na caverna — disse Urtha. — Maravilhosamente forjadas, um trabalho complexo. Essa peça tem a pequena cabeça de uma águia.

O trabalho em metal era realmente bom, várias voltas de bronze retorcido, muito forte. E duas peças de uma liga de metal mais macia, que era flexível. Urtha demonstrou isso retorcendo-a várias vezes.

— Você espera que ela se parta, mas isso não acontece. É como uma corda, só que mais forte. Não é toda de metal. Há um tendão animal aqui também. E eu posso ver pequenos fios de ouro.

Então, Tairon esvaziou o conteúdo de uma pequena bolsa de tecido no chão, diante de nós.

— Recolhi isso também — disse ele. — Estavam bem no fundo da caverna, ao longo da estreita passagem, esparramadas. Acho que foram rasgadas com fúria. Fúria criativa.

O seu tesouro era parecido com o de Urtha, que pegou um pedaço do cordel trançado em bronze. Possuía a cabeça de um pombo na extremidade.

— Feito por um verdadeiro artesão. Mas o que são?

— Pedaços de cabos e cordas — Tairon disse calmamente.

— Para um barco? — alguém perguntou.

— Não, não foram feitos para um barco.

— Se não para um barco, para o quê? — Jasão inquiriu com irritação, cansando-se do comportamento misterioso de Tairon.

O homem franzino olhou para o céu e para o brilho das primeiras estrelas.

— Para dois garotos — disse ele. — E para uma jornada que ainda agora pode estar acontecendo.

— Agora compreendo o significado dessa caverna específica — Tairon disse, apontando para o penhasco. — Conheço a história, mas como todas as pessoas de minha era e de meu tempo nessa ilha, nunca pude ter certeza de onde os acontecimentos finais se deram. Agora, tenho certeza. Essa é a mais remota das Oficinas de Invenção dele. Ele teve uma centena dessas oficinas, escondidas na ilha. E foi a partir desse porto que os filhos do Inventor fizeram o seu voo final e fatal. Em algum lugar a norte de nós, um deles encontrou seu fim, não se sabe se caindo no mar ou batendo contra as rochas. Essas são as sobras dos suportes e cordame de suas primeiras asas, eu imagino. Talvez não fossem fortes o bastante.

— Vocês veem isso? Ele moldou as extremidades de cada fio principal como cabeças das duas aves que simbolizavam seus filhos. Seus dois filhos perdidos.

Niiv prestava muita atenção às palavras de Tairon, embora encontrasse um momento para apertar meu braço.

— Mais filhos perdidos? Isso está se tornando um hábito. Há algum filho perdido em sua vida, Merlin?

— Nenhum. Fique quieta.

— Não sei se devo acreditar em você — provocou ela, com um olhar dissimulado. — Não sei mesmo se acredito. E agora ficarei quieta.

Foi então que Tairon nos contou uma das centenas de histórias de sua terra natal, evento ancestral: de como um pai, um homem com talento para o que ele chamava de "máquinas", havia criado asas para seus dois filhos.

Os Reis Partidos

Aquela lenda me era levemente familiar, embora a ilha de Tairon não estivesse em meu Caminho. Havia sido preservada na memória dos gregos, ainda que muito alterada. O pai era Dédalo, é claro, em um dos muitos labirintos que Tairon havia percorrido quando jovem e se perdera, antes de se encontrar com Jasão, com Argo e comigo.

E parecia que Argo pedira a Jasão que ele recontasse a lenda.

A ascensão de Raptor:

As asas, segundo Tairon nos contou, eram uma mistura de asas de cisnes e águias, costuradas profundamente no corpo dos garotos, um conjunto branco e outro negro, seladas com cera, atadas aos músculos com bronze e tendões de touro de fios de ouro entrelaçados. Quando os meninos flexionavam os ombros, as asas se moviam.

O pai dos meninos acreditava que entre o reino terrestre, varrido por tempestades violentas, e a abóboda celeste imutável e brilhante, havia um mundo invisível a olho nu: uma dimensão interior, que mudava quando os céus mudavam aqui e apenas a escuridão a impedia de ser vista. Ele tomara ciência disso quando estudava as estrelas, observando-as de uma de suas Oficinas de Invenção, no centro de um labirinto que corria dentro de um monte cujo cume se abria para o céu.

Mas como chegar até aquele lugar? Como voar tão alto e compreender tudo o que poderia ser visto? Um pássaro mecânico não serviria. Mas seus filhos eram esguios e atléticos e estavam ansiosos para fazer o trabalho de seu pai.

Ele preparou os filhos, Ícaro com asas brancas e Raptor com asas negras, para a tarefa de voar mais alto a cada dia, e a cada dia eles voltavam exaustos, com histórias de como o próprio ar parecia afinar e como, apesar de o Sol estar mais próximo, o ar ia se tornando mais frio. Como, apesar do Sol, as estrelas começavam a aparecer no céu, como se a noite estivesse chegando. Como seus olhos pareciam ver com clareza cristalina. Mas eles não puderam ver a terra intermediária.

Dédalo reforçou os tendões metálicos nas costas dos meninos, usou cordões de bronze retorcido em sua carne, atando-os pela cintura com raízes de hera, costurando as penas das asas, cobrindo seus corpos com óleo para que eles deslizassem mais facilmente pelo éter. Deu-lhes máscaras, com olhos estreitos e nariz pontudo, para refinar o que eles pudessem cheirar e ver em um nível mais desenvolvido. E os lançou de um penhasco que se erguia sobre o mar ocidental — essa mesma falésia — e os meninos desceram, pegando uma corrente de ar ascendente, subindo para longe do campo de visão.

Dia após dia, a cada dia voando mais alto.

— Viram a luz da terra oculta? — Dédalo perguntava, impacientemente.

— Não, mas a escuridão era mais brilhante do que jamais havíamos visto — disse Ícaro.

— Se nossas asas pudessem nos levar, poderíamos continuar voando eternamente — disse Raptor. — Pai, aquele céu é mais vasto do que qualquer terra com a qual você possa sonhar.

O Inventor seguiu aparando aqui e colando penas ali, adaptando mais arreios, mais cabos na carne e até mesmo alimentando os garotos com a comida dos pássaros, na intenção de mantê-los leves e esvaziar seus ossos.

— Nenhuma terra média, mas a abóboda é repleta de estrelas!

— Olhando para baixo, a terra é como um lago, um lago perfeito, tão azul, tão branco, como um disco de água cristalina. Nosso território flutua nela como um grande navio ao seu lado.

— Subam mais!

Os Reis Partidos

No último dia, Raptor poupou suas forças enquanto Ícaro esforçou-se muito para subir. Raptor ficou para trás. Seu irmão era um pequeno pontinho branco no céu que escurecia acima. O brilho das estrelas já era mais forte do que a amplitude daquelas asas brancas.

Raptor agora usava sua energia, deixando o calor ascendente, esticando cada pena para encontrar esse ar rarefeito.

Após um momento, ele viu o brilho claro de uma estrela. Chegando mais perto, viu que era Ícaro, à beira da destruição, exausto, movendo as asas, a cabeça erguida em assombro. Marte o encarava, poderoso e vermelho. Ambos podiam ver as longas estradas e poderosas fortalezas que cobriam a terra celestial do Deus da Guerra. E a própria Lua, em parte à sombra de sua materialidade, mostrava sua face escura claramente aos olhos desses jovens.

— Não há terra média, apenas desolação — murmurou Ícaro, quase com o seu último fôlego. — Apenas desolação!

Então caiu, as asas quebradas.

Horrorizado, Raptor mergulhou para apará-lo, pegando-o e abraçando-o acima das nuvens, mas Ícaro gritou:

— Suba mais! Você não poderá impedir a minha queda! Estou acabado, irmão, mas você pode subir mais.

Os dedos de Raptor, lutando para segurar seu irmão, arrancaram as asas dele; e lutando para segurá-lo novamente, rasgaram seu peito; lutando para recuperá-lo, abriram sua garganta.

Ícaro despencou. Raptor, lamentando pelo irmão e assustado com o que havia feito, investiu contra o céu, chorando:

— Eu *verei* o que nosso pai sonhou para nós!

Ele nunca mais foi visto. Há aqueles que dizem que um vento veio do Sol e o ajudou a vencer a desolação, onde não há caminhos, onde o ar é fantasmagoricamente fino, onde nenhum espírito acena para você, onde não há guias mostrando o caminho. Com o amor de seu pai e o sangue de seu irmão, Raptor finalmente alcançou as estrelas. Alguns acreditam que ele se esconde no que os gregos chamam de *Cassiopeia*. Se você olhar atentamente, verá a forma de asas.

Tairon contara a história de um jeito estranhamente formal, como se recitando de memória uma antiga lenda. Seus olhos ficaram perdidos no vazio. Suas mãos tremiam ligeiramente enquanto ele gesticulava de maneira dramática para acompanhar os acontecimentos que descrevera.

Agora ele voltara ao normal e olhava ao seu redor em busca de uma reação de seus ouvintes.

A maioria de nós estava silenciosamente confusa. Kymon disse:

— Se um irmão estava morto e o outro perdido, como você sabe o que foi dito entre eles?

Tairon apenas sorriu.

— Qual é o propósito dessa história? — Bollullos perguntou. — Gostei da história, não me entenda mal. Bastante sobrenatural. Mas... e o propósito?

Seguiu-se uma longa e confusa discussão sobre o significado do conto de Tairon: a natureza verdadeira das aves e a natureza da desolação, a crueldade dos pais para com seus filhos, a busca por conhecimento e a necessidade de sacrifício. Nada fazia sentido.

— Eu lhes direi o que a história significa — Niiv disse subitamente. Não havia visto quando ela ficara em pé. Ela permanecera em parte nas sombras, apenas a pele nua de seus braços cruzados e seus olhos, claros como cristal, refletiam o brilho da fogueira, enquanto ela olhava para mim. — Significa

Os Reis Partidos

que quando duas pessoas aspiram à mesma coisa, elas devem ter êxito juntas ou falhar juntas. Raptor poderia ter continuado, mas ele tentou ajudar quando Ícaro caiu. Ícaro implorou a Raptor para que o abandonasse e tentasse chegar sozinho ao reino médio. Ambos os motivos eram bons. Mas Ícaro partiu-se nas rochas e Raptor perdeu-se no céu. Nada foi conquistado. Se Raptor tivesse ajudado Ícaro, se um pássaro tivesse ajudado o outro a voltar em segurança para a terra! Se eles tivessem *voado juntos*! Então, ambos poderiam ter sobrevivido para tentar outra vez.

Urtha me cutucou, sussurrando com uma risadinha:

— Não estou certo, mas acho que ela está falando sobre você. Você a tem negligenciado.

A discussão acabou. Todos os olhos se voltaram para Tairon.

— Contei a história a vocês porque Argo me pediu — disse ele calmamente. — Se há um propósito, ainda não foi encontrado. Mas se eu compreendi Niiv corretamente, creio que ela tenha chegado mais perto. Aqui, nesta ilha, ocorreu um embate entre duas mentes que viam o mundo de modos diferentes. Argo pediu-me para contar a história. O barco deve ter tido seus motivos.

— A propósito — Tairon olhou para mim —, ele pediu para vê-lo. Acho que ele quer que naveguemos ao longo da costa ao norte para encontrar Cnossos.

— A velha cidade?

— O barco está nos levando ao coração da ilha. Não sei por quê. Mas acho que devemos seguir suas instruções.

18
Labirinto de ecos

Subi a bordo de Argo e fui até a proa, até o umbral do Espírito do Barco. Esperei que Argo permitisse a minha entrada, mas o barco me mandou de volta.

Mielikki sussurrou:

— Ainda não. Argo não gostaria de falar com você agora. Mas me disse para pedir-lhe que navegasse para leste, para o Palácio do Touro. Há um rio escondido lá que o levará ao interior da ilha, para uma cidade perto da Câmara de Discos. O barco pediu-lhe para não fazer perguntas demais nesse momento. Isso é difícil para Argo.

Eu reportei o pedido a Jasão e Tairon. O Palácio do Touro, Tairon nos contou, era famoso por seu labirinto, localizado no coração de Ak-Gnossos, uma fortaleza de muros altos. Depois de uma breve discussão, foi decidido que não havia nenhuma alternativa real além de obedecer Argo, ainda que sua instrução não estivesse clara para nenhum de nós. Nós havíamos chegado aqui de forma confusa, tínhamos navegado até a ilha na escuridão, atendendo aos caprichos de uma embarcação bonita e antiga, trabalhada nos remos, para alcançar lembranças dolorosas que ainda não haviam sido reveladas.

Nós preparamos a embarcação, levamos uma grande ânfora de mel conosco e remamos do porto colorido, pegando

Os Reis Partidos

vento e navegando ao longo da costa ao norte para o palácio lendário e labiríntico em Ak-Gnossos.

Nós nos mantivemos próximos dos rochedos da forma mais segura possível. Tairon os fiscalizava com frequência enquanto seguíamos para águas revoltas. Rubobostes estava no remo da popa, Bollullos ditando o ritmo quando fomos forçados a remar. A região era perigosamente rochosa, e uma onda surgiu atrás de nós, batendo contra a embarcação, golpeando Argo com um estrondo. Rochedos enormes surgiram à nossa frente, brilhando ocasionalmente por causa de seus afloramentos de cristal, ou com a queda de correntes de água vindas das montanhas, diante de nós.

Os rochedos nunca se afastavam completamente, mas às vezes recuavam com sutileza, expondo praias íngremes e bocas estreitas de vales amplos, revelando colinas envoltas por nuvens obscuras a distância. Um movimento ilusório e de cor brilhante, naquelas regiões nebulosas, falava de vales e pequenos refúgios, mas tudo era afogado no silêncio, uma terra que abafava a vida.

Um dia depois, alcançamos o porto arruinado e desolado que guardava o rio e que conduzia ao Palácio do Touro.

No passado, o rio aproximava-se, vindo do mar, do grande palácio, que tinha sido assustadoramente inspirador. Figuras altas demarcavam as margens. As tumbas e os santuários dos reis da terra e de suas poderosas consortes reluziam em branco e dourado. Postos de guarda e de negociação, fornalhas espalhadas e curtumes se misturavam a jardins voluptuosos e às deliciosas fragrâncias vindas das armadilhas de mel, onde a música e o som das festividades eram um deleite para os ouvidos dos viajantes habituados ao mar.

De forma impressionante, quatro grandes touros haviam andado certa vez sobre o rio, um de bronze, outro feito de obsidiana, um entalhado em cedro e outro feito de mármore brilhante. As cabeças enormes ficavam abaixadas, os chifres na horizontal; um mecanismo muito inteligente instalado em cada uma das cabeças ainda fazia que suas línguas enormes sorvessem vagarosamente a água, e, assim, cada embarcação que navegava para Ak-Gnossos tinha de ajustar seus movimentos para evitar esses ritmos perigosos.

Aquilo era parte do jogo dos touros, Tairon lembrou, piada entre os senhores do mar e dos reis que foram donos daquela terra por várias gerações, convivendo pacificamente — quase sempre — com as duas principais forças que guerreavam pela posse de reinos no interior da ilha.

Tairon ainda era criança nessa época fabulosa, e a lembrança era apenas um eco em sua mente. Mas ele olhava naquele momento para as ruínas lúgubres, enquanto Argo se movia contra o fluxo das águas cristalinas, entre os escombros das construções imponentes arrasadas daquela época.

Da ponte do touro de obsidiana, restavam apenas os chifres encurvados, erguendo-se ameaçadoramente no rio. Passamos por ele sem parar. Do touro de madeira, uma massa carbonizada que jazia na costa oeste sugeria o seu destino. A criatura de madeira podia ser reconhecida apenas por seus olhos, os chifres quebrados, os traços, um dia selvagens, suavizados e moldados pelo vento e pela chuva.

O touro de bronze estava se afogando, seu focinho sobre o rio, esverdeado e corroído, uma pata grande se esticando sobre uma das margens. Um chifre encurvado batia nas árvores do outro lado. A quilha de Argo quebrou o metal enfraquecido quando cruzamos a estátua, um grito, um eco, um lamento aflito de lembrança. E, naquele momento, vimos o palácio e ficamos atônitos com a visão.

Os Reis Partidos

A terra o engolia, reivindicando a argila esculpida como se quisesse tomar para si todo o mundo criado pelo homem. Os muros altos estavam se inclinando na direção sul, meio consumidos, e as fundações, que estavam próximas de nós, sendo rasgadas da terra. Longe de nós, as construções e câmaras, os pátios e as torres de vigia, todos já haviam sido envolvidos pelas dobras da terra e pelo solo. Árvores de todos os tipos cresciam ao longo dos muros tortos, galhos explodindo através de qualquer nesga ou espaço vazio, ajudando a arrastar a vasta residência real de volta para a natureza.

Pássaros voavam e rodopiavam sobre a estrutura silenciosa. O sol captava o brilho dos muros pintados, como se a terra consumida tivesse o prazer de, ao menos, permitir que esses matizes vibrantes, essas cores de flores, permanecessem intocadas, como a cobra que engoliu sua presa.

Ak-Gnossos era extensa e larga, mas a entrada da ilha era ainda mais. Enquanto Argo estava sendo ancorado, os argonautas pularam para terra firme para explorar as passagens e as câmaras do palácio afundado; o chão estremeceu sob nossos pés e pedras caíram do alto, mais água engolida, a presa arrastada mais para o fundo, naquele momento de golfada que antecede os longos e silenciosos períodos de respiração.

Eu desci uma rampa íngreme até alcançar a escuridão de uma câmara que sempre fora profunda, e agora estava ainda mais afundada na terra. A construção sagaz aproveitava os feixes de luz para realçar os detalhes em suas muralhas, pequeno pontos iluminados que, se não existissem, significariam escuridão completa. Os *labros* estavam em todos os lugares, o machado de cabeça dupla, alguns entalhados no muro, alguns esculpidos na pedra, um pouco de bronze já um tanto oxidado. Criaturas do mar com os mais variados jeitos e formatos estavam pintadas pelas passagens e cômodos vazios, além dos contornos de cabeças de rapazes e moças observados pelos olhos de criaturas da terra, com traços incompletos. Às vezes, eu conseguia ouvir os chamados dos outros argonautas, anunciando seus achados, gritando de admiração, as vozes carregadas ao longo dos corredores lúgubres ecoando pelas nascentes de luz.

O cheiro ruim de pedra de repente se transformou no cheiro pungente do oceano. Nós estávamos bem afastados no interior da terra, mas o ar salgado era inconfundível, como era o som da arrebentação das ondas que quebravam na praia. Aquele som me deixava excitado. Eu comecei a entender a natureza de Ak-Gnossos e me apressei na direção do mar escondido.

Conforme eu seguia, notei que alguém corria na minha frente.

O caminho para a praia estava bloqueado por um grande portão; sua coluna central era um imenso machado, alto, largo, as lâminas retorcidas até o chão, para permitir a entrada dupla dentro das suas extremidades afiadas. O cabo do machado era uma árvore, torcida várias vezes sobre seu próprio cerne. Dentro do bronze pesado das lâminas, consegui ver imagens do céu da noite, das estrelas e das constelações realçadas em detalhes, agora esverdeadas pela nódoa e pelo esmaecimento.

Atravessei o portão. O oceano se erguia contra uma costa lúgubre e cheia de pedras, onde estátuas de mármore se inclinavam ou já estavam caídas. A lua crescente brilhava na noite, sombras de lua por todo lugar.

— Onde você está? — chamei.

— Estou aqui — Niiv respondeu, saindo de trás da estátua, quase invisível por causa de sua palidez. Ela se aproximou de mim primeiro com cuidado, para depois começar a correr e me envolver em seus braços.

Os Reis Partidos

Ela estava arfando de excitação.

— Este lugar não existe — afirmou com uma voz carregada de entendimento. — É tudo ilusão.

— Sim. É um rio de ilusão. Mas como você sabe? O que anda fazendo? — Eu senti minha pulsação acelerar.

— Eu *olhei*. Não havia nenhum perigo nisso, havia? Eu não estava olhando para *você*.

— Sua pequena estúpida! — Eu a agarrei outra vez, virei sua cabeça na direção da lua. A luz prateada suavizou seus traços, mas o cabelo dela cintilou, cinzento. Ela havia envelhecido. Gastara sua vida preciosa procurando por uma verdade que deveria saber que eu já conhecia.

— Não desperdice o que você tem! — eu disse a ela pela centésima vez. Ela era uma amante muito irritante, realmente.

Indignada, ela se afastou de mim:

— Quando meu pai morreu, no Norte, na neve fria, sozinho, abandonado por seus espíritos, ele deixou sua magia para mim. A intenção dele era que eu a *usasse*, Merlin. O que mais me resta?

Ela havia feito isso tantas vezes antes. Eu poderia quase ter lamentado por ela. Era tão desnecessário que ela dilapidasse sua vida simplesmente porque tinha um talento para o Outro Mundo e para Visão.

— Você está meio ano mais velha, Niiv. Por causa do que você foi procurar com sua Visão!

— Eu não sinto que envelheci — ela argumentou.

— Meio ano que perderei com você no futuro. — *Além de todos os outros dias e luas perdidos.*

— Não faz sentido. Você me terá até o fim.

— Por que você é tão teimosa?

— Por que *você* é tão mal-agradecido?

Eu a abracei. Ela ainda estava consumida pelo prazer de ter quebrado o muro da ilusão.

— O que você acha que aconteceu aqui? — ela perguntou depois de um momento.

Eu havia usado um pouco de meu próprio poder para tocar nos detalhes, só um pouco foi necessário. Ainda que *nós* remássemos, Argo comandava o curso. A embarcação nos trouxera aqui de propósito. Não havia dúvidas de que ela esperava para emergir do sonho subterrâneo de um oceano. Eu tinha certeza agora de que Argo estava pronto para nos levar para onde a tragédia havia começado. Ele nos levava para uma viagem ao seu passado, e o Tempo fluiria diferentemente quando estivéssemos no aconchego da ilha.

Mas eu disse isso a Niiv:

— Você prometerá não "procurar" por mais nada até eu lhe pedir? Não é necessário. Se eu precisar de sua ajuda, sempre lhe pedirei.

— Você diz isso — ela fez um biquinho, começando a argumentar outra vez. — Mas você nunca pede.

— Não é verdade. Eu pedi sua ajuda muitas vezes.

— Não para coisas sérias. Você não me usa, você não me *ensina*. — Ela sempre voltava para esse ponto: ensinar-me, deixar que eu toque o "feitiço" que está cravado em meus ossos. — Meu pai não deixou seu espírito só para eu *viver* com ele e depois *morrer* com ele. Ele esperava que eu fizesse coisas úteis.

— Mas você não é forte o suficiente para ele, Niiv. Ele a desgasta demais, especialmente se você desperdiça seus talentos. Você uma vez olhou para o meu próprio futuro, lembra? Eu consigo ver as rugas ao redor de seus olhos, eu posso sentir a pele mais frágil nos seus braços. Tudo resultado *daquela* estupidez. Eu nunca esperei amá-la como eu a amo...

Os Reis Partidos

— Me amar? Você me mantém afastada o tempo inteiro.

Não era verdade. E ela sabia disso em seu coração, então, eu nem discuti. Contudo, imaginei o quanto ela compreendeu da dor incômoda que eu sentia, uma dor que só aumentava. Sob a luz da lua, ela estava fresca, fascinante. Eu desejei que fizéssemos amor exatamente ali, naquele momento. Sempre adorei isso naquela mulher, esses momentos de raiva e os momentos de prazer que seguiam a raiva, sem nos importarmos com o mundo ao nosso redor; mais particularmente sem Urtha entrar em nossa pequena casa de forma inesperada, desculpando-se alegremente enquanto dava um passo para trás, caçoando sonoramente com seus *uthiin* do lado de fora, enquanto esperava eu sair e dar uma bronca em todo mundo.

Oh, sim, Niiv estava em meu coração. Ela não era a primeira — Medeia havia sido a primeira, apesar de a lembrança ser nebulosa — e não seria a última. Mas ela era a única mulher que eu havia conhecido, que desejava manter distante de mim, pois a ideia de temer tanto a perda de alguém me perturbava.

Ela tocou meus olhos de leve com o dedo e olhou curiosamente para o brilho que havia neles.

— Bem, bem. Esse homem sangra um amor salgado. — Ela lambeu seu dedo. — Mágica — provocou. — Até em suas lágrimas deve haver mágica. Então, eu lhe agradecerei o meu banquete diário. Aqui está a minha contribuição.

Ela se esticou e me beijou. Depois, com uma força impressionante, ela me arrastou para a praia, para perto das ondas noturnas. Suas mãos eram como duendes, seus dedos os espinhos afiados de suas armas. Eu sangrei sob o seu toque de amor. Ela encontrou uma forma de juntar nossos corpos dentro do abrigo de nossas próprias roupas.

Eu pude ouvir Urtha me chamando e Jasão também. Mas a respiração vigorosa de Niiv era um bálsamo contra os indesejados gritos que me procuravam lá em cima, nas salas e demais aposentos daquele palácio engolido pela natureza.

Subitamente, enquanto estávamos deitamos lado a lado, quase adormecidos, a noite foi invadida por um forte cheiro de mel. Alguém deslizou pela praia e nos observou. Efêmera, elementar, a mulher balançava a cabeça enquanto tocava nosso rosto com dedos fantasmagóricos, retirando-se como uma brisa súbita quando nós dois nos mexemos para olhar mais de perto.

— Quem era aquela? — Niiv perguntou, tremendo ligeiramente.

— Eu não sei. Mas ela estava nos observando quando chegamos no porto.

— Aquela *ilusão* de um porto — Niiv afirmou. — Uma ilusão dentro de uma ilusão?

— Eu acho que não.

— Por que você não olha? Eu não estou autorizada! Isso me faz muito flácida e velha — ela zombou.

— Cale-se.

— Você deveria olhar!

Eu estava observando as sombras, mas aquela presença elementar desaparecera. O rastro deixado por seu odor levava até uma rachadura nas pedras da praia, e eu suspeitei que o caminho serpenteante de um labirinto começaria a partir daquela entrada.

— Eu reconheci o cheiro, mas não consigo saber do que é — disse a garota.

— Mel.

— Oh, sim, mel. Como o cheiro na ânfora, só que ainda mais doce. A ânfora com as... coisas no fundo.

Os Reis Partidos

— As cabeças. Você sabe que elas eram cabeças.

— Quatro delas! — Ela estremeceu e olhou para mim. — Por que alguém iria querer manter cabeças no mel?

— As propriedades do mel fazem que durem mais. Eu manterei *todos* vocês em mel quando morrerem, se você gostar; e a tirarei de lá a cada lua nova para lambê-la. Mel mantém o corpo flexível também.

Ela não gostou da provocação. Seus olhos estavam fixos no oceano, cuja superfície brilhava. O amanhecer se aproximava, as estrelas enfraqueciam. A nova luz captou uma aflição inesperada em seu rosto.

— Quando eu *estiver* morta — ela disse —, quero ir para casa.

Ela olhou para mim, subitamente melancólica:

— A casa onde meu pai jaz. Você vai garantir que isso aconteça... Não vai?

— Isso não acontecerá ainda por um longo tempo.

— Mas acontecerá — ela se agachou, jogando uma pedra na onda espumante do oceano na praia escura. — E você mesmo disse isso: eu gasto meu tempo como se ele fosse água da nascente. Quando eu me for, quero ficar perto de meu pai, e do pai dele, na Caverna Fria de Tapiola. É meu direito como *shamanka*. Não deixe ninguém impedi-lo de me colocar lá só porque eu sou mulher.

Passei meu braço ao redor de Niiv.

— Ninguém vai me impedir de fazer coisa alguma. E nesse meio tempo, eu usarei meu tempo, quando for necessário, por nós dois. Você simplesmente deve resistir à tentação de mostrar o quão forte você é.

O momento de tristeza passou. O amanhecer começou a fazer tudo brilhar. Niiv farejou o ar. O cheiro de mel havia ido embora. O odor que sentíamos, então, era o pungente cheiro do suor masculino. Nós olhamos ao redor e lá estavam Urtha, Jasão e Rubobostes em pé atrás de nós, todos eles sorrindo sonoramente.

— Não se preocupem conosco — Urtha disse. — Mas quando vocês estiverem vestidos, poderiam explicar o que está acontecendo.

O encontro espectral com o espírito de mel e o inesperado momento de reflexão sobre a morte haviam feito com que esquecêssemos que estávamos sentados perto da beira da água, nus e refrescados sob a luz desse novo dia. Se isso incomodou Niiv, ela não demonstrou. Ela se levantou e se espreguiçou, magnificente, delgada e tão pálida quanto a Lua, exceto pelo cabelo negro que moldava seu rosto e ombros. Ela se virou, então, e andou na direção da água fria, tremendo enquanto entrava em partes mais fundas, e refrescou sua pele.

— Eu espero que isso seja seguro — ela gritou para os seus quatro admiradores, antes de se lançar nas ondas.

Eu também, eu pensei, mas ela nadou em segurança e voltou para a costa. Mas, naquele momento, a maioria dos outros argonautas já havia vagado pelos corredores do estranho palácio e descoberto como chegar até aquela praia com seu mar escondido.

— Você está falando por enigmas outra vez! — Urtha protestou enquanto eu parei um instante para respirar durante minha tentativa de explicar o que eu havia concluído sobre a nossa situação. — Enigmas! Essa é a terceira ou quarta vez. Não me leve a mal, eu estou muito feliz que esteja aqui, feliz com o seu conhecimento... — ele me deu um tapa nos ombros com o cabo de sua faca de comer. Ele apunhalara com impaciência as pedras da praia enquanto eu falava. — Mas nada do

que você fala faz sentido. Guardiães? Passagens? Terras Ecoantes?
Alguém mais entende essa baboseira?

Bollullos e Rubobostes deram de ombros, balançando a cabeça. Niiv deu uma risada:

— Eu entendo.

— Bem, era de esperar — Urtha rosnou.

— Eu tenho uma ideia a respeito disso — Tairon confirmou. Outra vez Urtha resmungou:

— Isso também era de esperar.

Tairon havia escutado cuidadosamente, e com um meio sorriso não habitual em seu rosto, olhos escuros cravados em mim, como se ingerisse as palavras. Perto dali, bem atrás de mim, Talienze ouvira com igual atenção.

Os jovens *kryptoii* estavam envolvidos com jogos de praia na luz pouco natural daquele estranho amanhecer; era alguma espécie de jogo de contato, cheio de cambalhotas e saltos. Isso me lembrava do salto do touro, pelo qual Grécia e Creta eram famosas. E havia visto tais saltos na Hospedaria do Presente Impressionante, embora o touro, naquele caso, estivesse sendo assado.

Nós estávamos sentindo a falta de dois gregos e de Caiwain, o exilado, deixados no porto com Argo.

— Desculpe-me, Merlin. Por favor, continue.

A explosão de Urtha havia aliviado sua crescente frustração. Ele não entendera minhas palavras, assim como não entendera aquela ilha. Ele me olhou, envergonhado, mas interessado outra vez, voltando a praticar com sua faca. Eu o encarei com seriedade e ele parou com aquilo, embainhando a faca.

Envolvido em um manto, ele tinha um dos joelhos no chão, bem como Bollullos. O restante também estava agachado ou recostado, apoiado sobre os cotovelos, como se aproveitando

Robert Holdstock

de um sol que — apesar de presente no longínquo horizonte — não proporcionava absolutamente nenhum calor.

Há partes do mundo — elas existem em grande número — onde a terra tem ecos. Esses ecos podem ser vales, pequenas ilhas, planícies, florestas ou montanhas. Essas terras de eco — eu havia usado uma expressão, Ecoantes, que ouvira certa vez de um contador de histórias chamado Homero — existiam abaixo da terra quando ela podia ser detectada. Mais importante, elas não eram Outro Mundo ou Terra dos Fantasmas, ou qualquer tipo de lugar onde os Mortos poderiam viajar e buscar descanso, ou renascer. Elas eram simplesmente ecos. E nem todas elas haviam sido formadas quando o mundo foi formado, ainda que se acreditasse que existiam dez delas pelo mundo. A maioria fora criada pela angústia, ou pelos sonhos, e pela intervenção de criaturas como eu.

Elas eram, para ser mais sucinto, as sobras do jogo, as sobras fragmentadas de exercícios de feitiçaria, encantamento, magia e manipulação. Uma vez criadas, elas eram muito difíceis de descartar. Elas existiam como ecos, desvanecendo-se devagar, mas nunca por completo, tão persistentes quanto a memória.

E nós estávamos dentro de um eco.

Durante minha própria infância, esses reinos-eco descartados haviam sido cuidados por guardiães que mantinham eterna vigília na entrada para as terras falsas, evitando que andarilhos inadvertidos penetrassem na não existência. Depois, essas entradas haviam se tornado lugares de peregrinação, e a guarda do que agora era chamado de "passagens"— e com muita frequência eram lugares onde se podiam encontrar oráculos — passara a ser exercida por pessoas mais poderosas: sacerdotes e sacerdotisas podiam obter alguma vantagem do atraente poder de lugares como aqueles.

Os Reis Partidos

Pobre Delfos, aquele buraco nas rochas, seu templo pilhado de toda a riqueza por várias nações, explorado por aproveitadores disfarçados de profetas, eram seguramente as reminiscências de uma daquelas passagens.

Eu costumava chamá-las de "passagens que levavam para baixo". Eu tinha medo delas. Sendo basicamente o produto de mentes imprevisíveis, elas também eram imprevisíveis. Mentes jovens, geralmente, às vezes loucas. Um dia, em algum tempo nas eras que ainda viriam, existiriam segredos a serem desvendados da profundidade dessas passagens? Esse tipo de empreitada jamais havia me interessado.

No entanto, eu agora estava interessado, porque não só Jasão e seus companheiros se achavam sentados silenciosamente no centro de uma daquelas "passagens que levavam para baixo", mas porque aquela coisa toda me parecia ter sido deliberadamente criada.

Tairon se referira a "Oficinas de Invenção". A ilha estava coberta delas. Elas poderiam ter sido as entradas para a maior terra Ecoante que eu poderia imaginar — um eco da ilha de Creta inteira? Nós estávamos agora agachados em uma praia que era uma daquelas entradas, e uma entrada bem grande: o palácio labiríntico de Ak-Gnossos? Era um pensamento perturbador.

Se minha suspeita estivesse certa, então, quem exatamente havia criado aquele lugar? Quem havia transformado essa terra longa e delgada em um emaranhado de ecos? E se tudo isso era eco, onde estava a ilha real?

O mel visitara a Niiv e a mim durante a noite. O cheiro de mel, o feitiço de mel, a presença elementar de algo que não era certamente uma criação do Inventor. Seria ela a angustiada sonhadora que havia criado o sonho devorador?

Divaguei, os pensamentos se chocando dentro de minha cabeça, absorto nas ruminações de um ignorante, consciente do brilho de Tairon, do sorriso de Talienze.

— Em algum ponto — concluí —, em algum momento durante a nossa viagem de Alba para o porto em Akirotiri, passamos de um mundo familiar para o mundo ecoante que agora nos rodeia.

— Isso se deu na Córsega! — Tairon exclamou. — Eu sabia que havia algo errado lá. Foi lá, eu tenho certeza agora. Lembram-se daquela maré estranha? O jeito como o mar se ergueu, a forma como Argo se atirou contra o muro do cais? Aquele foi o momento! E não foi você que fez aquilo, e nem eu, Merlin, que estava girando o fio daquela mudança.

— Argo — eu conclui por ele. Esse cretense era esperto.

— Argo — Tairon concordou.

— Falando do barco... lá vem ele — Jasão murmurou, levantando-se e apontando para o sol nascente. — *É ele?*

Havia uma expressão em seus olhos, eu percebi, uma expressão mais de apreensão que de alegria. Ele observou o que pensou ser seu barco, uma pequena forma visível no brilho do mar. Ele parecia ansioso.

Niiv sussurrou:

— Olhe para esse bastardo violento do seu amigo. Bem, bem, bem.

— O que você vê? — eu perguntei a ela. — Com seus olhos de intuição, eu quero dizer. Nada além disso.

— O mesmo que você. Ele está assustado. E não sabe por quê. Este é o momento! — ela agarrou meu braço. Sua voz era suave, maligna:

— Em breve, nós vamos entender o que está acontecendo aqui.

Os Reis Partidos

Eu a afastei de mim. Ela estava indignada, com os olhos arregalados, as mãos nos quadris, numa pose afetada. Um momento depois, resolveu me enganar, fingindo que não estava com raiva.

Eu a ignorei. Tudo o que eu conseguia ver era Jasão. Eu já vi elementais em muitas formas, mas aqueles que enevoavam a cabeça dele agora eram como os insetos do pântano que voam em volta dos homens e do gado durante o pôr do sol. Fúria e lembrança, medo e fogo eram formados naquele miasma etéreo, um passado sendo puxado de um homem que se acreditava estar enterrado havia muito tempo.

O que se aproximava da praia não era um barco, mas uma onda. Ela se avolumou, formando ainda mais ondas com a passagem do barco, uma cascata de espuma prateada de uma proa que se erguia lentamente sobre a água.

Argo emergiu como o Leviatã, surgindo do naufrágio, seus olhos pintados nos observando enquanto sua quilha encontrava a terra e sua proa arava a costa coberta de seixos, e nós nos dispersávamos com sua chegada repentina e chocante.

Fúria e pesar escorreram de seu casco, tão potentes e tangíveis quanto a água que secava em seu convés. Jasão deu um passo para frente e me empurrou rudemente para o lado. Ele estava sendo convocado. Por um momento, eu me arrisquei e ouvi clandestinamente a voz ríspida e abafada da embarcação, que deu um comando ameaçador para que ele fosse até ela. O restante de nós estava sem coragem de se aproximar; Jasão entrou sozinho em Argo, dirigindo-se para o Espírito do Barco.

Ele apareceu pouco tempo depois, pálido, como que assombrado, de péssimo humor. E gritou:

— Os outros estão aqui. Molhados, mas vivos. É hora de zarpar. Afaste essa barca velha e ordinária da praia.

Nós fizemos o que nos foi dito, usando força bruta e as cordas que conseguimos encontrar, a fim de levar o barco de volta para o oceano. Quando estávamos todos a bordo, Argo apontou sua proa para o meio do nada e, seguindo uma corrente marítima que apenas ele conseguia ver, atravessou o mar e finalmente entrou no canal de um rio.

Agora remos eram empurrados, costas entraram em ação e nós levamos o barco para fora do mundo inferior, entrando no centro da ilha.

19

Efêmero

Mais tarde, emergimos da escuridão como se saíssemos de um sonho e percebemos que estávamos cercados por montanhas. O sol brilhava. Uma cidade repleta de cores se espalhava em cada lado do rio. O ar estava carregado não apenas de fragrâncias e do cheiro azedo de couro sendo tingido, mas também de sons. O som da vida. O barulho de correria e os gritos agudos de curiosidade do pequeno grupo que se juntou para olhar nosso barco com uma confusão divertida, nosso Argo, quando ele bateu e investiu contra o cais, enquanto Rubobostes e os marinheiros gregos lutavam para encontrar as amarras de atracação e segurar o velho barco parado.

— Ah, isso aqui é muito melhor! — Urtha aprovou, olhando em volta. — Enfim, uma cidade civilizada! Um lugar que eu consigo entender!

Aquele era realmente um lugar maravilhoso. Balsas de convés alto deslizaram perto de nós, com suas tripulações nos observando com cautela; os remos dos barcos menores tinham seu ritmo ditado não por tambores, mas pelo toque de trompas de bronze. Ânforas de boca estreita eram empilhadas no cais, caixotes com frutas eram transportados em carros de bois. Cabras de pelo escuro baliam ao serem guardadas nos currais. Longe do porto, em algum lugar atrás das casas cor-de-rosa e roxas, acontecia um festival. O barulho dos tamborins pontuava o bater duro dos tambores acompanhado pelo toque de trompas. Ocasionalmente, ouviam-se gritos de comemoração. Ocasionalmente, grunhidos. Às vezes, berros.

Luzes brilhavam nas colinas ao nosso redor, e olhando com cuidado podíamos notar procissões de crianças, todas usando túnicas brancas e carregando pequenos escudos refletores.

— Que merda de lugar é esse? — Jasão gritou de repente. Ele estava de péssimo humor.

— Onde foi que nós chegamos? Alguém sabe?

Tairon virou-se para ele e disse: — Sim, eu sei. Em casa.

— Qual casa?

— *Minha* casa! — o cretense ergueu a voz, mas sorriu quando Jasão franziu a testa.

— Você nasceu aqui? Nessa cidade bonita? — Urtha perguntou.

Comparada com o caos enlameado, do barulho da forja e das fogueiras de Taurovinda, eu conseguia entender por que ele estava impressionado.

— Exatamente ali — Tairon disse, apontando para uma fileira de construções. — Na rua da Abelha.

O nome, uma vez compreendido, fez os *uthiin* de Urtha explodirem em gargalhadas. Eles debateram brevemente possíveis nomes para algumas das ruas de suas respectivas aldeias. Nenhum era tão delicado.

Tairon os ignorou. Ele olhou na distância por alguns instantes, absorvendo as cores e a confusão e depois olhou para mim.

— Não mudou muito. Pergunto-me há quanto tempo parti.

— Isso é fácil de descobrir.

Enquanto Jasão negociava taxas de atracação com os administradores que apareceram logo que chegamos ao cais, Tairon e eu andamos até a cidade. O barulho do festival

Os Reis Partidos

ficou mais alto, a sensação de alegria mais intensa. Eu perguntei a Tairon o que poderia ser aquele festival e ele pareceu incomodado.

— Eu não tenho certeza. Mas se é o que eu estou pensando, melhor você não ir até lá.

Ele me deixou por um momento para ir só até a área da celebração. Quando voltou, imediatamente acenou para eu voltar na direção da Rua da Abelha, continuando nossa exploração.

— Então? O festival?

— Você tem estômago forte?

— Sim, geralmente.

Ele me contou o que estava acontecendo. Não era particularmente uma festa. Quando a multidão gemeu, e depois irrompeu em um grito ostentoso de prazer, eu pensei na crueldade das pessoas, mas também pensei na generosidade de homens como Tairon, que desejava me poupar de escândalos.

Ele era um homem quieto e profundo. Era, é claro, um homem perdido. Mas lá estava ele, em casa outra vez, e transpirava ansiedade e nervosismo como uma criança esperando punição. A cidade era tão familiar para ele que deve ter sido como se tivesse atravessado as eras, voltando àquele lugar durante o período real de sua infância.

E isso, na verdade, quase acontecera.

Uma voz familiar gritou meu nome atrás de mim. Eu suspirei e me virei. Niiv vinha em nossa direção, ofegando, mas sorridente. Ela havia, de alguma forma, encontrado um vestido largo, verde e decorado com golfinhos pulando. Eu desconfiei que ela o tivesse roubado do mercado.

— Esse lugar não é maravilhoso? — disse com entusiasmo. — Respire esse ar!

Ela estava certa.

Nós havíamos passado pela região do mel — o perfume era forte, as diferentes flores e ervas com as quais o mel líquido estava sendo aromatizado causavam uma sensação embriagante. Havia muito incenso na mistura, eu desconfiei.

Nós continuamos andando até chegarmos a uma praça pequena. Ali, Tairon apontou, surpreso, para um senhor sentado tranquilamente na sombra de uma castanheira. O homem era cego, e um dos braços fora cortado até o cotovelo. Ele segurava um instrumento de cordas estranho na mão que restara, e seu polegar de vez em quando tocava a corda, produzindo uma melodia profunda e triste.

— Pelo Touro! Eu conheço aquele homem. Thalofonus, um escravo livre. Ele já foi um músico muito bom. O rei fez isso com ele, mandou cortar a mão que o homem usava para tocar, porque certa vez ele cantou uma música inapropriada. Foi pouco depois da ocasião em que fui testado em um labirinto pela primeira vez, antes de eu me perder na confusão. Eu estava aqui, neste lugar, nesta rua, poucos anos atrás.

O que você pretende fazer, Argo? Eu pensei comigo.

Tairon foi até Thalofonus e segurou a mão do homem, sussurrando algo em seu ouvido. Thalofonus pareceu hesitar por um momento, depois sua expressão clareou e ele se esticou para tocar a bochecha de Tairon. Ele sussurrou algo de volta. Tairon beijou a mão do idoso, dedilhou as cordas divertidamente e voltou para onde eu estava. Ele estava perplexo, mas seus olhos cintilavam de expectativa.

— Parece que minha mãe ainda está viva. Ainda viva! — Depois, ele franziu o cenho. — Mas isso será difícil. Vocês deveriam esperar aqui. Vocês dois.

— Se é o que você quer, claro, esperarei aqui. Mas preferia ir com você. Eu não vou interferir.

Os Reis Partidos

— Nem eu — Niiv prometeu.

Tairon pensou por um momento, depois acenou.

— Venham, então.

Mas enquanto caminhávamos para fora da praça, um jovem que, a não ser pelos tocos de chifre de touro amarrados na cabeça, estava nu, com a barriga e costas pintadas de preto, veio correndo atrás de nós, ofegante e assustado, realmente assustado. Ele se lançou contra o muro de uma casa quando nos viu, olhos selvagens e faiscando, lábios trêmulos enquanto arquejava em busca de ar. Ele se moveu lentamente atrás de nós e em seguida começou a correr novamente. O suor escorria por seu corpo enquanto corria, o fedor de suas entranhas se arrastou ao longo do caminho depois que ele desapareceu.

Em algum lugar, a algumas ruas dali, vários tamborins começaram a soar vigorosamente, depois houve um instante de silêncio, logo substituído pelo sussurro de vozes.

Tairon observou e escutou os sons em silêncio. E, então, começou a andar rapidamente, apontando para a rua, para uma casa pintada de verde e azul e decorada com as imagens de polvos e ninfas parecidas com sereias.

— Aquela é a casa da minha mãe. Eu nasci lá. Ela tem um jardim grande e um porão profundo. Meu pai ficou confinado lá por uma estação depois do meu nascimento. Todo o lugar é maior do que parece. Minha família é — era — próspera por causa do comércio de lã e mel.

Niiv estava surpresa:

— Seu pai ficou confinado depois de seu nascimento? Por quê?

Eu tentei calar a garota, mas Tairon estava com um espírito compreensivo:

— Todas as criaturas, ao nascerem, são os presentes da Senhora das Criaturas Selvagens. Ela determina o tempo para

Robert Holdstock

essas criaturas, ela decide a sua quantidade. Ela conecta a força vital ou força mortal e cada uma delas de acordo com sua vontade. Quando um menino nasce, nós amansamos a Senhora das Criaturas Selvagens confinando o pai por uma estação. Ele é cultivado e alimentado, alimentado e cultivado pelos criados da Senhora. Três criados são designados para uma casa onde o menino nasceu.

— Você pode cultivar um homem? — Niiv perguntou.

Tairon e eu olhamos para a garota. Tairon disse:

— Pelas sementes. Para a Senhora.

Niiv nos olhou e sorriu nervosamente:

— Oh, sim, eu entendo.

Não havia tempo para perdermos com as dúvidas de Niiv. Tairon foi até a porta fechada e tocou a madeira com os dedos, depois, formando palavras no ar, finalmente colocando as duas mãos sobre o peito, e depois abrindo a porta e observando o interior da casa. Ele acenou para que eu o seguisse.

A porta externa levava a um vestíbulo muito agradável, um lugar iluminado, decorado com vasos vazios e um pequeno santuário com a figura de uma deusa em argila, seus braços esticados, cada mão segurando uma serpente. A Senhora das Fronteiras.

Uma porta de madeira alta, mais um biombo do que uma porta, abriu-se, revelando um pátio exuberante com muito verde e sufocante, onde nada se mexia. Duas mulheres baixas, vestindo saias listradas de azul e vermelho vibrantes, casacos pretos justos dispostos sobre os seios corados e chapéus altos com colares de conchas enrolados neles, levantaram-se de onde estavam sentadas e vieram na nossa direção. Uma era mais nova do que a outra, certamente uma delas era mãe da outra.

— Essa é a casa de Artemenesia.

— Eu sou o filho de Artemenesia — Tairon respondeu.

Os Reis Partidos

— Impossível — a mulher mais velha declarou com firmeza. — Tairon entrou no labirinto de Canaeente e foi levado para sempre. Ele tinha doze anos de idade. Se tivesse sobrevivido, teria retornado através da boca da terra em Dicté dentro de um ano. Está perdido há muito tempo e morto. Ele foi levado para bem longe. — Ela encarou Tairon com a suspeita estampada em seu rosto sério. A mulher mais nova parecia nervosa.

— Ah, sim, ele foi, como você disse — Tairon respondeu —, arrastado para longe. Tudo o que você disse é verdade. Mas algo me trouxe de volta. Minha mãe está disposta a me receber?

Houve uma troca de olhares breve entre as mulheres, um olhar inseguro e incômodo. Em seguida, a mais nova disse:

— Sua mãe está com as crianças de mel.

Tairon pareceu se curvar e depois de uma longa pausa, disse:

— Estou muito atrasado?

Outra vez, parecia haver confusão entre as duas assistentes de Artemenesia. A mulher mais nova foi despachada pelo pátio, apressando-se para a parte coberta, e desapareceu nas sombras.

Tairon estava tomado pela tristeza.

— Ela está morta? — eu perguntei a ele.

— Parece que sim. Tarde demais. E o estranho é: eu nem mesmo sabia que teria a oportunidade de estar aqui. Alguém está rindo de mim, Merlin.

Sua melancolia era profunda, mas ele se manteve firme e olhou ao seu redor, lembrando de sua velha casa. Um pássaro pequeno, alguma espécie de tentilhão, andava sobre uma figueira. Eu o conjurei rapidamente e ele voou para uma câmara distante, onde Artemenesia estava com suas crianças de mel.

E meus pequenos olhos de pássaro viram algo muito estranho.

Artemenesia, muito velha e nua, jazia deitada em uma cama feita de lã de carneiro. Seu corpo estava aberto em muitos lugares, pequenos cortes com tubos ocos de madeira enfiados neles. As crianças estavam enchendo o corpo da velha senhora com mel. Todos eles eram garotos, pequenos rapazes com cabelo azul e cabeça estranhamente inchada. Seus membros eram tão finos quanto varetas e eles se movimentavam, apanhando mel líquido nas jarras de argila com as mãos, um alvoroço de atividade em nome da preservação.

Artemenesia mexeu-se ligeiramente e respirou com suavidade. A mulher mais jovem estava sussurrando algo para ela. As crianças pareceram irritadas com a intrusão da mulher. Havia dez crianças, mas o rosto delas, eu notei, parecia tomado de cansaço, apesar de seus olhos brilhantes.

Elas discutiam muito. Todas continuaram colocando os dedos no mel e comendo. Todo aquele açúcar as deixava agitadas e furiosas, e seu nervosismo fazia a sala rodar a ponto de causar enjoo, tamanha era a confusão que estavam fazendo com o corpo daquela velha senhora.

Quando Artemenesia se sentou vagarosamente, esses assassinos do mel se afastaram, reclamando em voz alta:

— Não acabou, não acabou.

— Acabe depois — a mulher disse.

O mel escorria de suas feridas.

Ela agora estava agasalhada, coberta, pronta para receber seu filho.

O tentilhão voou. Ninguém me notou.

Niiv ficou no pátio. Tairon e eu fomos guiados até um aposento pequeno e fresco. Havia três pequenos divãs e algumas flores que exalavam aroma, um prato de água efervescente e uma única janela através da qual a luz do sol iluminava a imagem da Senhora das Criaturas Selvagens, feita de azulejos verdes, que formavam um mosaico no chão.

Artemenesia sentou-se, encurvada, em um dos sofás. Tairon e eu ocupamos os outros.

A mulher olhou para o filho por um momento e perguntou:

— Se você é meu filho, então, você sabe quem pegou a maçã.

— Minha irmã. A maçã caiu do nada e minha irmã a comeu imediatamente. Aquela foi a última vez que a vimos.

— Qual galho se quebrou?

— O terceiro. Era frágil demais mesmo para o pouco peso do garoto que estava sobre ele.

— Quem pegou o garoto?

— Você pegou o garoto. O galho cortou seu rosto. Esse corte, o corte que eu consigo ver sob sua orelha.

Artemenesia suspirou e balançou a cabeça, sem desviar em nenhum momento o olhar do rapaz.

— Tairon — ela sussurrou, repetindo o nome. E depois de um tempo, prosseguiu:

— O que fez você ficar tanto tempo longe?

— Eu peguei o caminho errado — ele disse com tristeza, olhando para baixo e suspirando. — Quando a pedra se fechou atrás de mim eu fiquei apavorado. Mas o medo me fez aprender os caminhos. Encontrei saídas para o mundo, entradas para o retorno. Sem querer, eu encontrei o caminho de volta para casa.

— Tairon — a idosa sussurrou outra vez. — Pelo menos eu tenho o prazer de vê-lo por alguns instantes antes que a Senhora me guie na direção das colinas, para a floresta, e me transformar em uma criatura livre e selvagem.

Havia algo muito pesado, muito complicado no ar. Eu percebi de repente que era a sensação de lágrimas reprimidas.

Mãe e filho observavam um ao outro com afeição, mas a distância. Os lábios de Tairon tremeram, sua testa franziu, mas ele permaneceu firme.

— Eu a alcancei em tempo de evitar que a senhora morresse. Pode mandar embora esses embalsamadores.

Artemenesia balançou a cabeça.

— Eu gostaria que isso fosse verdade, Tairon. Desculpe-me. Você chegou alguns minutos atrasado. Mas enquanto estiver aqui, nós podemos conversar.

Ela olhou para mim, buscando meu rosto com seu olhar, e pareceu me reconhecer.

— Este é Merlin — Tairon disse. — Ele é um viajante, é sábio, tem um dom para discursos, encantamento, feitiçaria, e inclusive entende de labirintos. Ou, pelo menos, foi o que me disse.

— Eu vejo você, mas não vejo você — a mulher disse. — Você está morto, ainda que esteja vivo. Eu vejo você como ossos, não como carne. Mas você tem um sorriso bonito. Meu filho está feliz?

Por um instante, suas palavras me pegaram de surpresa. Tairon pareceu não estar atento ao que havia passado entre Artemenesia e eu. Mas eu compreendi imediatamente, claro, bem... assim que eu vislumbrara o fato de que ela estava na verdade morta, mas ainda havia algo dela naquela pequena sombra entre a morte e a partida, quando a respiração ainda não cessou completamente.

— Esse momento significará muito para ele — eu disse. Tairon olhou para mim, franzindo o cenho. Eu o ignorei. Artemenesia sorriu e eu prossegui:

— Como disse, ele pegou o caminho errado. E encontrou amigos, novos amigos. Sua vida está tão perigosa quanto satisfatória. Quando voltar para essa casa, ele será um estranho, mas...

Os Reis Partidos

— Todos os estranhos podem se acomodar — a mulher terminou por mim, quando me viu hesitar. — Eu fui uma estranha aqui certa vez. Eu sei sobre estranhos. Eu sei a luta de fazer a terra aceitar você. Tairon se acertará. Espero que você o ajude.

Eu tive de ser honesto com a mulher morta:

— Ajudarei até que eu tenha que ir embora, o que não demorará muito. Há algo esperando por mim nos anos que estão por vir. Não me permitiram saber o quê...

— Você está curioso para saber?

— Eu fico apavorado, às vezes.

— Você nega o que é.

— Eu tenho de fazer isso. Se aceitasse, Tairon passaria por minha vida num piscar de olhos.

— Eu já escutei sobre pessoas como você. Nunca acreditei que existissem. Você é um andarilho. Você dá a volta ao mundo e perde suas vidas como se fossem peles.

— Sim. Como você me reconhece?

— Uma criatura de sua espécie andou por essa terra e deixou uma de suas peles para trás. E isso foi há muito tempo. Mas essa história ainda é lembrada. Meu filho me fará uma pergunta agora. E eu responderei. Contarei a ele o que eu sei e ele pode explicar para você depois.

Eu compreendi o que ela estava sugerindo.

— Você quer que eu saia.

— Eu pediria que você saísse. Tenho apenas mais algumas batidas de meu coração que guardam minhas recordações, umas poucas pulsações para dar a Tairon uma lembrança que o sustentará. A Senhora das Criaturas Selvagens está no começo do vale, e está impaciente. Tudo o que aconteceu aqui tem que ver com ela e sua fúria. Mas ainda assim, não posso negá-la. A Senhora das Criaturas Selvagens acha que conquistou a ilha.

A guerra foi complicada, feroz. Você não pode ver isso, mas certamente consegue perceber, sentir o cheiro, ouvir os ecos. Esses anos têm sido horríveis e aterrorizantes. O Daidalon se foi. Foi roubado. Foi levado por piratas. Tairon está aqui porque foi enviado, ou melhor, *trazido*.

— Por quem?

— Por alguém que deseja que a verdade seja conhecida.

— E como você sabe tudo isso?

Ela sorriu:

— Eu tenho um pé nos dois mundos. Você não? É um breve momento de iluminação. A visão da mágica.

A mãe de Tairon se encontrava no estado que os gregos chamam de *efêmero*. Era o período de transição da vida para a morte, um período curto de tempo, um dia, talvez dois, em que ela estava se mudando, vagando entre este mundo e o vale profundo que desce para as cavernas ramificadas de Hades, até o santuário de Poseidon, onde seria exigido que ela se submetesse a testes de tempo, para decidir em qual mundo entraria depois, ou ter seu destino escolhido contra sua vontade.

O *efêmero* era o seu momento de praticar, seu momento de preparação. O corpo estava morto, mas sua vida, sua sombra, ainda poderia viajar diretamente através do brilho de seus olhos, enquanto estivessem abertos.

Tairon em breve tomaria conhecimento disso. Ao menos, ele pudera ainda testemunhar um piscar de vida de sua mãe. Eu estava feliz por ele.

Enquanto mãe e filho conversavam pela última vez, fui ao pátio externo para encontrar Niiv. As duas criadas estavam sentadas lá, descascando laranjas, e me olharam sem muito interesse quando me aproximei.

Os Reis Partidos

— Onde está a garota? — eu perguntei.

A mulher mais nova franziu a testa.

— Ela voltou para a rua. Estava curiosa para ver o festival. Disse que ficaria tudo bem.

O jeito com que elas sorriram uma para a outra — sabendo, rindo — encheram-me de ansiedade para conhecer o paradeiro daquela tola menina das Terras do Norte. Niiv — como todos nós, exceto Tairon — era uma estranha nessa cidade perto da Câmara dos Discos. Andarmos juntos era seguro; mas vagarmos separados por aquelas ruas confusas era um risco estúpido a ser assumido.

20
Caçada de sonho

Corri para a rua, escancarando a porta e sentindo o sol forte em minha pele. A mulher mais velha apressou-se atrás de mim, fechando a porta de novo, deixando-me para fora da casa.

Uma multidão surgiu dobrando uma esquina, pressionando-me contra a parede da casa.

Eram crianças de todas as idades, com guirlandas de flores, ervas e folhas na cabeça, vestidas com túnica amarelo-vivo ou verde-claro. Os garotos tinham o rosto pintado de azul-celeste, as meninas tinham o rosto pintado de vermelho. Elas passaram por mim, uma correnteza turbulenta de crianças esganiçadas e insensatas. Então, alguém gritou lá atrás, e todas aquelas crianças se viraram, como se fossem uma coisa só, com toda aquela repentina rapidez da mudança de direção de um cardume, e começaram a correr pela rua na direção de onde haviam vindo. O toque de uma trompa soou em algum lugar e de novo, como se fossem um só corpo, a multidão refez seus passos, e passou correndo por mim uma vez mais, como se todos tivessem uma mente apenas, só um propósito, uma debandada de comemoração.

No meio daquelas crianças, de repente, vi um rosto sem pintura, um movimento familiar de cabeça. Niiv era pequena, muitas daquelas crianças eram mais altas que ela, mas tinha as feições tão brilhantes e reconhecíveis quanto um cometa cru-

Os Reis Partidos

zando os céus. Eu mergulhei na multidão, lutei para abrir caminho em meio àquela correnteza de corpos jovens enquanto eles se debatiam em meio à sua pressa, virando em uma rua ainda mais estreita, seguindo o chamado da trompa.

Consegui agarrar Niiv pelo ombro. Ela se virou, assustada e furiosa. Seu olhar era de intenso êxtase. Ela me encarou, sem me reconhecer, presa em um breve estado de pura loucura. Eu a segurei contra mim, apesar de seus gritos e das tentativas frenéticas que ela fez para se soltar de meus braços, até que finalmente o último peixinho daquele enorme cardume passou. A rua ficou em silêncio.

Os olhos dela entraram em foco. O transe havia passado. Ela se aninhou em meus braços, calma, e descansou o rosto contra meu peito.

— Aquilo foi tão estranho, Merlin! Tão estranho.

— O que você fez? — sussurrei. — O que você se permitiu fazer dessa vez?

— Estranho! Estranho! — ela repetiu, dando-me um abraço ousado, envolvendo meu olhar com o dela. Ela tentou me beijar. Eu recuei. Ela me apertou com mais força, pousando a mão em meu rosto, puxando-o para mais perto. Ela estava brutal e ofegante; pude sentir que ela respirava como um gato quando me tocou com seus lábios e sua língua. Ela estremeceu, encontrando o beijo que desejava, naquele momento, naquele instante maravilhoso e urgente, antes de eu empurrá-la contra a parede da casa.

Ela grunhiu, deslizando até o chão, decepcionada e com raiva, observando-me com um olhar que poderia significar: *Eu terei você*, ou ainda, *Como você ousa!*?

Outra vez eu a tomei em meus braços, erguendo-a gentilmente do chão:

Robert Holdstock

— Conte-me sobre o que foi estranho, Niiv. O que era tão estranho?

Mais calma, então, ela se acomodou em meus braços, a cabeça sobre meu peito.

— A mulher — ela disse. — A mulher dominadora.

O nome me incomodou. Com a palavra que ela usou, veio um sentimento ao qual eu estava acostumado. Sua palavra me fez lembrar a mulher que havia dominado a caverna em Akirotiri, quando pela primeira vez havíamos encontrado um porto na ilha, poucos dias antes.

— Foi tão estranho, Merlin — Niiv repetiu. Ela ainda estava em transe?

Pedi que descrevesse o que havia sentido e visto, mas ela se encolheu, lutando para colocar em palavras uma experiência que a havia assustado e entusiasmado.

Eu decidi dar uma rápida olhadela atrás de seus olhos, um mero toque em sua lembrança recente, nada envolvendo seu futuro ou sentimentos mais profundos, apenas o encontro com a profusão de crianças. Seu olhar se tornou mais cauteloso quando eu passei por ele, como se ela soubesse o que eu estava fazendo, e então, eu cambaleei.

Ela estava correndo, não pelas ruas sinuosas de um lugarejo, mas ao longo de caminhos sinuosos de uma montanha coberta por uma floresta. Ela gritava enquanto corria, uma entre muitos; seus uivos e gritos não eram humanos, mas de gatos selvagens. Lobos e cães às vezes caçam em bandos, mas esses eram felinos e furiosos, enormes, um grupo mais numeroso do que qualquer outro que eu jamais havia testemunhado.

Eles eram ainda mais estranhos: havia algo de lobo neles também, como se duas criaturas tivessem se acasalado para formar uma quimera veloz, cruel e monstruosa.

Os Reis Partidos

Dúzias de nós (eu sentia o que Niiv sentira) corriam em grupo — um grupo, um enxame, uma entidade única — pela escuridão das florestas, para cima e para baixo nos declives da montanha enluarada, seguindo o cheiro de uma única criatura.

E atrás de nós, uma voz, chamando e cantando para nós, cada chamado, cada mudança melódica vocal, fazendo-nos virar para captar um novo cheiro, aproximando-nos, aproximando-nos de nossa presa apavorada.

Foi apenas quando a confusão se dissolveu que eu fiquei ciente da criatura selvagem sobre nós na inclinação da montanha, uma mulher, cabelos cacheados esvoaçando enquanto cavalgava sobre algo que aparentava ser um lobo gigante.

Seus braços se erguiam e caíam, uma série de sinais incompreensíveis que acompanhavam suas ululações e seus berros agudos, uma dança caótica, o som da loucura induzindo as criaturas-felinas caçadoras a um movimento sem nenhum sentido.

Diante de nós, corria a criatura apavorada, e eu a toquei brevemente, encontrando um eco de seus pensamentos tomados pelo pânico enquanto ela corria de nós, das cavernas para as árvores, dos desfiladeiros estreitos para o abrigo de uma casa em ruínas, rolando colina abaixo.

Parte homem, parte animal, parte bronze, essa criatura *sabia* que estava destinada a morrer, mas algum mecanismo dentro de sua carne e metal a mantinha correndo. A criatura parecia estar presa aos instintos de sobrevivência que ainda restavam em sua carne e tentava proteger aquilo que fora fundido com os minérios quentes dentro das oficinas de invenção.

Naquele breve contato, de dentro de Niiv, fiquei ciente do desejo da criatura de encontrar uma daquelas "oficinas de invenções"; ali ela se sentia segura, livre da perseguição implacável.

Mas estava perdida na encosta da montanha, e a mulher selvagem e sua criatura conseguiam vê-la claramente. Ela fez que sua matilha de caçadores obedecesse aos seus comandos e logo eles estavam se aproximando para a matança.

(E, ainda assim, por um rápido instante, os chamados selvagens da mulher cessaram e ela ficou imóvel sobre o lobo, olho fixo lá embaixo, meio iluminada pela lua.

Olhando para mim!

Ela havia visto, ou me sentido no grupo, e estava com raiva.

Então, cavalgara, indo embora, deixando para trás apenas aquele senso de curiosidade e profunda irritação.)

Tudo isso acontecera em um instante e logo eu estava de volta, e Niiv me observava com desejo e prazer.

— Eu vi isso! Eu vi isso! Não foi estranho?

— Você atraiu a atenção dela para nós — eu disse a ela. — E eu desconfio de que seja uma atenção indesejada.

Ela ficou aborrecida comigo, como sempre, a contrariedade estampada em seu rosto.

— Você vai me dizer *outra vez* que eu fui longe demais?

— Não adianta dizer isso para você. Você nunca me ouve.

Ela me encostou novamente contra a parede.

— Eu não olhei *adiante*, Merlin. Eu não fui para o futuro não nascido.

— Mas você espiou, Niiv, e, às vezes, isso é o suficiente.

Sua expressão ficou sombria por um momento, antes de ela perguntar:

— Você tem alguma ideia do que isso significa? Toda aquela caçada frenética? Aquela criatura estranha?

— Estou começando a ter. Mas Argo só está esclarecendo a coisa toda aos poucos.

— Por que você acha que é assim?

Os Reis Partidos

— Ele é uma embarcação. Tem uma verdade para contar. Nós devemos deixá-lo contar a seu próprio tempo.

Ao nosso lado, a porta da casa de Tairon se abriu e o cretense alto saiu, piscando sob a luz forte. As lágrimas escorriam por seu rosto.

— Minha mãe está morta — ele disse calmamente quando me viu. — Ela já estava morta quando eu cheguei, mas vivendo na transição e ainda podia me reconhecer. E me contou sobre acontecimentos aqui que tornam esse lugar perigoso para nele permanecermos. Deveríamos voltar para o barco e ficar sob sua proteção.

Disse a ele que concordava totalmente, e perguntei sobre os "acontecimentos" aos quais sua mãe havia se referido.

— Houve uma guerra aqui — ele disse, embora sua expressão fosse vaga. — A terra foi transformada pela Senhora das Criaturas Selvagens. Ela quase venceu a guerra e é outra vez a voz do dia, da lua e da estação. Ela está reivindicando tudo o que fora perdido e está perseguindo, sem descanso, os últimos sobreviventes daqueles que haviam adorado o Inventor. Dédalo.

Ele hesitou antes de olhar para mim outra vez

— Minha mãe me contou que algo maravilhoso vinha acontecendo por aqui, desde muito antes do nascimento dela, algo tão novo, como se as estrelas tivessem mandado enviados para nos saudar e contar as novas maravilhas. Mas o Daidalon foi roubado e o Selvagem e o Antigo voltaram. Senhora da Cobra, Senhora da Pomba, Senhora da Terra Que Sustenta foram os nomes que minha mãe deu a ela. Eu a conhecia, claro. Eu sabia do Inventor. Dédalo. Mas eu era apenas uma criança quando passei pela Oficina das Invenções durante minha caminhada pelo labirinto e me perdi. Eu não tinha ideia da agitação que estava ocorrendo.

Ela disse que por gerações essa terra havia sido a fonte das criações da imaginação de um homem exatamente como nós, e não da terra ou das montanhas ou da Senhora Selvagem. Sua invenção era nova. A guerra ocorreu longe de nossos olhos, durante a noite e nas sombras, mas foi cruel e brutal e sangrenta, e foi nos moldando sem nosso conhecimento.

A guerra quase terminou quando Daidalon foi roubada, mas ainda não acabou.

Então, ele olhou para mim; sua expressão revelava um homem que tinha suas desconfianças e uma curiosidade que ainda precisava ser satisfeita.

— A embarcação tem um segredo, Merlin. Argo sabe de algo. Algo sobre tudo isso.

Ele estava imaginando que eu era cúmplice desse conhecimento secreto. Eu não era, não naquele momento, e acalmei com cuidado aquele homem desconfiado. Niiv escutava atentamente nossa conversa.

Ele prosseguiu:

— O tempo está todo errado aqui. Nós não estamos no tempo certo. E foi Argo que nos trouxe para esse lugar, esse lugar errado; nós parecemos ter concordado com isso. Você ou Jasão deve fazê-lo falar conosco por meio da criatura *grotesca* do norte.

— Eu *não* sou grotesca! — Niiv se opôs, assombrada com a referência de Tairon.

— Ele se refere à deusa — eu disse.

Ela deu uma risada:

— Oh.

Mas não seria por meio de Mielikki, a Senhora do Norte, que Argo revelaria o que sabia.

O presságio de Tairon mostrou-se correto. Quando nos aproximamos do porto do rio e sua extensa área de platafor-

Os Reis Partidos

mas, ficamos atentos ao silêncio que sussurrava. Multidões haviam se reunido em cada lado do rio, observando atentamente o barco, nosso Argo. Rubobostes estava no leme, Jasão na proa. Eles haviam cortado as amarras que prendiam o barco ao ancoradouro e estavam segurando o barco na correnteza a muito custo. A colina que se erguia depois do lugarejo parecia brilhar com o branco das túnicas das crianças, todas elas paradas em suas trilhas sinuosas, observando-nos como pássaros marítimos.

O ar estava cheio de murmúrios. Às vezes, a multidão se misturava impacientemente, e uma onda baixa de conversa quebrava a calmaria.

No topo do mastro de Argo, uma bandeira vermelho-sangue e preta jazia sem vida no ar pesado, o sinal de Jasão de que as coisas não estavam nada bem.

— Como conseguiremos chegar lá? — Niiv me perguntou com um sussurro nervoso, agarrando meu braço. Tairon estava olhando para os telhados, buscando uma forma de nos levar acima das cabeças desse encontro silencioso, mas ameaçador.

— Nós estamos ilhados — ele disse.

Lamentavelmente, sua voz era um pouco alta demais. Cabeças viraram na nossa direção, e depois em fileiras tão silenciosas e tão ameaçadoras quanto o enxame de crianças. A multidão reunida perto do rio começou a se virar em nossa direção, olhos atentos, vozes cantarolando de forma dissonante, ainda que não tão dissonante que eu não pudesse reconhecer a melodia estranha que a Senhora Selvagem havia gritado das ancas de seu lobo, no sonho da montanha, vislumbrado havia tão pouco tempo por Niiv.

Ainda que ninguém se movesse em nossa direção, nós éramos claramente o foco principal, e aquilo só podia significar perigo.

Então, conjurei a única criatura que dispersaria a desamparada, mas ainda assim ameaçadora, população do lugarejo: o touro!

Eu o fiz sair dos braços de qualquer que fosse o Hades que esses cretenses haviam criado, e ele veio, monstruoso, vermelho e preto, casco batendo contra a terra, abrindo caminho na multidão. Quando passou por nós, eu o chamei de volta usando palavras que acreditara há muito esquecidas, mas quão rapidamente os feitiços mais simples podiam retornar quando necessários! E aqueles ecos vibrantes dos meus anos de juventude fizeram o bovino gigante parar totalmente, bufando, indócil, enquanto me observava. Eu joguei Niiv sobre seu lombo, Tairon tentou achar algo para se agarrar em seu flanco; pulei em seus chifres quando ele baixou a cabeça, fiquei ali, entre eles, segurando-me com força. A criatura se virou e galopou na direção do rio, perdendo velocidade no último instante para trotar com maestria na direção da água, enfiando-se por entre as ânforas de argila e engradados sobre o cais. A multidão, alarmada, se manteve distante.

Foi tão fácil que eu quase ri.

Enquanto deslizávamos do lombo do touro, Niiv pegou meu braço, apontando para a multidão:

— Olhe! O irmão gêmeo de Tairon!

Eu segui o olhar dela, mas não vi nada. Tairon já estava na água, e Niiv e eu o seguimos rapidamente.

Enquanto nadávamos até Argo, o touro nos observava da plataforma, e depois voltou-se para o norte. Com a cabeça baixa, ele subitamente desapareceu na distância, na escuridão: de volta ao reino dos sonhos.

Jasão me puxou para bordo e depois tirou Niiv da água, mas ela fugiu dele assim que chegou ao convés.

Os Reis Partidos

Enquanto eu secava meu cabelo, o velho argonauta apontou para onde o touro havia desaparecido.

— Você fez aquilo, não fez?

— Sim.

— Feitiço fácil. Apenas um instante de seus talentos. O que isso custa a você? Um cabelo branco? Um minuto de vida? Por que você não nos ajuda com mais frequência?

Ele estivera bebendo. Estava agressivo.

— Eu ajudo quando posso. Ajudo quando necessário. Ajudaria mais se fosse absolutamente necessário. Eu não desperdiço minha vida.

— Sua vida? Sua *vida*? Você não consegue se lembrar mais do que uma fração dela...

Eu pensei em explicar o perigo que representava para mim até o pequeno uso da feitiçaria, aquele simples fato que eu nunca havia esquecido: aquele em que a qualquer momento eu entraria em decomposição. O tempo me alcançaria, os velhos guardiães me abandonariam. Eu deveria ter voltado para a minha terra natal havia muito tempo, com os outros que tinham sido enviados para trilhar o Caminho, para seguir a trilha, como Artemenesia ouvira nas lendas. Mas eu ainda estava lá, ainda jovem, ainda bem vivo, e em um "tempo emprestado", uma expressão que os gregos gostavam muito de usar.

Tempo emprestado. Essa frase deveria durar para toda a eternidade.

Por mais ciclos do que conseguia lembrar agora, eu havia me agarrado ao Tempo como uma criança se agarra ao seu avô favorito, recolhida e amada, nunca criticada, tranquilizada, embora ciente, todo o tempo, de que aquela noite em algum momento cairia e seu avô predileto iria embora.

A qualquer momento, mesmo os usos mais simples de meus talentos poderiam quebrar o encanto. Uma carriça, conjurada para pousar em uma viga e espiar um rei e sua filha. Algo tão simples como isso, algo tão fácil, um ato de feitiçaria cujos efeitos apenas cintilariam através de mim, um momento imperceptível de envelhecimento de meu corpo — ou como Niiv gostava de dizer, e como Jasão acabara de repetir: um cabelo branco a mais, um suspiro a menos —, um ato tão simples poderia ser minha derrocada.

Eu não era apenas cauteloso com o uso de meus feitiços, eu ficava frequentemente apavorado de usá-los.

— Por que você está com raiva? — perguntei a ele.

— Eu não estou com raiva. Argo está com raiva. — Ele franziu o cenho, como se tivesse acabado de recuperar algo que havia perdido. — Quando a embarcação está de mau humor, eu também fico.

— Você sempre foi o capitão favorito da embarcação.

Ele me olhou, furioso. Tairon havia se despido e estava colocando sua túnica cor de âmbar para secar com todo o cuidado, para diversão de Rubobostes. O cretense estava imune a tal provocação. Niiv sentou-se pesadamente sobre o mastro baixado, torcendo seu vestido novo, sem tirar os olhos de mim.

— Há outra coisa — Jasão disse, de repente. Quando eu não respondi, ele acrescentou: — Os garotos não estão aqui.

— Não estão aqui? Quando desapareceram?

— Não desapareceram. Foram com Talienze. Mais cedo. Urtha partiu, procurando por eles. Talienze disse que eles seriam os mais aptos a descobrir uma das "oficinas de invenção" que você mencionou. Uma caverna de criação. Há uma escondida nas colinas atrás desse lugarejo. A Caverna dos Discos. Mas Urtha sentiu uma dor repentina, ele pressentiu

Os Reis Partidos

perigo. Ele está muito próximo de seu filho. E partiu procurando pelos meninos.

O que Talienze pretendia? Era um pensamento perturbador, uma distração silenciosa. Talienze era um homem na companhia de cinco jovens muito ágeis e agressivos. Ele não seria páreo para eles. Mas o que ele pretendia?

— E há, ainda, outra coisa — Jasão disse, aborrecido.

— Sim?

— Aquela imagem na proa. A velha mulher briguenta...

— Mielikki! Tome cuidado com o que você diz sob os ouvidos dela.

— A feiticeira de madeira — disse com um sorriso amargo. Ele não estava no controle de seu humor.

— O que tem ela?

— Ela está se movendo. Só alguns milímetros por vez, mas definitivamente viva. E aquele guerreiro de madeira também. E a feiticeira está sussurrando palavras. Tudo o que eu consigo distinguir é o nome *Merlin*.

Argo queria falar comigo. Eu tinha certeza disso, dessa vez. Eu estava sendo convocado, enfim.

Os garotos ou Argo: com que eu deveria me preocupar primeiro? Com Urtha e seus homens em seus calcanhares, os garotos poderiam esperar. Eu encontraria um jeito de espiá-los depois.

— Guarde seus pensamentos para você — murmurei para Jasão. Ele me observou, cheio de desconfiança, enquanto eu me dirigia para a escada e descia até o Espírito do Barco.

PARTE QUATRO
Dança no Chão da Guerra

21
A promessa de casamento

Quando cruzei o umbral do Espírito do Barco, esperava emergir sobre o campo, perto das florestas. Contava encontrar a sonhadora Mielikki, em seus véus de verão, de pé, esperando por mim, o lince de orelhas afiadas espreitando aos seus pés.

Em vez disso, entrei em um corredor de mármore, o chão escorregadio sob meus pés. Sons clamavam e ecoavam na passagem. A luz se derramava das janelas altas dos dois lados. Vozes murmuravam a distância. Havia o som de passos, correria, como o de homens e mulheres se apressando em seus afazeres.

Um lamento e, em seguida, risadas. Um ruído de bronze contra bronze. Gritos e censuras. Risadas novamente. Eu estava em um funil de som e percebi que se tratava de um palácio. E compreendendo isso, comecei a olhar mais de perto para as efígies proeminentes que se alinhavam no corredor, para os deuses usando armaduras e as deusas vestidas com túnica esculpidos em pedra com a cor de cobre vibrante, ou o verde do cobre manchado, as cabeças esticadas para frente, algumas olhando para baixo, algumas para um lado ou para o outro, algumas tentando vislumbrar o céu além do teto alto.

Imediatamente, eu soube onde estava.

Essa era a madeira de cedro de Medeia e o palácio de mármore verde, construído por Jasão para ela em Iolcos, no ano seguinte à volta deles da busca do Velo de Ouro.

Os Reis Partidos

— Você se lembra de mim? — uma voz baixa perguntou atrás de mim, e eu virei rapidamente, surpreso. Uma garota estava de pé ali. Seus olhos eram escuros, o sorriso furtivo e o corpo estava enrolado em um manto verde. O cabelo negro como o corvo, amarrado em uma trança longa e elaborada, estava preso nos ombros, antes de cair livre em sua cintura.

— Bem?

Um lampejo de memória, mas:

— Não. Eu não me lembro. Deveria?

— Você navegou comigo, Merlin — ela disse com um olhar furtivo. — Para a *Cólquida*. Você deve se lembrar de mim. Nós navegamos para Cólquida por causa do Velo. Com Jasão e seus vagabundos semi-humanos.

Outra vez, um tremor de lembrança:

— Você quer dizer semidivinos.

A maioria da tripulação original de Jasão havia sido conjurada pelo meio mundo entre a terra e o céu.

A garota sorriu.

— Eu quis dizer semi-*humano*. A metade divina não cheirava mal. A metade *divina* não precisava de um banho — ela hesitou. — Mas um mercenário é um mercenário, seja ele o rebento bastardo de um deus ou não.

— Eles foram homens bravos. Aquela foi uma busca perigosa e concluída a contento. Nós encontramos o que procurávamos.

Ela sorriu com amargura.

— E você come lótus demais.

— Quem é *você*?

Ela colocou um dedo em seus lábios.

— Você estava muito quieto, cumprindo seus turnos no remo, caçando, observando, ouvindo, juntando as peças. Você pensou que eu não sabia? Você pensou que eu não sabia que você era... Ou melhor... O que você *é*?

— Quem é *você*?

Ela sorriu e se esticou para pegar minha mão.

— Uma pista: uma bruxa selvagem estava lá diante de mim, um pouco fora das montanhas de uma ilha para o sul da Grécia. Uma deusa da selva. Deu certo trabalho, posso lhe dizer, desfazê-la e enviá-la de volta para onde ela pertencia. Jasão conseguiu isso! Antes dela? Uma ninfa. Antes da ninfa? Um outro guardião de voz esganiçada das montanhas do leste. *Baabla*. Ela era mais águia do que mulher. Seu lar era um ninho de águias no topo de uma torre que tentara alcançar as estrelas. Vamos, Merlin. Você deve me reconhecer agora.

Eu a reconheci:

— Sim. Nossa guardiã em Argo.

Ela bateu palmas suavemente três vezes, o som zombeteiro.

— Muito bem. Embora às vezes fosse minha mãe, Hera, que sorria para você.

— Mas você era apenas uma garota.

— Apenas um eco — ela corrigiu. — Quando Atena deixou a embarcação, essa pequena sombra permaneceu. Há sombras de todos os seus guardiães, exceto daquela mulher selvagem: *aquela que subjuga*. Que medo! Algumas das sombras são tão velhas que mal passam de sussurros. Nós todos vivemos em nossos mundos efêmeros. Nós dormimos, jogamos e sonhamos. Mas não muito de cada uma dessas coisas. Velha demais, morta há muito, muito tempo. Isso é tudo o que eu sou. Eco, sombra, sussurro, sonho. Mas agora Argo deseja que eu lhe mostre uma cena da qual você não se lembra. Ele me chamou de volta. Você estava em algum outro lugar quando esses eventos ocorreram, praticando magia,

Os Reis Partidos

embora você fosse voltar dentro de poucas estações para estar com Jasão outra vez.

Ela correu, passando por mim, acenando para que eu a seguisse, e o palácio ecoou e tilintou com o barulho de seus salões e câmaras profundas. A luz refletida nas diferentes máscaras de mármore fazia o corredor parecer mais vivo.

Ela me conduziu para o santuário do festival, um salão amplo, o teto alto sobre nós, paredes de troncos maciços de cedro. O caminho para o centro era uma confusão de pedras de granito, algumas delas alcançando a altura de um mastro de embarcação. Medeia havia criado o santuário na Cólquida, mas em vez de uma caverna rachada que tomava as árvores e rochas, esse lugar ainda brilhava com mármore verde-âmbar.

Erguendo-se no centro do salão, seis vezes o tamanho de um homem, estava o carneiro de pedra branca, apoiado em suas pernas de corça, patas dianteiras esticadas diante dele e uma bacia de cobre. Seus olhos cor de rubi olhavam para os lados, seus chifres eram enroscados com ouro. A boca do carneiro estava aberta. Um chuvisco de bronze derretido despejava-se da fornalha em sua cabeça para ser coletado na bacia.

Havia o som distante de um mecanismo, escondido dentro dessa grande efígie de pedra, levando o bronze já frio de volta à fornalha, onde ele se tornaria mais uma vez a "saliva do deus".

Medeia, embora tivesse abraçado alguns dos caminhos dos gregos, nunca abandonara seu título herdado de Sacerdotisa do Carneiro.

A agitação de tambores e a lamúria incoerente das mulheres, uma sucessão de música triste que terminava com um grito repentino de tom alto e harmonioso, disseram-me que a cerimônia acabara de chegar ao fim. Medeia e Jasão emergiram das pedras, mãos dadas. Medeia estava coberta por vestes verdes e pretas da Cólquida, suas saias volumosas, um grande cinto de tecido caindo de sua cintura, os seios cobertos com uma faixa de couro larga e longa, moldada em preto e dourado, e provavelmente feita de pele de carneiro enrijecida. A parte inferior de seu rosto achava-se escondida sob um véu de miçangas de azul intenso, lápis-lazúli; seu cabelo negro estava trançado ao redor de um cone longo e fino de madeira de cedro. Jasão, em contraste, vestia uma túnica simples de lã de fazendeiro, estampada, certamente, mas não nos padrões da realeza. Suas pernas estavam nuas. Ele calçava uma sandália simples. Um amuleto na forma de uma pequena embarcação de cristal azul em um colar de ouro pendia ao redor de seu pescoço.

Ele fazia uma figura bonita: sua barba fora raspada até restarem apenas umas poucas linhas circulando seus traços rudes, o cabelo puxado para trás em cinco tranças apertadas, presas ao couro cabeludo. Seus olhos brilhavam, sorrindo e contentes. Aquele era o Jasão que eu havia conhecido: jovem, audacioso, ávido e confiante.

Eu os segui para fora do Salão do Carneiro. Medeia em um ponto se virou suavemente, como se ouvindo.

Ela estava atenta a mim? Provavelmente descobrira que eu estive alguns poucos dias nos arredores, visitando um oráculo. Mas ela percebeu esse eco do futuro?

A sombra de Atena, esse espírito de uma criança, passou saltitando ao meu lado.

— Você parece incomodado comigo — ela intuiu.

— Não. Apenas confuso.

— Pelo fato de eu ser uma criança? Todos os deuses foram crianças um dia. Todos os deuses foram dois deuses ainda maiores um dia. A vantagem dos deuses é que eles podem viajar no tempo para trás e para frente, durante suas vidas.

Os Reis Partidos

Você pode *quase* fazer isso. Não pode? Você é menos homem do que a maioria.

— Desculpe, como assim?

Ela sorriu com seu próprio erro.

— Eu quis dizer: você é mais alguma outra coisa, algo estranho, algo do Tempo.

— Sim, eu sou. Onde estamos indo?

— Observá-los... — ela sorriu. — Observá-los... enquanto eles se abraçam? É uma forma gentil de dizer isso?

Eu parei, subitamente.

— Isso é particular.

— Você não quer ver?

— Não.

— Tolice! Você observa o tempo inteiro. Eu conheço você, jovem senhor. Você nunca hesita em observar se acha que pode aprender algo. Eu faço o mesmo, mesmo quando sou real e não uma sombra. — Ela deu um sorriso provocante. — Eu não havia percebido que você era tão recatado, Merlin.

E nem eu.

Não era recato, é claro, que me havia feito hesitar. Era a lembrança de meu amor por Medeia. *Meu* amor por Medeia. Mas esse eco de Atena puxou minha mão e lá fomos nós, seguindo pelo corredor, na direção das câmaras privadas da sacerdotisa da Cólquida e de seu ávido conquistador grego.

O séquito de Medeia, formado por mulheres experientes e jovens com barba rala, agitava-se e atendia aos desejos dela, representando suas funções usuais, enchendo bacias com água, pequenos cálices de ouro com vinho, arrumando o tecido antiquado das cortinas que se esticavam ao redor da cama, que parecia uma tenda desmembrada, cercada de tiras de tecidos coloridos.

Nua, Medeia era linda. A visão dela, a lembrança dela eram golpes de martelo em minha cabeça. Ela era tão pálida em contraste com a forma densa e escura de Jasão. Quando eles se abraçaram, quando o primeiro beijo terminou, ele se desviou de mim, acomodando Medeia na cama. Os olhos de Medeia encontraram os meus quando ela olhou por cima dos ombros de Jasão, e seus lábios sinalizaram que ela sabia que eu estava ali. Ela retribuiu meu olhar das profundezas do passado e, por um momento, foi um olhar afetuoso. E depois a ferocidade do *lobo* estava lá outra vez, e ela se aconchegou ao seu capitão do mar, abrindo seu corpo enquanto ele se despia, um homem forte, ainda que desajeitado, sobre ela.

Por que ela havia me levado a esse local íntimo e para esse momento privado? O que Atena pensava em fazer? A garota tocou um dedo em seus lábios:

— É a conversa a seguir. Argo quer que você ouça.

Jasão alcançou um copo de vinho e bebeu. Uma brisa fresca e bem-vinda passou pela câmara. Medeia estava deitava contra o peito de Jasão, acariciando-lhe a coxa, cantando suavemente.

— Na próxima lua cheia — ele disse, correndo suas mãos sobre o cabelo dela —, eu comandarei Argo para qualquer lugar do oceano para encontrar o presente dos seus sonhos. Um presente de casamento. Em absolutamente qualquer lugar que se sirva a uma viagem de duas semanas. Eu não conseguiria suportar ficar longe de você por mais tempo.

— O que você tem em mente? — ela perguntou, provocando suavemente. — Nenhum outro velo de carneiro, espero. Um porão de navio cheio de velos de carneiro durará muito tempo.

Ele sorriu:

— Nós fizemos um bom negócio com eles, tudo menos o velo do templo.

Peles eram artigo abundante na Cólquida, e elas eram embaladas com pedaços de ouro peneirado dos córregos das montanhas. Jasão e seus argonautas haviam juntado cinquenta delas antes da fuga deles da Cólquida e negociaram os velos por semanas enquanto faziam seu caminho de volta ao longo dos rios, ao sul de Hiperbórea, antes de reemergirem no mar Cerauno, nas Stoechades.

— Não — ele prosseguiu. — Eu estava pensando em um lugar a leste da terra dos zoroastras. Eles fazem certa mágica estranha lá.

Medeia foi inflexível:

— Não! Isso não me agrada. Eu tive pedras de runas e pedras de magia suficientes. Pesadas demais para carregar.

— Muito bem: mais perto de casa, nas costas do Ílio. O carro de guerra com o qual o leal e veloz Aquiles arrastou o corpo de Heitor por sete dias e sete noites ao redor dos muros de Troia. Ele ainda pode ser visto agitando-se pela planície, dirigido furiosamente pela sombra do herói, o cadáver ainda preso pelo couro. Tocar o cadáver enquanto ele passa voando permite acesso ao submundo por um breve período de tempo. Eu levarei minha tripulação e esperarei na escuridão o carro furioso e seu guia bradando aparecer, e o tomarei.

— Não — disse Medeia. — Deixe os fantasmas com sua rotina. É tudo o que eles têm. Além disso, qual *submundo* será acessado? Há tantos, e aquele de Aquiles não é um que eu gostaria de abraçar. Pense melhor.

— Para leste, então. Para as Stoechades outra vez. Há uma costa larga lá, um cordão dourado, selvagem, com floresta densa e colinas atrás. Eu ouço isso toda vez que uma manifestação ocorre: de uma cidade grande com cabanas e tendas, uma reunião de pessoas de diferentes mundos e épocas, um lugar caótico cheio de barulho e cerimônias. A cada amanhecer, as pessoas da cidade descem até o oceano para se banhar e fazer oferendas a Poseidon. Eles usam pequenas caixas de feitiço para se comunicar através de grandes distâncias com seus ancestrais; alguns afirmam se comunicar com seus descendentes, distantes muitos séculos no futuro. Eu levarei Argo e minha tripulação e trarei de volta uma caixa de feitiço.

— Comunicar-se a distância é difícil — Medeia reconheceu —, e custoso. Drena muita energia. Mas eu não tenho nenhum grande interesse em me comunicar com meus ancestrais. Meus descendentes? Eles são legião. Como são os seus. O que mais você e seu bando leal planejaram para mim?

— O que você quer dizer?

Ela sorriu provocativamente, beijando-lhe o queixo.

— Essas não são ideias suas, Jasão. Você não tem nenhuma ideia própria. A ganância o guia para a aventura. Alguém na sua tripulação é um pouco mais sensível, e você tem remexido nas ideias dele como um corvo consome uma carcaça.

Jasão sorriu, admitindo a derrota:

— Tisaminas. Ele parece saber tudo sobre o mundo. E Merlin, também. Ele traz muitas ideias. Ele é um homem muito viajado.

Medeia ficou intrigada com isso:

— Diga-me algo que Merlin sugeriu.

— Ele fala das montanhas a oeste, difíceis de alcançar por causa da floresta que as circunda. Vales fundos correm através das colinas, e cavernas sinuosas se estendem nas profundezas da terra daqueles vales. Ele me falou de pinturas dentro daquelas longas câmaras de terra. Elas permanecem na escuridão, mas se tornam vivas quando a luz é levada para seus santuários.

Os Reis Partidos

Possuir as pinturas e os animais que elas representam é possuir o espírito do animal propriamente dito. Eles correm através do tempo. Um espírito forte os liga, da mais primitiva das bestas até a última delas: cavalo, bisão, lobo, ursino, felino. A última das bestas está no futuro irreconhecível. Eu talharei de bom grado uma dessas pinturas da pedra para você.

— Deixe-as do jeito que elas estão — Medeia disse.

Ela havia ficado pálida, um tanto alarmada, com os traços retorcidos em um esgar desfigurado. Ela se afastou de Jasão lembrando: um sonho, silenciosamente emergindo, provocando o verdadeiro limite da lembrança.

— Deixe-as em paz — ela sussurrou outra vez. — Elas não pertencem a nenhum tempo, mas ao próprio tempo delas.

— Você as conhece, então — Jasão declarou, curioso.

— Elas. Elas. Eu sei delas, e as suas pinturas não devem ser removidas.

Antes que ele pudesse falar mais, o humor de Medeia abrandou-se.

— Eu não preciso de um presente de casamento, Jasão. Já é presente o bastante que você tenha me resgatado da Cólquida e me trazido para cá. Eu não preciso de mais nada.

— Eu insisto. Deve haver algo que eu possa buscar para você que marcará o momento de amor entre nós.

— Então, eu sei o que é. — Ela se inclinou e correu um dedo sobre o queixo de Jasão. — Traga-me uma medida de areia de sua costa favorita, uma costa em que você aportou e encontrou felicidade e aventura. Um lugar para o qual você gostaria de retornar, dessa vez comigo. Traga-me um pouco dessa areia. É tudo de que eu preciso.

— Fácil demais — ele disse, desdenhosamente. — Eu poderia fazer isso em um dia. Algo maior.

Exasperada, Medeia agarrou o rosto de Jasão nas mãos e o beijou.

— Muito bem, então. Traga-me uma caneca de água gelada de um lago onde você observou o reflexo da lua cheia quando bebeu a água. Isso será o bastante para mim. Eu beberei a água e pensarei em todas as luas que observaremos juntos nos anos que estão por vir.

— Isso é fácil demais — Jasão insistiu. — Eu observei a lua em cem lagos. O mais próximo é apenas uma caminhada de meio dia pelas colinas. Deve haver *algo* que você deseja que seja um desafio para eu conseguir.

Ele estava ficando furioso.

Ela também.

— Muito bem — ela disse bruscamente. — Navegue para a longa ilha ao sul, a ilha de labirintos e mel. Há um homem lá que é tratado como um deus, um deus "inventor". Ele cria mecanismos e labirintos com mecanismos e trabalha com o fogo de maneiras que os gregos ainda não descobriram. Eu ouvi dizer que Zeus retornou à ilha para pedir conselho a esse homem. Sua fama alcançou até mesmo a Cólquida, mas o tempo e a distância distorceram a verdade sobre suas habilidades. Todas menos o fato de que ele é perigoso. Eu tenho um mapa de onde ele se esconde. A existência dele sempre me intrigou, mas nunca tive certeza dela. Mas, se ele existe, eu sei *onde* vive, uma viagem de três dias navegando para o sul. Eu o terei para os meus próprios propósitos, para continuar aqui, alguém para me esclarecer e com quem aprender enquanto você estiver pelos mares, pilhando e saqueando. *Isso* lhe serve como um presente de casamento para mim...? — Ela se inclinou para frente e o beijou, quase caçoando dele.

Os olhos de Jasão se acenderam com a perspectiva de uma nova aventura.

Os Reis Partidos

— Eu vou atrás desse homem, esse *inventor*.

Medeia sorriu, balançando a cabeça, e colocou um dedo nos lábios dele.

— Você nunca o encontrará, Jasão. Eu estou provocando você! Eu não colocaria sua vida em risco apenas por um presente de casamento.

— Provoque-me o quanto você quiser. Vou trazê-lo para você, e você pode criar seu próprio labirinto para mantê-lo aqui.

Aquilo deixou Medeia surpresa. Ela agarrou o rosto de Jasão nas mãos e tentou fazer seu olhar inquieto se encontrar com o dela. O sangue de caça estava nele. O mar de caça.

— Não! Eu estava provocando! Falei sério antes. Apenas me traga areia e água enluarada. Eu não preciso mais do que isso.

O homem tirou os dedos dela de seu rosto, ficou em pé e sorriu.

— Eu trarei isso também.

Quando Medeia escapara da Cólquida, tivera tempo suficiente para levar com ela um pouco de seus tesouros.

Com duas de suas criadas, ela saqueou seu santuário privado, pegando coisas daqui, coisas dali, objetos e amuletos, os prêmios e segredos amealhados durante sua longa vida. Todos esses cacos de sua profissão haviam sido enfiados em três sacos e carregados para Argo. Um dos três sacos ficara preso nas pedras enquanto as três mulheres fugiam em direção ao barco e dos homens nus e suados que estavam empurrando a embarcação de volta para o mar.

As duas criadas foram mortas por lanças enquanto os homens se reuniam no topo do penhasco, atendendo ao chamado do pai adotivo de Medeia, que ordenava que fossem impedidas as partidas em todas as costas. Ele não tinha ideia de quem ela realmente era, ou de onde viera. Mas passara a depender das profecias dela.

Outro saco foi perdido.

O terceiro saco foi atirado a bordo por um argonauta, no exato momento em que Argo foi levado pela maré, balançando, livre, para longe da costa.

Mesmo depois, na metade do caminho no oceano, enquanto Medeia cuidava da morte e do desmembramento brutal de seu "irmão", jogando pedaços do corpo desmembrado na água para atrasar as embarcações que os perseguiam — o pai do garoto — enquanto ele reunia os restos mortais de seu filho para a cerimônia de despedida, o terceiro saco foi atirado ao mar. Apenas Tisaminas, rápido e dotado de pulmões poderosos, havia pensado em resgatá-lo. Ainda que a maior parte do conteúdo do saco tivesse deslizado para as profundezas escuras, Tisaminas trouxera de volta o equivalente ao peso de uma criança pequena em estatuetas, ornamentos e cacos, de ouro, bronze e pedra, que Medeia agarrara, agradecida.

Não sabendo que pequeno tesouro resgatara, ela o vigiou impetuosamente. Seria uma longa jornada antes que pudesse instalá-los em seu novo santuário, seu templo, sua Câmara do Carneiro, em Iolcos.

E o pequeno mapa dourado de Creta estava entre aqueles vinte e sete sonhos que sobreviveram.

Agora, ela mostrou os tesouros recuperados a Jasão. Ele se esforçou para ver os detalhes. A escultura era pequena, intrincada.

— Está tudo lá. Tudo o que você precisa saber. Não me pergunte como eu consegui esse mapa. Eu sonhei com ele, o invoquei e ele foi trazido para mim. Disseram-me que há apenas três no mundo. Um está sob a posse do "inventor". E cada um dos filhos dele tinha um mapa. Seus filhos morreram. A história diz que Ícaro caiu do céu quando suas asas falsas falharam. Ele atingiu a terra perto de Cízico, próximo às Simplégades, as

Os Reis Partidos

rochas que batiam umas nas outras. Seu irmão, Raptor, ascendeu tão rápido que desapareceu depois da lua.

— Os filhos desse homem tinham asas?

— Seu pai as construiu. Ele os mandou para procurar um reino além da terra. Eles deveriam ser seus olhos e ouvidos para a vida além da cobertura das estrelas. É o que a história conta. E esse mapa pertencia ao filho caído. E mostra onde as entradas para o labirinto podem ser encontradas. E onde a Caverna dos Discos pode ser encontrada. E quando você achar a Caverna dos Discos, certamente achará o "Inventor". Ele terá câmaras lá, oficinas. Então, lá estará você.

Medeia pegou o queixo de Jasão e balançou a cabeça dele de um lado para o outro, olhando-o com seriedade.

— Mas, Jasão, eu ainda me satisfarei com areia e água — ela disse suavemente. — Um toque de seu coração, um toque de uma vida antiga que você conhecia.

Ela o beijou. Um beijo apaixonado. Mas Medeia se afastou subitamente. O beijo de Jasão havia sido frio.

— Não vá tão cedo — ela implorou. — Espere um pouco. Não há pressa.

Imediatamente ela soube que suas palavras estavam perdidas.

Jasão acariciou o prato de ouro com seus polegares. Seus olhos brilharam. Estava impaciente agora. Ele conseguia sentir o cheiro de aventura.

— Vou fazer que isso seja copiado em uma pele, em uma pele bem grande — ele disse. — A pele de um boi, porque dessa forma eu poderei ler sem minha cabeça doer. Você terá seu homem que inventa. Com Argo e minha tripulação, mesmo sem o temerário Hércules, eu conseguirei trazer esse monstro para o seu santuário. Você deve ter seu presente de casamento. Eu prometo a você.

O sorriso de Medeia — eu pensei enquanto observava, uma presença fantasmagórica em sua câmara — era enigmático.

Atena puxou um véu discreto sobre o leito, então, e com um floreio de mão e um sorriso perverso disse adeus para mim. Ela mostrou o caminho por uma pequena passagem no fim do corredor. Eu segui o manto verde esvoaçante. Ela virou a esquina para as portas altas e estreitas que separavam o palácio de mármore do calor ardente do pátio, mas quando eu deparei violentamente com a luz, ela havia desaparecido. A sombra havia desaparecido.

Sobrava apenas um sussurro da sombra.

— Você ainda está no coração de Argo, Merlin. Agora veja como ficou depois que a promessa de casamento foi feita. Você não precisa mais de mim. Argo guiará você pelas próximas semanas.

Açoitada pela tempestade, mas com sua vela ondulando diante do vento seguinte, a embarcação se moveu na direção das montanhas escuras de Creta. Zeus parecia esperar para cumprimentá-la. O céu estava negro e os trovões eram retumbantes; a chuva caia, e a forma recortada da terra era visível apenas por causa de um brilho dourado, uma ruptura entre as nuvens.

Jasão e Tisaminas exploraram os penhascos em busca de um refúgio, e finalmente o encontraram.

Vela baixada, mastro baixado, os remos faziam movimentos reversos para ir mais devagar durante aquela aproximação perigosa, enquanto a embarcação se erguia contra as ondas perigosas na direção da caverna, onde uma vaga sugestão de cor indicava uma costa na qual eles poderiam aportar.

Os Reis Partidos

Todos os olhos atentos ao que jazia sob o mar coberto de espuma, Argo colidiu com as rochas e os corais, porém as deusas guardiãs guiaram a embarcação para a segurança da costa, e ele foi atirado como destroços do mar contra a praia, adernando e jogando muitos dos argonautas no cascalho. Os remos foram colocados nas aberturas do casco e, com uma segunda explosão das ondas, a embarcação atracou com mais firmeza na terra.

Cordas foram atiradas sobre o casco, e a lembrança da perda do sempre aventureiro Hércules foi invocada, enquanto vinte homens puxavam Argo acima do limite da maré. Então o barco foi imobilizado, um leviatã trazido das profundezas, e estalou para depois se estabilizar contra o vento. Cordas foram esticadas no mastro de Argo, lonas arremessadas sobre elas para fazer um abrigo contra a tempestade. Jasão juntou quatro pedras grandes para fazer um altar e o preencheu com fogo. O jovem Meleagro, ainda sedento por aventura, havia forçado seu caminho para dentro da terra contra a galé e encontrado um rebanho de carneiros, derrubando um filhote com um laço. Jasão sacrificou o animal em agradecimento a Poseidon pelo cruzamento seguro do oceano. A carne foi cortada e espalhada sobre uma madeira em brasa.

Poseidon aceitou a oferenda. Por volta do amanhecer, a tempestade havia parado. As nuvens se apressaram para leste, e o sol aqueceu a praia e secou a tripulação encharcada e maltrapilha.

Com Argo encostado em bancos de areia, Jasão voltou a bordo. Olhos perspicazes, Liceu havia tomado posse dos mapas de Creta, desenhados na estrela de bronze, e havia desdobrado um deles. Ele examinou rapidamente a pele como se fosse um falcão voando sobre colinas e vales.

— Onde nós estamos aportados? — Jasão perguntou.

— Em algum lugar aqui — disse Liceu, indicando uma longa extensão da costa do norte.

— Você poderia ser mais preciso?

Liceu marcou as unidades em um pedaço fino e comprido de madeira. Depois, pousou seu marcador sobre o mapa e fez uma conta de cabeça. Ele levou um longo tempo fazendo isso.

— Algum lugar aqui — ele repetiu, fincando o dedo no mapa, indicando exatamente o mesmo trecho da costa.

Acasto interrompeu a conversa.

— Há três vales que levam ao interior e todos eles se encontram no mesmo lugar, uma cidade destruída entre colinas, com cavernas por todo lugar em volta dela. Uma delas deve ser a Caverna dos Discos.

Jasão assentiu:

— A caverna Dicté é perto também e nós devíamos evitá-la. Ela estará bem protegida, mesmo no caso de o Velho Homem Trovão não estar na residência. — Ele riu para si mesmo.

Meleagro disse, apunhalando o mapa feito de couro.

Olhe... Se aquelas marcas significam o que eu acho que significam, há Oficinas de Invenção por todo o vale. Há Oficinas de Invenção em *todo lugar* nessa ilha enferrujada. Ele poderia estar escondido em qualquer uma delas. Em qual nós deveríamos procurar?

— Ele estará em algum lugar perto daquela cidade — Jasão declarou sem rodeios. — A menos que as adivinhações de Medeia estejam erradas, nós o encontraremos lá. Ela me disse que ele está velho agora e que raramente usa as cavernas. E se *escapar* para as montanhas, nós poderemos facilmente encontrar a rota que ele usou para fazer isso.

— Como você sabe disso? — Idas perguntou com irritação.

Os Reis Partidos

— Medeia me contou.

— Medeia lhe contou. Medeia lhe contou — Idas disse com um tom sarcástico. — Como, em nome do Trovão, *ela* sabe disso?

— Eu confio nela. Ela sabe mais do que eu sei, e eu não discuto com mulheres perigosas. Eu sugiro que você não discuta com homens perigosos.

Meleagro começou a falar outra vez:

— As cavernas estão todas ligadas. De acordo com Aeoleron, esse inventor pode se mover de um lado da ilha para o outro em um passo. Você é tão rápido quanto ele, Jasão?

Jasão bateu com os dedos no mapa, irritado e frustrado com a discussão. Ele respirou fundo e disse:

— Nós estamos aqui para pilhar — ele disse calmamente. — Vamos em frente com a pirataria. É o motivo pelo qual estamos aqui. Vamos fazer isso. Não ouça o murmúrio dos magos, que nem mesmo são tão bons magos assim, como Aeoleron. E não preste atenção em como essa ilha espalhou suas lendas. O Velho Homem Trovão, Zeus, nasceu aqui? — Com os olhos bem abertos, ele olhou desdenhosamente para Meleagro. — Sério? Você acredita nisso? Quando nós navegamos até o estuário do rio Danúbio, com o Velo, depois de nossa fuga da Cólquida, depois de remarmos furiosamente pelo mar aberto, nós encontramos os istragianos. Lembra? Eles diziam que Zeus nascera de uma pedra negra caída dos céus, que havia sido mantida em um barco de cobre por vinte gerações. Ela se abriu e liberou o jovem deus só depois que uma camponesa se deitou sobre sua superfície circular e foi estuprada por seus irmãos. Até que ponto isso é verdade? Até que ponto qualquer coisa é verdade quando está relacionada ao Velho Homem Trovão? — Jasão estava gostando desse desafio dos mortais ao deus, fitando o amanhecer, olhos brilhando, aguardando pela reunião das nuvens negras, pelo momento do golpe raivoso.

As nuvens se mantiveram distantes. Jasão não deu atenção aos céus, depois, virou-se para sua tripulação.

— Não. Esse homem, esse Dédalo, gosta do bronze dele e é orgulhoso de seus discos. Nós o encontraremos onde o mistério é mais profundo.

— Onde *estão* os discos exatamente? — Meleagro perguntou. — Eles são perigosos?

— Não sei. Não me importo — Jasão observou Meleagro com uma expressão rígida. — Perigoso? Desde quando o perigo faz você tremer?

Ele ignorou o protesto de Meleagro e prosseguiu:

— Os discos poderiam ser os dentes da engrenagem que rodam as estrelas, até onde eu sei. Eles podem conter o conhecimento de vinte mil gerações! Até onde eu sei. Eles podem guardar os detalhes de nossas vidas no futuro, e o momento e a forma de nossas mortes... até onde eu sei. — Ele bateu de leve no rosto do jovem. — Eu não entendo de discos. Eu deixo para os outros a tarefa de entender de *discos*. Mas Medeia quer a mente que os concebeu, e ela precisa da carne que segura essa mente. Para usar do jeito dela. Para cortar essa mente como uma criança corta um pássaro, para ver o coração pulsante da criatura. Do jeito dela! E é o que ela terá. Como um presente de casamento. Um criador de discos. Um coração pulsante. E, além disso, além da pilhagem e das trocas...

Houve uma saudação entre os homens com a proposta de pilhagem e trocas.

Jasão sorriu:

— É tudo o que importa para mim.

Deixando cinco de seus tripulantes para resguardar Argo, Jasão liderou seus homens para o interior da terra, seguindo

Os Reis Partidos

o curso da água, procurando nas colinas ao redor traços que pudessem indicar qual parte do mapa eles estavam seguindo.

Logo eles encontraram: um bosque encharcado de sangue, onde partes desmembradas de animais se espalhavam por toda parte, bicadas por corvos, mas ainda frescas o bastante para sugerir uma cerimônia recente. A grande efígie de pedra da Senhora da Cobra se erguia no emaranhado central dos troncos de oliveira. Seus olhos estavam vazios, mas viam tudo. Cobras vivas se enroscavam em seus seios expostos de granito, preguiçosas sob o sol. As cobras de pedra em suas mãos estavam pintadas com um vermelho e verde intensos e praticamente poderiam ser criaturas vivas.

Esse santuário estava marcado no mapa desenhado no sonho de Medeia. Os argonautas agora conseguiam ver o vale que os levaria à Caverna dos Discos cada vez mais próximo.

Um dia depois, eles estavam de pé na escarpa de uma colina baixa, observando um lugarejo, pelo qual um rio brilhante fluía. Colinas se erguiam depois do lugarejo. Toda a área urbana era povoada e confusa. Construções grandes e imponentes eram revestidas em pedra negra, o que sugeria a existência de templos. Contudo, o lugarejo era uma explosão de cores. O lugar passava uma impressão confusa, e abaixo dos pés deles, a terra fez um estrondo de uma forma ritmada que sugeria uma movimentação de mecanismos além da compreensão deles. Se os argonautas ficaram preocupados com o movimento, eles não demonstraram. Olhos rígidos inspecionavam a cena.

— Um rio. E navegável — Idas comentou de modo sinistro.

— Nós poderíamos ter nos poupado de andar. Meus pés estão cheios de bolhas por causa dessas malditas pedras.

Ele segurou as sandálias destruídas.

— O rio não está marcado — disse Jasão. — Deve haver uma razão para isso. Esse lugar não se destina a visitantes.

— Talvez sim. Mas vamos mandar chamar Argo. Eu não quero andar todo o caminho de volta.

Jasão levantou a mão.

— Vocês percebem algo?

— O que, exatamente? — Tisaminas perguntou.

— Que estamos sendo observados.

— De onde?

— De algum lugar, lá em cima, na encosta da montanha. Bem, bem. Mais perto do que havíamos imaginado.

22
O Inventor

Era constante o movimento nos caminhos que circulavam a base de sua montanha, nos caminhos que cortavam pelas florestas e seguiam ao longo do rio. Por isso, a fila de homens se movimentando de forma resoluta abaixo dele não o preocupava.

Eram caçadores, certamente, embora suas túnicas — de um vermelho-escuro sobre preto — não fossem da cor familiar dos grupos de caça que exploravam essas colinas e florestas em busca da caça abundante e variada que poderia ser encontrada ali. E havia algo de estranho naqueles homens, ainda que ele não conseguisse enxergar exatamente o que era. Eles carregavam lanças e arcos, e não estavam olhando para cima, na direção da caverna falsa que escondia a caverna mais profunda. Eles estavam envolvidos com seus próprios interesses.

Para ficar no lado seguro, entretanto, ele enviou um alto chamado para dois de seus cães guardiães. As ancas grandes e delgadas de madeira se ergueram sobre a vegetação rasteira enquanto eles abandonavam a postura encolhida adotada durante o sono. Os focinhos de bronze voltaram-se brevemente na direção da caverna, depois baixaram outra vez, quando as duas criaturas se esgueiraram na direção do caminho. Um dos estranhos animais seguia à frente do bando, o outro, atrás. Eles não atacariam, a menos que os homens se desviassem da trilha.

Satisfeito com isso, o Inventor direcionou a atenção para sua tarefa.

Sob o primeiro raio do amanhecer, ele viu fogo cair do céu. O fogo havia descido na direção oeste, flamejando na escuridão, seguindo uma trajetória tão reta na maior parte de sua queda que ele decidiu que era, certamente, apenas uma estrela cadente. Mas, então, essa luz avançara em sua direção e pareceu oscilar na escuridão enquanto se aproximava da luz da manhã, antes de desaparecer na sombra do amanhecer da terra.

A precisão de Raptor, lançando esses discos de onde quer que fosse no Reino Médio que ele havia pousado, estava ficando mais profunda, mas mais arriscada. Independentemente do que acontecesse lá, além da visão, fora de compreensão, havia claramente um sentido de urgência nessas quedas.

Ao redor de toda a ilha, o fundo do mar estava repleto das experiências mais antigas de Raptor. As montanhas a oeste continham centenas dos discos que o Inventor nunca conseguira encontrar. Aquela era a terra onde a Dominadora exercia seu poder, e era sempre difícil entrar no coração ululante de suas terras para recuperar os pratos de bronze.

O Inventor andou de volta pela montanha, usando a passagem sinuosa que contornava a caverna central e que emergia exatamente na direção do sol poente do solstício de inverno.

Ele colocou sua bolsa sobre os ombros, escolheu um cajado firme para suportar sua descida e uma pequena gaiola para suas abelhas. Alerta para a tarefa que teriam a seguir, as pequenas criaturas começaram a esticar suas asas. A gaiola se agitava com o impacto de seus corpos pequeninos de bronze e seus olhos arregalados. Depois, elas se acalmaram.

Quando o Inventor alcançou a base da montanha, ele liberou suas pequenas exploradoras, e as abelhas zuniram em um piscar de luz e cor.

Os Reis Partidos

Ele continuou seu caminho na direção oeste.

Depois de um tempo, uma das abelhas retornou, voou duas vezes ao redor de sua cabeça antes de pousar no chão e começar sua dança curiosa e espiralada. Após terem repetido dez vezes a sequência de movimentos, o Inventor soube onde o disco havia caído. Ele alterou sua rota e pouco depois pôde sentir o cheiro de madeira queimada.

Ele encontrou o disco encravado no tronco de um álamo. Negro, devido a sua descida dos céus, o disco foi rapidamente polido com um pedaço de tecido e logo começou a revelar a espiral de imagens em cada um dos lados de seu prato fino.

O Inventor estudou as figuras e formas por um longo tempo. Ele reconheceu muitas das formas, mas havia novas também, e isso significava mais interpretação. Mais interpretação, sim, mas por consequência mais conhecimento sobre o Reino Médio.

E, talvez, dessa vez ele pudesse encontrar a mensagem que estivera esperando, as poucas imagens que interpretaria como seu próprio nome, e uma sequência de formas nas quais ele vislumbraria uma mensagem mais pessoal, enviada pelo garoto que ele treinara para voar, e que, no fim, perdera em um voo brilhante.

Embalou o disco com cuidado e se virou na direção de sua montanha. Uma por uma, as abelhas o encontraram e voaram para sua gaiola, acomodando-se com calma no chão.

Já era noite, então; o céu escurecia com nuvens que se moviam rapidamente do norte para o oeste. A floresta estava inquieta. Sua montanha surgiu à frente dele, aparentemente não mais do que uma fachada rochosa e arborizada, ainda que seus olhos treinados conseguissem enxergar as sombras das pequenas entradas e saídas para o complexo cavernoso que inspirava o ar fresco e expirava a umidade das pedras de dentro. Como guelras de um peixe, essas fendas estreitas poderiam se fechar para quem passasse, ou se abrir quando desejassem atrair e consumir um animal descuidado.

Animais!

A pele em sua nuca começou a formigar, e as centenas de minúsculos fios cor de bronze que ele havia introduzido em suas costas emitiram sinais de alerta para o corpo; o padrão ondulante que a sensação lhe transmitia alertava o Inventor a ir para o sul e para o leste.

A Dominadora!

Ele abrira a guarda. Havia se aventurado a oeste sozinho e desprotegido. Mas fazia uma geração, ou mais, que ela não despachava seus monstros tão longe a leste. Ele conseguia ouvir o movimento rastejante de cobras, a forma favorita de terror dela. Mas outras de suas criaturas de aspecto tenebroso estavam se movendo furtivamente por entre as árvores.

Ele começou a correr. Enquanto corria, liberou as abelhas. Todas, menos uma, que foi enviada para alertar sobre a algazarra de mandíbulas e presas que se aproximavam.

E, ao mesmo tempo em que enviava essa abelha em uma missão, o Inventor começou a produzir um chamado agudo, o silencioso apito de chamamento, apesar de suspeitar que estivesse muito longe de sua fortaleza particular.

Correndo, alcançou uma boa velocidade com os ligamentos e tendões estufados de suas pernas. Ele abriu seu coração e reforçou sua espinha. Depois, bloqueou todos os sentidos desnecessários. Floresta, córregos, pedras, penhascos baixos e espinheiros se tornaram menores para ele e, assim, teceu seu caminho sobre as pedras e entre as árvores, o coração pulando, pisando firme, a cabeça cheia das músicas de distração, uma melodia triste que havia deixado para trás como

Os Reis Partidos

uma trilha traiçoeira e surpreendente: para atrapalhar e causar apreensão entre as criaturas da Dominadora.

A idade avançada começou a pesar sobre o Inventor.

Caindo em um poço, bebeu água para se revigorar e se refrescar. Quando a superfície se acalmou, olhou para o cabelo branco, longo e encharcado que caiu ao redor de seu rosto assombrado e encovado. O reflexo o fitava através de olhos que eram tão brilhantes quanto os de uma criança, mas tudo sugeria apenas a ruína causada pelo tempo. Então, seu rosto se transformou em algo simiesco, algo azul, saído de um pesadelo: uma monstruosidade disfarçada de medo, uma criança da natureza, nascida de um útero contorcido.

Coisa da Dominadora.

Ele ficou de pé imediatamente e voltou a correr, mas então começou a enfrentar uma subida íngreme na direção de uma escarpa de granito. Alta demais! Impossível de ultrapassar!

Ele não deveria ter se preocupado.

Sete formas negras voaram sobre a escarpa, a luz fraca refletindo o bronze, a madeira e a espuma molhada que escorriam de suas bocas abertas. Seus cães de caça tinham ouvido seu chamado, e agora juntos, num emaranhado de fúria, corriam para protegê-lo, uivando e ladrando enquanto caçavam, numa perseguição alucinada, as criaturas que a Dominadora havia enviado para essa luta.

O Inventor respirou fundo e mergulhou na abertura discreta de uma pedra, tocando seu novo disco por cima da sacola que o envolvia, ao mesmo tempo em que olhava para a primeira estrela, baixa no horizonte, a estrela do anoitecer, que já estava brilhando.

A matança e seus rituais funestos pareceram levar uma eternidade, mas em breve cinco de suas criaturas voltaram para seu poder, feridas, cortadas, arranhadas, cobertas de trepadeiras e espinhos de roseiras. Elas caíram em seus pés, olhando-o vorazmente por um tempo, antes de se ocupar em tirar espinhos de sua carne, arrancando as trepadeiras do corpo, usando furiosamente as mandíbulas para se livrar dessas pestes naturais.

— Bom trabalho — o Inventor sussurrou para cada uma delas. — Vocês se livraram das invenções asquerosas dela. Bom trabalho. As criaturas dela estão velhas demais. As minhas criaturas, novas, são fortes. Bom trabalho, minhas criaturas. Minhas estrelas.

Uma de cada vez olhou afetuosamente para ele antes de retornar ao que estava fazendo.

Depois, o Inventor voltou para a caverna, seus guardiães fungando e rosnando atrás dele durante todo o caminho, vasculhando por um pouco de comida selvagem — uma *lembrança* da selva, uma mera ilusão de selvageria no corpo de madeira e metal — antes de voltarem para seus lugares.

O Inventor as havia construído muito bem. Em seus momentos de calma, longe de suas obrigações, elas sonhavam com a vida em cuja imagem sua construção fora baseada.

O Inventor voltou para sua câmara, sua pequena câmara perto da caverna principal, e colocou o disco sobre a pedra de superfície polida onde trabalhava. A luz fosforescente das paredes fez sua superfície brilhar. Os símbolos esculpidos nos muros da câmara eram refletidos em sombras de rosa e verde da pedra. O disco escuro e suas últimas novidades o puxaram firmemente para baixo, na direção dos mistérios.

Foi então que ele ouviu o eco suave de passos, mais fundos na montanha, e imediatamente percebeu que sua caverna havia sido invadida e estava sendo vasculhada.

Os Reis Partidos

Como alguém conseguira passar por seus guardiães e aproximar-se tanto? O que estava acontecendo? Ele foi pego de surpresa pela segunda vez em um dia!

O Inventor correu furtivamente para a entrada da caverna. Cinco homens estavam espreitando os mecanismos, sem espadas, com os escudos baixados, os semblantes rígidos cheios de curiosidade enquanto estudavam as formas estranhas ao redor deles. Um, o mais alto e mais autoritário, girava a prateleira de discos e sorria, conforme eles produziam seus sons baixos.

Esses eram cinco dos sete homens que o Inventor vira naquela mesma manhã. Não eram caçadores. Aventureiros. E agora ele descobriu o que havia neles que os diferenciava dos habitantes locais.

Pelo jeito curioso com que trançavam o cabelo, pelas espadas e escudos com formato redondo que carregavam, eles eram gregos.

Haviam patrulhado a base da montanha pela maior parte do dia, adotando os movimentos e posturas, de caçadores, um de cada vez, tendo a oportunidade de olhar para a caverna, avaliar as aproximações e os perigos que haviam sido preparados para eles.

O caminho até a boca da caverna era complexo. Jasão não teria esperado nada mais de um inventor de armadilhas. Liceu, com seus olhos afiados, construiu um mapa mental da abordagem em círculos que eles fariam. A medida dos perigos que esperavam por eles tornou-se óbvia com rapidez, quando dois cães de caça de bronze e madeira de cedro, rosnando, furiosos, ameaçaram o grupo com a clara intenção de atacar os intrusos.

Marcado pelo fogo, Iophestos entendia de metais. Ele havia aprendido nas oficinas de ferraria de Hefesto antes de seguir um chamado onírico e juntar-se aos argonautas na Busca do Velo. Apesar de acostumado com o trabalho nas oficinas de ferraria, o aprendiz favorito de Hefesto entrara em colapso por causa do calor e derramara bronze derretido em seu estômago. Iophestos pegou com a mão o metal mortal que estava sobre o corpo do garoto e o arremessou nas chamas, antes de abrir uma das comportas de água, aliviando as feridas do rapaz e de suas próprias mãos.

Como agradecimento, Hefesto fizera as mãos de Iophestos capazes de derreter bronze ao tocá-lo. O homem com pele de couro pulou sobre cada uma das criaturas e derreteu-lhes o focinho.

Depois disso, foi fácil torcer uma espada através da pele de madeira de cada cão de caça até o coração de alburno.

Outros terrores esperavam os argonautas enquanto eles subiam a montanha, mas esses homens haviam subjugado as tais harpias, aqueles répteis voadores fétidos que tinham atormentado o pobre e cego Fineu, dando assim aos argonautas as informações finais sobre o caminho para que eles pudessem empreender a busca pelo Velo de Ouro e ser bem-sucedidos. Eles haviam derrotado o exército dos Mortos, que se originara dos "dentes de dragão" do Rei Aeetes, quando fugiram da Cólquida com Medeia, e do velo sob seu poder. Eles louvaram em voz alta as cabeças cantantes nos bosques de Ericeia, cortado o Ig'Drasalith teutão antes que aqueles monstros pudessem brotar, nas florestas, na nascente do rio Danúbio. Para esses homens, então, os artifícios do "Inventor", pareciam simples, comuns, embora com certa magia atuando neles.

Usaram a imaginação para fazer aquilo de que precisavam. Mas eles não se equiparavam a Jasão e seu séquito semi-humano, ainda que eles tivessem causado feridas mortais a Acasto e Meleagro.

Os Reis Partidos

— Exatamente como nos velhos tempos — Jasão suspirara, com um sorriso, quando ele e sua tripulação alcançaram a borda da caverna.

Eles sondaram o reino do Inventor, pasmos e maravilhados com as figuras grandes e os mecanismos que enchiam a caverna. Algumas dessas formas foram projetadas para voar, outras para andar. Havia abundância de madeira entalhada e bronze forjado, bem como olhos feitos de muitas facetas de cristal, em rostos que se pareciam mais com dragões voadores do que com cães de caça. E metades de membros, membros inteiros, e o calor de fogo contido dentro de caldeirões bojudos de bocas estreitas.

Os discos fascinaram Jasão. Quando os girou, eles produziram um som profundo e suave, como a voz ouvida em um sonho distante. Havia prateleiras cheias deles. Estavam suspensos de uma forma que, ao girar um, todos giravam, produzindo um som esquisito e desarmonizante por alguns instantes até silenciarem outra vez. Mas nesses momentos, quando a caverna se preenchia com aquele gemido vibrante, os mecanismos que circundavam os pratos pareciam tremer, como se lutassem por vida.

— Pelo martelo de Hefesto! O que *são* essas coisas? — Tisaminas arquejou, nervoso.

Jasão estava pensativo, examinando vários dos pratos de bronze sucessivamente.

— Eu não sei. Há figuras marcadas neles. Algumas eu reconheço: homens, um homem andando, elmos, crinas, barcos, torres, constelações. Outros fazem minha cabeça girar. Eu nunca vi nada igual.

— São vozes de um mundo além dos sonhos.

Jasão deu meia-volta, assustado com as palavras sussurradas em seu ouvido. Tisaminas e os outros também se viraram, com a espada desembainhada e o escudo erguido defensivamente.

— Quem está aí? — Jasão perguntou. Houve uma longa pausa. E depois a mesma voz calma, falando sílaba por sílaba, disse:

— O coletor daquelas vozes. Vocês tiveram um privilégio raro, independentemente de quem sejam. Vocês escutaram a música de um mundo despercebido e desconhecido que existe, entre a terra e os céus.

— Onde você está? — Jasão indagou. — Deixe-me vê-lo.

Suas palavras ecoaram na caverna. Os argonautas haviam formado um círculo defensivo agora; seus olhos fitavam a cúpula da caverna, observando cada fissura na rocha. Outra vez um longo e desconfortável silêncio.

— Quais é *você*? — a voz veio por fim, mais dura agora. — *O que* é você? O que está fazendo aqui? O que fez com as minhas criaturas?

— Quais criaturas?

— Meus guardiães. Meus cães. Meus falcões.

— Eles nos atacaram. Nós os abatemos. Eles não nos deram escolha.

— Mentiroso! Eles lhes deram toda a escolha! Demorei muito tempo para construí-los. Eles os teriam perseguido, mas os deixariam em paz, se vocês tivessem permanecido na trilha, nos caminhos marcados, dentro dos limites, apenas caçando animais selvagens. Mas vocês não estão aqui para caçar.

Oh, sim, nós estamos! Jasão pensou, enfurecido.

— Nós temos companhia — Idas disse, apontando para a montanha e gesticulando. Os argonautas viraram para encarar a aparição.

Ele era alto e encurvado, cabelos longos e rosto afilado. Sua túnica longa era uma mistura das cores sempre associadas a essa ilha: azul-marinho, em tons vibrantes, e verde-esmeralda, além de vermelho, cor do sangue e da aurora. Seus olhos, con-

Os Reis Partidos

tudo, eram cinzentos e duros, e sua testa enrugava enquanto ele explorava os traços do homem que tinha diante de si. Lábios finos, transpirando confiança e mal reprimindo a raiva, ele se aproximou.

— Há uma criatura nessa ilha — ele enunciou com cuidado.

— E ela possui as formas de uma mulher. Tenebrosa. Uma criatura tenebrosa. Nascida na lama da floresta, senhora de tudo o que é selvagem e antigo, e dedicada à argila morta sob os nossos pés. Ela tem a capacidade de conjurar cobras e pombos com um único suspiro. É um de seus truques usados para confundir. Ela faz o que estiver ao seu alcance para destruir tudo o que eu construo. Ela falha. Ela se refere a mim como uma abominação na terra. De minha parte, tento arrancá-la de suas entranhas fedidas na terra. E, então, é minha vez de falhar. Nós estamos fadados a falhar, ela e eu. Um contra o outro. Mas onde ela falhou vocês obtiveram sucesso. Vocês puseram a perder anos e anos de trabalho. Aqueles cães de caça eram preciosos para mim. Eles me serviam. Não havia necessidade, absolutamente nenhuma necessidade, de matá-los. Vocês ao menos sabem do que eu estou falando? Eu duvido. Quem são vocês? O que vocês querem? Respondam, rápido. Eu tenho cães de caça para criar outra vez.

— Meu nome é Jasão, filho de Esão, servo de Atena, da Grécia. Esses homens são alguns membros de minha tripulação, meu pequeno exército de companheiros.

O Inventor se aproximou, observando rigidamente o homem diante dele:

— Eu os reconheço como gregos. Eu não reconheci você, Jasão, mas já ouvi seu nome. As razões me escapam.

— E eu ouvi falar de você, Dédalo. Este *é* seu nome, não é?

— Sim. Eu não reconheço o jeito que você o pronuncia, mas é.

Havia algo na maneira do Inventor, na expressão de seu rosto. Ele parecia empolgado e preocupado ao mesmo tempo, seu olhar fixo trazendo Jasão para perto.

— Por que você veio até aqui? Por que você estava tão determinado em me encontrar?

— Para convidá-lo a voltar para a Grécia. Para conhecer alguém que ouviu falar de você e o admira. Essa pessoa deseja discutir feitiçaria e invenções com você, assuntos que estão além da simples compreensão do homem.

O Inventor procurou saber a verdade.

— Um convite de homens armados — ele disse, com amargura.

— Estamos tão bem armados quanto seus guardiães — Jasão o lembrou.

Ele embainhou sua espada e colocou o escudo no chão. Os outros argonautas fizeram o mesmo.

— Por que eu conheço você? Por que eu conheço você? — o homem magro repetiu.

Ficou claro para Jasão que a imagem que ele via de Dédalo estava confinada em um espelho, embora fosse impossível dizer de onde vinha o reflexo.

— Ele nos conduziu na busca do velo do Carneiro, o Velo de Ouro — Idas anunciou com orgulho. — A história já está se espalhando aos quatro ventos, sendo transformada em canção pelos poetas, até mesmo contada entre os deuses.

As palavras de Idas ainda ecoavam na câmara elevada quando os discos começaram a girar, alguns rápido, outros mais devagar. A caverna foi tomada por um som lúgubre, que começou a aumentar de volume até ficar insuportável.

A imagem do Inventor desaparecera. O homem parecera franzir a testa, e depois voltara para as sombras.

Os Reis Partidos

Três dos argonautas pegaram seus escudos do chão e se retiraram rapidamente, correndo de volta para a entrada da caverna. Mas Jasão e Tisaminas não cederam, armas em punho mais uma vez, observando, nervosos, os mecanismos que se erguiam sobre eles. Quando Tisaminas sugeriu uma retirada rápida, Jasão balançou a cabeça.

— Fique comigo. Tem de haver um caminho nessas montanha.

Mais uma vez Argo mudou a cena enquanto sonhava, enquanto lembrava, enquanto falava comigo nesses sonhos, mostrando os eventos responsáveis por sua dor. Como essa embarcação assistira a Jasão e aos seus homens se aproximando da Oficina das Invenções na encosta da montanha? Talvez ela tivesse alimentado as próprias memórias do sono de Jasão enquanto retornavam de Creta para Iolcos, as câmaras do barco cheias de cabras, vinho, material pilhado e homens irritados.

Aquele homem, aquele Inventor, deslocara-se através das passagens emaranhadas e dos poços que ele mesmo criara no interior da montanha, e agora observava Argo na praia. Ao norte, estava a Grécia. Atrás dele, o movimento atabalhoado de um homem cuja determinação parecia tê-lo ajudado a evitar as armadilhas postas no labirinto.

O Inventor estava com medo de Jasão. Mas agora que ele conseguia ver a embarcação na costa, começou a baixar a guarda. Ele conhecia esse barco. Esse barco era um aliado, um velho amigo. Agora ele se lembrava mais da história que havia escutado, da busca pelo velo de ouro do carneiro sagrado. Jasão navegara em um barco que ele mesmo reconstruíra usando carvalho de um santuário para Zeus em Dodona. A deusa Atena havia emprestado sua voz e seus olhos para o velho barco.

Mas, para o Inventor, o barco anterior era tão claro aos seus olhos quanto a lembrança de possuí-lo, durante aqueles poucos anos enquanto fora seu capitão, e o barco o levara em viagens pela noite e pelo submundo que ele nunca esqueceria, e que haviam estendido seus talentos ao limite.

Ele conhecera o barco como *Endaiae*, que na linguagem grosseira dessa ilha significava *o guia destemido*. Ele retirara aquela velha que parecia berrar da proa, posta ali quando a Dominadora possuíra o barco, depois que ele naufragara em sua costa. No lugar de destaque da proa, o Inventor colocou um guia mais gentil. Ele entrara no espírito do barco e construíra coisas dentro dele que geraram uma força maior, mais sabedoria de navegação e algo pelo qual o barco havia ansiado.

Ele abrira sua memória de madeira para tempos mais remotos. Ele transformara seus sonhos vagos em lembranças palpáveis. Ele fizera o barco ressurgir depois de um milênio durante o qual ele vagara por oceanos e rios, sempre obedecendo ao capricho de seus capitães, nenhum dos quais provara estar à sua altura.

O tempo deles juntos fora curto, mas um momento crucial em sua vida. Ele se tornara apto a explorar fontes de conhecimento havia muito esquecidas. Ele descobrira que existia liberdade para além da opressão do labirinto. Ele tivera uma breve experiência daquelas maravilhas que eram destinadas apenas aos seus filhos e que um experimentaria mais que o outro (pobre Ícaro, perdido com todas as posses que o pai lhe dera); o outro, Raptor, até agora desbravando mundos muito além dos já conhecidos.

Ele se afastou da costa e tomou o caminho para a Oficina de Invenções em Dicté. Usou os discos que tinha lá para enviar um som de convocação a seus perseguidores, e, no

Os Reis Partidos

devido tempo, Jasão se infiltrou cuidadosamente na arena, seu companheiro astuto e de olhos sagazes bem atrás dele, ambos prontos para a luta.

— Armado outra vez? Sempre armado!

— Eu sinto o cheiro do oceano — Jasão disse. — Nós o caçamos durante o mesmo tempo que leva perseguir um cavalo até a barreira. Esses são túneis ardilosos.

— Sim. São. Ardilosos é exatamente a palavra para descrevê-los. E você está certo. O oceano está aqui perto, assim como a sua embarcação. Agora percebo que conheço seu barco. Eu o chamo de Endaiae. Esqueci como você o chama. Atena?

— Argo.

— Sim. Claro. Claro. Argo: para o mestre construtor de navegações — Argo, era isso? — que entalhou e pregou o carvalho de Dodona em sua quilha. Ele desmantelou metade do passado da embarcação e o substituiu com a mais poderosa das mágicas gregas. Essa embarcação é um oráculo agora. Sim. Claro.

Jasão estava curioso. Ele embainhara sua espada. O homem com Jasão — Tisaminas, era isso? Ele ouvira o nome quando Jasão se aproximou — também estava desarmado, seus olhos perscrutando a Oficina de Invenções com grande curiosidade. Os velhos sinais e mapas do tempo eram o que mais o interessava, mas talvez porque eles o atraíam, como um lobo era atraído para a luz, tanto quanto o Inventor fora atraído quando os encontrou. Esse outro homem perguntou cuidadosamente:

— Você conheceu Argo? Você navegou nessa embarcação?

— Eu a resgatei — o Inventor disse em voz baixa. — Ela não era uma embarcação tão magnífica. Havia naufragado, havia se despedaçado no mar, sua pintura se apagara, seus olhos estavam ofuscados, sua vela, esfarrapada. Seu convés apodrecera; aliás, ela toda era uma embarcação apodrecida, seus sonhos eram uma lembrança desesperada, seu espírito perfurado, assim como seu casco, por causa da falta de cuidados e do tempo. Havia madeira antiga nela, madeira forte. Alguém um dia a construíra com amor. Mas a madeira mais recente era de qualidade irregular. Menos cuidada. Ela havia sido presa em uma armadilha a oeste dessa terra, possuída pela *Dominadora* — a terrível entidade feminina — e usada por ela, por causa de algo que ela continha.

— Aquele espaço através do tempo. O umbral entre os mundos.

— Ah, você sabe disso.

— O Espírito do Barco.

— O Espírito do Barco — o Inventor repetiu. — Como qualquer umbral que havia sido abandonado sem cuidados, ele precisava de atenção, e eu ajudei a limpá-lo. Tirei tudo o que havia de fétido nele, todos os guardiães negros que haviam sido postos sobre o Espírito. As criações monstruosas da Dominadora. Deixei a embarcação limpa outra vez. Recuperei a madeira rústica. Recuperei sua antiga beleza. Eu inclusive pude vislumbrar seu nascimento.

— O nascimento de Argo? — Tisaminas perguntou. — Barcos podem nascer?

— Uma embarcação pode ser construída.

— Sim, claro.

— Um garoto construiu esse barco. Seu Argo é aquele barco, tornou-se mais velho, ficou mais sagaz, foi se tornando mais intenso por ter passado por muitos capitães, muitos criadores, muitos carpinteiros. Argo é uma embarcação velha agora, e sem dúvida envelhecerá ainda mais. Mas quão jovem está o coração dessa embarcação? É o que me pergunto.

Os Reis Partidos

— Jovem o suficiente — Jasão disse. — Eu não tinha ideia de que Argo tivesse tal passado. Eu lhe darei as boas-vindas a bordo, Dédalo. Suba a bordo como amigo e como nosso convidado. Suba voluntariamente a bordo, se você desejar. Reate os laços de amizade entre vocês.

O Inventor deu um pequeno passo para trás. Tudo no rosto daquele grego, em seus olhos, era sincero. Seu companheiro ainda olhava ao redor, cativado e claramente curioso.

As mãos de Jasão estavam nuas, seus dedos abertos. Ele estava falando do quanto a embarcação iria adorar ver o velho homem outra vez.

— O mastro de Argo irromperá em rosas quando vir você.

Ah, como ele queria voltar ao espírito do barco. Ele havia plantado algo lá, escondera um dispositivo que, sabia, daria à embarcação uma longa vida no mar e a conduziria por oceanos desconhecidos. Mas o dispositivo ainda era muito rudimentar quando ele o instalara, um dispositivo feito às pressas, confeccionado com paixão e com poderes ainda não burilados... O dispositivo sequer fora testado antes da instalação. Será que tal peça ainda se encontrava no coração do barco?

Ele ansiava descobrir.

Mas esse tal de Jasão...

Seu rosto, seus olhos contradiziam o caçador que havia em seu peito. O lobo em suas entranhas. O felino em suas pernas. O falcão em sua mente fria e calculista.

Ele não era um homem em quem se pudesse confiar.

Então, Jasão apanhou uma bolsa que trazia em seu cinto e, lá de dentro, tirou um pequeno objeto de metal, um pedaço de bronze, forjado com a pátina do cobre envelhecido. Sem tirar seus olhos do Inventor, ele disse:

— Eu trouxe um presente para você. Uma coisa muito pequena. Pode ser que nem tenha valor. Mas é para você, se você gostar. Eu posso ver que é um mapa, e um mapa dessa ilha, mas os símbolos não me dizem nada.

O Inventor pegou a pequena peça de bronze. Seu coração batia rápido, sua cabeça estava leve como uma pena. Enquanto ele olhava o metal, lembrou-se de Raptor, seu amado filho Raptor. O garoto que se jogara da beira de um penhasco, testando suas novas asas, usando seus braços para carregar os suportes e fios, fazendo o grande dispositivo, costurado em seu corpo, flexionar-se, aproveitando as correntes do vento, usando cada sopro, cada vestígio de ar em movimento a seu favor, alongando-se com o poder da brisa para depois arrefecer e permitir que o vento seguisse, relaxando e deixando-se levar.

Em suas mãos, ele trazia o mapa que seu pai lhe dera, polegares acariciando o papel, lembrando-o como um cego lê as marcas na argila, aprendendo como retornar à terra se o fogo do Reino Médio arruinasse sua visão.

— Onde você encontrou isso? — o Inventor perguntou em voz baixa.

— Caiu na terra — Jasão disse —, perto da Cólquida, depois das Simplégades. Esse foi um dos muitos objetos que estavam na Cólquida e que foram reunidos e trazidos para a minha cidade, Iolcos. Na Grécia.

— Você sabe o que é isso?

— Eu reconheço como um mapa dessa terra. E é feito de bronze. Tirando isso, eu só sei que a amiga que deseja conhecê-lo pensou que pudesse, de alguma forma, interessá-lo.

Com o mapa em sua mão, o Inventor usou o tecido encerado que sempre carregava consigo para polir a superfície da peça, livrando-a daquela pátina de corrosão, limpando o

Os Reis Partidos

suficiente para ver as marcas originais. Sim, esse era o guia de Raptor. Não tinha dúvida com relação a isso.

Agora, ele tinha ambos os guias, os dois presentes de despedida que dera aos seus filhos, os dois mapas, criados como um só e cortado ao meio.

— Obrigado.

Jasão pareceu contente que seu presente tivesse sido apreciado.

— Espero que você venha à Grécia conosco. Eu prometo trazê-lo de volta quando você e a pessoa de minhas relações estiverem cansados de discutir as altas questões do espírito.

— Não — o Inventor disse —, não para a Grécia. De novo, não. Traga essa pessoa para cá, se você quiser. Mas eu permanecerei nessa ilha.

— Ela vai ficar desapontada.

Ela?

Claro! A feiticeira da Cólquida. Mais detalhes da história que ele escutara sobre Jasão voltavam à sua mente. A sacerdotisa. Ela era uma adoradora do Carneiro. Ela havia herdado uma tradição tão antiga quanto a do Inventor. Seria fascinante — e perigoso! — conhecê-la.

Quando ele disse isso a Jasão, o grego ficou desapontado, e expressou sua decepção. Mas depois, ele sorriu e se virou para a entrada da caverna.

— Eu tenho de esperar três dos meus homens retornarem. Suas criaturas de madeira de cedro mataram os outros dois! Não guardo rancor em relação a isso. Eles sabiam que estávamos entrando em território perigoso. Mas enquanto eu espero por eles, se quiser visitar Argo, como eu disse antes, você é meu convidado. E do barco. Quando minha tripulação estiver novamente reunida, partirei. Com ou sem você, se eu não conseguir convencê-lo a seguir conosco.

Jasão e Tisaminas começaram a longa caminhada pela encosta da montanha até a trilha que corria junto ao rio, chegando à parte do rio que se abria para o mar, onde o barco estava aportado.

O Inventor os observou enquanto se afastavam. Então, seguiu seu caminho na frente dos dois, pelo labirinto, para onde o mar era mais turbulento, açoitado por ventos intensos, e quebrava com violência contra a costa árida. Argo, preso por amarras e coberturas de tela, tremia ante a tempestade iminente.

Argo percebeu, imediatamente, a presença do Inventor. E ele ouviu o chamamento de Argo.

23

O presente de casamento

O mar estava revolto quando ele chegou ao barco. Os argonautas encontravam-se reunidos em um grande círculo, em volta de uma fogueira, sob a cobertura da copa das árvores. Por um momento, o Inventor acalentou a ideia de juntar-se a eles, mas eles estavam bebendo e discutindo, infelizes com o estado das coisas. Ele subiu pela escada de corda tão quieto quanto conseguiu, e se jogou em cima dos fardos de feno, barris, remos de reserva e velas do mastro. Ele sabia exatamente para onde ir e se aproximou cautelosamente do umbral.

Para sua surpresa, não havia ninguém esperando por ele. Deveria haver uma guia ali. Talvez Atena, ou sua mãe, Hera. Algumas deusas gregas deviam estar rondando o entorno do Espírito do Barco. Mas, em vez disso, o Inventor se viu frente a uma paisagem rochosa banhada de sol, um vento quente que soprava poeira em seus olhos. Árvores raquíticas e vegetação ressecada jaziam entre pedras espalhadas. O ar estava carregado com o cheiro de ervas estranhas e o toque de sinos distantes, provavelmente presos ao pescoço dos animais. Trompas podiam ser ouvidas, toques baixos e contínuos que pareciam não obedecer a nenhum padrão. Aquilo deixou o Inventor profundamente perturbado. Ele gostava de ordem. Ele temia a imitação aleatória da natureza e do caos criada pelo homem que tentava emular o mundo natural.

Então ele chamou o barco, convocando o espírito pelo nome que lhe dera quando ele mesmo fora seu capitão. O barco não respondeu. Ele chamou o barco novamente, dessa vez usando o nome Argo. E, depois de algum tempo, o barco o atendeu, aproximando-se em meio àquele calor infernal, uma imagem borrada a princípio, depois sua figura foi ficando mais nítida, conforme a névoa foi se dissipando do seu corpo.

Argo havia assumido a forma de uma criancinha inquieta, vestindo roupas muito antigas, o rosto sujo do deserto, o cabelo castanho com mechas de poeira rudemente amarrado em uma trança grosseira. Seus olhos eram verdes, ferozes, suas mãos, muito pequenas. Ela trazia consigo uma garrafa com água e uma faca de osso, reta. Mas estava apreensiva. Ele achou que ela parecia triste.

Ela percebeu que ele estava confuso.

— Quem você esperava ver? — perguntou ela.

— Eu não sei. A deusa dos gregos, talvez. Ou minha *kolossoi*.

— Sua *kolossoi* está ali. Atrás de você. Você não a fez para durar.

O Inventor se virou. A estátua pequena e sofisticada, feita de bronze e madeira, havia sido posta sentada em uma cadeira de pedra, cabeça baixa, como se estivesse tirando um cochilo ou mergulhada em profundo desespero. O bronze brilhante, intercalado com a madeira de lei polida, estava tão vibrante quanto no dia em que ela havia pisado no barco. Ela nunca tinha realmente estado viva. Era apenas um dispositivo, um mecanismo cujos discos — ela estava repleta de discos, todos bem pequenos, todos projetados com uma engrenagem para irem se encaixando uns aos outros conforme girassem — guardariam dentro deles um registro da vida dentro do barco. Enquanto rodavam e interagiam uns com os outros, ele havia

Os Reis Partidos

concebido que os símbolos se reorganizassem a si mesmos, fazendo sentido, tornando-se assim uma história.

Ele havia sido ambicioso demais, claro. Não tinha lido com atenção os discos do céu gravados por Raptor, seu filho. Ele não entendera a natureza do código.

— Eu tentei — disse ele.

— Ela foi maravilhosa — disse a garota com olhos ferozes —, enquanto durou.

— Enquanto durou? Você estava quando *ela* estava aqui?

— Eu estou sempre aqui — disse a garota, sem se abalar. De novo, houve um brilho de desespero e tristeza em seus olhos. — Eu amo meus capitães. Todos eles. O que sou eu sem eles? Eu os amei, a todos. Nunca fui mais que um *barquinho a remo* sem eles.

— São como amantes — disse o Inventor. — Mas você é jovem demais para ter amantes.

Ela riu.

— Não tão jovem. Quando o garoto me fez, aquele garoto que não conseguia amarrar os cadarços de seus sapatos, quando nós rodopiamos pelo rio, quase naufragando, quando aquele primeiro garoto me fez, eu já era velha. A questão era que, então, eu tinha a madeira e o couro do *casco* para ocupar.

De onde eu estava assistindo àquela cena? Quem estava me mostrando aquilo? Pensar nisso me encheu de pânico, antes de eu reconhecer a garota de olhos ferozes com quem Dédalo conversava. Ela havia sido meu primeiro amor! Aquela era a menina que havia me caçado e me provocado. Aquela era Medeia em sua primeira forma. Meu primeiro barquinho, Viajante, escolhera a personificação de sua primeira guardiã no próprio espírito da criança tentadora, que fora tanto minha nêmeses, quanto minha maior alegria, minha primeira amante e meu primeiro inimigo.

Em um tempo antes dos deuses, quem melhor para ser a guardiã de um barco do que alguém próximo ao coração do capitão?

Ah, sim! Foi então que eu comecei enfim a entender! E assisti enquanto Dédalo, o pobre e desamparado Inventor, caia na armadilha que Jasão armara para ele.

— Você sentiu minha falta? — Argo perguntou por meio de sua primeira guardiã.

— Sim, senti — o Inventor respondeu. — A verdade é que eu senti muita, muita falta de você. — Eu estava tão curioso sobre você. Você é uma das muitas maravilhas da minha vida. Meus filhos... — ele fez uma pausa, encarando a garota. Por um instante, pareceu estranho conversar com esse antigo eco, essa forma jovem, mas ao mesmo tempo tão, tão velha, esse fantasma, essa criança, essa memória... Mas ele era racional. Sabia que estava na presença de uma criatura, de um espírito, se você preferir, que era tão real ali quanto era a pedra castigada pelo sol ao redor dele. O que, no final das contas, era o Tempo? Meramente um momento na existência em *qualquer* estado do ser. O tempo fluía, fluía aqui e ali, e poderia irromper a qualquer momento no presente, vindo do passado ou do futuro. O que controlava aquele fluxo, aquela súbita intrusão, era um dos muitos mistérios que ele vinha tentando decifrar sobre os discos arremessados que vinham do Reino Médio, onde seu próprio viajante, seu filho, seu falcão, seu Raptor, finalmente aterrissara.

Argo, por mais antigo que fosse, por mais que se parecesse com uma criança, era apenas o barco que carregava o Tempo e a memória. Argo era parte da memória do Inventor e o Inventor era parte da memória de Argo.

— Meus filhos eram maravilhas para mim também — disse o Inventor, terminando sua reflexão, refletindo sobre o nasci-

Os Reis Partidos

mento de seus meninos. — Gêmeos. Mas pássaros de bandos diferentes. Eu soube disso assim que os vi.

— Eu sei.

— A mãe deles não sobreviveu ao parto.

— Eu sei.

— Sim. Eu já contei isso tudo a você.

— Já eu, para você, não passava de um brinquedinho.

— Você era mais do que isso para mim — o Inventor insistiu, desconfortável com a conversa e com a repentina mudança de humor do barco.

— Apenas um brinquedinho — Argo sussurrou. Houve um breve lampejo de raiva em seus olhos, e, depois, a insegurança apareceu novamente. — Fui feita para amar meus capitães. Cada um deles se tornou parte de mim. Fui leal a todos eles. Mesmo nas vezes em que me fizeram navegar em condições extremas ou para o submundo, eu sempre confiei neles, eu sempre lhes obedeci. Foi assim que o garoto me fez, para ser leal. Para amar. — Os olhos dela estavam embaçados.

O Inventor ficou em silêncio. Havia algo muito errado naquela cena.

A garota se virou e saiu correndo, gritando por entre as lágrimas:

— Você não deveria ter vindo. Seu tempo comigo ficou no passado. Eu sou leal a Jasão agora. Você não deveria ter vindo!

A terra em volta dele dissolveu-se na escuridão. Ele sentiu um vento frio em seu rosto, o toque gelado de gotas de água do mar sobre sua pele.

Caminhando de volta ao umbral, ele caiu com tudo para o lado. Suas mãos estavam amarradas nas costas. Seus pés também estavam amarrados. O corpo dele balançou — o barco estava no mar, enfrentando uma tempestade. Ele conseguia ver o pesado céu noturno acima dele, nuvens pesadas com um contorno do luar.

Dois homens em pé o espiavam. No porão do navio havia outros reunidos, todos miseráveis. A vela inflou, apanhando vento e chuva enquanto a embarcação enfrentava as ondas violentas.

Ele tentou falar, mas não conseguiu encontrar as palavras certas. Sua língua estava grossa, sua visão começava a ficar embaçada.

— Certifique-se de que ele seja mantido aquecido — disse Jasão para seu companheiro mais íntimo, o homem chamado Tisaminas.

— Quanto tempo falta para chegarmos a Iolcos?

— Dois dias, no máximo, mesmo com esse tempo.

— Nós deveríamos alimentá-lo. Ele está amarrado assim faz dois dias.

— Ah, ele sobreviverá. A droga que Medeia lhe deu vai mantê-lo calmo. Que ele fique como está, amarrado. Não confio naquelas mãos. Há metal nelas.

A droga fez efeito no Inventor. Ele engoliu com dificuldade, sentindo o veneno amargo correndo pelos canais de seu corpo. Torpor e, então, um sono sem sonhos se sobrepuseram. Seus últimos pensamentos foram:

Dois dias. Ele me manteve falando por dois dias, mesmo que tenha parecido que apenas momentos se passaram. Tempo suficiente para Jasão voltar para a praia e me capturar.

Ele me traiu. Argo! Meu Argo! Isso explica a angústia em que ele se encontrava. A embarcação me traiu usando o mesmo mecanismo que eu instalei nela. Ela me traiu. Pelo seu novo capitão. Ela me matou...

E as últimas palavras que ele ouviu foram as palavras dos piratas. Primeiro, Tisaminas.

Os Reis Partidos

— Se nós não podemos confiar não mãos dele, podemos cortá-las fora.

Depois, Jasão. Ele hesitou antes de grunhir, concordando.

— Muito bem. Corte as mãos dele. Mas com cuidado. Mantenha-as frescas para que Medeia possa costurá-las de novo no lugar. Medeia o quer de presente. Ela vai precisar dele inteiro para se divertir.

24
A memória da floresta

Nevava muito, mas a terra ainda não estava completamente tomada pelo branco. Eu podia ver a extremidade obscura do bosque silencioso nas redondezas. O único som nessa paisagem de inverno era uma risada feminina. Envolta em pele branca, atirando bolas de neve aos pés do seu amigo, aquele lince tão altivo, Mielikki estava quase invisível.

Quando me viu, Mielikki veio em minha direção, percorrendo os sulcos profundos, sua respiração congelando. Eu ainda estava no lado interno da visão, no lado do umbral de Argo.

Mielikki estava em sua bela e pálida forma, a encantadora mulher de meia-idade.

— Conseguiu sua resposta? — perguntou ela.

— Em parte, sim. Parte da resposta. Argo traiu um de seus capitães, o homem que conhecemos como Dédalo. Essa traição o está assombrando.

A deusa ficou pensativa.

— Sim. Ele ama seus capitães.

— Sei disso. Sempre soube. Foi dessa forma que eu o fiz, quando eu era um menino, quando moldei o barco pela primeira vez. Ele me recordou desse fato.

— Então, o que mais há para descobrir?

De fato, o que mais?

Os Reis Partidos

Dei de ombros, começando a sentir um pouco de frio sob minhas roupas.

— Preciso saber o que aconteceu a seguir. Como Dédalo foi parar no Outro Mundo de Alba? Alba fica muito longe da casa do Inventor.

— Você pode dar uma espiadela... — Mielikki provocou. — Use um pouco da sua magia escondida.

Fiquei surpreso com o tom bem-humorado, incomum, que ela usou. Estaria a deusa em conluio com Niiv? As duas mulheres eram da mesma terra nórdica congelante, mas Niiv não tinha permissão de ir até o Espírito do Barco. Ela estava sob a proteção da Senhora da Floresta, mas não era íntima dela. Era mais provável que a deusa, como todos os guardiães da embarcação, houvesse tomado ciência da brincadeira, da paixão e da divergência entre vários membros da tripulação de Argo. E eu não poderia negar que ela também tinha o direito de se divertir.

Dar uma olhada no passado? Usar um pouco da minha magia? Por quê? Argo estava, passo a passo, dizendo-me tudo o que eu precisava saber.

Mas rebati sua provocação:

— É bem provável que eu tenha de fazê-lo. Mas estou com muito frio aqui... Preciso ir. Essa neve... É uma surpresa.

— Indesejável?

— Indesejável.

— Eu estava com saudades de casa — explicou-me ela com um sorriso tímido, estendendo a mão para pegar os flocos de neve que caíam. Havia neve salpicada em suas feições. — Sinto falta do Norte. Sinto falta do gelo.

— Sim. Eu sei que você sente. E lhe asseguro que voltará para lá, para o Norte, assim que for possível. Mas, nesse momento, tenho fome. E sinto falta do sol. Sinto falta do calor. E sinto falta de ficar preguiçosamente sonolento.

Ela tornou a ouvir minhas palavras com um olhar gentil e compreensivo.

— Então vá.

Mesmo uma deusa pode se adaptar aos acontecimentos, às circunstâncias. Desagradável ou divertida: ela podia escolher. Por que ela precisava ser previsível?

Cruzei o umbral de volta ao abraço mundano da embarcação e encontrei Jasão agachado diante de mim, observando-me de perto enquanto eu emergia do transe. Ele pareceu bem assustado.

— Eu nunca me acostumo com isso — disse ele.

— Com o quê?

— Com o jeito como você se transforma de madeira lisa em carne macia. Mas não perca seu tempo comigo, Merlin. Dois dos garotos voltaram sozinhos, trazidos pela correnteza do rio. Nenhum sinal de Talienze e dos outros. Nenhum sinal de Urtha. Venha vê-los.

Eu não me lembrava de seus nomes. Sem dúvida nenhuma já os escutara em algum momento desde a nossa partida de Alba, mas eles eram apenas dois garotos em um grupo de jovens que havia dado duro nos remos, e quando não estavam lá se matando, deixavam-se apenas ficar quietos e em silêncio, parte do *kryptoii* que Kymon e Colcu haviam formado.

Bollullos removera de cima dos corpos o tecido rústico que os cobria. O rosto inchado deles, por causa da água, lembrava uma máscara. A carne pálida, cabelo encharcado, os olhos fitavam o nada por trás das pálpebras inchadas.

— Foram atacados por animais — disse Bollullos. — Estripados. Roídos. Mas isso depois de mortos. Morreram de picada de cobra. Olhe...

Os Reis Partidos

Ele virou um dos corpos. A camisa do rapaz estava rasgada. Havia duas marcas de presas claramente à mostra, contidas por um padrão de cortes feitos com uma faca. À primeira vista, os cortes pareciam aleatórios, mas apenas porque a morte e a água os tinham distorcido. De fato, aqueles cortes provaram ser uma rude representação de lobos apoiados em suas patas traseiras, um diante do outro, as patas dianteiras tocando-se acima da área onde ocorreu o ataque do réptil.

A marca das presas estava a um palmo de distância uma da outra. Uma cobra enorme.

Quando apontei o desenho grosseiro, Niiv captou o significado imediatamente.

— São figuras iguais às que estão gravadas na entrada das hospedarias, em Alba, na fronteira da Terra dos Fantasmas.

— Bem lembrado.

— Isso é curioso — divagou Bollullos, cofiando a barba e passando o dedo bronzeado sobre o fio da lâmina. — Muito curioso.

— Curioso ou não — Jasão grunhiu —, aquele Talienze os levou até lá e os colocou em perigo. Merlin? É hora de agir.

Seu olhar era sério. Ele estava sóbrio agora e ainda bastante disposto a discutir. E eu não queria discussão.

Havia algo de *morte* em Talienze, eu pensara no momento em que o conheci.

Eu poderia persegui-lo como *Morndun*, o fantasma na terra, ou como *Skogen*, a sombra das florestas invisíveis. Todas as florestas eram permanentes, embora seus membros morressem, apodrecessem e caíssem. Todas as florestas lançavam uma sombra através das gerações, e Talienze, *caso estivesse* ligado à morte de alguma forma, teria deixado sua sombra entre elas.

De fato, quanto mais eu pensava, mais óbvio se tornava: Talienze não era como eu, nem era como Medeia. Ele certamente não fazia parte do grupo dos mais velhos neste mundo, mas ele era um servo das forças mais antigas da Terra. Ele se reinventava constantemente, ganhando nova vida. Uma escultura escovada e polida quando sua madeira ficasse macia e avariada no exterior. Então, no caso de eu estar correto, a pergunta era: seria Talienze uma criação do Inventor? Ou da Dominadora? Podia ser de ambos.

Decidi que viajaria como Skogen. A sombra das florestas invisíveis. A memória da floresta.

Evoquei a máscara, incapaz de sufocar um grito, assustado pela dor inesperada enquanto a madeira tomava meu rosto. Isso era algo novo! Então, evoquei o formato. E quando estava envolto pela floresta, evoquei a imagem de carvalho de Segomos, que ainda esperava a bordo de Argo. O guerreiro perdido penetrou cautelosamente em um de meus bosques, encontrou um local seguro e recostou-se no tronco de uma árvore. Eu podia sentir o pulsar de seu coração, a efervescência de seus pensamentos, a esperança e o medo diante do que ele poderia encontrar.

Com um morto — cujo nome significa "vitorioso" — a reboque, comecei minha jornada por essa ilha secreta.

Eu corria sobre as colinas, seguindo o curso dos rios, tocando as cavernas e fortalezas que apareciam, súbita e misteriosamente, em algumas das áreas mais remotas. Segomos agora havia tomado uma forma mais humana, procurando por seus restos mortais. Ele era ágil escalando muralhas e abaixando-se para se embrenhar nas entradas escuras das cavernas.

Os Reis Partidos

Quando começamos a explorar outra floresta, nós nos sentimos poderosos, como se as florestas vivas pudessem socorrer esse eco fantasmagórico coexistindo brevemente ao seu lado, movendo-se continuamente adiante.

Paramos por um longo momento diante da caverna Dicté. O aroma da Dominadora era forte ali, e havia ecos de criaturas mais jovens. Adiante, no sol poente, colinas mais suaves estendiam-se, e depois delas, montanhas sombrias. Mas os jovens certamente não poderiam ter chegado tão longe em tão curto período.

Skogen voltou-se para o sul e começamos a buscar nas colinas mais próximas.

Por todo o lugar, caídos entre as árvores, estavam os gigantes verdes e arruinados, os *talosoi* do Inventor, os guardiães da ilha de um tempo em que ele tinha poder. Suas tristes figuras eram o lar de pássaros e morcegos. Suas mãos estendidas quase não podiam ser vistas entre as raízes cobertas de musgo das árvores. Teriam sucumbido todos ao mesmo tempo, eu me perguntava, ou caído ao longo do tempo, cada um deles procurando um local para morrer antes de desabar, com o gemido do metal fundido, em seu sono eterno?

Lar de pássaros e morcegos. Foi Segomos que sentiu em um desses Leviatãs uma forma de vida diferente.

Uma vida pequena e aterrorizada, escondida em uma caveira metálica.

A essa altura eu teria descartado Skogen, mas Segomos pediu-me para não fazê-lo. Envolvi a floresta em torno do gigante alquebrado e Segomos desceu até um dos olhos, agindo com uma falta de precaução que nenhum argonauta ousaria ter.

Quando ele reapareceu, descobrimos que o garoto que trazia consigo era um dos *kryptoii*, um rapaz chamado Maelfor.

Seu rosto e sua boca sangravam, suas roupas haviam sido rasgadas, suas mãos estavam sujas de terra e mofo.

Manifestei minha forma no pequeno bosque. Ele pareceu inquieto por alguns instantes e, então, olhando mais de perto, ele me reconheceu e relaxou. O alívio, de fato, fez com que subitamente se sentasse, a cabeça ferida apoiada em seus braços, as lágrimas fluindo livremente.

Quando se recuperou um pouco, Segomos ajoelhou-se ao lado dele. Encontrara água, que oferecera ao rapaz em uma tigela feita de cortiça. E também uvas de um vinhedo pelo qual havíamos passado. Por mais fantasmagórico que Skogen parecesse, nós podíamos nos alimentar da terra através da qual passávamos como sombra.

— Conte-nos o que sabe — perguntou o homem do povo coritani. — Onde estão os outros? O que aconteceu? Conte-nos o que quer que saiba.

— Não sei o que dizer. Talienze nos disse que devíamos patrulhar a área em busca de pistas do desastre em Alba. Disse que nossos olhos e mente estavam mais aguçados por terem sido afiados recentemente. Que coisas escondidas seriam reveladas. Que seríamos nós a levá-las de volta à Alba.

Seguimos uma trilha antiga por um dia e metade de uma noite. O luar era claro naquele momento. E nossos olhos rapidamente se acostumaram à escuridão. Mas logo depois de nos prepararmos para passar a noite lá, a criatura feminina invadiu nosso pequeno acampamento. Ela era terrível, mais selvagem do que qualquer mulher enlutada em minha terra. Estava cavalgando um lobo ou alguma criatura parecida com um lobo, do tamanho de um cavalo, que correu na direção de Talienze. Ele arremessou a capa sobre sua face e gritou para que fugíssemos. Não sei qual feitiço ele usou naquele momen-

Os Reis Partidos

to, mas manteve a mulher afastada com uma fúria surpreendente. Fogo e gelo pareciam arder e congelar entre eles. Ele uivou palavras sem sentido. A mulher gritava, mas seu olhar, horripilante, estava sobre nosso grupo, que corria dali.

Talienze nos salvou. Suas últimas palavras foram um grito de: "Encontrem os discos! Encontrem Merlin!"

As habilidades dele eram limitadas. Pareceu fraquejar, e o lobo saltou sobre ele e o tomou entre suas mandíbulas, agarrando-o pela garganta e depois correndo. Ele mancava muito. O cabelo da mulher era longo como um manto de tranças, com ossos amarrados nas pontas. Ela chacoalhou a cabeça violentamente enquanto partia, e as tranças giraram sobre ela.

Depois vieram outras criaturas, animais estranhos, que não eram nem gatos selvagens e nem cães de caça. Kymon, Colcu e eu nos saímos melhor na corrida, mas Dunror e Elecu foram alcançados pelas garras daqueles animais e arrastados para longe aos berros.

— O que aconteceu a Kymon e Colcu? — perguntei.

— Perderam-se na encosta. Fomos caçados até a lua descer atrás da montanha. Então, por um tempo nós apenas corremos e na noite seguinte eu escorreguei no barranco. Caí no rosto de um grande gigante de metal e consegui me esconder ali. Ele não é oco, mas tem partes ocas. As criaturas que me perseguiam espreitaram em volta do barranco até o amanhecer. Suponho que não tenham farejado meu cheiro. Eu estava assustado demais para sair. Havia muito movimento no homem de metal, mais para baixo. Eu não estava interessado em descobrir o que era. Isso é tudo o que sei até que fui encontrado.

A Dominadora pegara Talienze e, aparentemente, o matara durante o ataque e deixara a cargo de sua alcateia caçar os garotos. Havia uma chance de que Colcu e Kymon estivessem vivos, mas agora tornava-se urgente tomar as devidas providências. Eu havia negligenciado essa urgência, ansioso demais por ouvir o que Argo teria a dizer, para tentar compreender o significado dos acontecimentos em sua vida. Isso fora um erro.

Mas esses garotos deviam estar em algum lugar próximo, em algum ponto nessas colinas escavadas e florestas. Talvez perto de um rio, talvez escondidos, como Maelfor.

Maelfor imaginara que os animais caçadores não haviam conseguido farejá-lo, mas talvez houvesse outra razão para que eles não tivessem saltado dentro do olho vazado do gigante e o feito em pedaços.

O *talosoi* era uma criação do Inventor. Tinha sido o guardião do rei da costa dessa ilha. Teria sido odiado pela Senhora das Criaturas Selvagens.

E Segomos também era uma criação do Inventor, trabalhado em madeira e sangue, fundido e projetado por uma mente visionária de um homem que capturava ideias atiradas dos céus para ele. Havia construído tais criaturas viris de carvalho para o divertimento dos senhores da guerra na Grécia, quando ainda era conhecido por seu nome mais antigo. E ele os construíra novamente, séculos depois, em Alba, de sua prisão no Outro Mundo.

Parecia que a Dominadora ainda tinha medo das obras de Dédalo, até mesmo quando elas jaziam mortas e quebradas. Então, mesmo quebradas, talvez elas ainda guardassem certo poder.

E fora por isso que Argo trouxera Segomos consigo, com sua tímida chama de uma vida arruinada: para nos servir de escudo.

Talvez.

Por isso, a Senhora da Serpente salvara Talienze, uma criação mais frágil, tão rapidamente.

Talvez.

Os Reis Partidos

Mas antes de qualquer coisa, eu precisava encontrar o filho e o sobrinho de dois reis. Um desses reis também se encontrava às margens desses montes. Urtha e seus *uthiin* não seriam páreo para o que a Dominadora poderia lançar sobre eles, eu imaginava.

Eles haviam corrido como animais, escorregando e tropeçando, parando, ofegantes, para acalmar a dor nos pulmões, para depois descobrirem nova força em seus membros para carregá-los adiante, para longe da matilha que latia e uivava.

Descendo pelas encostas, cruzando córregos que corriam entre as ladeiras, a água cristalina chegando até a cintura, subindo por matas esparsas, encontrando abrigo momentâneo no estreito espaço vazio entre as rochas, eles se perderam por aquele território, confusos e desorientados. Houve momentos de calma. E aqueles eram os momentos em que eles ouviam o estômago roncando, a batida forte do coração levando-os aos seus limites.

Então, sempre, a matilha.

As coisas costumavam ser mais calmas durante o dia, e eles progrediram lentamente, conseguindo até mesmo pescar um peixe grande na parte mais rasa do rio. Eles o abriram e o comeram cru.

Nunca havia escassez de água.

Depois anoiteceu e a terra começou a emitir seus sons. O grito de uma mulher irrompeu, súbito e distante, estridente e melodioso. Veio e se foi com o vento, mas até mesmo o vento parecia mudar a cada uivo. As nuvens estremeceram como se estivessem sendo comandadas. A terra retumbou profundamente, como se seus canais ocultos se deslocassem.

A matilha se aproximou.

Durante a segunda noite, enquanto moviam-se na escuridão ao longo de uma escarpa, iluminados pelo luar, vulneráveis e assustados, Maelfor gritou de repente. Ele escorregara e estava rolando e caindo na escuridão. Seu grito durou muito tempo até que, repentinamente, o silêncio se instalou.

Kymon mal podia se mover diante do choque. Colcu agarrou seu ombro:

— Ele se foi. Temos de andar logo.

— Eu sei.

Kymon se ajoelhou sobre um dos joelhos e olhou para o barranco.

— Volte para casa da melhor forma que puder. Foi uma boa corrida, primo.

— Não sabia que ele era seu primo.

— Teria feito alguma diferença? Vamos sair dessa escarpa.

No terceiro dia, em um vale na floresta, Colcu avistou um filhote de javali, e os dois garotos caçaram-no, Kymon perseguindo-o por um lado e Colcu pela frente, ambos se precavendo contra membros mais velhos da família. Quando o animal saiu guinchando do esconderijo, eles o perseguiram implacavelmente, saltando sobre árvores caídas, escalando rochas, trepando em árvores para ter visão mais ampla sobre seus galhos, sinalizando com assobios e sinais de mão para indicar por onde a criatura negra e lustrosa se movia. Aquela foi a melhor corrida de todas. Eles haviam nascido para esse tipo de perseguição!

O javali era mais veloz e conhecia muito bem os atalhos através da mata. No entanto, lutava contra dois caçadores experientes, e não importava para onde se virasse, um dos caçadores vinha em sua direção e descia sua espada, errando por pouco, e errando por pouco de novo. O dia do javali chegava ao fim.

Os Reis Partidos

Ele se virou, acuado contra um alto paredão de rocha cinzenta. Guinchou. Fez um som estranho. Clamou por seus guardiães, implorou que eles ouvissem seu chamado. Em seguida, guinchou mais uma vez enquanto Colcu mergulhava a faca em seu pescoço, derrubando a besta que se debatia no chão, suas pequenas presas infligindo leves ferimentos no braço esquerdo do jovem do povo coritani.

— Bela caçada! — Kymon elogiou o rapaz mais velho.

— Bela caçada, você também — Colcu retorquiu com um sorriso. — E boa corrida, porquinho — disse ele ao animal. — Você foi feito para as florestas de Alba.

Eles não possuíam meios de acender um fogo, então, evisceraram o javali e compartilharam o fígado ainda quente. Depois cortaram a carne mais macia em tiras e mastigaram silenciosamente por um tempo. Colcu removeu as presas e a faixa de cerdas do pescoço do javali.

— A matilha em breve farejará o rastro disso — disse Kymon, e Colcu concordou. Eles olharam ao redor, ansiosos, limpando o sangue da boca.

— Deveríamos enrolar essa carcaça em musgo e folhas e enterrá-la.

Kymon levantou-se para procurar a área onde a caçada havia terminado. Ao olhar para cima, percebeu que esta não era uma parede de rocha comum, mas uma pedra entalhada de tamanho gigantesco. Havia marcações nela, tão apagadas pelo vento e pela chuva que não podiam ser vistas claramente. Enquanto caminhava ao longo de sua base, encontrou uma passagem estreita, praticamente uma fresta entre as duas partes da pedra. Ele se enfiou ali dentro. A passagem era labiríntica, mas ele perseverou até que pudesse ver a sua saída distante, onde a luz do dia iluminava um espaço aberto em que algo brilhava fortemente e depois se apagava, como se nuvens encobrissem o sol. Esgueirando-se de volta e chamando por Colcu, ele voltou e terminou de passar espremido pelas pedras, saindo em uma pequena arena onde a relva seca e alta crescia em torno de cerca de uma dúzia de pedras, figuras humanas adormecidas. Cinco aberturas mais baixas, na parede curva mais distante, sugeriam câmaras ou passagens que levavam para além desse espaço ensolarado.

O objeto brilhante no centro, assentado numa plataforma de pedra, era uma ânfora de cristal ou vidro, com uma figura humana dentro, em posição fetal.

Kymon esperou que Colcu chegasse. Ele também se espremeu pela passagem, gemendo com o esforço de arrastar a carcaça do javali pelas patas traseiras.

— É uma garota — disse ele, surpreso ao ver a ânfora de vidro. — Ela parece morta.

Colcu jogou a carcaça no chão. Depois, juntos, os garotos atravessaram a relva e as ervas daninhas até onde estava o rosto suave com olhos abertos que encaravam a entrada da arena. A criança era pequena, as mãos cruzadas sobre o peito, as pernas dobradas ordenadamente, túnica branca esvoaçando com uma brisa súbita. Estava suspensa em um pálido líquido amarelo, e Kymon intuiu de imediato que se tratava do produto das abelhas.

Colcu contornou a ânfora:

— Ela tem asas.

— Asas?

— Olhe isso.

Kymon se pôs ao lado do amigo e ficou maravilhado diante das asas dobradas, de penas pretas e brancas, costuradas e

Os Reis Partidos

atadas aos ombros, pescoço e cintura da garota por cordames e tendões de vários tons e espessuras.

Os dois garotos não eram tão jovens que não pudessem entender o significado daquilo. Ambos haviam escutado a história de Ícaro e Raptor, contada por Tairon.

Colcu quebrou o silêncio, olhando em torno ansiosamente.

— O que *é* este lugar?

Kymon, porém, começara a estudar os pictogramas na borda da base de pedra redonda.

— Essa imagem de novo — disse ao curioso Colcu. — Você não a viu, mas eu sim. A mesma imagem que está nas entradas das hospedarias, na fronteira da Terra das Sombras dos Heróis. Olhe aqui...

Ele mostrou a Colcu o padrão repetido de dois animais se encarando sobre suas patas traseiras, separados por uma mulher de estranhas feições, cujas mãos repousavam em suas cabeças. Havia dez trios como esse, de mulher com as feras. Ela segurava um par de lobos, corças, porcos selvagens, touros, cães, gatos, garças, águias, lebres e cobras.

— O que significam? — Colcu falou em voz alta o que pensara.

— Ela os está acalmando, subjugando-os. Essas são imagens da mulher descontrolada que estava nos perseguindo. A Senhora das Criaturas Selvagens. Esse pedestal é dela. — Kymon se deteve, coçando o corte em seu queixo, procurando por aberturas na parede. — Mas não acredito que esse tenha sido sempre o seu lugar.

— Por causa das asas.

— As asas me intrigam.

— Ele começou a experimentar sua invenção em suas filhas...

— Queria que Merlin estivesse aqui. Ele teria uma compreensão melhor disso tudo.

— Mas ele não está aqui — Colcu disse, com firmeza. Ele bateu a lâmina de sua espada gentilmente contra a ânfora de vidro. — Se essa é uma das filhas do Inventor, e isso — bateu contra o pedestal de pedra —, foi colocado aqui pela Mulher Selvagem, então...?

— Então esse era seu lugar, sua arena, e ela se apossou dela ao seu próprio modo. Apropriou-se do lugar. Sacrificando sua filha no mel.

— Uma criança de mel.

— Isso mesmo — disse Kymon.

— Este é o átrio de uma Oficina de Invenção — sussurrou Colcu. Olhando ao redor, viu entradas para cavernas mais profundas. — E essas são as entradas.

— Acho que encontramos o que Talienze nos pediu para procurar.

— Talienze está morto. Provavelmente.

— E não sabemos o que ele queria que trouxéssemos de volta da câmara.

Ficaram silenciosos por um tempo, tentando enxergar na escuridão de cada uma das entradas na parede. Foi Kymon que deu voz ao pensamento que estava na mente de ambos: que fora numa dessas aberturas que Tairon, um rastreador de labirintos, entrara quando jovem e não retornara. Eles ouviram essa história, contada a bordo de Argo. Nos montes de Creta havia labirintos para além da compreensão. E todos ou nenhum desses convites para o mistério tentadoramente abertos poderiam ter sido o começo de tal jornada, desgastante e eterna.

Colcu imediatamente começou a arrancar o mato alto, enchendo as mãos. Ele atou as pontas secas com raízes úmidas e, trança a trança, produziu um fio fino e frágil.

Os Reis Partidos

— Há uma história sobre isso — falou enquanto trabalhava. — Não me recordo muito bem. História de viajantes. No entanto, provavelmente aconteceu aqui nessa ilha. É sobre labirintos. Não segure muito firme e nem puxe forte demais de ambos os lados, pois esse será o guia de volta à luz.

— Qual de nós vai entrar?

— Vamos pensar nisso depois. Você sabe fiar? Precisaremos de um longo fio de relva.

Estava escurecendo. Fui rapidamente em direção dos *kryptoii* que imitavam Ariadne em sua exploração nessa Oficina de Invenções. O sonho era vago, mas a vibração de suas palavras, a energia em seus atos, no sentido puro da juventude em sua própria e suposta imortalidade, tocaram minha imaginação enquanto eu absorvia suas ações através da face da Lua.

Eu esquecera como o Sonho da Lua era lento em perseguições. Cunhaval, o cão, poderia estar agora rolando com eles no chão. Só por brincadeira, é claro.

Eu começara a perceber, também, que havia ficado para trás na caçada. A mulher uivante estava na dianteira, incentivando seu bando de predadores, espalhando-os pelas colinas enquanto ela buscava os estranhos que haviam invadido suas terras recém-conquistadas. A Dominadora estava determinada a eliminar tudo o que não compreendia.

Estava muito próxima deles agora.

Entrei novamente no sonho, absorvendo a experiência de Kymon enquanto ele explorava a primeira das câmaras.

Esse era o lugar que o Inventor usara para se inspirar, no passado.

Era um lugar que eu conhecia bem, pelo menos em seu projeto: uma galeria de figuras pintadas, algumas familiares e outras obscuras. Animais vagavam, pulavam e encurvavam-se sobre si mesmos, como se adormecidos, ou mortos. Em outras partes da câmara, havia linhas de estranhos caracteres, quadrados e círculos, sinais e símbolos densamente pintados: todos sugeriam uma tentativa de expressar um conhecimento proibido. Eu sabia bem disso.

Kymon estava deslumbrado com a beleza dos animais, especialmente os cavalos. Eles pareciam quase se mover através da parede, alguns deles de cabeça erguida, outros de cabeça baixa, o registro inanimado de uma debandada em movimento, de vermelhos vibrantes e pardos sob a luz que vinha da entrada da fenda. Ele podia ouvir o som do galope selvagem em sua cabeça e sem dúvida o chão abaixo dele chacoalhara com o galope enquanto seus olhos se ocuparam desse panorama grandioso.

Os símbolos, os círculos e as linhas de estranhas marcas quase o fizeram perder a cabeça. Eles pareciam atraí-lo, desviando-o do caminho. Mas ele era forte o suficiente para se livrar desse feitiço envolvente.

Na parte mais profunda da câmara, não havia luz, apenas a lamúria de um vento distante, e ele não se aventurou ali.

O que Colcu descobriu, eu não saberia dizer. Estava sonhando com Kymon.

À luz fraca ele explorara uma câmara onde, assim como na lembrança de Jasão, havia uma oficina de peças móveis, sutilmente forjadas em metal, vividamente esculpidas com madeiras de lei, principalmente cedro, e folhas inteiras e garrafas de cristal. Estavam espalhadas por todo lado. As paredes, onde outrora desenhos foram feitos, haviam sido barbaramente atacadas, completamente riscadas. Apenas uma coisa permaneceu intacta, além da ruína, para os olhos famintos do menino. Olhando para cima, para a cobertura, via-se o céu noturno. Ainda era dia do lado de fora, mas ali ele podia

Os Reis Partidos

ver as estrelas, e até mesmo enquanto observava, uma estrela se impunha na noite. Havia um véu leitoso lá, uma faixa diáfana flutuante que o atraía tanto quanto os desenhos antigos da primeira câmara.

Ele recolheu discos de bronze e finas tiras de prata, juntando-os em seus braços, acrescentando diversos cacos de cristal que pareciam ser entalhados, acumulando as ruínas até que seus braços não pudessem suportar mais peso. Depois, seguiu o fio de relva de volta da escuridão mais sombria até onde ele conseguira chegar, retornando ao dia que se esvaía e a Colcu.

— Que belo espólio — disse Colcu com um meio sorriso.

Kymon despejou tudo no solo.

— Belo espólio de bobagens. Talienze tinha algo em mente para que buscássemos. Ele devia ter nos contado o que era.

— Talvez ele não soubesse o que era — observou Colcu, paciente.

Kymon separou os despojos, escolhendo um pequeno disco, tão largo quanto sua mão, virando-o contra a luz e observando a espiral de desenhos em cada lado.

— Isso não faz sentido para mim.

— E por que deveria?

Frustrado, Kymon lançou o disco pela relva e em direção às estátuas adormecidas da arena. O disco fez uma curva no ar e bateu na parede de rocha, perto da entrada.

— Uma boa arma, talvez — observou o garoto.

Colcu estava se divertindo.

— Não acho que fosse essa a intenção do Inventor. Mas se você e eu tivermos de lutar em um combate novamente, certamente eu desejarei ter três ou quatro desses em meu cinturão.

Ele se levantou e caminhou pela relva, recolhendo o disco de bronze danificado. Algo chamou sua atenção.

Robert Holdstock

— Nós nos esquecemos de esconder o porco — disse ele. — Há moscas por toda parte. Será que ainda podemos comê-lo?

— Ainda há muita carne que não foi tomada pelas mosca — replicou Kymon, ainda remexendo nos artefatos.

Kymon notou que Colcu ficara silencioso. O garoto mais alto estava diante do animal morto, olhando para baixo.

— O que *é* isso? — Kymon ouviu Colcu dizer em voz alta.

Subitamente alarmado, Kymon afastou os badulaques da câmara com irritação e caminhou até onde jazia a carcaça aberta.

Com a barriga aberta em seus quartos traseiros para fornecer a refeição, o jovem javali era uma visão horrível, enrijecendo e se distorcendo conforme o tempo e o calor arrasavam sua dignidade. Colcu o derrubara de forma que sua cabeça ficara contra a rocha, como se recostada na parede.

Um rosto de criança, gravado na pedra, observava-os agora do crânio de presas arrancadas. Uma criança!

— *Urskumug* — sussurrou Kymon. E começou a tremer. As pálidas feições do rosto humano pareciam encará-lo. — *Urskumug*.

Colcu apenas olhou para ele sem nada entender, exceto que Kymon estava tendo uma intuição, e estava amedrontado.

— Estamos em perigo — Kymon disse. Colcu permaneceu em silêncio. E foi por causa desse silêncio que a cantoria da Mulher Selvagem e os uivos de sua matilha híbrida ficaram audíveis. Ainda estavam muito distantes. — Devemos partir imediatamente, devemos nos arriscar nos bosques. Escurecerá em breve. Não estamos seguros aqui.

— Não estou certo disso — retorquiu Colcu, mas correu com Kymon até onde os artefatos jaziam espalhados. Juntaram tantos quantos podiam carregar e correram de volta à fenda.

Tarde demais. O som dos uivos e latidos estava muito mais próximo.

— Precisaremos de uma ajuda divina agora — disse Colcu.

Os Reis Partidos

— Divina, não — sussurrou Kymon, os olhos bruscamente brilhando. — Precisamos fazer um santuário para *Urskumug*.

— *Urskumug* de novo. Você repete esse nome como um garoto que delira de febre.

— Temos de fazer seu santuário! Há apenas uma chance.

— Ele escutou nervosamente os primeiros sons se aproximando da rocha.

— Você está tomado pelo fedor da loucura — sussurrou Colcu.

— Então, você tem um bom faro. Isso *é* loucura. Mas o que temos a perder? Dê-me as presas. As presas do javali. E aquelas cerdas do pescoço dele!

Relutantemente Colcu soltou-os do cinturão. Kymon agarrou os troféus e correu até a criança de mel, caindo de joelhos e tocando em uma das faces do pedestal de pedra onde ela estava.

— Não. Aqui não — disse ansiosamente. — Essa é a pedra da Dominadora.

Como que respondendo ao som do nome de sua senhora, as feras da Dominadora se atiraram pela falha na rocha, uivando e mostrando os dentes, os olhos enormes brilhando com sede de sangue. Ao mesmo tempo, uma tocha foi atirada na arena e a relva começou a queimar furiosamente.

Colcu e Kymon reagiram como se estivessem em combate, instintiva e furiosamente. Correram de encontro a seus atacantes, desembainhando suas espadas. Colcu pareceu quase voar enquanto saltava sobre duas das criaturas, a lâmina brilhando à luz do luar e do fogo quando atingiu uma delas. Saltou para trás de imediato e virou no ar, lâmina estendida, fazendo grande estrago.

Kymon também era adepto da Manobra dos Cinco Saltos. A terra fora como um manto, lançando-o no ar. Ele foi pulverizado de sangue duas vezes, caindo ajoelhado após o quinto salto, esperando pelo ataque da matilha.

Aqueles animais rodearam-no com ferocidade e fúria. Um terrível fedor espalhou-se na arena.

Quatro deles o atacaram de repente e ao mesmo tempo e duas criaturas com cabeça de gato voaram pelo ar. Então, Colcu apareceu do nada e Kymon se encontrou sob duas carcaças fedorentas.

O fogo foi atiçado pelo vento. Os dois jovens se puseram de costas um para o outro, ofegantes, preparando-se para o próximo ataque, que não veio.

Kymon olhou ao redor e para cima. Ali, erguendo-se contra o céu noturno, no topo da parede de rocha, estava a sinistra figura da Senhora das Criaturas Selvagens em pessoa. Olhando para baixo, pálida e prateada, seu olhar duro e inexpressivo, a Dominadora sentou-se em sua montaria, de braços estendidos e dedos abertos. A estranha e sedutora música cessara. Seu olhar não abandonava o de Kymon.

Então, ela cantou brevemente.

Suas criaturas caçadoras espalharam-se por todo lado, em cerco constante, algumas se infiltrando através da relva ardente, onde a tocha ainda queimava.

A lua emergiu por detrás de uma nuvem e a arena se avivou com a luz e o brilho de olhos observadores e atentos.

Kymon se arriscou. Atirou-se para a frente e agarrou a tocha ardente que havia caído. Apagou as chamas do punho e depois correu para a primeira caverna, chamando por Colcu, que não precisou de segundo chamado.

Chegaram à entrada no momento em que a matilha se atirava sobre seus calcanhares, mergulhando na escuridão, esperando pelo ataque. Mas os olhos reluzentes ficaram do lado de fora. A força do Inventor ainda pairava naquele lugar.

Era a câmara das pinturas. As imagens pareciam se contorcer com as sombras em movimento da chama da tocha que se apagava.

Os Reis Partidos

— Obrigado por aquele salto — disse Colcu. — Devo-lhe um salto.

— Vou lhe cobrar, esteja certo disso — o garoto mais jovem disse, ofegante, com um sorriso. Colcu olhou para as profundezas da câmara.

— Não vou descer. A vida é muito curta para arriscar uma eterna caminhada. Como a caminhada de Tairon.

— Concordo — disse Kymon, enquanto começava a vasculhar as paredes da câmara.

Quando estivera ali antes, vira o modo como cada um dos nichos havia sido dedicado a um animal diferente. Ele estava certo de ter visto desenhos retratando um javali.

— Seja rápido — Colcu disse. — Seja lá o que for que estiver pensando, faça rápido. Nosso fogo amigável está nas últimas.

Kymon segurou a tocha com firmeza. Era uma tarefa difícil e a chama estava fraca, a luz era um minúsculo alívio diante da escuridão. Ele se moveu pela câmara com cautela, o olhar fixo nas imagens. Touros, cavalos, gatos, cães... Por fim, encontrou o javali, três deles, sobrepostos e ferozes em suas representações.

Ele tateou seu cinturão e encontrou as recordações retiradas de sua última refeição, as presas e as cerdas, e colocou-as no nicho.

— Você sabe o que está fazendo? — perguntou Colcu.

— É claro que não. Mas o que faz de um santuário um verdadeiro santuário? Algo consagrado por sacerdotes por meio de rituais e conhecimentos secretos? Ou algo necessário para o coração? *Urskumug* me disse que poderia evocá-lo, se fosse necessário.

— Precisamos de *algo*.

Kymon invocou *Urskumug*. Ele se ajoelhou diante dos três javalis e lembrou a *Urskumug* de sua promessa, durante a Caçada da Lua. Na entrada da câmara, a matilha uivava. Algumas caras começaram a olhar para dentro, cautelosas, nervosas, testando o umbral. As feras tornaram-se mais ousadas.

— *Urskumug*! — Kymon finalmente gritou, desesperado e furioso. A tocha tremulava. No momento em que o grito angustiado de Kymon morreu no silêncio da tumba, o fogo ardeu ligeiramente e morreu.

Mas, nesse momento, a câmara sacudiu. Ouviu-se o som de uma respiração difícil das profundezas dos nichos. O som de um ronco, um grunhido: o som de um javali.

Ao emergir do túnel, a besta, com seus flancos, atirou Colcu contra uma parede e Kymon contra a outra. Sua pele era coberta de cerdas espinhosas, afiadas como a lâmina de uma espada, e os dois jovens mal foram vistos. O animal maciço passou direto por eles de cabeça baixa, ignorando-os.

A matilha fugiu diante dele. Ele se ergueu em suas patas traseiras conforme chegava à arena e encarava a Dominadora com firmeza. As duas feras trocaram um olhar longo e impassível. Então, surpreendentemente, a Senhora das Criaturas Selvagens recuou através da rocha, os olhos lívidos de raiva e frustração. Com um ligeiro sacudir de cabeça, ela se foi de repente, e suas criaturas se esgueiraram pela passagem para a terra além.

Enquanto Kymon emergia cautelosamente da caverna, *Urskumug* se virou brevemente para encará-lo. A face humana, pálida e raivosa, não deu nenhuma demonstração de ter reconhecido o jovem do povo cornovidi.

— Obrigado — disse Kymon. — Estou surpreso por meu chamado ter sido ouvido. Mas obrigado.

Não houve resposta. *Urskumug* desviou o olhar, fitando o pequeno javali morto diante da entrada. Kymon sentiu seu

Os Reis Partidos

coração acelerar, incerto quanto à resposta de *Urskumug* diante de seu semelhante abatido. Mas a enorme fera caiu de quatro e atravessou a relva ardente para saltar a parede de rocha, aterrissando com apenas um salto no mesmo lugar de onde a Dominadora havia presenciado os acontecimentos. Levantou seu focinho e farejou o ar, depois olhou a distância.

Um último e prolongado olhar para Kymon e depois o javali se foi em direção às montanhas.

No lugar em que Colcu e Kymon estavam de pé, estupefatos com a velocidade da chegada e partida dessa antiga aparição, o recipiente de cristal fora estilhaçado. *Urskumug* o chutara em sua corrida até o muro. A criança de mel jazia sobre os cacos, uma figura deformada, coberta com o doce e pegajoso produto das abelhas.

— Ele agiu deliberadamente — Colcu disse, em voz baixa. — Eu o vi.

— Por quê? Por que quebrar a sepultura da menina?

Antes que Colcu pudesse responder, uma voz falou a eles da abertura na pedra:

— Creio que significa que devemos levá-la conosco.

Os jovens ficaram confusos por um momento enquanto observavam a aparição diante deles, rosto como a lua, corpo vestido de material escuro, mas de forma familiar.

— Merlin? — Kymon perguntou, cautelosamente. E então, com um grande suspiro de alívio: — Merlin!

Eu os encontrara. E eles estavam vivos. E Kymon achava-se orgulhoso de seu santuário improvisado, e eu não deixaria que ele soubesse que, quando percebi o que ele estava fazendo, havia dado eu mesmo uma boa chamada no Animal Ancião. Aquilo doera! Profunda, diretamente em meus ossos.

Robert Holdstock

Eu deixara Sonho da Lua escapar.

Kymon sorriu quando viu minha verdadeira face.

— Estamos muito longe do navio? — perguntou ele.

— Uma longa caminhada. Envolva a garota em minha capa.

— A garota? Essa garota? Ela começará a cheirar mal.

— Não por alguns dias. Ela está bem coberta. Mas as moscas serão um problema, alimentando-se do mel. Depressa. Temos que encontrar mais alguém antes que possamos voltar ao porto.

25

O manto das florestas

Segomas e o garoto não estavam onde eu os deixara, em um bosque encoberto pela floresta silenciosa, uma floresta imóvel, dormindo calmamente durante a ausência temporária do mascarado que a invocara.

Kymon percebeu que eu fiquei subitamente alarmado. Nós paramos na encosta arborizada da montanha, de frente para o vale, para o pálido leste encoberto pela névoa.

— Eu os deixei aqui...
— Quem?
— Segomas. O homem-carvalho. E aquele seu jovem amigo, Maelfor.
— Maelfor está vivo? — Kymon perguntou. Seus olhos se iluminaram. — Ele despencou de uma grande altura.
— Ele não se feriu com a queda.

O que acontecera a Skogen? Eu dei uma volta inteira no lugar onde parei, sondando a terra. Mas olhos mais afiados e jovens que os meus encontraram. Colcu! Ele estava rindo e apontando para a base da colina, onde a floresta, eu podia ver então, tremeluzia de um modo pouco natural. Havia um rapaz e um homem na orla da floresta, e o rapaz acenava para nós.

Os sobreviventes dos *kryptoii* derraparam e escorregaram pelo emaranhado de plantas, ladeira abaixo, para cumprimentar seu velho amigo. Eu os segui, de forma bem mais digna, mas não tão rápida.

Skogen tinha apenas "escorregado" colina abaixo, encontrando um lugar mais natural e de fácil acesso para descansar. Eu deveria ter me lembrado dessa característica das máscaras. Deixe-as por sua própria conta, sem mandá-las de volta, e elas encontrarão um lugar onde se sintam seguras: Morndurn dormindo nas profundezas do submundo, Sinisalo procurando pela companhia de outras crianças, Sonho da Lua achando a noite e o misterioso toque da própria lua. E isso se passava com todas as outras máscaras: o cão de caça procurava uma matilha de uivadores para a lua, o peixe seguia para as águas onde desovava, a águia ia para seu ninho de onde podia observar o círculo do mundo com seus olhos duplamente acurados.

Segomas voltou para as sombras; os rapazes se abraçaram.

E uma segunda surpresa esperava por nós. Saindo da escuridão vinham Urtha e Morvodumnos. Os dois estavam esfarrapados e arranhados. Havia tantas folhas presas aos seus cabelos que eles poderiam muito bem participar de um dos rituais que os druidas faziam na floresta. Kymon mal reconheceu seu pai num primeiro momento, mas depois se jogou nos braços dele.

Urtha estava ajoelhado, com seus braços fortes em torno do garoto falante. Kymon, além de aliviado por ver o pai, estava ansioso para contar-lhe a estranha experiência que vivera, e as palavras que se atropelavam em sua boca pareciam incoerentes e infantis, cheias de paixão e confusas nos mínimos detalhes.

Urtha, eu soube por Segomas, tinha encontrado refúgio para escapar da perseguição — a perseguição, sem dúvida, das criaturas da noite da Dominadora — em uma pequena caverna, bem ao lado do córrego que corria pelo vale. Todos nós fomos arrastados até essa região, uma parte da ilha que certamente era vigiada pela Dominadora, mas que ainda mantinha

Os Reis Partidos

memórias residuais do Inventor. Todos nós havíamos deparado com a força da Dominadora e todos nós tivéramos sorte em sobreviver. A perda daqueles jovens era uma tragédia; a perda de Talienze, um enigma que talvez jamais fôssemos capazes de resolver. Eles não tiveram sorte em escapar da perseguição.

Segomas estava desconsolado.Em pé na orla da floresta brilhante, tinha as costas para a terra nua. Eu fui até ele e vi a seiva em seu olhar.

Apesar de haver certo tom âmbar em sua pele, ele parecia quase humano. Havia até mesmo uma sombra de barba em seu rosto, um eco do homem por trás da casca, enquanto o duro carvalho era amaciado por Skogen.

— Tenho que deixá-los agora — disse ele. — Tenho de partir em busca de meus restos mortais.

Ele tremia. Atrás de mim, Urtha ria e os garotos conversavam, cheios de animação. Pela forma despreocupada como falavam e se comportavam, eles poderiam muito bem estar acomodados nos aposentos reais em Taurovinda, no fim de um dia de caçada.

— Segomas — eu disse —, você morreu, ou foi executado na Grécia. Nós não estamos na Grécia. *Esse lugar não é a Grécia.* E você morreu, ou foi executado, em um tempo que ainda não aconteceu. Você compreende? Argo e essa trilha nos enganaram de muitas maneiras. Quando deixarmos essa terra, logo estaremos de volta aos lugares aos quais pertencemos, mas há lugares que sequer existem. Não ainda. Sua morte ainda está por vir. Você não encontrará seus restos mortais aqui. Eles *não estão* aqui. Seria uma busca sem sentido.

— Eu estou aqui — insistiu ele. — Eu tive um sonho enquanto você estava fora. Eu soube da batalha que assolou Delfos naquela ocasião. Eu vi meu destino. Você estava certo. Fui reduzido a um manto de pele e a um crânio que serviu de máscara. Isso fica pendurado em um altar aqui, com quinze dos meus amigos. Fomos trazidos aqui como um tributo, para sermos trocados por algo. O sonho foi muito claro. Se eu tiver de esperar uns poucos anos, esperarei. Mas fui trazido para cá, e é daqui que poderei voltar para casa, para enfim encontrar minha própria sepultura.

Ele era insistente. E forte. A seiva reluzia em sua boca, bem como em sua sobrancelha.

Ocorreu-me, então, que havia uma enorme quantidade de características das máscaras que eu não entendia completamente. Não apenas que elas achariam um lugar confortável, se abandonadas, mas que eles tinham qualidades e habilidades que superavam aquelas que poderiam ser evocadas pelo usuário da vez: nesse caso, eu.

Skogen é uma floresta que lança uma sombra através do tempo não apenas no passado, mas também no futuro. "O manto das florestas" detectara Segomas no futuro dessa terra, em algum lugar em uma rachadura na colina, um vão na pedra, um quarto pintado, uma construção de pedra cheia de ervas e carne queimadas, de algum santuário do futuro.

Então, Segomas ficaria e Segomas esperaria.

Como seu nome, suspeitei, ele acabaria por sair-se "vitorioso" em sua busca, pequena e triste.

26
Uma criatura capturada em âmbar

A ilha estava atrás de nós, uma lembrança tão obscura quanto haviam sido as montanhas a oeste, nossa derradeira visão daquela terra, suas colinas dispersando todas as cores, só sombras se elevando acima do mar. Creta, a ilha de velhas lendas e invenções de guerra, desaparecera tão rápido quanto o sol se punha, conforme os ventos e o oceano favoreceram Argo e nos empurraram para norte e oeste.

Houve um momento — Tairon pôde senti-lo, assim como eu — em que as estranhas forças que haviam arrastado nossa expedição para a terra do Inventor nos abandonaram. O tempo foi restabelecido. O futuro havia sido trazido de volta com dificuldade. O mundo ecoante que a Dominadora criara, e que Argo havia usado para nos fazer tomar conhecimento de certos eventos, foi consumido pela elevação comum do mar e pelos fortes ventos que marcariam nossa longa jornada de volta para casa. Para Alba.

Nós éramos uma tripulação bem silenciosa, que perdera muitos membros, feliz com a generosidade dos ventos e a ausência de tempestades, que tornaram possível nossa chegada até os Pilares de Hércules. Ali nós içamos a vela e pegamos o vento norte, que nos levou ao longo da perigosa costa da Ibéria. E foi ali que, pela primeira vez, formamos um conselho para pressionar Jasão a nos contar os eventos dos quais ele dizia não se lembrar muito bem.

Estava bem claro, pelo menos para mim, que Argo havia removido o véu da obscuridade de cima de parte dos eventos no passado de Jasão, a bordo dele. Do momento em que deixamos para trás Stoechades, afastada da costa da Gália, o comportamento de Jasão mudou. Ele ficou mais preocupado e pensativo. Passava mais tempo no leme do que era necessário, e seu olhar — ainda que atento ao mar — estava distante e reservado.

Argo também se mantinha arredio; a deusa feia e séria não reagia às nossas tentativas de começar uma conversa.

Eu tentei, sem sucesso, explicar as alterações do Tempo a que a Dominadora e Argo haviam nos submetido durante nossa estada em Creta. Tairon entendeu até certo ponto — como rastreador de labirintos, um homem acostumado a emboscadas, era natural que ele tivesse, pelo menos, uma percepção da armadilha da qual nós havíamos acabado de sair. Mas estava além da capacidade de Urtha compreender como Segomas, por exemplo, viveria agora por centenas de anos até, em um dia bem distante, nascer; e como ele seria, depois de crescido, enviado para uma luta muito longe de seu país; e, depois disso, como ele seria jogado de forma cruel, ainda vivo, em um bosque cretense, para ser esfolado e ter seus órgãos devorados, a pele ressecada e transformada em um manto, um manto de muitas camadas, as outras camadas feitas da pele de seus companheiros de armas, também capturados; e como ele seria descoberto pela imagem de carvalho de sua carcaça feita por um espírito exilado e estranho vindo do início remoto da ilha onde ele, Segomas, finalmente encontraria sua paz no outro mundo.

Sinceramente, eu também achei o pensamento todo um pouco confuso. Como esses homens conseguiam compreen-

Os Reis Partidos

der o jogo dos séculos nunca foi uma pergunta que precisasse ser formulada: eles simplesmente não conseguiam. E quanto à mágica da Dominadora com os ecos múltiplos de terra e eventos que coexistiam em qualquer lugar... bem, era melhor nós deixarmos o assunto sem resposta e não discutido.

Argo havia nos guiado em direção a um entendimento das razões que explicavam o motivo pelo qual a terra de Urtha havia sido submetida à Terra dos Fantasmas.

Qual era a pergunta então? Como o Inventor chegara à Terra dos Fantasmas, um Lugar Sombrio, sim, mas de costas movimentadas, florestas ricas em caça, planícies vermelho-sangue e hospedarias de estruturas ressoantes às quais ele não pertencia?

Jasão me observou em meio à confusão de homens que o circundavam. O tempo estava ruim, uma chuva firme desabava sobre Argo, suas gotas escorrendo sobre nossa capa de pele de carneiro. Nós não estávamos seguros. Nosso estado era miserável quando Argo encontrou a passagem para o norte. No remo, Bollullos franzia o cenho enquanto mantinha o barco firme. Rubobostes esperava sua vez. Kymon se agachou com o pai debaixo de uma cobertura amarrada entre as amuradas, cada um deles pensando em Munda: um com esperanças de uma reunião paterna, o outro, pelo franzir em seu rosto, com pensamentos de dominação.

— O que você fez com o Inventor? — eu perguntei a Jasão.

Ele olhou para mim, o cabelo cinzento caindo sobre o rosto, o grisalho denso em sua barba pingando água. A intensidade em seu olhar nunca o abandonara. Aquele era um olhar que agora estava inflamado pela lembrança, a lembrança de uma segunda grande aventura.

— Não foi Jasão que fez — ele disse, referindo-se a si mesmo estranhamente na terceira pessoa —, foi a feiticeira. Ela o havia explorado, punindo-o, havia arruinado Jasão, sugado a vida de seu interior. Ela o consumira como uma libélula consome um membro menor de seu grupo, começando a comê-lo pela cabeça e seguindo até embaixo. Quanto mais ela o devorava, mais a fúria a consumia. E por quê?

— Por quê? — Urtha perguntou quando o silêncio após a última e enigmática afirmação de Jasão se prolongou.

Jasão olhou para o rei durante um longo tempo, pensando intensamente. Um sorriso mordaz tocou seus lábios. Depois ele olhou para mim.

— Porque aquele homem soube esconder seu talento. E Medeia não absorveu nada de seu coração. Ela não aprendeu nada. Tudo o que ele disse a ela foi: "A luminosidade cai do ar". Ela sabia que ele estava se referindo aos discos de bronze que eram lançados de algum lugar mais perto do que as estrelas, mas ele nunca explicou o que eles eram e de onde vinham. Ela ficou furiosa. Medeia arranhou os próprios seios com impaciência. Foi traída pela impaciência. Ela destruiu seu presente de casamento porque aquele homem, ou o que quer que ele fosse, foi embora — ou pelo menos despachou suas habilidades para longe — antes que minha boa e temível esposa pudesse encontrar uma brecha em suas defesas e retirar o duro tendão de sua invenção.

Ela o rechaçou, expulsou, rejeitou. Ela cuspiu a bravura dele, mastigada e indigesta, no chão. Os ossos, depois que esmigalhou entre seus maxilares, ela os pisou até se transformarem em farinha e arremessou ao vento. Eu não falo literalmente, é claro...

— Claro.

— Mas eu lembro como ela beijou-lhe os olhos antes de fincar os dedos neles. E eu lembro como ela sorria.

— Ela não aprendeu nada com ele?

Os Reis Partidos

— Nada de relevante.

— Então, ela o matou.

— Não — Jasão disse rapidamente. — De jeito nenhum. Ela o entregou de volta para mim.

Ele franziu a testa com a lembrança, balançando a cabeça. Depois sorriu, polidamente.

— Sim, ela devolveu o presente. Eu não percebi no momento, mas isso foi o nosso fim, o fim da união. O amor desde então não pôde resistir. Ela me abandonou tão rápido quanto abandonou o Inventor. Eu não entendi isso na hora. Ele havia sido o brinquedo dela. Eu ainda estava encantado por ela e me sentia bem-vindo dentro dela. Não havia percebido como seu sabor havia se tornado amargo. Ou, se percebi, achei que fosse mudança de lua, ou alguma transição desse tipo. Foi só depois, abandonado por ela, quando encontrei uma felicidade breve com Gláucia, que ela colocou a faca sobre a mesa, apontada para mim, para insinuar que eu é que estava fazendo as coisas de modo errado. E ela seguiu em frente, matando todos a quem eu amava, meus filhos, meus lindos filhos. Eu era o brinquedo dela também. Mas, naquele momento, ela estava cansada do jogo.

Nós o envolvemos em lona — *Jasão continuou* —, esse homem arruinado, Dédalo, metade metal, metade carne, louco de pedra, um estranho sonhador, a carne descartada de feitiçaria, o presente de amor descartado, gritando em linguagens estranhas, resmungando sobre seus infortúnios para os navegantes com coração de lobo que agora o levavam de Iolcos para negociar. Nós havíamos ouvido falar de terras estranhas, de riqueza incomum, longe, ao norte, onde cinco rios nasciam, dois deles fluindo para leste e oeste, dois para norte e sul, e um encantado.

Essa era a segunda grande aventura com Argo.

Mas o Inventor previu um desastre para nós, conjurando a visão de sua mágica. Ele não contava com a insensibilidade dos homens; nós o achamos engraçado. E esperamos que outros, estrangeiros, pudessem ser iludidos.

Um de nós deveria estar sempre atento, certificando-se de que ele não adoecesse, ou que seus membros não estivessem morrendo com o aperto dos laços ou amarrações. Nós colocamos uma venda em seus olhos, só por precaução: mesmo olhos cegos podem fazer mais do que ver, e tapamos seus ouvidos. Isso mostra o quanto estávamos com medo dele. Nós o alimentamos e lhe demos de beber. Havíamos levado heléboro, uma erva medicinal, para mitigar quaisquer dores que ele viesse a sentir. Prestamos atenção à sua necessidade de urinar e ao resto. Nós o virávamos regularmente para evitar o sangue negro que pode matar um prisioneiro. Nós o alimentamos e o mantivemos confortável, com água e vinho forte.

E continuamos remando em busca de nossa aventura. Ele estava pronto para ser trocado, se pudéssemos encontrar o reino certo com as mercadorias certas para trocá-lo e alguém disposto a fazê-lo, para deixarmos esse Inventor trabalhar com o que considerávamos sua mágica pouco convincente.

E nós encontramos tal lugar e tal homem. Eu esqueci seu nome. Ele era um rei daquela terra, um homem arrogante, obcecado por riqueza e vinho, cavalos e esposas. Seus sacerdotes, marcados por cicatrizes, de cabelo grisalho, reservados e adeptos de sacrifícios brutais, formavam um grupo cruel.

Eles receberam a oferta do Inventor com uma ganância e ferocidade de carniceiros. Nós o negociamos, lá em cima, próximo ao rio que eu agora sei que se chama Reno. Eles o levaram para um lugar fechado, e essa foi a última vez que

Os Reis Partidos

o vi. O que conseguimos em troca? Âmbar! Alguns dos mais estranhos âmbares que eu já vi. E essa foi a razão de nossa viagem rio acima e por terra. Criaturas aprisionadas na joia fina de âmbar. Nós sabíamos que poderíamos negociar tais peças, trocando-as por uma riqueza ainda maior para os santuários das ilhas de nossa própria terra natal.

Jasão deu de ombros, ergueu as mãos. Foi isso. O que aconteceu ao nosso Inventor depois? Acho que ele morreu. Esqueci dele rapidamente. Uma estação depois, de volta ao meu palácio, Medeia tentou me matar. Eu tentei matá-la. Armas não foram páreo para tal feitiçaria, e eu me retirei de sua residência, deixando-a lá para apodrecer. Eu não havia percebido o quão fácil ela poderia alcançar meus filhos e sacrificá-los. E o resto vocês sabem. Bem, pelo menos Merlin sabe.

Ele não disse mais nada. Eu não perguntei mais nada. Ainda tínhamos a parte mais difícil da viagem de volta para casa diante de nós, e dedicamos nosso corpo e toda nossa capacidade a essa tarefa.

27
Fantasmas

— Nós temos companhia.

O sussurro de Niiv me acordou. Suas mãos estavam em meu rosto, e ela me observava com determinação. Eu estivera dormindo coberto por peles, exaurido depois de um longo período nos remos. Havia o cheiro de umidade recente da alvorada em Argo e eu podia ver, pelo lento movimento dos ramos acima de mim, que o barco era levado lentamente para a região onde o rio Nantosuelta se estreitava antes de entrar no território do rei dos coritani, Vortingoros.

— Companhia?

— Cavaleiros. Cavaleiros misteriosos. Urtha está nervoso. Não apenas misteriosos, mas cavalgando por entre a não menos misteriosa névoa da manhã.

O rio ainda era amplo naquele ponto, margeado por salgueiros e amieiros, todos verdes, apesar de já ser outono. Eles brilhavam, cobertos pelo orvalho. Nos lugares onde havia intervalos no crescimento denso das árvores, era visível que a paisagem enevoada estava sendo percorrida por bandos de cavaleiros, que mantinham uma passada ritmada para nos acompanhar. Eles cavalgavam dos dois lados do rio. Um ocasional reflexo de luz, apanhado por um dos elmos e pela ponta das lanças, brilhava, ameaçando-nos.

Os Reis Partidos

Todos os homens estavam nos remos, exceto eu. Niiv e os jovens também tinham dormido depois que cruzamos o mar. Bollullos e Rubobostes, perto um do outro, nus da cintura para cima usavam toda sua considerável força, quatros braços bem musculosos, para manter a embarcação naquele ritmo moroso. Então, todos nós fomos para os bancos, tentar fazer o barco ir mais rápido.

Os cavaleiros imersos na bruma apertaram o passo logo atrás de nós. Seus cavalos relinchavam alto. Os arreios retiniam.

— O que você faz com esses tipos, Merlin? — Urtha me perguntou, enquanto agarrava seu remo.

Insubstanciais, nebulosos, desconfiei que os cavaleiros que percorriam a margem sul eram do Reino das Sombras dos Heróis. Já os cavaleiros na margem norte eram estranhos. Eles pareciam deslocados.

Quando sondei de forma discreta nossos acompanhantes, eles pareceram me notar. Aqueles ao norte galopavam rapidamente adiante, e logo nós os perdemos de vista. Quase que ao mesmo tempo, os cavaleiros do sul também se afastaram, desaparecendo na névoa.

O sol começou a nascer no horizonte atrás de nós, acabando com a neblina úmida.

Nós remamos e descansamos. Içamos a vela assim que houve uma leve sugestão de vento proveniente do leste. Os garotos caçaram pequenos animais, Niiv nadou no rio e pescou à moda de seu povo. Mas o avanço na subida do rio estava lento e nossa tripulação, cansada.

Quando enfim chegamos ao ancoradouro, próximo à fortaleza dos coritani, mandamos que Colcu fosse ter com seu tio. O rapaz voltou com três homens e mais três jovens de sua idade para nos ajudar a remar. Mas Vortingoros havia fechado seus portões e espreitava com vergonha e insegurança atrás de seus muros. Com os três homens, ele enviara cinco escudos, cinco lanças e cinco espadas, todos eles mostrando sinais de uso anterior.

Colcu estava furioso. Em silêncio e pálido, mal conseguia encarar a tripulação mais velha de Argo. Já Urtha não estava com tanta raiva quanto eu esperava que estivesse.

— Ele poderia ao menos ter nos emprestado cavalos — murmurou.

Jasão sorriu:

— Nós poderíamos tomá-los. Rubobostes e eu somos bons ladrões de cavalos, à nossa maneira.

— Vortingoros fez o suficiente por nós no passado. É a minha opinião — disse o rei, seco, olhos perdidos na distância, para a colina agora defendida até de seus amigos. Ele era um rei enfrentando dificuldades, que entendia as dificuldades de outro rei. — Vamos deixá-lo em sua infelicidade. Só saber que estamos de volta pode ser o melhor conselho. E, além disso, goste ele ou não, ainda haverá outras ocasiões em que a ajuda mútua se fará necessária antes que nossas vidas — todas as nossas vidas — tenham terminado.

— Há cavalos ao sul da fortaleza — Colcu sussurrou de repente, e com avidez. — Eu os vi. Mais ou menos quarenta. Cavalos selvagens, agitados. E vinte cabeças de gado. Ele tem atacado ao norte, meu tio, conheço seu estilo. Posso buscá-los com prazer para você. Cavalos *e* gado. Eu posso consegui-los. Cavalgá-los até ficarem obedientes e prontos para serem selados, e isso pode ser feito facilmente. Nós somos especialistas nisso! Você precisará dos braços de Rubobostes para os remos. Mas nós estamos prontos para a ação!

— Você roubaria o homem que se tornou seu pai? — Urtha olhou sério para o rapaz, mas Colcu não se intimidou.

Os Reis Partidos

— Pense nisso como um empréstimo. E, como você acabou de dizer, meu senhor Urtha, no fim nós seremos dois reinos lutando pela mesma vida.

Não demorou muito: Urtha concordou. Ele não permitiria que Kymon participasse do ataque, apesar dos protestos de seu filho. Kymon estava entusiasmado para agir ao lado de seus próprios *uthiin*, além de ávido por contestar a liderança de seu amigo. E comentou com o pai que, com um cavalo sob seu comando, poderia pular o rio, penetrar nas hospedarias e cavalgar para Taurovinda mais rápido do que poderia correr ou remar.

— Isso é sobre sua irmã — o pai o repreendeu. — Você está pensando apenas em como atirar sua irmã dos muros.

Kymon ficou de pé, desafiando o olhar de seu pai.

— Pois eu diria que você estava pensando em minha madrasta.

— Ullanna? Eu sonho com ela toda noite. Eu penso nela em cada momento do dia. Nós todos somos uma família, e todos nós, cada um à sua própria maneira, comandamos a Colina do Touro. Um grande homem jaz em suas profundezas. Uma grande dinastia o seguiu. Essa é a minha opinião, pelo menos. E minha filha é parte da linhagem de reis que começou com um rei partido, mas seguiu em frente para se tornar uma grande terra. Você e Munda devem se reconciliar.

Kymon sorriu, com desdém:

— No momento em que ela entrou na Hospedaria dos Cavaleiros de Escudo Vermelho, ela mudou. Eu consigo ver isso. Você não. Eu quero ver *você* como um rei partido. Eu não herdarei um reino partido.

— Então, confie, que eu sei mais do que você. Você não participará do ataque ao lado de Colcu.

Kymon finalmente aceitou a decisão de seu pai.

Colcu e seus três jovens recrutas falavam com os três homens mais velhos da fortaleza, pois não desejavam comprometer esses novos voluntários. Eles também concordaram que Vortingoros poderia poupar sua própria pilhagem. Eles também estavam desiludidos com o senhor da guerra coritani.

Os três homens mais velhos também permaneceram a bordo de Argo.

Outro amanhecer coberto por um manto de névoa. O rio estava vivo, com peixes pulando árvores que se debruçavam sobre ele; agitado com a movimentação dos cervos que chamavam a atenção de todos os homens nos remos, observando a oportunidade de atirar um dardo em um javali e garantir uma boa ceia. Acima de nós, grous voaram em círculos, aproximadamente vinte, perturbados em seus ninhos altos. Corvos, invisíveis para nós, gritavam, estridentes.

As redes surgiram na água tão repentinamente que, por um momento, todos nós imaginamos estar sonhando. Argo, surpreendido pelo obstáculo, deu uma guinada violenta. Nós caímos no meio da embarcação, remos desordenados. Em seguida, os gritos selvagens!

Nós estávamos na parte rasa do rio e os cavaleiros apareceram vindos do norte através da cortina formada por salgueiros, mergulhando na água com suas criaturas de crina negra para nos cercar. Usando mantos pesados, máscaras negras, espadas curtas e lanças que se erguiam com o tremor de suas costas, eles nos cercaram como lobos. Dois dos cavaleiros se lançaram no barco. Jasão golpeou o primeiro, e Bollullos jogou o segundo de volta no rio com uma poderosa guinada de seu corpo; mas no processo, sofreu um golpe forte e avassalador em seu ombro.

Flechas zuniam atrás de nós e passavam raspando por Argo. Uma lança curta pareceu se curvar na direção de Kymon, que

Os Reis Partidos

se esquivou para a esquerda com a *leveza* da juventude e agarrou a flecha, lançando-a de volta para o homem que havia atirado, mas encontrando apenas um escudo.

O relincho dos cavalos não era mais alto do que os gemidos de guerra dos agressores. Acima de tudo, o rio se agitava ruidosamente enquanto eles tentavam subir a bordo de Argo. Eles eram assassinos, eles eram rápidos. Um dos homens de Vortingoros tombou, atingido por uma lâmina, enquanto o homem que o atacou pulava do cavalo para a embarcação e depois de volta para o cavalo.

Niiv recuou sob as peles.

Tairon produziu uma funda com seu cinto, um apoio para pedra com sua bolsa e foi calmamente na direção dos agressores. Mas uma flecha o acertou no peito e ele foi atirado para trás, seus lábios espumando sangue. Eu vi Kymon arrastá-lo para baixo da figura de proa resmungona de Mielikki, e Niiv se apressando para estancar a ferida.

— Quem são esses bastardos? — Jasão gritou em meio à confusão. Ele e Rubobostes estavam abaixados, do jeito grego, apunhalando e golpeando; um exército organizado de dois homens contra o caos dos cavaleiros mascarados.

— *Dhiiv arrigi*! — Urtha disse em resposta. — Proscritos Vingativos!

— Você fez muitos inimigos — Jasão rugiu. Havia um sorriso em sua voz, misturado ao grunhido de seus golpes. Ele era um homem nascido para esse tipo de luta.

Eles haviam esperado por nós, esses "proscritos vingativos". Mas como eles souberam que nós estávamos chegando? Esse foi um oportunismo do gênero mais grosseiro, um ataque a Urtha comandado por nada mais do que o instinto vil ao qual esses antigos amigos, antigos campeões, esses homens que haviam traído o rei e eram feitos para viver como selvagens foram reduzidos: um momento de reivindicar o retorno de seu orgulho por meio do assassinato do homem que os expulsara.

Eles eram selvagens, mas não eram importantes, embora suas armas estivessem nos causando muitos prejuízos.

Subitamente, percebi que Jasão estava gritando o meu nome. Quando Argo foi puxado pela rede, adernando perigosamente, meu amigo pediu minha intervenção. Niiv também parecia estar gritando meu nome. Seu rosto era uma máscara distorcida de lágrimas e raiva. Mas Tairon, envolvido nos braços dela, acenava uma das mãos em minha direção: *não*, ele pareceu estar dizendo. *Não faça nada.*

Ele havia visto ou sentido o que eu falhara em ver ou sentir?

De repente, fora das árvores, fora da bruma, outros cavaleiros chegaram. Homens etéreos em grandes cavalos, homens e bestas espetacularmente armados. Se esse bando estivesse pronto para nos atacar, nenhum de nós teria sobrevivido ao encontro no rio. Mas os Não Nascidos estavam aqui como guardiães. Foram eles que nos protegeram ao sul do rio, talvez mantendo olhos cautelosos no bando ao norte. Eles entraram no rio, envolvendo-se em um combate brutal.

Eu ouvi meu nome ser gritado outra vez, vindo de um desses cavaleiros que haviam acabado de chegar. E vislumbrei, através da superfície de metal de seu elmo, os traços sorridentes de Pendragon. Ele e mais outros vinte afugentaram os *dhiiv arrigi*, golpeando-os, agarrando seus corcéis e arrastando os animais na direção da costa. O rio fluiu vermelho por um tempo, mas não muito.

Enquanto Kymon e seu pai cortavam a rede que prendia a proa de Argo, liberando o barco, que oscilou violentamente na água, Pendragon e seus cavaleiros-fantasmas saíram ruidosa-

Os Reis Partidos

mente do rio, enveredando pela cortina de salgueiros, as patas das montarias buscando apoio na margem enlameada. Com os cavalos dos Proscritos atrás deles, o bando de resgate desapareceu tão abruptamente quanto havia aparecido.

Depois, a voz de Pendragon pôde ser ouvida:

— Nós os esperaremos onde vocês acamparam quando o rio os atingiu.

E foi isso.

Mais tarde, Argo virou abruptamente no rio, um movimento tão repentino que nós fomos pegos de surpresa quando nossos remos, mergulhavam na água. Jogados de nossos bancos, rapidamente puxamos e guardamos os remos, e Argo embicou na direção da inclinação suave da margem, um lugar onde, ficava óbvio, o gado vinha se refrescar.

Essa era a forma que Argo tinha de se despedir de nós por um tempo, e nós rapidamente nos desfizemos do carregamento, sendo cuidadosos com a criança de mel em sua mortalha de muitas camadas. Bollullos, com seu braço atado em uma tipoia, foi o primeiro a desembarcar e correr para onde conseguia ter uma visão panorâmica para além do rio, um gesto natural de proteção para com seu rei. Quando ele sinalizou que tudo estava calmo, Urtha e Rubobostes pularam na parte rasa e receberam o corpo sem energia, mas ainda vivo, de Tairon. Niiv havia feito maravilhas com ele, mas a respiração de Tairon estava forçada e fraca, além de ele estar mais pálido que o cadáver que está perto de se tornar.

— Minha noite será mais breve do que a sua — ele sussurrara para Niiv, mas ela pôs um dedo em seus lábios.

— Não se eu conseguir encontrar o que preciso. Se eu pudesse ao menos levá-lo ao Norte! Mas eu acharei a erva de que preciso, você comerá e ficará pronto novamente para morrer outro dia.

À noite, nós tínhamos marchado pela floresta e chegado a um bosque amplo, onde havia cinco pedras cobertas de roseira brava, todas elas em uma linha, forjadas de diferentes formas, diferentes insígnias de uma época mais antiga. Cada uma delas se erguia em um pequeno monte. Esse era o Santuário das Cinco Irmãs, um daqueles lugares sagrados para os sacerdotes, usados em certas épocas do ano. Era também um dos marcos que dividia o território de Urtha do território de Vortingoros.

Em outras palavras, estávamos perto do novo rio, o braço prateado do Sinuoso que havia arrancado o coração de Urtha de sua fortaleza.

Nós descansamos naquele lugar, cansados da caminhada. A lua se ergueu sobre nós, mais do que parcialmente cheia. As pedras nos montes dos mortos começaram a cantar. Para mim, pelo menos. A sombra da lua que tocava levemente os círculos e espirais entalhados iniciou uma música inaudível para Urtha e Jasão, mas tão clara para mim quanto alguns sons são para os cães de caça. Eu observei enquanto as espirais se intensificavam com o movimento do meio disco brilhante. Eu ouvi quando a melodia tornou-se mais grave, prolongou-se, atingiu seu tom máximo e se transformou em um longo lamento, desvanecendo enquanto a sombra consumia tudo.

Niiv, eu acredito, também ouviu algo dessa canção antiga. Ela se encolheu perto de mim, seu pé descansando sobre meu, uma tentativa de companheirismo, um sinal de amor.

Seus olhos, contudo, estavam fixos nos monumentos, e sua testa franzida sugeria curiosidade.

— Você consegue ouvir a música? — perguntei a ela.

Os Reis Partidos

— Eu ouço algo. Algo estranho. Essas pedras têm formas estranhas.

Nós sentamos em um silêncio contemplativo por uns instantes, e ela perguntou:

— Eles são prisões? Ou palácios?

— Lugares dos mortos. Portões. Entradas.

— Mas prisões ou palácios?

— Os mortos voltaram para cá.

— Prisões ou palácios?

— Eu não sei. O que você acha, Niiv? Prisões ou palácios?

Ela se encurvou, seu olhar capturando o meu:

— Eu não tenho certeza de que haja uma diferença. Não importa a magnitude, não importa a extensão, há sempre muros para nos fazer recuar. Pelo que aprendi com Jasão, com Medeia, com aquele mundo inteiro e quente do sul, com seus aposentos de mármore e corredores circulares, não, eu não tenho certeza de que haja uma diferença. Agora, de onde eu vim, a terra em si é um palácio. Eu poderia andar na neve e na floresta e nunca encontrar um muro — ela encostou seu pé no meu outra vez. — E você sabe disso: pela Senhora da Neve, seu mundo é maior do que o imaginado. Seu palácio é o mundo propriamente dito. Sem muros, só um retorno para o ponto de partida. Onde *você* começou, Merlin? Eu nunca perguntei a você...

— De um vale profundo, coberto por floresta, cheio de cavernas, cheio de imagens, um lugar onde vários rios se encontravam. Um lugar onde vales se espalhavam em diferentes direções. Um lugar que os homens haviam visitado e nele acabaram ficando. Eu sou velho. Mas de onde vim, as pessoas que me criaram não eram tão velhas quanto o povo primitivo dos vales, onde eram ensinadas músicas e visões.

Niiv olhou para mim, um meio sorriso em seus lábios, as estrelas vivas em seus olhos claros.

— Você voltará para lá? No fim?

— Claro.

— Então, esse lugar é seu jazigo?

— Meu palácio. Minha prisão. Sim. Eu voltarei para lá. Não agora.

— Eu o encontrarei lá — ela disse, brandamente, com um tom de travessura. — Eu sei que sou só um passatempo em sua vida.

— Mais do que isso...

Ela desconsiderou o comentário com um sorriso.

— Não, não. Eu o conheço muito bem. Eu sei muito sobre você. Um passatempo. Mas eu o encontrarei lá, quando você finalmente descartar o cavalo de carga, a bolsa das costas, o cajado, a ilusão de virilidade. O Caminho em si. Quando você voltar para casa para pintar sua lembrança animal no muro da caverna, procure por mim. Eu farei um acordo com Mielikki. Mil anos a partir de agora? Eu o surpreenderei com um beijo! Nós pisaremos na encosta da montanha juntos.

Eu puxei Niiv para perto de mim. Ela se encolheu em meu abraço e trocamos carícias. Dessa forma, poderíamos tocar e aquecer um ao outro. Não que precisássemos de aquecimento nessa noite outonal úmida.

Ela estava com um humor estranho. Tentei adivinhá-lo com sentimentos comuns. Eu não queria sondar. Ela estava triste. Ela estava melancólica. Havia algo... como posso expressar isso? Eu tento me lembrar daquele momento agora, depois de tantos anos terem passado... ela estava muito só.

Nós dormimos.

Acordei ao som de grunhidos, a força crescente de Rubobostes puxando uma pedra que havia sido enterrada em

Os Reis Partidos

um dos pequenos montes. Ele havia soltado a pedra da terra escorregadia, deixando-a cair no chão.

Uma presença sombria apareceu atrás dele, observou atentamente a entrada exposta e acenou.

O homem rastejou e entrou no monte. Rubobostes levantou a pedra enorme, empurrou-a de volta ao seu lugar, tomou distância, correu e deu um chute poderoso nela, encaixando-a firmemente na encosta. Ele bateu levemente na grama irregular que a cobria e depois fez um sinal estranho para o monólito que se erguia acima dele.

Antes que eu pudesse perguntar o que estava fazendo, ele veio até a mim, acenando para Niiv, a garota visível apenas como um rosto pálido escondido em meu manto, e se abaixou.

— Ele pediu para dizer adeus.

— Tairon?

— Sim. Está morrendo. Ele sabe disso. Ele disse para lhe agradecer por ter procurado a raiz que poderia ter estancado o sangramento. — Isso foi endereçado a Niiv.

— Eu não consegui encontrá-la — Niiv disse em um tom triste.

— Ele falou para eu dizer que está indo para casa. Ele esteve em casa por um breve período e partiu outra vez para nos ajudar a chegar até aqui em Argo. Mas agora, encontrará seu caminho de volta através do labirinto.

— Qual labirinto? — Niiv perguntou.

Rubobostes olhou para a tumba.

— Isso foi exatamente o que eu perguntei a ele. Ele disse que tem certeza de que essa irmã em particular é a entrada para uma parte do labirinto. Se for, ele pode cuidar de seu caminho de volta para a ilha.

— E se não for?

Rubobostes pareceu confuso.

— Não me passou pela cabeça perguntar isso a ele.

O dácio se afastou e foi tentar dormir o que pudesse antes do amanhecer. Niiv suspirou e se aconchegou a mim novamente. Suas últimas palavras naquela noite foram de simpatia ao amigo cretense.

Tairon não seguirá adiante nesta história. Mas eu me lembrei da observação de Niiv quando havíamos nos apressado de volta para Argo depois do encontro com a mãe de Tairon, e todos os momentos de sonho e a caçada selvagem associada à Dominadora: que ela havia visto, ou acreditara ver, Tairon de pé na multidão, perto do porto.

O rastreador de labirintos chegara em casa, eu tinha certeza. A história dele depois disso ainda está por ser contada e é algo que só ele pode fazer.

Perto do fim do dia seguinte, nós começamos a sentir uma vibração no chão abaixo de nós, em ritmo contido e regular, uma sensação peculiar. A floresta atrás de nós parecia reagir também. Estava silenciosa e tensa, exceto pelos pássaros que voaram repentinamente em espiral antes de pousar de repente.

— Está vindo de trás de nós — Jasão disse.

— Não. Da frente. — Urtha olhava ansiosamente na direção do sol poente.

— Não. A vibração vem de lá! — gritou o grego, e quando nós viramos, quatro pequenas presenças em cavalos arfantes surgiram correndo em nossa direção. Pernas chutando, cabelo flutuando, cada um conduzindo um punhado de cavalos que resistia, relinchava, mas seguia na corrida.

Colcu e Maelfor escorregaram triunfalmente da manta que cobria o lombo de seus respectivos corcéis. Suando e sorrindo, eles nos saudaram:

Os Reis Partidos

— Apenas dezoito — Maelfor disse para os homens —, mas tivemos sorte de adquirir mesmo estes. Colcu viu os cavalos...

— Mas eu não vi a guarda — Colcu confessou, embora ele também estivesse se divertindo, olhando para Kymon. — Eles correram como uma boa caça.

— Felizmente, estavam bêbados — Maelfor concluiu. — Não fosse isso, poderia ter sido pior.

Ele virou o pescoço para mostrar a listra vermelha de um arremesso de lança que havia raspado sua carne em vez de se enterrar em sua espinha.

Os cavaleiros e seus animais foram acomodados. Eles precisavam mais de água do que qualquer coisa, e havia um pequeno córrego perto.

Então, Bollullos disse:

— Eu posso sentir a terra sacudindo.

Era uma vibração — ou melhor, uma série contínua de batidas ritmadas — do tipo que poderia ser ouvida em um barco, a batida de tambor sinalizando a velocidade dos movimentos para os remadores. Algumas das batidas eram mais rápidas do que outras. A sensação toda era de mecanismos em funcionamento na terra, sons da terra, o batimento cardíaco da invenção.

Jasão e eu trocamos um rápido olhar.

— O Inventor — ele disse, calmamente.

— Oficinas de Invenção — eu adicionei.

Ele assentiu:

— Nós estamos perto.

PARTE CINCO
A Bela Morte

28
Sonhos dos reis

A floresta estava cheia de espíritos. Foi assim que Niiv os descreveu, mas eles eram muito terrenos, fantasmas com carne, uma legião de Não Nascidos de diferentes tempos, acampados em grupos ao longo da escarpa. Naquele lado do rio, eles eram vivos e precisavam de comida e calor. Suas fogueiras queimavam e eles assavam carne enquanto anoitecia. Havia fogueiras até onde minha vista alcançava.

Distribuindo-se ao longo da colina leste, eles vigiavam o fluxo amplo e ilusoriamente calmo do rio Nantosuelta, na margem do novo Reino das Sombras dos Heróis. O céu a oeste resplandecia, tomado por faixas de um vermelho-rubi intenso. A hospedaria que nós conseguíamos ver dali estava escura, sombreada, já envolta pelos ramos espessos e inclinados das árvores. Uma legião observava a terra que lhes pertencia, na qual eles deveriam estar esperando. Mas era evidente, pelo número que nós vimos quando cavalgamos entre eles em nossos cavalos claudicantes e agitados, que eles também tinham sentido a necessidade de escapar do avanço do Reino das Sombras dos Heróis.

Eu tentei identificar cada uma das hospedarias enquanto cavalgávamos para o lado oposto da floresta, mas elas haviam aumentado de tamanho, grotescas e deformadas pelo tempo, extensões de colina e floresta. Suas esculturas, um dia claras, estavam

Os Reis Partidos

distorcidas, caretas desfiguradas, rostos estilhaçados e membros malformados. A luz brilhava em suas reentrâncias.

E abaixo de tudo, havia aquela sequência enfadonha de batidas ecoando, algumas rápidas, algumas lentas. Nós sentíamos isso em nossos pés e cabeça, e o Nantosuelta sinalizava isso nas ondas sutis e tremores em sua superfície, fragmentando a luz de tochas e do crepúsculo em uma mostra de cores que dançavam por toda a sua largura. Depois do pôr do sol, passamos por mais duas hospedarias.

Eu procurei por Pendragon. Kymon e Colcu andavam a meio galope adiante, também procurando por ele. Em determinado momento, ouvi alguém chamar meu nome e cavalguei até o homem alto e de cabelos negros que estava de pé diante de uma tenda redonda. Eu o reconheci, mas não consegui me lembrar de seu nome.

— Bedavor — ele disse. — Eu sou o curandeiro da espada e o portador do estandarte de Pendragon.

— Ah, sim. Eu me lembro de você.

— Então, lembre-se bem de mim — o homem de barba escura disse com um sorriso. — Nós levamos tantos golpes nesse mundo distante de nosso próprio reino, que é provável que nasçamos tão assustados quanto irreconhecíveis.

Eu entendi o que ele queria dizer. A maldição do Não Nascido, explorando o mundo que seria dele um dia, era carregar para sua vida real todas as cicatrizes e rompimentos que ocorriam durante essas viagens prematuras.

Abandonei a posição incômoda que ocupava sobre meu pequeno cavalo e me abaixei para entrar na tenda. Urtha ia entrar logo atrás de mim, mas o portador do estandarte de Pendragon colocou gentilmente a mão para detê-lo. Eu olhei para Bedavar.

— Ele não pretende desrespeitá-lo, de forma nenhuma — Bedavor disse ao rei —, mas seria melhor se não dissesse e nem perguntasse nada. Esse é um momento perigoso para alguns de nós.

Urtha concordou, embora parecesse perplexo. Kymon seguiu seu pai, mas foi impedido de entrar, assim como Bollullos, que encarou Bedavor com tanta dureza que eu senti que seus olhares iriam se despedaçar como pedra aquecida. Mas o homem de Urtha recuou. Assim, foi Jasão que se inclinou para entrar no interior espartano da tenda, alisando sua barba grisalha enquanto seus olhos sagazes exploravam o interior.

Pendragon estava sentado sobre peles, no centro de um círculo pequeno formado por seus companheiros. Seus escudos e armas achavam-se empilhados no centro do círculo, e cada um deles tinha um prato de carne na sua frente e uma caneca de cerâmica ao seu lado. Os que estavam de costas para mim olhavam ao redor com curiosidade, com uma expressão dura e mal-encarada. Havia dois espaços nesse círculo, e eu ocupei o que ficava do lado oposto do chefe de guerra. Jasão se agachou desconfortavelmente ao meu lado, colocando sua espada, ainda embainhada, na pilha. Ele acenou de um jeito casual para Pendragon, um grego tão distante de seu nascimento, que acontecera no passado, quanto estava seu anfitrião distante de seu nascimento no futuro. Urtha agachou-se perto da entrada, cobrindo seu ombro com o manto, como se estivesse se escondendo, ciente, eu tinha certeza, de que estava na presença de um rei não nascido de sua própria linhagem.

Os companheiros do rei não nascido eram homens rudes, desgrenhados e cobertos de cicatrizes. Aquele não era um bando muito satisfeito. O homem do qual eu me lembrava como Boros não tinha dois dedos na mão que segura a espada,

Os Reis Partidos

e estava irrequieto com os tocos de dedo cheios de sangue, amarrados com um nó, enquanto olhava para mim, como uma criança que verifica, ainda que um tanto distraída, seu brinquedo quebrado. Eu me perguntei se ele já estava ciente da infância interrompida que enfrentaria dali a gerações, depois de sua chegada chorosa ao mundo.

Eu fiquei surpreso em saber que aquelas feridas haviam sido adquiridas na defesa de Argo contra os *dhiiv arrigi*. Os cavaleiros de Pendragon pareciam ter afugentado os Proscritos com facilidade. Na verdade, aquela luta havia sido a última de muitas. Na ausência de Urtha, quando mais de duzentos homens dos mercenários andrajosos haviam se reunido e começado a pilhar as aldeias dos coritani, Pendragon decidira ajudar. Vortingoros havia entrincheirado seus homens em sua fortaleza protegida.

— Eu sei que estamos em dívida com o Rei Supremo — Pendragon se dirigiu a Urtha através do círculo —, então eu pensei que ajudá-lo nessa ocasião seria uma boa retribuição.

— Obrigado — disse Urtha em voz baixa.

— Como eles sabiam que vocês estavam voltando para cá, eu não sei. Mas eles sabiam e esperaram por vocês em vários pontos ao longo do rio. Pouco a pouco, fomos diminuindo a quantidade deles em enfrentamentos. Mas — ele olhou para mim, pesaroso — também perdemos muitos dos nossos. Eu tive muitos sonhos de meu tempo como rei, e com os bons campeões, meus cavaleiros, que cavalgarão comigo. Em cada sonho, aquele séquito era menor. Muitos serão natimortos. Isso nos faz perceber que fomos precipitados. Experimentar a vida antes do nascimento foi loucura.

Eu sabia do que ele estava falando. Ele e os membros sobreviventes de sua guarda — Bedavor, Boros, Gaiwan e mais alguns — teriam de cavalgar de volta para a Hospedaria do Presente Impressionante, se conseguissem, e ficar o resto de seu tempo de espera para nascer onde pudessem se preservar de qualquer dano. Eu poderia estar certo de uma coisa: quando esse homem finalmente nascesse e crescesse, não faria nada de forma precipitada. Ainda que ele fosse carregar consigo muitas marcas por causa de suas atividades no tempo de Urtha, a insensatez não estaria entre elas. Ele seria um rei prudente. Não havia dúvidas de que ele seria precipitado em sua conduta com as mulheres — não há um feitiço conhecido que possa curar um homem disso —, mas havia se posicionado no Tempo para ser um líder forte e poderoso.

Eu olhei adiante no tempo, para encontrá-lo outra vez.

— Há um tipo diferente de perigo nos esperando quando voltarmos ao Reino — Pendragon concordou. — Aprisionamento. Abandono. Desolação. Se os boatos estiverem certos, haverá para cada um de nós um barco que nos levará para nossas novas vidas.

O olhar de Pendragon escureceu, e seus olhos se focaram nos meus:

— Há algo que eu preciso mostrar a você. Mas depois, se você não se importar.

— De forma nenhuma — eu respondi.

— Por uma questão de praticidade: todos nós aqui temos de retornar. Mas uma vez lá, nós lutaremos para fazer com que o Reino das Sombras retorne às suas fronteiras originais. Quando meu pequeno séquito cavalgar com fúria de volta pelo rio Nantosuelta, nós podemos levar outros conosco, não muitos, mas se você, Merlin, puder reservar uma sombra de feitiçaria para camuflá-los, nós poderemos contrabandear muitos dos homens do rei para dentro de suas respectivas terras.

Os Reis Partidos

Ele olhou para mim.

— Você aceita?

— Posso dar um jeito — eu disse, tentando pensar em como faria isso.

— Bom. Mudando de assunto: Boros, Gaiwan e eu nos aventuramos de volta enquanto vocês estiveram longe. Vocês ficaram longe por muito tempo. Eu não sei se perceberam. O Reino está meio adormecido. É uma terra estranha, a que fica além das hospedarias, mas no centro, sua fortaleza... — ele deu uma olhadela na direção de Urtha antes de continuar —, é uma prisão. Um lugar de isolamento. É como uma ilha. Há um homem lá chamado Cathabach, que conhece você...

— Cathabach ainda está vivo? — Urtha se levantou.

— Ele estava quando o conheci. Assim como sua filha e sua esposa. Eles estão se escondendo abaixo da colina. Ele tem uma mensagem para você: que o sonho de Munda vinha do Portão de Marfim. Um sonho falso, acredito que ele tenha querido dizer. Ele disse isso e me deu outras três mensagens; para você "ouvir, ponderar, entender e responder". Palavras de Cathabach, não minhas.

Isto foi o que ele disse:

Um sonho tortuoso ergueu os Mortos.
Vingança e uma ânsia pela vida guiam suas ações.
O filho de um rei partido é o responsável pelo sonho tortuoso.

A tenda ficou em silêncio por alguns instantes, e então Pendragon murmurou algo para o homem à sua direita e todos os seus homens levantaram-se e deixaram o lugar. Quando partiram, um deles me tocou suavemente no ombro, outro fez o mesmo com Jasão. Nós deixamos a tenda. Urtha ficou para trás.

Quando ele apareceu, seu semblante estava um tanto pálido, preocupado, mas não angustiado.

— Aquele foi um encontro estranho — foi tudo o que ele disse. — Pendragon promete fazer que eu seja lembrado por meio de histórias. E de sua escolha de nome. Parece que ele sonha com seu tempo por vir.

— Eu sei. Eu o ouvi dizer isso também.

— Sim, você ouviu. Nesse ínterim, eu tenho que voltar à minha fortaleza. Você me ajudará, lançando um feitiço de camuflagem sobre mim, Merlin? Pode fazer isso?

— Você sabe que eu posso.

— Bom. E o que você fará a respeito dos versos de Cathabach?

Nós nos afastamos um pouco da tenda e fomos até um lugar onde, através da floresta, conseguíamos vislumbrar o lado distante do rio.

Eu queria dizer a Urtha que palavras atribuídas a Cathabach eram estranhamente parecidas com palavras ditas por um homem morto, que falava depois do momento de sua morte. E que isso era muito suspeito, porque elas não se pareciam com um discurso que eu teria associado a Cathabach. Mas elas tinham a aura da verdade para eles.

— É tudo sobre Durandond — eu disse. — Durandond tem a chave para isso. Ele tem as respostas.

— Durandond? Ele está morto há gerações.

— Ele está agora no Outro Mundo, no Reino das Sombras dos Heróis. Ele nunca esteve lá antes. Isso não havia me ocorrido até agora, mas quando fomos à Terra dos Fantasmas há poucos anos, ele não estava lá. Não se achava entre os mortos. Estava sempre abaixo da colina, nas profundezas de Taurovinda.

— O rei fundador tem as respostas?

— Eu tenho certeza disso.

Os Reis Partidos

Olhamos em silêncio para a fachada em ruínas da hospedaria do outro lado do Sinuoso. Ela pareceu gemer para nós, quase acenando para que arriscássemos, precipitadamente, uma visita às suas profundezas abarrotadas.

— O que fazemos então? — Urtha perguntou calmamente. — Estou em desvantagem sem um plano estratégico de campanha.

— Você deve voltar com Kymon e Pendragon. E com todos os *uthiin* que seu descendente achar que é seguro.

— E você?

— Eu encontrarei Argo outra vez. O barco não nos deixou, não ainda. Ele conhece caminhos para a colina. Durandond estará lá. E depois nós podemos achar uma maneira de cuidar do Inventor. Ou o que quer ele tenha criado dentro de suas fronteiras.

Urtha estremeceu, balançando a cabeça. Ele não me olhou diretamente:

— Você, então, tem a intenção de acordar Durandond dos mortos?

— Eu não tenho escolha.

— Nós o chamamos de rei adormecido.

— Eu sei. Eu vivi em Taurovinda por muito tempo. Eu sei o que você pensa sobre Durandond.

— Sempre consideramos que incomodá-lo não seria aconselhável. Há profecias sobre isso. Os poetas escrevem poemas a respeito. Mas dificilmente eles os declamam.

— Parece-me — eu comentei — que seu rei adormecido já foi bruscamente acordado.

Eu coloquei minha mão em seu braço e o rei, de cenho franzido, parou de repente.

— Eu nunca contei isso, mas conheci Durandond quando ele era um jovem temerário.

Surpreso, Urtha simplesmente ergueu as sobrancelhas, esperando uma explicação.

— Sim. Ele veio até mim para que eu lhe falasse sobre seu futuro. Mas eu não fiz isso. Bem, não falei nada, a não ser sobre a colina que ele encontraria e sobre a qual ergueria sua cidadela. E foi o que ele fez.

Urtha sorriu.

— Taurovinda! Mas ele veio da terra dos exilados. Ele veio com mil campeões, mil homens, mil crianças, e mil carroças, empilhados alto com os ancestrais dessa terra. Isso foi o que nós aprendemos. É tudo o que sabemos. Tumbas foram cavadas na colina, onde os ancestrais, e depois o próprio Durandond, foram enterrados. O santuário de Cathabach, o pomar, esconde as entradas. Nada deve incomodá-los, ou os muros de Taurovinda vão ruir sobre a planície, e os ossos da colina serão expostos. É o que aprendemos. É o que sabemos.

Atrás de nós, Bedavor me chamou. Ele estava de pé, perto da tenda, acenando para mim. Pendragon levava seu cavalo para longe do rio.

Minhas últimas palavras para Urtha foram:

— Em breve, você saberá mais.

Bedavor tinha um cavalo separado para mim e eu cavalguei pela floresta com Pendragon, seu "curandeiro da espada" e quatro de seus companheiros, que cavalgaram atrás de nós até chegarmos à beira de um lago raso, cheio de juncos. Bem no centro do lago, uma garça alta aterrissou na proa de um pequeno barco afundado. A madeira parecia podre. O pássaro magnífico subitamente se deu conta de nossa presença e se lançou em um voo calmo e sinuoso, circulando o lago antes de voar, rasteiro, para dentro da floresta.

Os Reis Partidos

Pendragon procurava algo no chão. Ele pegou quatro pedras pequenas, e deu duas delas para mim. Um sorriso se insinuava em seu rosto.

— Você acha que consegue acertar aquele barco? Sem usar truques, eu digo.

— Eu fico ressentido com a implicação de que eu trapacearia. Ele sorriu.

— Você não será bom para um rei no futuro, a menos que esteja preparado para trapacear, meu amigo. Observe isso!

Ele arremessou uma pedra. Ela acertou a proa do barco afundado. Um segundo pássaro, surgido do nada, bateu as asas para longe, amedrontado. Ele deveria estar fazendo ninho escondido. Eu arremessei uma das pedras que ele havia me dado. Ela fez uma curva à esquerda e errou o alvo pela distância equivalente ao tamanho de um homem.

— Esse jeito é interessante — disse ele, e fez a pedra pular sobre a superfície da água. Cinco pulos e ela submergiu.

Eu fiz o mesmo com minha pedra. Ela atingiu a água sete vezes, depois acertou o barco exatamente em cima da superfície do lago.

— Nossas vidas em dois arremessos de uma pedra.

— Eu não entendo — eu disse, enquanto Pendragon sorria para mim, buscando meu rosto, olhando-me de cima a baixo.

— Claro que entende. Eu tive meu flerte com a terra que um dia será minha. Agora, devo me recolher até ser chamado pelo nascimento. Um único arremesso. Você pulará ao longo dos anos, tocando aqui, ali, até um dia me encontrar.

— Você parece muito confiante de que estamos destinados a nos encontrar no futuro.

Ele bateu de leve na cabeça.

— Sonhos. Eu os tenho todo o tempo. Vejo você muitas vezes. Foi por isso que eu o procurei, muitos anos atrás, quando veio pela primeira vez a Alba naquele barco encantador.

Sua expressão ficou sombria por um instante, seu olhar pairou sobre o lago. A superfície ondulou e atrás de nós os cavalos bufaram impacientemente.

— Um dos sonhos foi mais como um sonho acordado. Exatamente aqui, exatamente onde estamos sentados. Estava frio e a névoa cobria tudo. Nós estávamos nos movendo para leste, para esperar por você. Havia um bando de mercenários que teve a mesma ideia, e ficamos de olho neles. Bedavor e os outros estavam dormindo. O crepúsculo se aproximava. Vindo de algum lugar misterioso, um barco surgiu subitamente, deslizando sobre o lago, afastando-se de mim. Duas mulheres usando os vestidos mais estranhos que eu já vi, incrivelmente coloridos, cintilando com pedras azuis e o dourado do metal, remavam sem descanso, os olhos presos em mim. Uma terceira mulher estava sentada de costas para mim. Seu manto era verde com barra vermelha. Seu cabelo sob o capuz verde era da cor do cobre, brilhante. Ela estava cantando: uma voz triste, mas até que bonita. E a música, embora eu não entendesse suas palavras, era assombrosa e emocionante ao mesmo tempo. Fiquei arrepiado. Enquanto ela ia desaparecendo nas brumas, olhou sobre o ombro, e eu percebi que o braço de um homem se apoiou sobre a borda da pequena embarcação, seus dedos tocando a água. E eles se foram.

— Você acha que esse foi um sonho de sua morte — eu sugeri.

— Eu estou certo disso.

— Talvez fosse um sonho de seu transporte da Terra dos Fantasmas para uma vida nova.

Os Reis Partidos

— Eu não havia pensado nisso — ele murmurou, franzindo o cenho. — Mas que mulheres estranhas. De onde elas vieram? Tudo nelas estava errado.

Ele olhou para mim e sorriu de uma forma resignada.

— Não é a hora nem o lugar para fazer tais perguntas, eu suponho.

— Pensamento sábio.

— Voltando para as pedras que pulam — Pendragon prosseguiu, quando nós voltamos para Bedavor —, você pulou ao longo dos séculos, deixando ondulações. Mas ainda não atingiu o marco, você atingirá o seu marco comigo. Sei em meu coração e em meus sonhos mais profundos que você e eu ficaremos ocupados um dia cuidando dos interesses um do outro. Então...

Ele segurou meu braço com força.

— Guarde muito do que você chama de feitiço para mim. Você tem a reputação de não desperdiçar seus talentos. Nos anos que estão por vir, eu não o quero velho e fraco, uma presa fácil para vagabundos e para os ardis de mulheres como sua encantadora Niiv.

— Tarde demais para isso — eu murmurei de forma tão discreta quanto minha respiração.

Se ele me ouviu, não demonstrou. Quando pulamos nas selas e nos viramos na direção da escarpa, para a legião e para o rio Nantosuelta, ele disse:

— Eu posso levar Urtha, Kymon, um, talvez dois de seus companheiros. O resto terá de se arriscar com outros bandos que estejam retornando. Passar pela hospedaria não será a parte complicada. Difícil será protegê-los no outro lado.

— Kymon vem comigo — eu respondi. Eu já tinha planos para Kymon. — Você pode levar Colcu?

— Tudo bem. E Jasão? O que acha de Jasão? Enquanto você esteve longe, um jovem perguntou por ele.

Nós diminuímos para um meio galope, sentindo a rápida aproximação da noite.

— Quão jovem era ele? — perguntei. O manto de Pendragon esvoaçava atrás dele. Sua voz estava áspera. Outros pensamentos ocupavam sua mente agora.

— Cansado de viagem. Cansado de luta. *Assassino dos Reis*, eu acho que ele disse que esse era o seu nome. Ou Rei dos Assassinos. Um grego. Um bastardo arrogante. Eu mal conseguia entender uma palavra que ele dizia.

— Orgetorix?

— Algo parecido com isso. Sim — ele concordou. — Ele veio para matar Jasão. Melhor alertá-lo.

Pendragon e seu curandeiro da espada iam bem à minha frente, e o céu estava baixando.

E no meio da confusão que acontecia na fronteira da Terra dos Fantasmas, o filho sobrevivente de Jasão estava à espreita.

Durante a noite, bandos de Não Nascidos retornaram para o Reino das Sombras, fazendo barulho ao atravessar o rio e cavalgando rapidamente pelas portas abertas das hospedarias. A legião foi dividida em duas. Mas restaram fogueiras na escarpa, um exército determinado de homens, mulheres e crianças, preparados para arriscar sua vida futura para deter a expansão do Reino das Sombras até a terra que havia sido forjada por seus ancestrais, e que eles forjariam nas gerações por vir.

Em algum momento durante a noite, Pendragon e seu séquito atravessaram o rio também. Urtha e Bollullos, Colcu e Morvodumnos cavalgaram entre eles. Eu os disfarçara com um simples feitiço tirado de Cunhaval, o espírito do cão de caça no mundo. Foi a melhor coisa na qual pude pensar. Para quaisquer olhos

Os Reis Partidos

que os vissem, pareceria que Pendragon cavalgava com seus homens e cães. A ilusão poderia ser facilmente desmascarada, mas esses futuros campeões cavalgavam com uma urgência vital.

Os homens de Caiwain e Vortingoros iriam comigo.

Com Niiv agarrada em meu braço — ela estava nervosa, irritada por eu ter desaparecido do acampamento por tanto tempo —, saí em busca de Jasão. A escarpa era uma confusão de fogueiras brilhantes, iluminação que vinha do outro lado do rio e escuridão total. A superfície do rio Nantosuelta reluzia como ouro ondulante.

Kymon nos seguiu em silêncio e de mau humor. Eu poderia dizer que ele estava ansioso e até frustrado para retornar à sua terra, a fim de encontrar sua irmã. Eu o convencera de que viajar com Argo o levaria para perto de sua irmã e de sua madrasta. Eu esperava estar certo.

Encontrei Jasão na beira do rio, enrolado em um manto negro, com uma sacola de suprimentos pendurada em seus ombros. Rubobostes estava agachado na margem do rio, segurando um barco pequeno e raso pelas amarras. Um barco a remo simples, muito primitivo, seus lados pintados com verde e azul iridescentes, peixes e árvores vistos em um abraço íntimo, que eu reconheci na hora em que o vi.

Aquele era o barco de Medeia; o desenho – usando pedra moída com o brilho da noite, que ela havia achado no vale onde nós crescêramos — era como ela decorara seu próprio barco, enquanto tudo o que eu havia feito com o meu fora usar giz para riscá-lo com linhas e espirais. Olhos Ferozes sempre se divertira com meu talento limitado e medíocre para arte.

Teria Jasão percebido a origem desse barco frágil? Quando me aproximei dele, ele se virou para me olhar, e tive certeza de que sim, ele percebera.

Ela estivera entre as árvores, observando-o. Usava as vestes da Sacerdotisa do Carneiro, mas o véu estava levantado, revelando seu rosto. Medeia segurava dois pequenos barcos idênticos pelas amarras, evitando que fossem levados pela correnteza, mas assim que Jasão alcançou a margem mais distante, ela permitiu que um dos barcos partisse. Ele deslizou sobre a água e foi para longe, girando sobre a água e logo se perdendo na noite, exceto por aquele lampejo de fosforescência. O outro barco, quando ela o liberou, foi direto até Jasão e Rubobostes, como se enfeitiçado: que, é claro, ele estava.

Rubobostes o agarrara pela corda que se arrastava atrás dele.

— Ela ainda está me observando. Eu posso sentir — Jasão disse. Seu humor estava sombrio e incerto. — O que ela quer? Isso é uma isca e eu sou a presa dela. Tenho certeza disso.

Eu não disse nada. Se tivesse expressado uma opinião, teria dito que, por experiência pessoal, nada que vinha de Medeia poderia ser previsível. A verdade pode ter sido o perfeito oposto de seu temor, e então me lembrei de minha última conversa com ela, quando parecera tão madura.

— E o outro barco — ele continuou, olhando ao longo do rio. — Por que dois barcos? Quem está atravessando no segundo? O que ela pretende?

— Há apenas uma forma de descobrir isso: atravessar o rio. Mas a coisa certa, a coisa mais segura para você é ficar aqui e se defender de qualquer ameaça que venha das portas daquela hospedaria.

Rubobostes rosnou ao ouvir minha sugestão, e ficou em pé, ainda segurando a corda:

— Não ouça o que ele diz, Jasão. O segundo barco foi enviado para mim, mas escapuliu. Sou eu que deve ficar aqui. Você está levando Argo para algum lugar rio acima?

Os Reis Partidos

Eu percebi que a pergunta era endereçada a mim.

— Sim. Argo pode nos levar abaixo da fortaleza.

— Então, em algum momento, ele vai precisar de seu capitão — o dácio respondeu, virando-se para olhar sobre seu ombro para o grego. — Esse barquinho poderá carregar dois de nós. Esperarei aqui por você. Passe aqui para me pegar. E, quem sabe, talvez você encontre meu cavalo! Eu estarei ao seu serviço para o resto de minha vida se você conseguir encontrar meu Ruvio, meu bom cavalo. Eu sinto falta daquela criatura.

Jasão me olhou quando tirou o pacote de seus ombros e o arremessou para o dácio, para que ele o colocasse no barco.

— O que ela pretende? — ele sussurrou outra vez.

Eu deveria contar-lhe sobre seu filho? Eu tinha apenas o relato de Pendragon sobre o fato de Orgetorix estar na terra, procurando pelo pai. Se o garoto e o homem fossem se encontrar, isso se daria sob circunstâncias que escapavam ao meu controle, ou ao controle de qualquer outra pessoa, ainda que eu tivesse certeza de que Medeia estava tendo um pouco de ajuda.

Mesmo agora, não consigo entender por que tomei a decisão de não contar a Jasão sobre a proximidade do filho primogênito, o menino que fora favorecido no passado e agora era homem; um homem que havia lidado brutalmente com o pai num passado recente, desatento às circunstâncias reais de sua existência nesta idade moderna. Parecia que a vingança ainda era um sentimento forte na mente do jovem. Ele atravessara meio mundo atrás de Jasão, meio mundo desde o oráculo de Dodona, na Grécia, onde eles haviam se enfrentado, até aqui.

Então, novamente: talvez ele estivesse perseguindo sua mãe.

Esse era um resultado que eu deixaria para quaisquer que fossem os "destinos" que estavam imitando a história de Jasão e seu filho, o menino que enfrentava touros.

— Rubobostes está certo — foi tudo o que eu disse, e Jasão deu de ombros e pulou dentro do barco de Medeia. O dácio se ergueu e empurrou o barco para o rio. Jasão usou um pequeno remo para mantê-lo em movimento, mesmo enquanto o rio Nantosuelta o arrastava para fora da visão, levando-o para a escuridão e para o Outro Mundo.

Assim que ele se foi, encontrei um pedaço de madeira, arranquei a casca e me sentei, recostando-me numa árvore, para entalhar a imagem de um encantamento. Eu não fazia isso havia anos, e era catártico e absorvente. Eu suponho que tenha entrado num estado de transe, ou quase, meio consciente do que eu estava fazendo, meio vagando pela memória.

Em algum momento naquele estado de isolamento, ouvi Kymon, que estivera dando uma busca nas cercanias, descer a colina e se sentar perto de Niiv. A mulher estava mantendo distância de mim, observando-me, mas concentrada em seus próprios pensamentos.

— O que ele está fazendo? — eu ouvi o filho do rei perguntar. — O que ele está fazendo lá embaixo, Niiv?

— Esculpindo em um pedaço de madeira.

— Por quê?

— Eu tenho a sensação — ela respondeu depois de um momento — de que depois que terminar de esculpir... todos nós vamos para o oeste.

Houve silêncio por um momento. E Kymon disse:

— Isso é bom. Eu não irei em nenhuma outra direção. E quando chegar lá...

Ele refletiu, taciturno.

— Quando você chegar lá...? — a mulher da terra do norte insistiu.

— Não importa o que eu encontre naquele mundo quando eu chegar lá. Eu o tomarei de volta.

Os Reis Partidos

— Aquele mundo ficará surpreso com a sua chegada? — a garota provocou.

— Ele sabe que estou chegando.

Depois, ele desceu a encosta até a beira do rio, sua sombra projetada pela lua me atravessando. Eu olhei para ele e encontrei seu olhar firme. Sua expressão estava mais dura, ou aquele era simplesmente um truque da luz?

— Você está acordado? Ou vagando em algum sonho?

— Estou acordado.

Seu olhar não vacilou.

— Uma vez meu pai me disse que eu nunca poderia ser um rei quando homem, a menos que aceitasse ser treinado para isso enquanto ainda fosse criança. Agora eu sei o que ele queria dizer. A ambição temperada com raiva, petulância e com jogos ciumentos de infância levam a reis fortes e reinos fracos. Ambição deve sempre ser temperada com um conselho sábio. Um entendimento que só pode vir com a idade.

— Então, você descobriu que não será um grande rei, por hora.

— Apenas um homem na sombra de grandes reis. Entre grandes homens. Mais do que isso, não me cabe julgar.

— Você tem estado sonhando? Isso é uma visão?

— Eu tenho pensado. Nada mais do que isso. Eu confiarei visões a você, a homens como você. Mas não me dê as visões de minha vida futura, nem da vida de Munda.

— Eu não sou um *curandeiro*... para prever a sua vida, para dizer o que você deve fazer. Eu achei que você soubesse disso.

Ele balançou a cabeça.

— Eu não entendo o que você quer dizer. Você fala por enigmas, Merlin. É o que eu espero de mentes que brincam com o Tempo. As palavras de meu pai também. Boa sorte para você. Mas nada disso importa agora. Meu pai e eu escolhemos atravessar o rio separados um do outro. Tudo está partido. Mas

Colcu, meu grande amigo, também escolheu cavalgar separado de mim. Para ajudar em minha própria terra. Então isso tudo está *forjado*. E o mais importante de tudo é que minha avó e minha mãe ainda jazem naquela terra. Você sabia que uma coruja circunda a sepultura de minha avó?

— Sim, sabia.

— E que um touro surge da terra para proteger minha mãe?

— Sim, sabia.

— Sabedoria e força. Ainda que estejam mortas, elas serão uma força com a qual contar.

— Mães sempre são.

— Você está rindo de mim.

— Não. De jeito nenhum.

— Eu estou falando como uma criança. Coisas óbvias.

— Nem sempre óbvias, eu lhe asseguro, mesmo para homens moribundos. Seu pai também lhe disse para pensar claramente, para ouvir com atenção e nunca agir com pressa?

— Provavelmente. Eu não lembro. Exceto a parte sobre pressa. O que ele disse foi: há sempre um momento para agir com raiva, mas esse momento nunca é quando você está com raiva.

Eu joguei a vara de feitiço no rio e a observei flutuar pela noite.

— Eu conheço essas palavras. Outro homem, um rei, uma vez as disse para seu filho. Seu pai não poderia tê-lo conhecido, contudo.

— Quem era ele?

— Ele se chamava Ulisses. Um grego dos tempos de Jasão. Você já ouviu falar sobre ele?

Kymon pensou um pouco e respondeu com a afirmativa.

— Ele lutou com o mar depois de lutar com os troianos. Eu me lembro agora. Um homem engenhoso. Seu grande cavalo de guerra foi feito de madeira. Ele cavalgou contra os muros da cidadela e os derrubou. E ele bradou que os homens eram

Os Reis Partidos

iguais aos deuses, e foi punido por arrogância. O mar o abduziu para ser seu escravo por sua vida toda. Havia um deus feroz no mar. Mas, por fim, sem compaixão, ele concedeu a Ulisses um único ciclo da Lua para ficar com a esposa dele, antes que fosse levado de volta para o mar. Essa foi a história que Cathabach me contou.

O que eu deveria acrescentar dessa história antiga para esse rapaz orgulhoso? Eu deveria inspirá-lo com uma narração sobre como Ulisses reivindicara sua casa de volta durante aquele breve presente de tempo? De sua matança friamente calculada dos homens inferiores que haviam aparecido em sua terra em sua ausência, abelhas para as flores, para seduzir Penélope, sua esposa sempre de luto? Um ciclo de lua concedido com sua esposa depois de uma vida inteira perdida.

E ela não sabia que ele já estava morto quando Poseidon — o deus sequestrador — deu a ele uma breve liberdade. O amor transcendeu a morte. A esposa já estava morrendo quando eles se encontraram naquela lua. Eu espero que eles se encontrem outra vez no Hades.

Mas durante o tempo em que esteve em sua terra, ele a livrou dos impostores, encorajou seu filho a ser um grande rei e levou uma cor ao semblante pálido da mulher que abandonara havia tantos anos. Tanto foi feito em tão poucos dias.

Quanto da história poderia influenciar uma mente em desenvolvimento, uma ambição temperada com cautela, olhos bem abertos, coração disparado, palavras sussurradas em seus ouvidos que estavam agora, como o homem que ele estava se tornando, preparados para ouvir? Um rapaz com uma mente de águia, preparado para receber a ideia da limitação.

Eu não sei o que havia acontecido com Kymon desde que deixáramos Creta. Mas seus pensamentos a respeito de Munda estavam mudando. Pela segunda vez naquela noite, escolhi não fazer um comentário simplesmente por não entender que aquele fosse o meu papel no momento.

Kymon se retirou e Niiv desceu para ficar comigo, contorcendo-se para se acomodar dentro do meu manto, respirando suavemente enquanto esperávamos. A mão que apertava a minha estava fria. Niiv tremia. Eu acho que dormimos.

Acordamos quando fomos alcançados pelos primeiros raios de luz, cobertos de orvalho, o rio obscurecido pela neblina pesada. O casco de Argo se erguia na água perto de nós, sua quilha fazendo marcas na lama como se estivesse se aproximando com todo o vigor. Mas o barco veio suavemente, cortando a terra, embicando ao nosso lado em silêncio, empurrado por mãos desconhecidas, grande e coberto de ervas daninhas, madeiras rangendo, o olho furtivo em sua quilha, azul-celeste, emoldurado em escarlate, observandonos enquanto se deslocava ao poucos para mais perto, cutucando-nos e nos tirando de nosso sono. A embarcação se inclinou e suspirou, elevando-se sobre nós, derramando suas lágrimas frias; a água nos refrescou. Kymon veio descendo e escorregando sobre a escarpa.

Suba a bordo e se apresse!

Eu invento as palavras, embora tenha certeza de que elas foram sussurradas para mim. Tudo em Argo sugeria a pressa desse convite. Eu chamei Caiwain.

Outra vez o barco pareceu sussurrar para mim: *Deixe-os aí.*

Kymon havia corrido o declive abaixo e dado uma cambalhota no casco, depois se inclinou para ajudar Niiv a subir pela prancha antes de puxá-la de uma forma desajeitada. Eu ouvi o riso deles ao caírem sobre os bancos.

Em seguida, duas cabeças surgiram sobre as amuradas, uma escura, a outra loura, ambas cheias de juventude.

— Vamos, Merlin — disse o garoto.

Os Reis Partidos

Mãos se esticaram para mim e me arrastaram. Ossos rasparam na parte inferior das minhas costas. Da popa, Mielikki fazia uma careta. Ou talvez fosse uma risada reprimida. Argo deslizou de volta para o Sinuoso e a névoa se aproximou de nós.

— Remamos agora? — Kymon perguntou, quando nos encolhemos entre o carregamento espalhado.

— Eu acho que esperamos — foi tudo o que eu consegui pensar em dizer.

— Estou com fome — Niiv anunciou.

Kymon afastou a capa externa da criança de mel. O corpo estava começando a aparecer, apesar de nossos melhores esforços em mantê-lo frio.

— Pegue um pouco de mel — ele disse, com um sorriso.

Niiv fez uma careta para ele.

— Espere até *sua* barriga começar a roncar.

À noite, nós estávamos na terra de Urtha. E Urtha também, assim como Jasão, mas nós nos encontrávamos a certa distância uns dos outros. Foi Niiv que disse, enquanto perscrutávamos do rio os movimentos misteriosos do novo Outro Mundo:

— Isso parece uma dança de cisnes: onde vocês todos circundam o campo invernal enquanto a música toca, e têm de adivinhar quem é seu parceiro. É uma tradição no Norte. Todos usam máscaras de pássaros e cobrem as mãos com penas. Mãos são reveladoras demais, mesmo apenas à luz de tochas. De vez em quando, você escolhe uma pessoa e se encontra com ela no meio do campo invernal. E você roda e dança na neve e depois descobre se pegou a pessoa certa. Se for este o caso, você vai para o centro do campo. Se não, volta para a margem. E continua circulando. E é como um cisne dança, não é? É uma dança no chão. Mas uma dança de guerra no chão. Tudo está nas margens nesse momento. Agora, nós devemos encontrar o centro.

29
Sombras efêmeras

— Há algo errado aqui. Eu sinto no ar. — Niiv parecia assustada.
— Você sente no ar? E que cheiro tem o "algo errado"?
Ela olhou para mim de cara feia.
— A "coisa certa" tem uma fragrância diferente.
Não pude deixar de rir daquilo. Mas ela estava certa. Apesar de o Reino das Sombras dos Heróis ter avançado, atravessando o Nantosuelta, alcançando o reino de Urtha, consumindo floresta e planície, vilarejos, pastos e fortaleza, o Outro Mundo ainda não ocupara completamente o lugar. Aquela era uma conquista instável, desafiadora, uma presnça repleta de fúria. A terra não fora subjugada. A Terra dos Fantasmas a controlava, mas isso era tudo. Ao longo desse trecho do rio Nantosuelta, eu havia visto o surgimento das hospedarias, mas elas ainda não estavam completas, aumentando aos poucos e tomando forma, erguendo-se do solo, ainda lutando para se firmarem e defenderem a Terra dos Fantasmas.
— Devemos desembarcar? — perguntou Niiv.
Como se respondesse, Argo afastou-se da parte rasa e continuou subindo o rio. Kymon agora parecia intuir o que estava acontecendo. Ao nos aproximarmos da curva do rio que demarcava o começo da floresta, ele se animou:
— Ali! Olhem ali! É a nossa terra!

Os Reis Partidos

A floresta! Um lugar extenso, repleto de montes e mágica, uma área cheia de árvores que se estendia ao longo do rio até onde um dia de caminhada alcançasse, e ia em direção à fortaleza de Taurovinda, através da Planície da Batalha do Corvo. Mil ou mais tumbas, mais proeminentes do que as Cinco Estrelas, estavam escondidas dentro daquela floresta, algumas tão grandes e velhas que se achavam cobertas pelas árvores, outras aninhadas em bosques, suas aberturas baixas de pedra sussurrando com o alvorecer e suspirando com o entardecer.

Ali jaziam os restos mortais daqueles que cavalgaram bravamente na Terra dos Fantasmas. A maioria das sepulturas era de mausoléus, algumas poucas eram "passagens que levavam para baixo". Aquelas sepulturas sempre me deixaram muito intrigado.

Naquele instante, contudo, foi o vislumbre fugaz de um homem alto, envelhecido, andando em uma das muitas trilhas por entre a floresta, que chamou minha atenção. Ele manteve o passo, acompanhou o fluxo lento de Argo na água. Estava manchado pela luz e sombra. Ele não estava aqui ou lá. Era um homem morto. E Kymon, fascinado, em um primeiro momento, com o reconhecimento de nosso amigo perseguidor, de repente tornou-se sombrio.

— É Cathabach. Mas ele nunca andou daquele jeito em vida.

Finalmente, no lugar em que um córrego pequeno e raso cortava o bosque, Argo embicou através das árvores e foi calmamente na direção da lama. Um pequeno túmulo erguia-se dos dois lados de cada um de nós. As figuras de ossos fragmentados que haviam sido erigidas para guardar esse lugar se inclinaram na nossa direção, suas vestes maltrapilhas, seus crânios esverdeados pelo musgo; suas posturas eram de homens cabisbaixos e ainda havia certo poder nelas, um pequeno poder, que servia para afastar os intrusos.

Cathabach subiu em um dos montes, olhando para baixo em nossa direção. Seus traços pálidos subitamente brilharam, purpúreos, seus olhos vazios cintilaram. Sua carne fora fortalecida. Eu não havia feito isso, mas quando olhei rapidamente para Niiv, ela desviou sua cabeça.

Pela primeira vez, desde que a conhecera, não critiquei o uso imprudente de suas pequenas habilidades mágicas.

Kymon pulou de Argo e andou rapidamente na direção daquele homem, daquele que falava pelos reis. E sem dar atenção ao fato de que Cathabach estava morto, ele colocou seus braços ao redor do corpo do druida, abraçando-o, e olhou para sua mão, ajoelhou-se e beijou os dedos frios.

— Estou feliz em vê-lo.

— Esse é um momento de passagem, Kymon. Muito pouco tempo.

— Eu sei. Na ilha, nós acabamos de navegar vindo do que eles chamam de "efêmero".

— Não importa. Há coisas mais importantes.

— Nós lidaremos com elas — o jovem disse, levantando-se.

— Nós lidaremos com elas primeiro. Mas você precisa me dizer quem o matou. Porque, mais tarde, vou precisar lidar com isso.

— Depois eu contarei a você.

— O momento poderá ter passado.

— Você descobrirá quem fez isso comigo. Eu garanto. Eu preciso falar com o seu pai.

— Ah.

Cathabach olhou para mim.

— Urtha morreu?

— Longe disso. Mas nós fizemos a travessia separados. Ele entrou por uma das hospedarias.

Cathabach pensou sobre essa informação, e depois olhou resignado para o garoto.

Os Reis Partidos

— Ele estará se arriscando, então. Tudo o que eu teria lhe contado é que sua fortaleza está tomada agora. Talvez você consiga entender isso, Merlin.

Kymon afastou-se quando Cathabach desceu a encosta do monte onde estava e veio ter comigo. Ele reconheceu Niiv. A mulher estava pálida e tensa, seus olhos se movendo daquele jeito que sugere transe. Havia linhas em seu rosto e um cheiro estranho vindo de sua pele. Ela estava ajudando Cathabach a se manter naquele estado, mas isso custava-lhe muito. Rapidamente, coloquei meu braço sobre o dela, tomei o poder do feitiço para mim e o direcionei ao druida. Cathabach não estava atento a essa transferência de poder, mas Niiv arquejou, curvou-se, engasgou e se sentou encolhida, mantendo sua cabeça baixa, o cabelo cobrindo seu rosto, esforçando-se para respirar. Ela parecia alguém que se recuperava após beber algo muito forte.

— Urtha cruzou o rio disfarçado. Ele e muitos outros estão invadindo este lugar ao lado de um rei Não Nascido.

— Pendragon?

— Sim.

— Então, ele estará seguro. Mas quando você encontrá-lo, alerte-o de que ele não deve tentar entrar em Taurovinda.

— Se eu conheço Urtha — e eu realmente conheço Urtha —, ele tem toda a intenção de tomar sua colina de volta.

— Como eu também — disse uma voz baixa, vinda dos arbustos.

Kymon me lançou um olhar que disse tudo: você cuida dos seus assuntos, e eu e meu pai cuidamos dos nossos. Eu não havia percebido que ele conseguia ouvir essa conversa sussurrada.

Havia um meio sorriso em seu rosto, contudo, e um olhar firme em sua expressão que atestava sua força crescente.

Isso seria complicado. Kymon não estaria falando como falou a menos que tivesse toda a intenção de invadir a fortaleza. Cathabach não estaria lutando para ficar no presente a menos que soubesse de algo.

De onde estávamos, mergulhados na floresta, Taurovinda era uma colina distante, de muros elevados e torres altas, uma sombra negra contra o céu. Parecia sem vida, mas isso era só ilusão.

Cathabach disse:

— O lugar não mostra nenhuma diferença aparente. Mas abaixo da superfície, a colina está transformada. Há câmaras lá que parecem mais seguras do que outras. O rio corre furioso como nunca através das passagens. A nascente transbordou e toda essa área é perigosa. Mas há pontos de entrada no pomar. Eles não são muito evidentes, mas tudo o que você precisa fazer é ouvir o som que a terra faz ao respirar. Duas entradas, uma delas leva para o pai fundador.

— Durandond? — Kymon perguntou.

— Sim — disse Cathabach. — Outra, a descida antiga, leva à força esmagadora que está transformando a terra.

Ele olhou para mim e, ao dizer isso, voltou seu olhar baço para o garoto.

— Mas antes, você deveria encontrar Munda. Ela está escondida e com fome. Está muito assustada.

Kymon franziu a testa ao saber disso.

— Foi por causa de minha irmã que os Mortos tomaram a colina. Foi por causa de minha irmã que eles invadiram as hospedarias. Ela os encorajou. Ela os recebeu.

— Ela estava errada — Cathabach disse calmamente. — Ela logo descobriu o quanto se enganara. Ela não estava atenta à força que guiava essa invasão. Mas agora ela é a sua única chance de retomar a colina. Tenha muito cuidado com a forma como vai julgá-la.

Os Reis Partidos

Cathabach olhou para mim novamente e pela última vez.

— Você me encontrará em algum lugar aqui, quando for o momento certo. Eu esperava atravessar o rio, mas ele me poupou esse trabalho.

— Eu sentirei sua falta.

— Eu acredito que sim. Se eu tivesse tido mais algumas poucas habilidades simples, teria ficado para ajudar. Mas a ajuda está a caminho. Observe o feixe de luz — ele franziu a testa. — É muito estranho. Quando nós nos falamos antes, há muito tempo, quando você sugeriu que havia uma mente por trás da invasão dirigindo as coisas, tive a impressão de que você estava se referindo a um homem. Mas não é um homem. Muito estranho. Independentemente do que seja, está na colina, transformando-a. Seja cuidadoso.

Ele andou atrás de mim, rosto lúgubre, carne fria, o último lampejo do "efêmero" se desvanecendo nele enquanto procurava por um lugar no qual esperar seus restos mortais serem descobertos. Ele se enroscaria em uma árvore, imaginei, ou na saliência de uma das grandes pedras cinzentas que se erguiam sobre o chão coberto de musgo.

Independentemente do que seja, está na colina — transformando a colina.

Agora sabíamos onde o Inventor havia se estabelecido.

Minha mão foi tocada por outra, pequena e fria.

— Não fique triste — Niiv disse.

— Eu pareço triste?

— Você pode atravessar e vê-lo a qualquer hora que você quiser. Ele nunca estará longe de você. Você pode viajar entre os mundos.

— Sim, mas Urtha não pode. Você sabia que Cathabach era irmão dele? Se eu estou triste, é pelo rei.

Robert Holdstock

— Não, eu não sabia.

Ao mesmo tempo, olhamos na direção de Kymon. Ele estava emoldurado por duas árvores, seu corpo pequeno e ousado contra a luz sombria que havia subitamente inundado a Planície, um vislumbre de sol através do céu que parecia esbravejar. Ele estava olhando para sua casa, braços cruzados, muito calmo. Quando Niiv e eu nos aproximamos, ele olhou de volta brevemente antes de retornar seu olhar para o lugar onde os corvos se banqueteavam com os mortos.

— São meus olhos, Merlin? Eles estão falhando? Ou Niiv estava certa? Há algo errado. Eu pareço ver duas terras ali. Uma é a planície. MaegCatha. A outra é muito parecida com a ilha que nós acabamos de visitar. Eu posso sentir o cheiro de outono na planície e ver a fumaça das aldeias, e há gado pastando e cavalos correndo. Mas é verão no outro lugar. E eu vejo aquelas árvores de folhas cinzentas. Oliveiras. E carvalhos com seus troncos contorcidos. E pontas de granito, como dentes quebrados; pedra por todo lugar. E como você chama aquelas ervas perfumadas? Alecrim, não é?

— E tomilho, lavanda, sálvia.

— O cheiro delas está em todo lugar. Estou olhando para a terra de Tairon.

— Eu disse a você que podia *sentir no ar o cheiro* de algo errado — Niiv sussurrou.

Taurovinda se erguia na distância, uma montanha negra, seus muros altos e torres aparecendo como uma escarpa desnivelada, nua contra o céu.

Na planície entre nós, a floresta estava crescendo. Bandos de criaturas vagavam e pastavam; cavalos trotavam, desenfreados. De vez em quando, um lampejo cinzento indicava que um caçador em plena atividade passava por ali.

E permeando tudo isso, uma presença fantasmagórica vinda das colinas perfumadas e cheias de árvores de Creta.

Essa nova Terra dos Fantasmas seria um lugar difícil de atravessar.

Depois, quando a impaciência de Kymon para com minha hesitação atingiu seu auge, pois ele estava ávido para entrar aos gritos em sua fortaleza, um lampejo dourado surgiu na distância. Em seguida, houve um segundo. Uma fagulha seguindo outra fagulha através de uma das terras que se sobrepunham. As fagulhas desapareceram sob a colina, e depois vieram dançando sobre a escarpa, girando de formas diferentes. Elas desapareceram novamente, dessa vez atrás da floresta. Quando emergiram, foi da face ampla da floresta, e uma fagulha veio diretamente em nossa direção, a outra ziguezagueou em seu caminho.

E, logo, nós começamos a distinguir as formas de carros de guerra. E depois disso, os gritos agudos dos condutores.

Um vale os escondeu por um breve momento, e quando eles reapareceram, foi tão perto de nós que nos assustamos. Conan estava ali. Gwyrion açoitava furiosamente os dois corcéis brancos que arrastavam seu próprio carro, tentando alcançar o irmão.

Quando Conan, por fim, reteve seus cavalos, fazendo o carro de guerra derrapar perigosamente para a esquerda com um tremendo barulho, ele estava ofegante, mas sorrindo. Como sempre.

Gwyrion estava praguejando quando, em seguida, alcançou o irmão. Ele fez pequenos movimentos com as rédeas, e seus dois cavalos brancos saltaram sobre o carro de guerra de Conan, fazendo o rapaz se jogar no chão. Os animais correram uma boa distância na direção da floresta antes de diminuir o galope.

O carro de guerra dourado de Gwyrion capotou e colidiu contra uma árvore, embora seu condutor também tivesse, no último momento, imitado seus corcéis em um salto acrobático sobre a cabeça de Conan.

— Meu irmão venceu a corrida, mas eu tenho mais estilo — ele anunciou alegremente. Depois, franziu o cenho e olhou ao redor. — Onde estão os outros?

— Outros?

— Nós fomos enviados para buscar dez ou mais de vocês. Jasão? Urtha? Seus *uthiin*?

— Viajamos separados, embora eu imagine que eles pudessem precisar de ajuda. Quem pediu a sua intervenção nisso?

Como eu havia suspeitado, a resposta foi "Cathabach".

— Ele nos chamou dos bosques — Gwyrion adicionou. — Não estávamos muito longe dali. Eu não sei qual feitiço ele usou, mas nós o encontramos. Infelizmente, ele nos enviou para leste, para o novo rio. Nós exploramos as margens por dias.

— Até que me ocorreu — Conan interrompeu —, que Argo estaria navegando de volta na direção da fortaleza.

— Você está dizendo que a ideia foi sua? — Gwyrion se indignou com o irmão.

— Sim — Conan disse, com um sorriso.

— Isso foi decidido em uma conversa, como você bem sabe.

— Sim, mas fui eu que comecei a conversa!

Eles discutiram por um tempo.

Kymon inspecionava os carros de guerra. Ele estava muito impressionado com eles, passando os dedos nos símbolos e rostos que decoravam as laterais.

— Dois? — ele disse, depois de um instante, sorrindo enquanto olhava para Conan. — Você roubou *dois* carros de guerra? Seu pai deve estar furioso. Ele terá as cabeças de vocês e

Os Reis Partidos

depois começará uma nova família. Vocês estão mortos, meus companheiros; dessa vez, não há escapatória.

— De jeito nenhum — Conan disse. Ele e seu irmão ergueram as mãos. Nenhum outro dedo havia sido cortado e substituído por gravetos pelo pai tão rígido que eles tinham.

— Llew, nosso paizinho bem-humorado, cedeu seu carro de guerra de sua própria garagem. Ele está muito bravo com o que aconteceu ao seu pacífico Outro Mundo.

— Como também está o nosso tio, Nodens. Essa é a contribuição dele. — Gwyrion desvirou o carro e inspecionou os eixos e rodas, buscando algum dano. — É mais pesado de dirigir do que o de nosso pai, o que mostra por que Conan teve vantagem na corrida.

— Não comece com isso. Eu lhe dei uma boa dianteira justamente para compensar.

Eles recomeçaram a discutir os detalhes da disputa por um minuto ou dois. Niiv tinha ido furtivamente até a floresta e agora conduzia os cavalos suados de volta para o carro de guerra, dando-lhes tapinhas delicadas. Ficou decidido que Gwyrion iria para leste em busca de Jasão e da comitiva de Urtha, que cavalgava com Pendragon. Conan nos transportaria em grande estilo direto para o seio da colina.

Ele pertencia a esse outro mundo e poderia ir e vir sem levantar nenhum tipo de suspeita, mesmo guiando um carro de guerra todo feito de ouro.

30

A luz da visão e o falso sonho

Munda acordou tão subitamente, e dando um grito tão surpreendente, que Ullanna, encolhida perto dela no catre estreito, gritou de susto. A mulher mais velha escorregou para fora das peles que a aqueciam e caiu sobre Rianata, que também acordou, sobressaltada. Munda estava sentada na cama.

Elas encontravam-se na casa de Cathabach, dentro do pomar. Outras seis mulheres também dormiam lá. A casa tinha um teto baixo, mas aconchegante. Oito janelas estreitas estavam abertas para deixar entrar o ar da noite. Um toque de luar iluminava o material usado pelo druida. As máscaras e figuras desajeitadas, confeccionadas com madeiras variadas, eram estranhas. Mas as mulheres haviam se acostumado a elas. O lugar era perfumado com as ervas da floresta.

— O que foi isso, menina? — Ullanna perguntou, ao rastejar de volta para sua cama dura. E viu a expressão nos olhos de Munda.

Ela pegou o rosto da garota em suas mãos.

— O que *foi*?

— O pássaro está aqui. O cisne está aqui.

Ela estava vivenciando *imbas forasnai*, a luz da visão!

Ullanna se afastou, acendendo uma pequena vela de cera, observando a garota sob sua luz, percebendo o arquear das costas, os olhos bem abertos, o meio sorriso, a busca interior.

Os Reis Partidos

— Conte-me mais — Rianata sussurrou. — Leve o tempo que quiser. Respire fundo.

A Alta Sacerdotisa aproximou-se da garota e usou sua veste noturna para enxugar o suor que lhe corria pelo rosto.

Munda declamou:

— O pássaro está aqui. O cisne está aqui.

— Eu vejo a força dominadora.

— Ela dorme. Ela acordará.

— Ela vem com um irmão que está cheio de raiva.

Munda se levantou de seu catre, ficou de pé e correu até uma das janelas estreitas, olhando para o pomar. Dois olhos enormes se abriram para fitá-la, e o cão de caça de metal rosnou com toda a força de sua garganta, erguendo-se de sua posição de guarda e caminhando mecanicamente para o abrigo. Munda permaneceu em sua posição, olhos estreitos se encontrando com o olhar brilhante. A garota estava em um transe. Depois de um momento, o cão de caça virou e voltou para onde estava enroscado.

— Um barco de sombras!

— Um homem que veste o manto de florestas!

— Dois pais procurando e com medo — Munda sussurrou.

Em seguida, finalizando a visão avassaladora, ela se virou e caiu nos braços de Ullanna. Uma garota encantada com o que havia compreendido.

— Merlin! Ele está vindo. Ele parece tão próximo, que poderia quase estar aqui agora, na casa desse homem velho.

Ullanna olhou ao redor, para as peles e os couros; os escudos finos de madeira e as máscaras que estavam jogados pelo abrigo, criando áreas escondidas, faziam do santuário de Aquele que Fala pelos Reis uma confusão.

Munda tocou suavemente o queixo de Ullanna, como se estivesse ciente do nervosismo dela e fez um som para acalmá-la.

— Ele está aqui. Ele está perto. Nós deveríamos tentar sair, tentar encontrá-lo.

— Sair? — Ullanna ansiava por retornar ao mundo externo. O portão estava bem próximo, mas elas pareciam tão seguras ali. Graças à deusa da floresta, Nemetona, por mandar Cathabach em seu socorro, exatamente quando parecia que estavam perdidas. Ele as levara para o pomar, quase empurrado-as para dentro do abrigo. Cathabach havia retornado com comida, água e outras coisas do abrigo das mulheres e bloqueara a porta. Depois, ele se fora, e elas desconheciam seu destino desde então.

E *depois* disso? Os cães de caça haviam chegado, dois deles, e o pomar se tornara uma prisão.

E, no entanto, tudo havia começado com uma transformação muito bonita.

Munda ainda sonhava com o fluxo da Terra dos Fantasmas. Aquilo tudo havia começado no início da noite, durante o crepúsculo. Gritos do muro oeste a trouxeram correndo. Rianata, sua guardiã, correra com ela, confusa e preocupada com a criança alegre e despreocupada.

Todos os animais em Taurovinda pareciam bem perturbados. O uivo dos cães era ensurdecedor. Todas as crianças menores estavam gritando. O céu sobre a fortaleza assumia uma forma espiralada, formações de nuvens deslocavam-se com uma velocidade que ela jamais havia visto e sugeriam um redemoinho. A terra estava tremendo. As chamas nas fornalhas começaram a crescer ameaçadoramente como se os foles estivessem sendo bombeados por mágica.

A oeste, colinas se erguiam acima do horizonte. Elas brilhavam com uma luz artificial. As florestas se agitavam. A

Os Reis Partidos

terra se tornou prateada como se água estivesse correndo, espalhando-se em uma enchente. Um oceano parecia se avolumar e se lançar na direção da fortaleza.

Munda bateu palmas e sorriu com prazer. Nada na aparição a assustava. A Terra dos Fantasmas chegara à Taurovinda e trouxera com ela as lembranças e mistérios do mundo antigo.

Ela quase voou ao redor dos muros, para norte e sul, com uma Rianata apavorada correndo atrás dela, aflita com a garota, consumida pelo medo do que estava acontecendo.

— Olhe ali! Olhe ali! Que ilha linda!

Munda agarrou-se ao parapeito do muro, observando enquanto as ilhas se movimentavam paulatinamente pela planície submersa, exatamente como uma tora boiaria, levada pela correnteza do rio Nantosuelta depois de uma tempestade. Mas essas eram grandes extensões de terra florestada, com pastos e trilhas de caça, e, conforme elas passavam em Taurovinda, ela conseguia ver cavaleiros galopando precipitadamente para o leste pelos campos abertos. Cavaleiros cintilantes, mantos esvoaçando. Os habitantes do passado e do futuro ávidos para ver a nova fronteira de seu mundo.

Munda não sabia onde aquela margem poderia estar, apenas que se achava em algum lugar na direção de onde o sol estava nascendo, e ela apertou os olhos contra o resplendor para tentar e imaginar onde a nova fronteira estaria.

A passagem de ilhas continuou por algum tempo. Estava extasiada por reconhecê-las: a Ilha da Juventude; a Ilha da Pedra; e acolá, tinha certeza, a Ilha dos Pássaros Perseguidores. Depois, apareceram a Ilha da Dança, a Ilha dos Desfiladeiros Silenciosos, e atrás de seus cumes estavam as maiores aventuras.

Ela identificou todas, ainda que tivesse ouvido sobre elas apenas em histórias.

Rianata ficou de pé ao lado dela, tremendo, concordando com tudo o que sua jovem pupila sussurrava, falava brandamente e gritava.

O oceano recuou para leste. A terra secou. Tornou-se árida, sombria, sem vida. Mas não por muito tempo.

Então, veio a floresta. Uma grande faixa arborizada que circundou a fortaleza. Ela cresceu e se encolheu diante dos olhos da garota assustada. Árvores gigantes se espalharam sobre o mar agora coberto, depois caíram majestosamente, para serem engolidas pelo verde. Torres e torreões de vez em quando erguiam-se sobre a floresta, ruindo tão rápido quanto haviam se erguido.

A floresta desapareceu.

Depois, veio o fogo. A terra em chamas. Havia colunas de fumaça e grandes labaredas, mas estranhamente, nenhum calor.

O fogo morreu e veio a neve. E quando a neve recuou para leste, a terra começou a inchar e girar, mudando a coloração, tornando-se aromática e quente. Esse calor envolveu Taurovinda, mais quente que qualquer verão que Munda presenciara. Havia o cheiro de ervas que ela vagamente reconhecia do abrigo de Cathabach, lavanda entre eles, o perfume inebriante e aquecido da lavanda.

Com o crepúsculo, vieram os homens e as criaturas de bronze, caminhando do oeste, passando pela terra, cães de caça ladrando, os estranhos guerreiros gritando e fazendo alarde no meio da noite. Houve o som de asas. As estrelas estavam bloqueadas por criaturas voadoras, que circulavam a fortaleza voando baixo antes de seguirem na direção da terra dos coritani.

Munda se sentiu impelida a ir embora também. Rianata tentou detê-la, mas a garota gritou e desvencilhou-se da mulher mais velha.

Os Reis Partidos

— Não tenha medo — ela recomendou com insistência à Alta Sacerdotisa. — Não há nada a temer.

Ela montou em seu cavalo e o chicoteou, indo para o portão leste. Ullanna a viu, gritou e percebeu que suas palavras ficaram perdidas no vento. Então, correu para pegar seu cavalo e convocou seu séquito. Munda cavalgou como um vento noturno, como um surto de tempestade, e a mulher cita, apesar de suas habilidades como amazona, sentiu dificuldade para acompanhar a velocidade da garota.

Munda esperara chegar aos limites de um acampamento, um exército que sentira se mexer ao longo da terra quando observara dos muros altos da fortaleza de seu pai. Em vez disso, com Ullanna agora cavalgando ao lado dela, passou pela neve, depois pelo fogo, pela floresta e por um rio que ela pareceu reconhecer, ainda que nenhum rio tivesse existido ali antes.

Munda passou pelos corredores e salões de uma hospedaria. O lugar ecoava vida e risadas. Um cão de caça a espreitava, olhando para trás, um sinistro focinho de metal, olhos que buscavam, mas a criatura parecia conduzir Munda para onde ela desejava ir.

Ela parou, finalmente, na entrada da hospedaria, olhou por sobre o rio para a chama das tochas no outro lado e para o rosto lívido dos homens e mulheres que estavam abaixados ali, correspondendo ao seu olhar.

O pai dela destacava-se entre eles, e quando ela deu um passo através da porta da hospedaria, seu coração explodiu de prazer. Ela levantou uma das mãos para acenar para ele e percebeu que algo não estava certo.

Por que ele parecia tão triste? Por que ele parecia imerso em tanto desespero? O rio não o teria impedido de voltar para casa.

Outra vez, ela acenou para ele. Então, gritou:

— Sua terra se tornou maravilhosa. Não tenha medo! Volte para nós.

Talvez fosse o nível tão alto da água do rio que o assustava. O rio Nantosuelta transbordara, isso era óbvio. Mas o rio se acalmaria.

Então, o pai de Munda ficou de pé, cabeça curvada, aflito. Por que tão aflito? Merlin estava próximo, atrás dele, observando. Certamente, Merlin entenderia os acontecimentos; quão segura, quão bonita era a transformação.

E então, eles foram embora. Ela sentiu profunda tristeza. Atrás dela, os sons de celebração eram altos, estridentes. Não era um ruído de triunfo, mas a dança melancólica de um casamento. O casamento de terras, de reinos.

Do outro lado do rio, naquela floresta lúgubre e escura, parecia haver apenas caos. Cavalos e homens lutavam longe do Sinuoso. Ela logo perdeu seu pai de vista, bem como aquele homem grande feito um touro, seu guardião do escudo, curandeiro da espada, Bollullos. O bruto. Ela o vira apontar sua espada para a hospedaria. Depois, ele pareceu praticamente carregar seu rei para o norte.

— Por que ele me abandonou? — ela perguntou com tristeza.

A mulher que estava atrás dela repousou uma das mãos suavemente sobre seus ombros. Ela se sentiu reconfortada por aquele toque.

— Ele voltará. E quando voltar, nós devemos estar esperando por ele. Nós estaremos prontas para ele.

— Um banquete de boas-vindas — a garota disse com um tom de felicidade.

— Um banquete de boas-vindas — Ullanna concordou.

Os Reis Partidos

O cão de caça pressionou o focinho contra a janela, olhos malignos fitando o abrigo silencioso. As mulheres recuaram e usaram as peles para se cobrir. Um instante depois, a porta foi aberta, e um segundo cão de caça forçou passagem pela abertura estreita. O som de sua respiração era o som de foles soprando o fogo de uma fornalha. Ele caminhou cuidadosamente pelo abrigo, como se esperasse uma armadilha. Farejou o ar, apertou o corpo de metal dentro do espaço acidentado, e apontou o focinho para Rianata, que se sentou no chão enquanto a mandíbula de bronze sorvia seu medo e suor.

Havia uma inteligência bruta por trás dos olhos. Ele encontrou Munda e se aproximou dela, um passo cuidadoso por vez, do jeito de um cão caçador, um cão à espreita da caça sossegada.

Ele mal se aproximara dela antes de dar um passo para trás, deixando a casa, um último olhar em seu entorno, depois, de volta para a noite. Rianata correu para fechar a porta.

Essa era a sétima noite de encarceramento. Nenhuma das mulheres, nem mesmo Munda com sua Visão, entendia o que transformara a colina — até sete dias antes, um lugar de acolhimento — naquela prisão.

Munda virou-se subitamente, olhando na direção do fundo do abrigo, onde uma brisa tirava do lugar as peles e as tapeçarias, e também na direção da luz. Máscaras de madeira retiniam juntas, suavemente.

— Meu irmão está aqui — ela sussurrou, e Rianata andou rapidamente e perscrutou o canto escuro.

— E Merlin também — a garota disse, seu rosto brilhando.
— Eles estão aqui. Eles estão na casa.

— Eu não consigo vê-los — a Alta Sacerdotisa disse, mas Ullanna sorriu, puxando seu cabelo e amarrando no alto da cabeça. — Não discuta com a garota — ela disse. — Se ela diz que os rapazes estão aqui, então eles estão aqui. Mostrem-se!

Eu saí das sombras. O choque quase provocou uma síncope em Rianata. Ela apertou o peito, deu um passo para trás, incerta e desorientada. Fantasmas geralmente não aparecem fazendo tanto alarido.

Eu empurrei Kymon para frente. Ele fitou sua irmã, e Munda retribuiu o olhar em um breve momento de raiva.

— Há quanto tempo você esteve observando?

— Não muito tempo.

Então, para minha surpresa, o rapaz se ajoelhou e curvou a cabeça. Munda se ajoelhou diante dele e o abraçou, desconcertada e ligeiramente chorosa.

— Por quê? Por que você está se ajoelhando?

— Porque eu estava errado.

— Você não estava errado! Era eu que estava errada.

— Você não entende — Kymon disse. Juntos, eles se levantaram e sorriram, alcançando um a mão do outro. — Eu duvidei de você, sim. Mas eu a abandonei. Eu não deveria tê-la abandonado. Nós estávamos e *estamos* juntos nisso.

— Eu estava errada — a garota disse em um tom de voz próximo a um grunhido de autoindignação. — Eu não enxerguei, estava cega.

— Os olhos de todos nós estão abertos agora.

— Eu tive a luz da visão. E minha luz da visão estava errada.

— Merlin me contou sobre sua luz da visão. Ela foi tão clara quanto um lago de inverno. Você a interpretou de maneira equivocada, foi isso. Valorize o talento que você tem. Eu estarei aqui a partir de agora para ajudá-la na interpretação!

Ela zombou com um sorriso, apertando o nariz do irmão entre o polegar e o dedo indicador.

Os Reis Partidos

— Sim. E eu estarei aqui para ajudá-lo a lidar com sua arrogância! Então, ela franziu a testa, olhando para o peito dele.

— Seu amuleto foi roubado também?

— Não. Ele se desprendeu de meu pescoço quando eu subi a bordo de Argo, a última vez, enquanto nos preparávamos para navegar de volta para cá. Ele caiu no rio. Eu tremo em pensar no que meu pai dirá. O seu foi roubado?

Munda pareceu sombria.

— Um dos cães de caça. Ele me derrubou e tomou o amuleto em suas mandíbulas. Eu pensei que ele fosse me matar, mas me deixou viva. Em compensação, arrancou o amuleto do cordão.

— Eu me pergunto por qual motivo. — Ele dobrou os braços. — Você tem uma explicação para isso?

— Não. Você?

— Não. Mas Merlin tem. Eu espero.

Eles olharam para mim ao mesmo tempo. Eu estava entretido e impressionado com eles. Ullanna também me observa, os olhos cheios de profunda sabedoria, um grande entendimento da tarefa que teríamos adiante. Seu olhar firme era uma indagação tão clara quanto qualquer uma que ela pudesse ter explicitado. *Você* tem uma solução?

Eu disse a eles:

— Há um caminho abaixo, nessa colina, que leva para onde Durandond tem sua câmara mortuária. Alguém aqui conhece a entrada?

— Ela se abre no centro do pomar — Rianata disse em uma voz baixa. — Eu sei o traçado dos caminhos que o levarão até lá. Cathabach me ensinou. Mas o que um homem morto tem que ver com isso?

Eu quase ri. Um homem morto tinha tudo que ver com tudo!

— Durandond pode ter as respostas finais para uma questão que me intriga. Se eu puder encontrar um jeito de falar com ele...

— Todos nós sabemos que você pode encontrar um jeito de falar com os mortos — Ullanna murmurou.

— Eu tenho certeza que sim.

— Aqueles cães de caça não o deixarão passar — Rianata disse, olhando para onde um olho enorme e maligno nos observava através da janela estreita.

— Os cães de caça são submissos. Não leva muito tempo para dominar mecanismos como aqueles.

Niiv deslizou um braço provocativo sobre o meu.

— Merlin tem trabalhado duro por nós, não tem, Merlin? Tanto esforço... Ele em breve vai precisar de uma bengala para andar.

Eu me desvencilhei gentilmente da garota, depois alcancei a mão de Rianata. Nós deixamos o abrigo, observados pelos guardiães inquietos e irritadiços, e fomos até o coração do pomar.

Rianata me guiou em uma caminhada de padrão sinuoso ao longo de caminhos que ela havia memorizado. Eles agora estavam cobertos de vegetação e difíceis de percorrer. Um dos cães de caça seguia atrás de nós, curioso, mas mantendo uma distância cautelosa. E logo depois nós chegamos a uma enorme pedra cinzenta, que repousava plana, partida verticalmente, a fenda maior em sua base. A fissura era estreita e não revelava nenhuma espécie de passagem abaixo.

— É um tanto apertado para começar — a Alta Sacerdotisa disse desnecessariamente. — Eu nunca fiz isso, mas Cathabach tinha chegado apenas à primeira câmara. Eu não tenho ideia de por que ele passava tanto tempo aqui, ouvindo a brisa que vem de debaixo da terra. Parte do mistério do homem, eu suponho. Ele devia estar comungando com o antigo rei.

— Eu imagino que estivesse. Ou pelo menos pensando nos velhos reis e se lembrando de como falar com eles. Esse era

Os Reis Partidos

provavelmente um lugar muito especial para todos Aqueles Que Falam Pelos Reis.

No curto momento em que estive com Rianata, ela não mostrara nenhum sinal de dor. Ela e Cathabach haviam sido guardiães e amantes. A relação fora intensa. Aquele que Fala Pelos Reis e a Alta Sacerdotisa eram os pais substitutos das crianças da realeza, e ainda que eles tivessem mantido sua presença tão discreta e obediente quanto era necessário, haviam sido constantes protetores da prole de Urtha. Eles não puderam salvar o filho mais novo, Urien. Mas aquele terrível momento ocorrera durante a fuga desesperada da fortaleza.

Nenhuma dor, nenhuma lágrima. Eu imaginei se ela sabia que o homem estava morto. Como perguntar a ela?

Nós estávamos abaixados perto da fissura estreita, ouvindo o sussurro que vinha de baixo. Eu coloquei minhas mãos sobre as dela.

— Cathabach...

Ela sorriu e encontrou meu olhar, virando sua mão na minha para pegar meus dedos.

— Está morto. Sim, eu sei. E haverá um momento apropriado para pensar nisso, encontrá-lo e dar paz aos seus restos mortais.

— Kymon o encontrou na floresta e fará perguntas: quem o matou, como, por quê. Ele está determinado a vingar a morte do irmão de seu pai.

Rianata suspirou.

— Não há nada para vingar. Cathabach estava usando seus talentos para conter aquelas criaturas. Ele as deteve tempo suficiente para que nós escapássemos para o pomar e para o abrigo. Estava convencido de que estaríamos seguros lá. Havia erguido algum tipo de barreira, ele disse. Uma vez dentro, nós seríamos prisioneiras, mas estaríamos a salvo do Inventor.

Robert Holdstock

Ele havia usado toda a sua força, toda a sua pouca habilidade mágica. Isso deve tê-lo levado à morte. Era tudo em que eu conseguia pensar. E Rianata provou que eu estava certo.

Ela disse:

— O brilho repentinamente o deixou. A leveza o deixou também. Ele olhou para mim e franziu a testa. Quando toquei em seu corpo, ele estava frio. Balançou a cabeça, virou e se afastou. Algo dentro dele havia parado. O que quer que fosse que ele estivesse fazendo para nos proteger, foi demais. Aquilo o matou. Continue, Merlin, desça para encontrar suas respostas. A hora de lembrar Cathabach vai esperar por nós. E eu devo estar aqui para esperar por Urtha e o que quer que aconteça depois.

Ela levou um dedo aos lábios, depois encostou-o em meus lábios, virou-se e correu rapidamente ao longo do caminho.

Eu segui o sussurro através da fissura na pedra, ao longo do canal de terra que corria fundo na direção da colina. Na primeira câmara, estavam os ossos de cavalos e armamentos empilhados contra os muros alinhados de pedra. Suas lâminas tinham a cor do sangue. Não havia luz nesse lugar, mas agora eu já não me importava mais em poupar meus talentos. Conjurei a Luz da Imagem para ver claramente. Apenas um truque, na verdade. Espadas, lanças, escudos, uma armadura feita de chifres e couro de estranho formato; cinco cavalos, cinco cabeças humanas. Um aposento para os troféus.

A segunda câmara era tão pequena que eu tive de me agachar. Era um lugar vazio, cheirando a podridão e abandono, aberto apenas por causa do uso negligente da pedra eterna, criando a câmara, formando-a e mantendo esse espaço vazio. Não havia nada ali além de máscaras, quatro máscaras que caíam do teto em cordas de couro e metal batido. Tocá-las seria

Os Reis Partidos

despedaçá-las. As máscaras eram de madeira, cobertas com lama colorida, e quando olhei para elas, reconheci o homem idoso que uma vez encontrara quando jovem em um vale estreito. Cailum estava lá; Vercindond e Orogoth também. Mas a quarta máscara, apesar de representar um rosto, não tinha traços. Esse teria sido Radagos.

O que acontecera a Radagos?

Que aposento estranho era aquele. Ele sugeria o passado de prazer e vibração da juventude. Ressoava também com a antecipação da obscuridade dos anos que viriam. Não tinha imaginação, ainda que sugerisse tudo o que havia sido imaginado e que a imaginação pudesse invocar para o futuro. Sem vida, mas poderoso.

Esse era um aposento de pausa. Da pequena morte.

Talvez pretendesse refletir a experiência de todos os homens quando, por um breve momento, o senso de imaginação os abandona; quando eles são pegos no reino médio entre a terra e as estrelas. Quando estão inseguros consigo mesmos. Quando precisam se reinventar, reconhecendo que um olho de águia — afiado, *afiado* como ferro amolado — vê apenas o que quer ver quando procura por isso, sua presa fácil, e que há uma visão que é mais ampla do que o foco limitado do caçador, seja ela ave de rapina ligeira ou juventude faminta e sagaz.

Quatro máscaras — o que havia acontecido com Radagos? — para mostrar que quatro amigos, quatro irmãos, haviam sido a chave para o começo de uma nova vida. Talvez a máscara em branco representasse, no entendimento de Durandond e do jeito que ele havia sido enterrado, que tudo na vida é uma pedra não marcada antes de ser formada pelo encontro.

Eu me senti em paz nesse aposento e fiquei ali por um longo tempo.

Mas, como ocorre com o passar do dia, a pessoa tem de transformar-se, mover-se e seguir em frente.

Era preciso rastejar então, em volta do labirinto da tumba, antes de entrar no aposento do sepultamento. Ninguém entrava ali desde que Durandond fora colocado em seu esquife, e este em sua carroça de quatro rodas. Com a ajuda da Luz da Imagem, eu vi o cadáver. Ele estava coberto por seu manto, uma vestimenta que então era pouco mais do que linhas mantendo linhas juntas, cobrindo um corpo que não passava de ossos unidos por tendões. Os restos mortais de seus cães jaziam aos seus pés. O aposento estava decorado com suas coisas favoritas e eu conjurei um feitiço de memória para fazê-las irradiarem outra vez, para brilharem novamente com o eco de sua antiga vida. Potes, jarras, elmos, armas, barris de metal, ervas, frutas e grãos. E caixas; e a imagem de crianças; e a imagens de mulheres e de homens idosos; e a imagem bonita em madeira de faia de uma mulher especialmente bela, que eu imaginei ser sua esposa, Evian.

Eu conjurei Morndun então, e, erguendo o rei morto, apliquei o feitiço da memória nos ossos ressecados daquele homem que já fora tão altivo. Um espírito de vida esquecido reluziu nele.

Ele se levantou, olhou para mim meio aborrecido, foi o que me pareceu, mas depois, como se me reconhecesse, deu um sorriso pálido.

Então, o rei fundador ficou de pé, cabeça encurvada (o teto era baixo, o que não deveria perturbá-lo, posto que ele estava insubstancial nessa forma etérea), e andou até o galho de carvalho no muro leste da câmara. Ele se sentou e se inclinou, mãos cruzadas, respirando com dificuldade.

— Então, você outra vez — ele sussurrou.

Os Reis Partidos

— Eu outra vez.

— Há quanto tempo?

— Muito. Muito tempo.

Ele ficou em silêncio por um tempo.

— É uma vida estranha, essa vida de sono e sonhos, depois vida e ação, depois dormir novamente e sonhar de novo. A eternidade é algo estranho. O brilho da vida no outro mundo traz consigo algo de intangível. Brilho demais, sem sombra suficiente. Uma terra decorada com luz, mas uma luz falsa. Eu gosto de dormir o máximo que posso. Sono de morto. E na maior parte de minha morte, meus sonhos têm sido bons. Até recentemente. Na verdade, você me acordou de um dos meus piores sonhos dos últimos tempos. Eu sonhei com os rievos. É por isso que você me chamou de volta? Para perguntar sobre os rievos?

— Eu quero saber sobre o Daidalon. Eu quero saber como você chegou a Alba.

Ele me olhou, rosto forte e carregado de curiosidade.

— O Daidalon?

— É muito importante.

Ele pensou sobre o assunto, depois assentiu rapidamente.

— Quanto tempo você me dará?

— Não muito. Desculpe-me. Segurar você aqui me é muito caro. Tenho de poupar minha vida tanto quanto eu puder. Tenho de poupar minhas forças. Minha sombra percorre um longo caminho no Tempo. Você sabe disso. Você zombou de mim quando nos encontramos pela primeira vez.

— Eu não estava zombando. Por que eu teria feito isso? Eu havia andado uma enorme distância para encontrá-lo. Provavelmente, só estava provocando.

— Provocando, então.

Outra vez, ele suspirou.

— O Daidalon. Pela respiração ácida do Desmembrador, sim. Aquilo era um enorme erro. O Daidalon. Eu lembro agora. E os rievos. E Alba. Meu eu sonhador devia saber que você se encontrava aqui. Porque meu sonho está se desfazendo: eu estava sonhando com meu pai. A perda de meu pai...

— Estou ouvindo.

— Que momento terrível...

31

Desfazendo-se, eles encararam o sol poente

Ao longe, no norte, o céu estava negro com a fumaça. Durandond e seu pai observavam do topo da Torre da Águia. O brilho de luz refletida em metal revelava o movimento de um exército ao sul. Eles se espalharam pelos vales e planícies, correndo na direção de Eponavindum, a cidadela real dos marcomanos.

Eles não eram inimigos. Este era o amigo de Durandond, Orogoth, que escapou da destruição de sua própria fortaleza, no coração do território dos ambiariscos.

O mensageiro chegara mais cedo com o alerta. Os selvagens rievos haviam varrido a parte leste durante a noite, dominado os muros e ateado fogo na cidadela de Orogoth, Trigarandum. Orogoth havia escapado com o cadáver de seu pai em uma carroça e com os tesouros que conseguira reunir empilhados em carros de guerra e carroças, e tinha ultrapassado os cavalos de seus companheiros.

Arcandond estava pálido e trêmulo. Ele estivera doente recentemente, e sua visão começara a falhar. Parecia mais velho do que realmente era. Mas conseguiu ver a destruição ao norte, e sabia que os vedilícios e os ercovíscios também haviam sido subjugados. Os reis antigos estavam mortos, seus filhos fugiam para oeste, levando o que podiam, correndo para salvar a vida.

Durandond confortou seu pai, mas Arcandond estava em completo desacordo com as decisões do rapaz.

— Eu não sou tão velho.

— Quarenta e quatro anos. Não é tão novo.

— Meu pai viveu até os sessenta e morreu lutando.

— Não esse tipo de luta. É hora de ir. Os presságios e o bom-senso ordenam que façamos isso. Não podemos lutar com os rievos.

— Você não, mas eu ficarei.

— Então, eu ficarei com você, e cavalgaremos para a Terra dos Fantasmas juntos.

— Não — a voz de Arcandond estava forte. — Eu não posso permitir que você morra. Você deve pegar sua coragem e instinto de luta e levá-los em outra direção. Negue a batalha. Nós não podemos vencer. Estamos arrasados. Mas você pode levar nosso nome para outra terra.

— Oeste?

— Não há nenhum outro lugar para ir.

Arcandond estava bem ciente da profecia que seu filho ouvira, tantos anos antes. Ele ainda disse:

— Eu posso detê-los no Paço de Olovídios, na Grande Árvore.

Durandond falou ansiosamente:

— Eles arrancarão sua cabeça e desfilarão com ela na ponta de uma lança. Depois, vão espetá-la em um nicho, em uma pedra alta, do lado de fora de seu portões.

— A cabeça sorrirá de um jeito arrogante — o pai dele murmurou.

— A cabeça encolherá — Durandond protestou. — Ela se tornará uma caveira.

— Eu sempre admirei o sorriso de uma caveira — Arcandond disse, um pouco divertido, para seu filho. — Tanta coisa dita, tão pouco esforço.

Os Reis Partidos

— Então, isso é adeus. E com grande esforço. Não tenho nada mais a dizer.

Pai e filho se abraçaram. O vento trouxe o som áspero de escudos recebendo golpes, erguidos em defesa. O massacre se aproximava. Arcandond tremeu, olhando para o céu.

— O corvo já está tentando me levar. Mas eu *não* estou pronto! — ele gritou. Com um último olhar para seu filho, ele virou para pegar suas armas.

Durandond desceu da torre e seguiu para o portão alto que se abria para os *bosques dos presságios*, os pomares onde os druidas praticavam sua arte. O portão já fora aberto e dois homens estavam de pé, mãos e vestes pretas curtas e ensanguentadas. As máscaras de madeira crua em seu rosto tinham olhos vazados e sem expressão, mas as facas com as quais eles haviam executado o sacrifício estavam sendo seguradas pelas lâminas e tinham cabos de osso apontados na direção do filho do rei. Durandond sentiu um choque no momento, ainda que estivesse esperando por isso.

Estava acabado. A leitura das vítimas confirmava isso. A cidadela não resistiria ao ataque do leste, nem às forças reunidas de sua própria terra, a população, impaciente e irritada, transformada pela fome, de súditos relutantes da cidadela em um exército de descontentes.

Ele havia visto esse descontentamento chegar.

Desde que seu primeiro feito fora alcançado, em seu décimo verão, e ele fora convidado para o salão espaçoso e opulento que era o Salão dos Reis e Campeões, sentira a disposição relutante daqueles que viviam nas terras que pagavam tributos ao rei. O salão brilhava com estátuas de ouro e mármore. Vibrava com escudos e prataria; rosnava com os cães caçadores mais poderosos; cheirava a vinho rico; cintilava com pedras cristalinas, lindamente moldadas, entalhadas em formas animais, algumas grandes o bastante para uma criança pequena montar. Nenhuma palha no chão, mas tapetes coloridos e espessos trazidos de terras tão distantes na direção do sol nascente que Durandond, ainda um garoto, mal podia imaginar a distância.

Os negociantes chegavam pela estrada e pelo rio, comboio atrás de comboio. As estradas eram separadas da terra pelos muros de paliçada e guarnições de homens armados. Sempre houvera dois mundos existindo concomitantemente. O mundo da estrada e do salão; o mundo do campo, da floresta e da fome.

Já próximo ao crepúsculo, Orogoth cavalgou ao longo da estrada norte, duzentos homens atrás dele, todos eles cansados da batalha. Atrás deles vinham carroças conduzidas por mulheres, e mulheres a cavalo, crianças agarradas às selas. O último dos ambiariscos subiu a estrada sinuosa até o portão alto e entrou na grande área cercada, dentro da cidadela.

— Radagos já foi para o oeste. Ele espera encontrar Cailum na costa, perto dos rochedos brancos. Quanto a Vercindond, eu não tenho nenhuma notícia dele, exceto que ele escapou com cinquenta homens, um punhado de famílias e duas carroças cheias de mortos. Todos nós levamos nossos mortos. Os rievos estão destruindo os jazigos, arrastando a terra dos montes, arrombando as câmaras com os carros que conduzem os mortos e atirando os ossos honrados para seus cães. Eles estão repartindo a riqueza da estrada morta, vendendo tudo que nossos ancestrais precisavam para sua jornada. Estão arruinando nossos memoriais. Essas pessoas vêm de poços e caldeirões do submundo. Meu pai disse que eles vêm do Hades, uma monstruosa invenção grega. Hades o matou.

— A Grécia praticamente nos sustentou em nossos luxos — Durandond disse baixinho.

Os Reis Partidos

Orogoth o observava com cuidado.

— Transformação. Aquele que Fala Pela Terra foi alertado sobre isso desde que gritou, aflito, seu primeiro *presságio*. Nossos pais não eram tão fortes quanto os primeiros reis.

— Eu concordo. Eles eram ociosos. Mas nós não somos reis. Ainda não. Apenas príncipes.

— Você está errado. *Somos reis*, agora. Todos nós, menos você. E isso em breve mudará.

As palavras de Orogoth foram ásperas, mas ele estava exausto e curvou a cabeça em desculpa. Durandond balançou a cabeça: sem necessidade de desculpa.

— Esse lugar sucumbirá — Orogoth disse.

— Eu sei. É por isso que tenho a intenção de ir para o oeste. Para encontrar outra colina.

— Aquele velho viajante estava certo, no fim das contas. Lembra daquele dia? Pelo Destruidor do Céu, eu poderia ter matado o homem. Ele me deixou tão furioso! Mas estava coberto de razão.

— Eu nunca duvidei dele — Durandond disse. — Mas ele me deu uma visão. E é uma visão que todos nós podemos compartilhar. Eu sugiro a você que alimente seu clã...

— O que sobrou dele — Orogoth disse, com um tom melancólico.

— ...Faça que seus cavalos descansem, e esteja preparado para viajar conosco no primeiro raio de luz.

— Os rievos se movem rápido. Nós talvez não possamos esperar até o primeiro raio de luz para viajar.

— Rápido assim?

— Rápido assim.

Então, Durandond fez as pazes com seu pai. Ele visitou o jazigo de sua mãe na companhia de suas duas irmãs. Quando terminou, Arcandond chegou e cavalgou ao redor do monte decorado, dentro do bosque real, onde sua esposa jazia desde o último parto.

Ele recusara os pedidos de seu filho, que queria levar o corpo da mãe com ele.

— Nós temos até o primeiro raio de luz? — Arcandond perguntou.

— Com sorte e a condescendência de Taranis — Durandond apontou para as nuvens de tempestade que se juntavam ao norte.

— Então, temos tempo para esconder o jazigo de sua mãe. Ela ficará segura. Mas leve os versos da vida dela e assegure-se de que seus filhos e filhas os memorizem.

— Certamente, ainda que eu tenha outras coisas em minha mente no momento.

Quatrocentos homens saíram para a planície com Arcandond, sob a luz de tochas, para se alinhar contra a horda selvagem que vinha do norte. À noite, podia-se ouvi-los com seus carros de guerra e o ruído de seus escudos batendo. Próximo ao amanhecer, o ar trouxe o toque distante de trompas e de gritos de homens a cavalo. Seu ódio pulsante e o fedor de fumaça e de destruição alcançavam suas vítimas antes mesmo de chegarem.

Ao redor de Eponavindum, a terra começou a tremer. Era como se campos e florestas gritassem de triunfo e vingança. Arrasado, acidentado e prontamente armado, o território dos marcomanos se transformou em uma armadilha amarga para capturar o rei.

Durandond se preparara para isso. As carroças estavam prontas, seus duzentos cavaleiros pesadamente armados, as crianças e mulheres armadas e escondidas. Estavam todos prontos para atacar, caso a batalha os alcançasse.

Os Reis Partidos

O exército de Arcandond pintara o rosto de vermelho e verde, o vermelho em uma única listra vertical dividindo o rosto. Em sua sela, cada homem carregava a cabeça de um inimigo antigo, fedendo a óleo de cedro, e a carcaça de uma lebre amarrada no lombo de sua montaria. A lebre poderia lutar, a lebre poderia correr, mas a lebre era favorecida pela lua, e nunca correria assustada.

Enquanto Arcandond conduzia sua tropa para o norte, ao encontro de seu destino e de sua honra, Durandond cavalgava para o sul, para onde as colinas se agrupavam e os vales viravam para o oeste, através de desfiladeiros profundos, protegidos de tudo, em uma busca determinada das gratificações que aquela Caçada Real obteria.

O último presente que Arcandond deu para seu filho guardar e proteger foi uma pequena caixa de carvalho, na qual a quinta parte de Dédalo estava guardada. Os dois druidas, ainda manchados com o sangue dos presságios, estavam em pé de cada lado dele, o rosto sinistro, dizendo tudo o que Durandond sabia que estava para se tornar seu próprio destino. Eles poderiam jamais deixar os bosques sagrados. Os rievos os encontrariam e arrancariam deles tudo que havia sido usado para *pressagiar* o futuro.

Quando Durandond aceitou a caixa, seu pai disse:

— Eu nunca usei isso. Nem meu pai. E nem você deve. Quando usam isso, ele se vira contra o usuário. Ninguém sabe como ou por quê.

— Eu conheço a Declamação — Durandond assegurou ao pai. — Eu sei o infortúnio que ela contém.

— Essa é a quinta parte. Não é a quinta parte de um homem ou a quinta parte de um deus. É a quinta parte de algo além do que é conhecido. Você sabe que isso nunca deve ser reunido com as outras quatro partes.

— Sim, eu me lembro da Declamação! Nunca devo usar isso. Nunca devo destruir isso.

Havia lágrimas nos olhos dele. Seu pai, paramentado para a batalha, permaneceu diante dele, olhos tão duros quanto ferro. Em breve, ele assumiria seu destino, mas com o coração e o corpo tão frágeis quanto o homem que havia se tornado durante esses longos anos de luxúria e indulgências para com o espírito. Durandond tinha amor e compaixão por ele.

Arcandond não precisou dizer as palavras para seu filho: *Eu poderia ter sido um rei melhor. Eu poderia ter sido um homem melhor. Seja esse rei em meu lugar. Recupere o orgulho que um dia tivemos como um clã e o estabeleça em outra montanha.*

Como se as palavras tivessem sido ditas, Durandond suspirou.

— Eu tenho toda a intenção de fazê-lo.

Ele abraçou o pai, ajoelhou-se diante dele, em seguida, ficou de pé, sorriu um último adeus e partiu.

Mais tarde, entrando nas colinas baixas ao sul, salvo por um momento, Durandond subiu uma escarpa e olhou na direção da cidadela. Chamas se erguiam dos muros. Formas escuras caíam das torres. A morte se movia caoticamente entre a vida que corria com frenesi e desespero.

— Nós deveríamos ter escutado o Viajante — Orogoth observou em tom de tristeza.

— Como disse antes: eu o *escutei*.

— Então, por que não fez nada com relação a isso?

— Eu pensei que nós *estivéssemos* fazendo algo com relação a isso — Durandond disse, com um olhar sarcástico.

— Viajar para oeste?

— Foi o que ele disse para fazermos. Não há escapatória para a profecia, em minha opinião. É por isso que eu estou preparado, ao passo que você não está.

Orogoth aceitou a crítica.

— Cailum cavalgou com seu pai contra os rievos. Pelo menos, ele deu o grito de guerra, mesmo depois que seu pai estava morto ao lado dele.

— Ele ainda está indo para oeste. Um mensageiro trouxe a notícia.

— Ele tem o corpo do pai com ele.

— Bom. Oeste é onde os Mortos vivem. Oeste é onde nós deixamos nossa marca.

Orogoth sorriu pela primeira vez nesse encontro.

— Pelo grito do amanhecer de Taranis! Sua confiança flui tão farta quanto o leite dos seios de Brigantia.

Durandond olhou, divertido, para seu irmão adotivo.

— É uma coisa boa?

— Eu não estou reclamando. Nós precisamos invocar tanta confiança quanto possível, agora que vivemos na sombra da humilhação de nossos pais.

— Então, aceite meu conselho: pare de invocar deuses e comece a cavalgar.

— Oeste. Para terras desconhecidas — Orogoth concordou.

— Não — disse Durandond —, para casa!

O fantasma encurvado e melancólico de Durandond se valeu de minhas forças, como uma criança não nascida se arrasta em momentos de fome sobre o corpo de sua mãe. Sugando, desesperada, tomando para si a vitalidade de que precisa para sobreviver. Uma busca e sucção tão desesperadas pela vida, que enfraquecem a mãe, mas que, ao mesmo tempo, levam à expulsão de uma criança viva e saudável. Essa sombra, revivida por mim, para atender à minha necessidade, agora sugava de mim a vitalidade de que precisava para se nutrir, enquanto me transmitia suas lembranças.

Eu envelheci. Desistira de lutar. Algo em mim havia mudado, estava sucumbindo ao destino, exatamente como o que acontecera a Durandond naquele tempo longínquo em que, em vez de mobilizar seu séquito de campeões e lutadores para cavalgar com seu pai contra os rievos, ele reconhecera a sabedoria do homem mais velho e abandonara seu reino, afastando-se da desolação que viria em seguida.

Ele deveria ir à busca de uma terra maior, para continuar a dinastia dos reis.

Durandond agira com sabedoria, apesar de sua decisão parecer covarde. Mas eu sabia algo que essa sombra de rei poderia não saber: que o que Durandond havia posto no lugar era um novo reino, um reino estabelecido no entorno da terra, não da cidadela. Sim, Taurovinda era o centro daquela terra. Mas a ganância não era o que movia a fortaleza.

Uma mudança tão simples. E isso ainda significava que um dia Pendragon iria habitar aquela terra com seu espírito vigoroso e tempestuoso.

Essas coisas importam para você que talvez leia isso tudo tanto tempo depois dos acontecimentos? Eu não tenho nenhuma condição de saber. Tudo o que eu posso lhe dizer é que, naqueles dias, essas coisas importavam.

Observando através da máscara de Morndun, ficou claro que Durandond estava se lembrando do tempo da queda do reino de seu pai com angústia. Ele havia morrido, eu tinha certeza, com os pensamentos de seu pai na cabeça. Sentou-se em uma espécie de banco no jazigo, caiu para a frente, de joelhos, olhando ao redor, observando o luxo da tumba, e seu olhar se demorou mais quando ele viu o escudo e o elmo posicionado na cabeça do cadáver adormecido e amarrado.

Os Reis Partidos

Uma máscara de prata manchada cobria seu rosto, mas o cabelo espesso e branco de Durandond ainda repousava sobre a madeira do esquife.

Depois de séculos, a tumba ainda era ampla, a deterioração havia alcançado apenas algumas das tapeçarias; também havia manchas no metal e nos ossos de seus cinco cães de caça, enrolados em seus pés. O esquife de madeira, feito de camadas fortes de carvalho, e os pilares de carvalho sustentando o teto pesado ainda estavam intactos.

Durandond não havia sido enterrado com sua esposa e filhos, o que me surpreendeu, mas eu não estava ciente do que havia acontecido com sua família.

— Em algum momento, fomos para o mar — Durandond prosseguiu. — Nós estávamos dispersos ao longo da costa e enviávamos mensageiros entre nossas forças. O último a chegar foi Vercidond, dos vedilícios. Um recinto foi construído para os cinco reis e suas famílias. Um segundo foi feito para armazenar as carroças com os mortos honrados, aqueles que nós havíamos conseguido tirar da terra antes dos rievos nos expulsarem. Cem carroças foram colocadas em círculo dentro do recinto, que era vigiado noite e dia.

Nós nos encarregamos de construir barcos. Tantos barcos! Eles eram dispostos como uma esquadra antiga ao longo da costa, sob os rochedos. Alguns foram projetados para transportar os cavalos, alguns para as carroças, e alguns para os suprimentos. É necessária certa habilidade específica para a construção de barcos, mas nós os construímos para o rio Reno, não para esse mar cinzento e imprevisível.

Próximo ao verão, contudo, nós tínhamos barcos suficientes a fim de cruzar para a terra que conhecíamos como Alba. Nós não esperávamos uma recepção amigável. Aquelas primei-

Robert Holdstock

ras semanas depois do nosso desembarque foram furiosas e sangrentas. As pessoas usavam carros de guerra e cavalos de maneiras que nos assombravam. Elas pareciam ter dominado o poder das pedras; grandes pedras voaram na nossa direção. Seus sacerdotes eram mais guerreiros do que curandeiros. Eles nos causaram estragos.

Mas nós abrimos nosso caminho para o norte. Éramos uma força grande contra o ocasional bando de guerra dos antigos habitantes de Alba. Nós assumimos o comando de suas terras mortuárias, transformando-as em campos, e as fortificamos. Fomos dominando os nativos, de um jeito ou de outro. Muitos deles se retiraram para vales profundos e florestas densas, fora da vista, mas não fora de nosso pensamento. Eles nos observavam constantemente enquanto explorávamos nossa nova terra, buscando novos lugares para nos estabelecermos.

E um por um, meus irmãos adotivos encontraram um lugar para parar, tecer considerações e decidir onde deveriam se estabelecer. Primeiro Orogoth, depois Cailum. Uma lua depois, Vercindond teve a visão de sua fortaleza a leste e voltou pelo caminho que havíamos percorrido. Radagos foi mais fundo a oeste, e embora mensagens dele tivessem chegado por alguns dias, houve um momento em que elas pararam e nosso jovem druida recebeu a Visão de sua passagem para o Outro Mundo, onde teria sido consumido. Um destino terrível.

Quanto a mim — a sombra me olhou, franzindo a testa —, encontrei sua colina. A colina tão verde quanto o casaco que lhe dei. Eu juro que ela surgiu diante de meus olhos, numa manhã coberta de névoa, quando eu estava com Evian, minha esposa, perdido na terra selvagem, sem conseguir dormir, sentindo um pouco de fome e frio. Nós parecíamos caminhar na direção de um grande lago, ou mar, alguma extensão de

Os Reis Partidos

água distribuída no entorno de ilhotas visíveis apenas através da névoa. Eu me lembro de dizer:

— Nunca encontraremos o lugar para começar outra vez.

— Não faz sentido — ela disse. — Nós podemos ficar exatamente aqui, se você quiser. A bruma irá embora. A terra parece firme sob nossos pés. Eu consigo ouvir o balido de cervos. Essa terra é rica. E eu estou cansada de andar por aí sem rumo. Decida-se.

Havia uma espécie descomprometida de desafio em sua voz, a primeira vez em que a ouvi falar assim. Ela estava cansada e via que eu também estava. Eu não sabia disso, mas nosso primogênito já flexionava seus músculos dentro dela.

Quando a neblina se desvaneceu, vimos que a ilusão de água era apenas orvalho na planície, e a colina estava lá, arborizada, seu topo nu, erguendo-se para longe de nós. Ela parecia bem íngreme. Nós estávamos olhando para ela do leste, e na minha cabeça eu conseguia ver o tremeluzir de portões e muros.

No topo da colina, um touro pastava. A grama lá era brilhante. O touro era branco. Eu nunca havia visto um touro como aquele. Já ao anoitecer, quatro de nós se aproximaram furtivamente da mata cerrada que cobria Taurovinda e capturamos a criatura. Ele era imenso, e chifrou um de nós cruelmente. Mas nós o agarramos e amarramos. Depois, tomamos posse da terra. Na manhã seguinte, quando as árvores foram derrubadas para fazer uma estrada, eu finquei a primeira estaca do muro de paliçada na terra. Eu senti a estaca abrir a colina abaixo de mim. Eu finquei raízes nessa terra e aqui elas ficarão.

Eu durmo abaixo dessa marca.

Deixei o espírito descansar por um momento. Como com a mãe de Tairon, o tempo gasto nesse estado de ressurreição era curto. Imediatamente depois da morte: o "efêmero" ou o "momento do crepúsculo". Um tempo depois da morte, vinha o "sonho de retorno". Mas, como todos os sonhos, esse momento de suposições poderia, rapidamente, culminar em caos.

Em algum momento, eu o instiguei.

— Você pegou uma quinta parte do que chama de Daidalon. Os outros também pegaram uma quinta parte?

— Sim. Dédalo. Um homem levado ao rio Reno como uma curiosidade muitas gerações antes do meu nascimento. Ele havia sido capturado em uma ilha do sul, no oceano sul, por negociantes mercenários, homens mais acostumados à negociação de ouro em pó, armas e peles de carneiro, pelo que me disseram. Dédalo era o nome que lhe deram. Ele fora negociado como uma arma. Meus ancestrais pensavam nele como um trapaceiro. Foi arrastado entre as cidadelas e o forçaram a fazer coisas.

Durandond olhou para mim.

— Isso foi antes do meu tempo, muito tempo antes. Mas algumas de suas criações ainda estão expostas nos grandes salões dos nossos reinos. Esculturas, máscaras, discos e formas minúsculas, monstruosas, anexadas a asas. Às vezes, quando a tempestade urgia do lado de fora do salão, as estátuas com asas se debatiam para voar. Esse não era apenas o vento nas molduras delicadas, as asas de borboleta. Elas realmente pareciam lutar para escapar das tiras de couro que as suspendiam. Elas tinham vida.

— E esse Daidalon?

Durandond apontou para o esquife no canto de sua casa mortuária.

— Uma quinta parte dele foi mantida ali dentro. O coração e os pulmões do homem. Foi o que me disseram. O coração e os pulmões do homem. Feitos de ouros, forjados em camadas

Os Reis Partidos

finas, duas camadas com um código dentro. Mas eles foram levados logo depois da minha morte.

Feitos de ouro.

Eu encorajei Durandond a se lembrar de tudo o que havia aprendido sobre Dédalo quando criança. Ele suspirou. Tinha o espírito cansado. A casa estava se tornando lúgubre, a terra o comprimia, o cheiro de umidade sugeria que nem tudo estava tão intocado nessa tumba quanto talvez parecesse. Durandond começava a ficar agitado. Ele precisava reabitar o cadáver, para voltar à ilha no Reino das Sombras dos Heróis, na qual ele cavalgara com vigor. Ele era, no fim das contas, nada mais do que um dos Mortos, embora não fosse parte da vingança que os Mortos pareciam estar descarregando nessa terra que ele havia reivindicado como dele. O que, talvez, fosse o motivo pelo qual se mantivesse afastado.

Mas essa presença de memória estava se desvanecendo rápido.

— Quando ele morreu em uma das cidadelas, começaram a descobrir o que jazia abaixo de sua pele. Carne e osso, sim, mas estacas e tendões feitos de metal. E órgãos que não estavam preenchidos de sangue, mas de metal brilhante. Bronze, prata, ouro e cobre. E havia âmbar nele, além de uma pedra que brilhava refletindo cores quando olhada sob diferentes ângulos, embora parecesse, em um primeiro olhar, tão pura quanto gelo. E outras pedras, forjadas criteriosamente, que derramavam cores ricas, do escarlate ao azul de um céu de verão; do verde-crepúsculo ao lilás-escuro que escoa da beladona.

A pele e carne era apenas uma máscara. Algum deus, ou alguma farsa dos deuses, havia preenchido a carcaça desse homem com partes que se moviam.

Meus ancestrais o cortaram em pedaços e dividiram as partes. Cinco partes. Cada uma tinha seu próprio poder: pequenos discos de ouro dos olhos que abriam um mundo novo inteiro para aqueles que sabiam como olhar através deles. As mãos tinham ossos de bronze, mas elas poderiam conjurar forças elementais que nenhum druida conseguiria. O prato de ouro e prata que eles encontraram em seu crânio trazia sonhos e visões que não tinham significado, mas induziam à loucura. Em sua língua, havia uma crista que vibrava com o som, o som de línguas que Aqueles Que Falam não poderiam compreender. Algumas das línguas eram na verdade melodias, segundo me disseram. Quando a crista cantava, e era necessário apenas um toque do metal para fazê-la cantar durante uma lua ou mais, o céu da noite mudava.

— Como — perguntei rapidamente — você sabe que a quinta parte foi roubada?

— Aconteceu durante o momento do crepúsculo, pouco depois de eu morrer, quando ainda via o mundo ao meu redor. Estava me aprontando para atravessar o rio e segui para a Hospedaria dos Formosos Cavalos Prata e Vermelho, para escolher o meu corcel para o outro mundo. A tumba havia sido preparada no fundo de um poço, mas eu ainda estava na plataforma alta, coberto por meu manto e escudo, na frente das portas que dão para o meu salão. Aquele que Fala pela Terra entrou furtivamente onde os presentes de despedida estavam reunidos. Era noite. Embora eu estivesse protegido pela Alta Sacerdotisa e pelos meus filhos sobreviventes e cães de caça, ele deve tê-los posto em transe. Ele abriu o esquife e tirou o ouro. Depois, amarrou uma corda a ele e colocou em volta do pescoço. Não havia nada que eu pudesse fazer.

— Qual era o formato deles? Do coração e dos pulmões.

Os Reis Partidos

— Eles tinham o formato de uma lua crescente — Durandond disse. — O sangue e a respiração do homem.

Eu o deixei descansar. O espírito não estava cansado, mas consumido. A apreensão preencheu a tumba. Talvez ela estivesse protegida contra o que possuía a colina, mas esse rei morto havia muito tempo estava ciente de que a sua nação descoberta estava em grande perigo. Se havia a consciência, naquele senso de espírito, de que a Terra dos Fantasmas já reivindicara seu reino, eu não pude dizer. Eu incomodara o descanso que já estava incomodado. Eu não o incomodaria mais.

Dispensei Morndun e conjurei Cunhaval, o cão de caça. Com o auxílio de Cunhaval, segui meu caminho ao longo do poço sinuoso, de volta à superfície.

32
Sonhos descartados

Eu estava muito cansado quando chegamos à câmara superior da tumba de Durandond. Eu podia sentir o ar fresco acima de nós, e respirei fundo duas vezes.

A próxima coisa que vi foi um vulto pequeno saindo de um dos cantos, jogando-se em cima de mim e passando os braços pelo meu pescoço.

— Você o encontrou? Você falou com ele? Você o salvou da morte?

Niiv estava muito, muito curiosa.

— Sim. Sim, eu fiz isso.

Na escuridão que nos cercava, tudo o que eu podia ver era o brilho estranho nos olhos dela, um toque que vinha das profundezas de seu ser. Seu hálito estava doce. Ela pressionou seus lábios nos meus, uma demonstração apressada de que estava feliz em me ver, antes de continuar:

— Você usou Morndun? Para tirá-lo da morte?

— Claro que sim. E isso é uma coisa que dói.

— Ensine para mim como ferir alguém dessa forma. Ensine-me a máscara da morte.

— Você nunca desiste.

— Você nunca cede!

Ela me beijou mais uma vez, mas dessa vez ela sentiu o cansaço em meus ossos e cessou a apalpação sutil que realizava em minha carcaça exausta em busca de qualquer padrão, gravado no marfim escondido, que pudesse lhe fornecer aquele pouquinho a mais de conhecimento da magia.

— Você precisa dormir — ela disse.

— Sim, eu preciso.

— Você conseguiu respostas? As respostas que você procurava?

— Sim, consegui.

— Posso saber quais foram?

— Sim, você pode.

— Mas não agora — ela insistiu, para minha surpresa. — Teremos tempo para isso mais tarde. — Ela estava realmente preocupada comigo, consternada com meu estado. — Coma alguma coisa, durma um pouco. Os cães de caça não parecem preocupados conosco, andando pelo pomar, contanto que fiquemos do lado de dentro da cerca.

— Isso é bom.

— Você não subjugou aquelas monstruosidades de metal, não é? — ela me provocou no escuro. A voz a entregou.

— Não precisei. Estavam programados para não permitir que alguém saísse do pomar, não da cabana. E eles não notaram que eu me aproximava porque sou bom nesse tipo de coisa. Mas eles são poderosos. Todas as criações do Inventor são poderosas.

— Ele transformou a terra.

— Ele transformou a si mesmo!

— *Você* consegue fazer isso? — Nós tínhamos começado a nos arrastar tumba acima.

— Não. A conjuração das máscaras de sombras e a possessão de animais — minha habilidade — não são a mesma coisa.

— Então, ele é mais poderoso do que você. É isso que você acha?

A pergunta dela me deu arrepios. Na verdade, o que eu achava? Eu nunca conhecera nada e nem ninguém como Dédalo. Já fazia algum tempo que eu vinha me perguntando se ele seria ou não um dos nove originais que haviam sido enviados para percorrerem o Caminho. As nove crianças escolhidas para uma tarefa cuja dimensão e lógica foram mantidas escondidas delas. Eu não tinha nenhuma lembrança dele nas minhas recordações de infância. E eu tinha a mais absoluta das certezas de que Medeia e eu falháramos, ainda, em retornarmos ao ponto onde começáramos. Nós havíamos falhado em voltar para casa depois de um milênio. Assim sendo, talvez Dédalo viesse de um segundo lar. O passado era quase tão misterioso quanto o futuro desconhecido e incomensurável. Mentes mais profundas e sábias que a minha haviam forjado o mundo, então, eu talvez fosse apenas uma pedrinha na montanha que eu conseguia ver naquele tempo.

— Ele é... diferente de mim — respondi à ávida Niiv. — Ele tira suas forças de um lugar que eu não entendo.

Houve um momento de silêncio quando encontramos as pedras soltas, com a pouca iluminação e com os cabos e degraus que nos levaram até o bosque.

— Tome cuidado, meu Merlin. Seja cuidadoso. Eu quero encontrar com você depois que... depois que tudo acabar.

Havia um brilho estranho nos olhos dela e um travo melancólico em sua voz. Tivera eu consciência dessas duas coisas naquela época? Creio que sim. As palavras de Niiv, ambíguas, sombrias e gentis ao mesmo tempo, haviam me atingido como um dardo. Mas eu afastara a sensação que elas me causaram, assim como eu teria tirado da minha pele o ferrão de um inseto. Algo que se percebe, mas a que não se dedicaria mais que alguns segundos de atenção.

Os Reis Partidos

Lembro-me de pensar apenas que eu não queria deixar aquela garota, que não queria perdê-la, não ainda. E que obviamente eu seria muito cuidadoso ali.

Ela abriu caminho através das sombras do pomar. Uma brisa soprou por um momento, um sussurro da natureza que parecia articular algumas palavras. Mas era apenas a minha imaginação, claro. Não era? Pois eu ouvi a brisa murmurando: *não volte para ela.*

Aquilo, fosse lá o que fosse, transformara a colina.

As palavras de Cathabach. Mas teriam tido a intenção de ser uma advertência? Ou apenas uma informação?

A velha passagem levará você para baixo, Cathabach dissera. Levei alguns instantes para apenas intuir que ele se referia ao poço sagrado.

Abri caminho por entre o labirinto de pedras. Foi um pequeno choque descobrir os restos mortais e enrugados das três jovens mulheres que cuidavam do lugar. Elas estavam sentadas, com os braços cruzados e a cabeça jogada para trás, e de boca aberta. Parecia que o ar e o espírito haviam sido sugados delas ao mesmo tempo.

Eu já descera a colina através do poço antes. O processo dava uma sensação de afogamento e, depois, muito frio. As paredes sufocam, você é apanhado por redemoinhos, a água gelada invade seus pulmões, as profundezas da terra parecem puxá-lo pelos pés.

Então, você se vê em uma margem estreita e úmida, ao lado da correnteza de um rio iluminado por manchas fosforescentes nas paredes da caverna. Esse é o lugar onde o rio Nantosuelta alimenta as correntezas labirínticas da colina, canais que fluem entre as pedras e jorram de diversos lugares direto para a terra, como fontes.

Taurovinda sempre esteve ligada à Terra dos Fantasmas e a essas águas, uma ligação placentária, demonstrada repetidas vezes.

O Inventor estivera ali, embora eu não pudesse precisar por quanto tempo. Tempo suficiente, de qualquer forma, para deixar sua marca nas paredes e saliências. Seus símbolos estavam em todos os lugares; as pedras tinham sido esculpidas e viraram figuras, ele havia se divertido ali, brincando de animar a rocha. Discos descartados, feitos de metal frágil, estavam jogados por toda parte, mas pareceu-me que, ao menos por algum tempo, eles haviam funcionado.

Ele transformara Taurovinda em uma Oficina de Invenções. Havia quanto tempo? Não muito. Talvez tivesse sondado essa região quando estava no Outro Mundo, todos aqueles anos antes de colocar os pés na terra de Urtha, do outro lado do rio, um campo preparatório avançado para a invasão completa.

Ele escutara a vida que acontecia acima de sua cabeça. Ele vira a terra. Direcionara sua atenção para o leste, longe do sol poente. O leste. Seu lar. Sua terra natal.

Sua vida, sua mente, sua fúria ressoavam na caverna, frescas, no antigo local de pedras lisas e corredeiras. Sonhos descartados, ecos de novos desafios ainda podiam ser ouvidos em todas as superfícies do lugar. Para onde quer que o Inventor fosse, deixava um rastro de desejo. Eu me lembrei dos vestígios da misteriosa presença da Dominadora na cabana acima de Akirotiri, outra entidade tão velha, tão próxima da terra e da floresta, que seu perfume permanecia no ar mesmo depois que ela havia partido, como um grito que, dado a distância, é transportado nas espirais do vento, desaparecendo devagar, nunca por completo.

O que vocês estão fazendo? Eu perguntei para os rostos astutos esculpidos na caverna. *Para onde você está indo?* Eu sussurrei para a água gelada. A terra fez um ruído abafado, longo, um movimento pesaroso, o eco de uma tempestade.

Os Reis Partidos

Eu não precisei responder à minha própria pergunta. Mas precisava encontrar o Inventor. E ele ainda estava no rio, a antiga fronteira. Por que ele não havia atravessado? Estaria ele ainda procurando uma forma de estender os limites da Terra dos Fantasmas? O que o estaria detendo, aquele homem, aquela criação capaz de dar novo sentido à sua própria existência, sua própria vida, longe do maquinário que ele mesmo criara com os minérios da terra e os sonhos das estrelas?

Tremendo com o frio do mundo subterrâneo, olhando para os discos de bronze descartados, as figuras rudes em suas tediosas superfícies vivas por causa da fosforescência, um pensamento me atingiu: vingança. E um nome: Jasão.

E pensando em Jasão, nos derradeiros momentos em que o vi, agachado e ansioso na beira do rio, preparando-se para atravessar para a Terra dos Fantasmas, subitamente, temi por ele.

Nós não deveríamos ter tomado caminhos separados.

Eu deveria ter dito a ele quem estava cruzando o Sinuoso no segundo barco, entrando em um reino proibido, atraído para lá pela mãe moribunda, a mãe que vivia fora de seu tempo.

Tentando evitar que Niiv se apegasse a mim mais uma vez, insistindo em prosseguir comigo, evitei a subida fácil pela qual eu deveria retornar a Argo. Entrei na água congelante e deixei que o Nantosuelta me carregasse através da colina, abaixo da planície, para onde esse serpenteante afluente se encontraria com o rio principal, no coração da floresta.

Depois de torcer minhas roupas e de pular um pouco para me aquecer, fui me encontrar com o barco. Foi uma surpresa e, ao mesmo tempo, não foi, descobrir que ele havia partido, levando com ele a criança de mel.

Eu poderia ter rido disso, não fosse o fato de que agora eu tinha certeza do que estava por vir.

E Jasão? Isso foi o que eu soube — bem mais tarde — sobre Jasão.

33
Sombra mágica

A partir do momento em que lançou o barco da margem, Jasão tentou assumir o controle da embarcação. Ele usou o remo fino para empurrá-la para longe da parte rasa e cruzar a correnteza. Mas ao tentar alcançar o outro lado do Nantosuelta em meio à escuridão, o rio arrebatou o remo de suas mãos. E quando ele jogou seu peso contra o casco para tentar fazer a pequena embarcação girar, falhou. Foi tão inútil quanto jogar seu corpo contra as paredes de um desfiladeiro.

O barco assumiu seu próprio ritmo, diminuindo a velocidade, seguindo na direção da Terra dos Fantasmas em seu próprio tempo, de seu próprio jeito.

Deitando-se de costas e observando as estrelas, Jasão sorriu ao se render ao rio. Depois, riu alto. Os céus se moveram em torno dele, lançando imagens incansáveis e constantes, mas ele não conseguia encontrar, em meio às estrelas, o "arqueiro" — o Centauro! Quíron. Esse rio ficava muito ao norte, ele sabia disso.

Ainda assim, invocou seu velho amigo:

— Eu tentei, Quíron. Por toda a minha vida, eu tentei. E, na maioria das vezes, fui bem-sucedido. Você me deu um bom conselho. Você pode mandar um cavalo para mim agora?

Nada se moveu no céu da noite.

Quíron havia dito a Jasão que sempre que ele precisasse de ajuda, tudo o que deveria fazer seria olhar para os céus.

Os Reis Partidos

— Ali estou eu — o autoproclamado "centauro" provocara seu jovem protegido indicando a constelação conhecida como "O caçador metade-homem, metade-cavalo". — É de lá que tiro minhas forças.

— Aquilo é um bode, não um cavalo.

Quíron estava se divertindo.

— O bode dança em Cornus! Logo ali!

Jasão desdenhou essa mágica elemental.

— Você vê as mais diferentes formas onde eu vejo indicações de rota. Eu vejo estrelas de que um dia precisarei para me guiarem na navegação. Sinais úteis. Isso é tudo que eu vejo.

— Bem, sim. Mas navegar é mais que apenas navios e mares — ao menos, quando se é rei. Você não precisa acreditar no que dizem os céus. Mas você deve entender como os outros acreditam neles... e, de preferência, não confundir bodes com cavalos.

Jasão sorrira com o comentário.

— Vou me esforçar. Então aquelas estrelas representam um homem e um cavalo, um arqueiro de quatro pernas.

— É um homem que se aproxima de sua natureza animal. Sagacidade e força. Jasão, meu jovem Jasão... Sagacidade e força.

O que o rio estava fazendo? A água passava por ele, fluía, mas o barco não se movia, como se apanhado em um redemoinho, sua proa baixa apontando na direção da escuridão estreita entre os salgueiros envergados, cujos braços noturnos se esticavam para abraçá-lo. Fogueiras queimavam depois daquela fresta escura. E havia movimento lá.

Jasão queria pular no rio e nadar. Mas não estava com a menor inclinação para lutar, então, deixou-se ficar ali, quieto, alerta, sentindo-se vivo sob a luz das estrelas, envolvido pelo rio, pronto para a vida, a morte, a vingança ou a libertação. Qualquer coisa. Quíron e seu bafo de cavalo. Quíron, uivo da lua. Quíron, o que se sacrificava. Quíron, supostamente um dácio, gastava tanto de seu dia amarrado a seu corcel cinzento como pó, ele mesmo cinzento de pó, camuflado com folhas e vestido nas cores sombrias de seu povo nômade, que poderia facilmente ser confundido com um centauro. Quíron fazia piadas sobre si mesmo, dizendo que, quando desmontava, tinha de arrancar a pele de suas coxas do couro do cavalo.

O homem havia sido salvo da morte por Esão na batalha de Xenopylas — nenhum poeta estivera lá para registrá-la — e, por sua vez, também salvara a vida do rei, que jamais se esquecera de sua ajuda oportuna, de seu salvamento preciso do cavaleiro enquanto eles escapavam do campo de batalha. Aquele companheirismo jamais abandonara a lembrança de Esão, que manteve contato com Quíron e mandava agrados àquele selvagem em troca de um cavalo novo todos os verões, um presente muito apreciado.

Quíron treinara Jasão em tudo o que foi necessário, mas especialmente no uso de sua inteligência e astúcia.

— Há uma diferença entre um soldado a pé que teme o golpe repentino de uma lança em suas entranhas e um rei que teme um presságio. O primeiro segue em frente para encarar seu medo, e sobrevive ou não. O segundo permite que o medo o paralise no lugar. Ele se torna uma presa fácil.

Enquanto boiava calmamente no meio do Sinuoso, Jasão sorriu outra vez e gritou para as estrelas, para a lembrança de seu velho amigo:

— Admita pelo menos que eu provei *esse* ponto, velho cavalo! Nunca paralisado, sempre indócil!

O barco empurrou o cascalho da margem, enfiando-se entre os salgueiros que pendiam sobre o rio. O segundo barco também estava ali, mas seu assoalho havia sido destruído por um machado.

Jasão desembarcou, tirou o barco a remo da água e o amarrou. Em volta dele, a terra vibrava com sons, não de vozes, mas com o

Os Reis Partidos

rosnado baixo das bestas e com o barulho de mecanismos sendo acionados. Não havia nenhuma luminosidade naquela noite.

Ele não tinha nenhum tipo de expectativa acerca do que encontraria naquela margem do rio Nantosuelta, exceto de que Medeia estivesse por perto. Desafivelou o cinto da espada, enrolando o couro em volta da bainha, carregando a arma de forma que não fosse logo notada. Encontrou folhas úmidas que usou para limpar as botas sujas de lama. Ele se perguntou se deveria ou não tirar uma delas, para andar com só um pé calçado até o que quer que esperasse por ele.

Jasão perambulou algum tempo naquela nova praia. Examinou o barco arruinado, imaginando quem havia navegado nele. Olhou para as chamas distantes e escutou com atenção aquele mundo que estava muito além da sua compreensão.

Paralisado no lugar.

Chega disso!

Ele se ajeitou da melhor forma que pôde, refrescou-se na água do rio, depois subiu pela trilha estreita entre as árvores até chegar a uma construção de pedra e madeira que emoldurava as fogueiras distantes. Não um templo, não um santuário, mas uma pequena e bem-vinda hospedaria, vazia, que ele poderia atravessar para adentrar na terra que se estendia atrás dela, mas ainda assim segura, que o protegeria das estrelas, da chuva. Era um abrigo, com quartos escuros e paredes em ruínas.

Ele se dirigiu para a saída. A terra de Urtha se estendia diante dele, brilhando com as luzes das fogueiras, agitada por movimentos misteriosos. Jasão ficou um pouco desorientado por algum tempo. Parecia que montanhas se erguiam diante dele, mas ele podia ver nuvens e estrelas em suas encostas. As montanhas desapareceram e lá estavam as colinas, as florestas, as fogueiras.

Robert Holdstock

E se ele havia tido a intenção de caminhar noite afora, agora hesitava, e nesse momento de indecisão, foi alcançado por uma voz sussurrante que vinha detrás dele:

— Para trás. Não atravesse.

Era a voz de Medeia. Ele a viu então, vestes negras, pele pálida. Como um fantasma, ela deslizou por uma das aberturas, e ele a ouviu correr.

Jasão a seguiu, e acabou entrando em um corredor com chão de pedra escorregadia, as paredes cheirando ao lodo que parecia escorrer das fissuras entre as pedras.

— Essa é a passagem para o Hades? Para onde você está me levando?

Na frente dele, os passos da mulher soavam, hesitantes. E sua risada surgiu, baixa e breve:

— Não para o Hades. Eu pensei que você já havia provado o suficiente do Inferno.

Ela desapareceu de novo. Por um instante, Jasão olhou para trás, para a luz que ainda persistia no fim da passagem. Mas, empurrado pelo cansaço e desamparo, e alguma curiosidade, esgueirou-se e deslizou pelo caminho abaixo, fixando-se com as mãos, respirando o ar que   apesar de viciado   pelo menos parecia correr na sua direção. Ele parecia um morcego, guiando-se pelo som e pelo cheiro em vez de usar os olhos.

— Para onde você está me levando? Essa é a sua ideia de vingança?

Outra vez, a pausa na escuridão. Outra vez, a risada baixa e mordaz.

— Não, Jasão. Não. Não vingança. Eu não tenho mais capacidade para tanto veneno. Uma jarra de vinho, sem uso por muitos anos, quebra no inverno e derrama seu conteúdo ácido. A raiva é assim. Melhor jogar a jarra de cerâmica bem longe antes que ela quebre.

Os Reis Partidos

— Bem... obrigado pela lição de temperança. Mas para onde, em nome de Kronos e seus filhos pálidos e cegos, você está me levando?

— Para cá! Abra seus olhos.

— Meus olhos já estão abertos.

— Tente outra vez.

Ela estava perto de uma janela alta e estreita. A luz do dia iluminou um lado de seu rosto quando ela ficou de costas para a parede. A luz repentina era intensa, direta, mas a rejuvenescia, suavizava sua pele, seu olhar.

— Eu me lembro bem desse lugar — Jasão disse. — Seu aposento privado, que dava para o porto.

— Eu podia ver Argo e seus amigos beberrões. Para a forma com que você desperdiçou seus anos comigo.

— Isso não é Iolcos. Isso é um sonho.

— Ah, muito esperto. Eu fiz esse lugar para me manter aquecida. Quando o Outro Mundo desses bárbaros se espalhou pela terra do rei até o rio, eu vim com eles. Não tive escolha.

— Você foi arrastada para cá? É isso que está dizendo?

— Eu fui expulsa. A terra avançou para leste. Eu sempre vivi na fronteira da Terra dos Fantasmas. Eu segui em frente com aquela expansão súbita de seus domínios.

— Expulsa... — disse Jasão, enquanto os dois sorriam.

Medeia sussurrou:

— Não é a primeira vez, não é?

— Não é a primeira vez.

Ele caminhou até a janela. Medeia tinha o cheiro de um perfume que ele reconheceu, um toque de rosa e canela, e o almíscar de um animal. Ela havia esfregado seu corpo com esse perfume quando ele a conhecera na Cólquida, antes de se tornarem amantes. Como se para mantê-lo esperando, para frustrá-lo em suas ambições, a partir de então, ela não usara nenhuma outra fragrância que não fosse essência de carneiro. Rendido, vencido, ele aceitara o fato sem questionar, sabendo que ela o estivera testando.

Em Iolcos, outra vez ela usou água de rosas e almíscar. E, por um momento, ele desfrutara de um paraíso para seus sentidos.

Nesse lugar no meio do nada, nessa margem do Outro Mundo, Jasão olhou, nostálgico, para o porto vazio. Argo estivera aportado ali por muitos anos. Ele usara a embarcação praticamente como sua segunda casa, seu convés coberto com lona, o cais cheio de barris, cordas, engradados e jarras espalhados. E ele havia sido um barco impaciente. Muitas vezes, Jasão saíra para encontrá-lo à noite, descobrindo que o barco havia arrebentado suas cordas e vagado a esmo pelo oceano.

Argo fora uma embarcação triste todos aqueles anos, mas permanecera leal. Em cada amanhecer, estava lá outra vez, seu convés um pouco mais fresco, o vento do mar aberto ainda fragrante em sua vela.

Jasão olhou para Medeia, que o observava de perto.

— Quem atravessou no outro barco?

Ela balançou a cabeça. Medeia não responderia.

— Por que você estava sorrindo durante a travessia? Qual lembrança trouxe aquele som incomum para a sua voz?

— Você estava me observando?

— É claro que eu estava observando você. Eu tenho observado você desde que voltou dos mortos.

— Não é um pensamento reconfortante.

— Eu não digo isso para confortá-lo. O que fez você sorrir?

— O que me fez sorrir... — ele repetiu e deu de ombros, inclinando-se no parapeito de mármore e olhando para a falsa luz de seu passado. — Eu estava pensando quão inteligente fui quando jovem, e quão rápido essa sagacidade foi tomada de mim. Estava pensando em Quíron. E no meu pai,

Esão. Você não o conheceu. Apenas aquele bastardo do meu tio que o matou.

— Peleas. Sim. O homem que instigou você na busca do Velo de Ouro. Mas, se não fosse por ele, nós nunca teríamos nos conhecido.

A risada de Jasão foi tão espontânea que ele quase se engasgou.

— Bom, pode me chamar de romântico, mas não foi a pior coisa que poderia nos acontecer, se considerarmos tudo.

— Homem amargo. Mente amarga.

— Sim. O assassinato de seus filhos faz isso a um pai.

— Eu não matei nossos filhos. Eu os levei para longe de você.

— Você os levou para longe do mundo deles. Você os matou, assim como você me matou. A maldade fala por meio de suas mãos, não a proteção.

— A maldade me cegou para as necessidades de meus filhos. Eu não discordo de você, Jasão. Foi algo chocante de se fazer, deslocá-los para tão longe no futuro. Apesar disso, eu me mantive ao lado deles, fiquei com eles. Eu cuidei deles... Fiz o melhor que pude. Isso me exauriu. Eu não tenho muito tempo agora. Dias, no máximo.

— Não procure piedade e perdão em mim, sua feiticeira.

— Eu não. Não estou procurando por isso.

Tomado por uma raiva súbita, Jasão cuspiu no chão diante de Medeia.

— Você diz que cuidou deles? A última vez em que eu vi Kinos, meu Pequeno Sonhador, ele estava morto por causa de sua própria loucura, esticado em uma carreta fúnebre, dentro de um palácio incompleto e cheio de sombras criado por ele mesmo.

— Eu estava lá. Lembra? Ele havia me seguido aquele lugar, esta Terra dos Fantasmas do norte. Eu estava lá. Eu o vi morrer.

— Você era uma sombra, acariciando sombras, envergonhada demais para me confortar, morta demais para derramar uma lágrima.

— Oh, eu derramei lágrimas, Jasão. Nunca duvide disso! Ver seu filho mais novo morrer de forma tão desprezível não é algo que deva ser visto duas vezes.

O silêncio pesado que pairou entre eles pareceu sussurrar um outro nome: o primogênito, Thesokorus. O Pequeno Toureiro.

Jasão sussurrou:

— Quem estava no outro barco?

— Sim — Medeia disse maliciosamente. — Sim, estava.

— Thesokorus? Ele está aqui?

— Thesokorus está próximo.

— A última vez em que eu o encontrei, ele estava perto de um oráculo, na Grécia. Dodona. Estivera me caçando. Ele abriu minhas vísceras com um único golpe e me deixou à morte. A ferida ainda dói. Mas você sabe o que aconteceu, você tem me observado desde a minha ressurreição.

— Você tem medo de que ele tenha vindo para terminar a tarefa?

Jasão deu um sorriso fraco e cansado.

— Eu não tenho medo de nada. Eu não estou *paralisado pelo medo*. Não tomarei mais parte em minhas próprias ações. Então, bata seus escudos de bronze e conjure sua mágica de sombra.

— Homem triste. Homem amargo. — Medeia se aproximou dele. — Pobre "Sombra" de um homem.

A pele dela estava envelhecida, mas seus olhos e lábios eram jovens. Ela beijou Jasão em cada lado do rosto, depois nos lábios, tocando seu rosto com dedos que tremiam um pouco. Ela prendeu o olhar dele no dela.

— A última vez em que eu o vi — ela sussurrou —, e não faz tanto tempo assim, você estava cheio de vida novamente.

Os Reis Partidos

Eu me lembro de ouvir suas palavras, enquanto você guiava Argo para fora do rio, para procurar, encontrar, batalhar pelos últimos anos de sua vida...

— Você estava me observando. Claro.

— Sempre observando — ela provocou. — Permita-me lembrá-lo do que você disse:

"Eu tenho dez anos... e não vou desperdiçá-los. Dez anos pelo menos, dez bons anos para navegar com esse bom barco em águas estranhas e encontrar lugares estranhos para..."

...E você parou. E você sorriu quando Merlin sugeriu: "para pilhar?"

— *Sim! Pilhar. É o que eu faço melhor. Dez anos. Fique atento para ouvir as minhas histórias. Agora, saia do meu barco, a menos que você pretenda juntar-se à aventura.*

Jasão assentiu, lembrando, e disse:

— Merlin expressou o desejo de que eu encontrasse o que estava procurando. Eu respondi que não procurava nada, mas que esperava que "Nada" não estivesse procurando por mim.

— Eu sei. Eu ouvi isso tudo. Pela Barba do Carneiro! Você ali era a antiga versão de si mesmo, aquele jovem, menos sagaz do que ambicioso, mais forte do que preocupado com sua própria segurança, atraído para o desconhecido. Eu poderia ter amado você novamente, exatamente ali e depois.

Eles se abraçaram. Amantes perdidos recordando seu amor perdido.

— O desconhecido *consome* homens como eu — Jasão sussurrou. — Nós nascemos naquele lugar. Nunca se conhece seu limite. E no fim, nós desaparecemos lá.

Medeia suspirou, um som breve e triste enquanto apoiava seu rosto no peito de Jasão.

— Eu soube disso no momento em que o conheci. Você acha que não? Eu fugi da Cólquida com você, a bordo de

Argo, porque queria ser uma parte desse desconhecido. Compartilhá-lo.

— Eu a decepcionei — ele murmurou, depois de um momento.

— Não, Jasão. Nossos caminhos eram diferentes. Sempre foram. Todos os caminhos seguem juntos por um tempo. Mas eles sempre se separam. — Ela se iluminou, captando o olhar de Jasão e sorrindo. — Mas quando você deixou Taurovinda, poucas temporadas depois, eu ainda celebrei sua nova paixão. Quando eu o observei do esconderijo. Quando você parecia tão alvoroçado com a ideia de viver mais uma aventura.

Gentilmente, Jasão pressionou seus lábios contra a testa de Medeia.

— Bem, isso não durou. Eu estava procurando algo que havia ido embora. Havia muito tempo. Abrandei. E Argo também se tornou mais brando. Esses celtas, Urtha, o rei dessa terra, ele e seus druidas, falam sobre a "terra arrasada". Eles falam de três terras arrasadas que sugaram o reino durante gerações. Bem, eu vim saber tudo sobre terras arrasadas. Tivemos uma terra arrasada naquele barco depois de um tempo. Havia algo desesperado no coração de Argo. Um barco infeliz, ele nos colocou para hibernar, como raposas de inverno. Até nós voltarmos para Alba, e eu encontrar Merlin outra vez.

— Argo trouxe você de volta para cá por uma razão.

— Tem algo que ver com aquele negócio em Creta, mil anos atrás, pouco mais, pouco menos. Algo que ver com o meu presente de casamento para você.

— Tem tudo que ver com seu presente de casamento para mim.

Havia algo no jeito como ela olhava para ele: esperançoso, provocativo, esperando uma resposta. A luz da janela pareceu se intensificar, depois escureceu, e o olhar de Jasão foi novamente arrastado para o porto.

Os Reis Partidos

Um barco estava ancorado lá agora, e Jasão reconheceu Argo imediatamente, mas não o Argo que ele e os construtores navais haviam reconstruído em Iolcos. Esse era um barco mais velho, seu casco pintado em um trançado de azul e vermelho, as formas de criaturas do mar familiares para ele, os olhos que observavam das tábuas do casco, também familiares, o brilho do bronze polido trazendo de volta um eco do dia em que ele havia pirateado Argo enquanto navegava perto de seu próprio canal marítimo, matando sua tripulação, raptando Argo para reformulá-lo, a fim de fazer a embarcação de que ele precisaria para a jornada perigosa na busca do Velo, em sua busca por Medeia.

Havia alguém de pé no cais, olhando na direção do pequeno palácio. A luz em seu rosto era dourada, embora seus olhos fossem negros. As peles que cobriam o homem eram cinzentas e marrons, couros de lobos e cabras, costurados juntos.

E aquele cais não era mais o familiar porto de Iolcos.

— Eu reconheço o lugar, mas não me lembro dele.

— O porto em Creta, onde você foi para terra firme cheio de raiva, desafiado por seu tio a roubar o barco antes de procurar o Velo.

— É claro. Mas... Isso não é criação sua. Esse lugar não é seu.

Medeia deu um sorriso fraco, mal encobrindo sua tristeza e desespero com essa traição final.

— É dele — ela concordou. — Eu não tenho nada a oferecer. Nem mesmo proteção. A chama se apagou. Sim, é dele. O Inventor. Ele está fazendo a fronteira do mundo do jeito que se lembra dela. Enquanto inventa, ele se move e deve atravessar o Nantosuelta. Quando atravessar o rio, não deixará nada além de terra arrasada para trás.

Jasão quase achou graça naquilo. Ele olhou para o céu, procurando as asas negras de pássaros comedores de carniça, esperando — como ele sabia que eles esperavam nessa terra do norte — arrastar a morte para o seu próprio Inferno.

— Argo me trouxe aqui para ser morto.

— Eu acho que não — Medeia sussurrou. — Ele ama seus capitães.

— Para que, então?

Antes que ela pudesse responder, se realmente tivesse uma resposta a oferecer, o mundo do palácio se transformou e se dissolveu ao redor deles. O cheiro doce de óleo de rosa foi substituído pelo forte aroma de pinho, e pelo ar fresco da montanha. Eles se separaram. Jasão escorregando na encosta coberta por matagal, Medeia caindo depois. O céu era de um azul intenso. Ele atingiu uma imensa pedra cinzenta, com marcas de renascimento da colina, como um toco de árvore morto. Era uma cicatriz que se erguia da colina, como o tronco petrificado de uma árvore. Árvores cinzentas cresceram onde a rocha foi dividida. Seus ramos pareciam os braços de um dançarino, por cima dele.

Quando ele acordou, só viu um brilho de bronze manchado na sua direção, o rosto de uma Górgona. E então, ele foi empurrado com violência.

Diversas formas o alcançaram e o arrastaram para longe da pedra e pela colina aberta. Jasão caiu outra vez, suas pernas fracas de tanto ser chutado. A última coisa que ele viu foi que havia alcançado a margem de um rio.

A última coisa que ouviu foi o grito sombrio de Medeia, em algum lugar acima dele. Todo o poder a havia abandonado. Ela se exaurira completamente.

Agora o sol, começando sua descida para o oeste, moldou uma figura, e, outra vez, o bronze brilhou mortiço, de seu rosto e de suas mãos.

34
No fim do mundo

Eu estava no meio do caminho, para as terras devastadas que haviam sido o reino de Urtha; no meio do caminho para o rio, caminhando por entre as ruínas, quando finalmente ouvi a canção distante, o chamado de Argo. Um chamado de lamento, de urgência. A canção era um grito, uma lembrança de sua primeira construção, das flautas de osso e dos apitos de pedra que usávamos para mandar sinais através das longas distâncias, quando eu era apenas uma criança e quando a natureza e as coisas criadas por ela moviam-se e mudavam ao som das canções simples que criávamos.

Eu estava descansando nas ruínas de um vilarejo do qual a Terra dos Fantasmas havia apagado qualquer vestígio de vida; esparramado confortavelmente na frente da lareira de pedra de uma velha taverna, por detrás de uma cortina de palha, mergulhado no que restava das lembranças daqueles que haviam partido, sofrido e morrido. Os gritos e os ecos daqueles gritos ainda eram fortes. Os campos e as cavernas eram sepulturas abertas, um convite para os corvos. As forças invasoras não haviam tido misericórdia das pessoas dos vilarejos e das fazendas. Elas haviam usado aquelas pessoas como exemplo, enforcando-as em árvores, como oferendas putrefatas e grotescas.

Elas não estariam entre os mortos honrados.

E, ainda assim, em meio a todo o horror, havia beleza. O mundo das Sombras dos Heróis havia se espalhado por aquelas terras, e atravessar uma serra que cheirava e se parecia com Creta, o terreno acidentado e rico, a vegetação vibrante, era descer em direção a uma ilha, enevoada ao pôr do sol, as águas que a circundavam movendo-se como se tivessem vida própria, não em ondas quebrando contra a praia, nem em círculos concêntricos, mas como um caos de movimento invisível sob a superfície, criando refrações e reflexos que eram fascinantes de olhar.

Ao longe, os exércitos dos Mortos estavam acampados em suas grutas e vales, esperando pela próxima mudança rumo ao leste. Eu poderia ter escolhido correr entre eles, como um cão ou como um cervo; ou voar, como um corvo ou um falcão; mas havia escolhido percorrer o terreno no carro de guerra dourado, um presente de Nodens, o grande deus do Sol, tio das duas faíscas selvagens que, para mim, e para aquele tempo, representavam tudo o que era urgente e descuidado. Eles eram fortes e desafiavam a morte, atributos que só podem, verdadeiramente, ser encontrados como um tesouro precioso entre os jovens do mundo.

Foi Conan que me levou. Ele se encolheu em seu carro de guerra, cochilando levemente. Havia ficado espantado com o que vira enquanto seguíamos viagem.

Eu estava contente, também, de ter deixado Niiv para trás; e Kymon, e Munda. A responsabilidade de juntar os pedaços, quando as coisas finalmente se resolvessem, cairia sobre os ombros das crianças. E haveria horror suficiente para elas enfrentarem, então.

A canção do chamado de Argo ecoava no vento que mudava. Era assim que eu me lembrava das montanhas onde nascera. Os vales carregavam a canção, mas o som era quebrado pela brisa e

Os Reis Partidos

reverberava em código, de forma que os versos eram repetidos, e gradualmente a melodia inteira podia ser reconstruída.

Como um cão que segue uma trilha pelo faro, e um lobo que segue o rastro de sangue, eu seguia o som da música. Estava cada vez mais consciente da urgência por detrás daquele som, que era quase como uma assombração; de como Argo comunicava sua tristeza para disfarçar os sinais de perigo.

Logo, Conan puxou as rédeas dos cavalos e virou o carro de guerra de lado, em direção ao leste. Nós estávamos atravessando uma serra. Era alvorada, e o sol brilhava a nossa frente, iluminando o céu, mas mergulhando a terra em sombras. Os cavalos estavam nervosos, como também o Príncipe-Sol.

— Estamos quase lá — ele disse —, mas temos de abrir caminho em meio a uma legião. As boas ilhas ficaram para trás, sinto dizer.

Ele amarrou os longos cabelos em um nó apertado no alto da cabeça, o que significava que estava pronto para a batalha. Usando sua faca, raspou a barba cerrada da face e do queixo, deixando apenas o bigode. O sangue escorria de seu rosto depois do barbear descuidado, mas isso era claramente intencional, porque ele o enxugou com as duas mãos e o espalhou pela face, e depois aproximou-se dos cavalos, fazendo-os cheirar o líquido ferroso que era a fonte de sua vida. Eles relincharam e empinaram, mas ele lhes sussurrou palavras calmas e eles logo se tranquilizaram.

Ele tinha um olhar cansado ao se mover, voltando para o carro de guerra. Suas feições, fortes e esguias, estavam começando a ficar marcadas pela idade, que chegara sem avisar, e também pela experiência. Eu percebi que os lábios dele estavam ressecados e rachados, embora tudo o mais em sua figura mostrasse um homem atlético e pronto para o combate.

— O meu irmão está lá fora, em algum lugar em meio a esta carnificina. Eu tenho de encontrá-lo; e se você o vir, avise-me; mas não se preocupe, eu o levarei primeiro. Para o seu barco. Existe um pouco de Mercúrio em mim, que deve ser obedecido — ele disse, com um sorriso. — A mensagem deve ser transmitida!

Quando o sol se ergueu e as sombras se dispersaram, eu vi as hordas. Elas enchiam o horizonte oriental até onde os olhos podiam alcançar: cidades formadas por barracas, campos de treino, campos de jogos; a vista inteira era a de um exército à espera, impaciente, faminto, furioso, uma mistura frustrada e irritada dos grandes, dos bons, dos desesperados e dos selvagens, de muitas épocas e muitas terras.

— Eles não sabem o que estão fazendo.

Conan olhou para mim com curiosidade.

— O que você quer dizer?

— Eles habitam um mundo onde o passado é uma memória e a atividade é um sonho. A existência deles deveria ser esplêndida e passada no jogo da vida, não em busca da morte. Eles não pertencem a esse lugar, quase no fim do mundo, com mãos de ferro e sede de sangue, como uma maldição que espera para se concretizar.

Conan pensou sobre o que eu dissera. Ele concordou.

— Como a água que escorre para um poço. Há uma força que a atrai. Uma força de cima para baixo. Eles foram atraídos para cá, e agora estão impotentes.

— Água do poço — eu ponderei.

Conan estava sob uma total inspiração lírica.

— As lágrimas dos velhos e das crianças. Derramadas sem entendimento. Sem controle.

— Impotentes.

Conan desembainhou sua espada polida e passou-a para mim, pelo lado da empunhadura de osso entalhado.

— Tome isso. Você pode precisar.

— Não vou precisar.

Ele olhou fixamente para mim por um momento; deu uma gargalhada.

— Que homem confiante você é. E nem mesmo é filho da natureza. Sem relação com deus nenhum. Merlin. Antiokus. Eu devo tentar me lembrar de você. Merlin. Como o pássaro. Você tem asas?

— Isso não é um encantamento muito difícil. Posso tentar conseguir.

— Acredito que você possa. Aqui. Você pode ficar com a bainha também, se tem medo de cortar seus dedos. — Ele me ofereceu a bainha trabalhada onde carregava a espada que brilhava ao sol.

— Eu já lhe disse. Não vou precisar.

— Confiante. — Ele parecia aprovar.

— Velho. Tolo — eu corrigi. — Na verdade, mais uma criatura da natureza do que um filho do Sol. Vamos para o fim do mundo, Conan. Um velho amigo espera por mim.

Ele me lançou um olhar curioso e sacudiu a cabeça.

— Você é um homem estranho. Eu gostaria de caminhar nos seus sonhos.

Ele chicoteou os cavalos, então, e partimos novamente.

Eu próprio teria optado por uma abordagem lenta, suave e discreta, mas Conan de repente emitiu um grito alto e inclinou-se para frente, golpeando os flancos de seus cavalos furiosamente com o chicote, lançando-os em um galope que parecia impossível mesmo para animais jovens. Eu me segurei firme, se não para preservar minha vida, ao menos para evitar

Robert Holdstock

as contusões que certamente viriam com uma queda de um carro de guerra.

Os Mortos ficaram interessados em nós. Enquanto atravessávamos suas linhas, bandos deles cavalgaram em nossa direção, alguns armados pesadamente, outros de forma mais leve; alguns carregando lanças, outros nenhuma arma nas mãos; alguns de pé em seus cavalos, enquanto nos inspecionavam.

Uma fila de carros de guerra apareceu ao nosso redor; os condutores, de cabelos ao vento, riam enquanto tentavam nos ultrapassar. Cinquenta ou mais, eu contei, e eles estavam competindo uns com os outros, tanto quanto com o filho de Llew.

Ele os superou com facilidade, e ficaram para trás, gritando algo que o fez sorrir. Eles o estavam cumprimentando.

Nós passamos por fogueiras e barracas. Ocasionalmente, flechas sibilavam pelo ar, algumas atingindo os lados do carro de guerra, algumas acertando os cavalos, que pareciam não se importar com as pontas de pedra.

Através das florestas, pelos prados, por uma depressão no terreno, e ao longo de um rio, um afluente que corria para o Nantosuelta, os Mortos se levantavam para nos examinar e nos perseguir, mas ficavam para trás, gritavam para nós, e logo se perdiam, enquanto a corrida louca de Conan prosseguia.

Eles eram um borrão de cores, um campo de rostos, um grito de curiosidade que se desvanecia.

Quando finalmente chegamos à linha de bronze, ele diminuiu a marcha levemente. O horizonte oriental estava brilhante com o clarão da mente inventiva do Inventor. Havia centenas de gigantes, todos com um joelho na terra, suas armas e escudos à sua frente; as formas de metal pareciam um eco dos homens de carvalho que haviam se erguido na terra dos coritani,

Os Reis Partidos

a terra que agora eles guardavam e cobiçavam. Enquanto nos aproximávamos das fileiras, aqueles à nossa frente se mexeram, levantando-se e voltando-se levemente para nos observar enquanto nos aproximávamos deles.

Eles se moveram para bloquear nosso caminho.

Conan, gritando mais alto do que o vento que uivava em nosso rosto, perguntou:

— Você disse que podia chamar os ventos?

— Sim.

— Bem, olhe só para isto!

Ele chamou por Nodens, evocando seu tio com um grito de desafio e de cumprimento, uma mistura de maldição e de respeito. E estava sorrindo, enquanto gritava.

Nodens pareceu ouvir e não se importar.

Os cavalos do carro de guerra se tornaram dois em meio a cem, todos brancos, espalhando-se à nossa frente, presos por correias que se irradiavam do carro de guerra como uma teia de seda. O carro de guerra pareceu se expandir, assumindo um brilho de luz, uma força solar que era deslumbrante mesmo para um homem bem viajado, que atravessara eras, como eu. Aquilo estava vindo do chão? Eu não sabia. Mas consumia o espaço à nossa frente, iluminando a terra com seu clarão dourado. Os guerreiros de bronze recuaram, curvando-se, agachando-se para evitar o fogo.

Passamos por eles sem esforço. Eles nos observaram enquanto nos afastávamos, seus olhos estranhos e mortos continuando a manter uma expressão que poderia ser de surpresa.

— Você entende agora por que o meu irmão e eu roubamos carros de guerra? — Conan perguntou, com um sorriso malicioso.

— Fico feliz por seu tio estar de bom humor.

Com a carruagem de metal e os cavalos de volta ao normal, o encanto desfeito, nós corremos em direção ao rio. Era possível avistar uma hospedaria ao longe, uma construção escura com várias portas feitas de madeira áspera. Não havia beleza nenhuma ali; não naqueles lados. Conan freou os animais suados. Ele estava exausto, também.

— Eu fico confuso com essas hospedarias — ele explicou.

— Por quê?

— Elas podem ser manipuladas tão facilmente. — Ele agarrou o meu braço e sorriu, um sorriso de adeus. — É aqui que vou deixá-lo. Preciso encontrar Gwyrion. Posso sentir o cheiro do rio, então, você não vai precisar caminhar muito.

— Obrigado pela companhia.

— Espero que dê tudo certo para o seu amigo, o rei, Urtha. Um bom homem. Descendente de um bom homem. — Conan piscou para mim. — Meu pai e meu tio têm uma longa história. Eles conheciam Durandond muito bem. E todos os outros; todos os filhos daqueles reis partidos. Eles não puderam salvar os reis de seus excessos, mas fizeram o melhor possível. Meu pai governa no oeste, meu tio do outro lado do canal, no leste. Aquela criatura, o Inventor, os aborreceu. Eu acho que você pode contar com meu pai, se precisar.

Então, ele partiu. Eu entrei na hospedaria e caminhei por seus corredores sem dificuldade. O lugar parecia tão morto quanto os homens e mulheres que se sentavam, mal-humorados, nas salas e galerias. Eles me observavam com olhos vazios, aqueles antigos heróis que haviam sido atraídos para um novo e indesejado jogo. Eu tive a impressão de que eles não tinham certeza sobre para onde estavam viajando.

Talvez o instinto que eu compartilhara com Conan estivesse correto. Embora por detrás das hospedarias a vida dos mor-

Os Reis Partidos

tos ainda parecesse cheia da alegria da morte, aqui, no fim do mundo, havia o medo do desconhecido!

Para além da hospedaria, a terra se iluminava, o ar tinha um cheiro doce novamente, uma lembrança da Grécia, a fragrância de um passado mais romântico. Argo estava atracado lá, distante e abaixo de mim. Ele me observava pelo olho de sua proa. Eu vi a lágrima pintada em azul, aquele pequeno sinal de emoção no olhar constante que sempre havia sido entalhado e iluminado em seu casco.

Mas o eco de Akirotiri era sinistro. Eu percebi que minha visão do porto era da caverna de onde a Dominadora havia nos observado em nossa viagem entre os mundos. Eu podia ver o Sinuoso através da minha ilusão, o velho rio e a floresta que o margeava. E, para além dele, uma terra agora cobiçada por uma força dos Mortos, impelida para aquela invasão por uma criatura do passado.

Eu caminhei para Argo, permitindo que a ilusão me mantivesse no caminho descendente, até as docas fedorentas, o esconderijo seguro de Dédalo.

Argo respirou suavemente; não era uma canção de chamado agora, nem uma canção de boas-vindas, nem sequer um sussurro; era apenas um alerta silencioso. Eu subi a escada pendurada na amurada e entrei na reconstrução de Dédalo do meu antigo barquinho, meu sonho de menino. Ele o havia preparado bem para enfrentar o mar, sim; mas não tão bem que pudesse ter aguentado o tipo de jornada pelos oceanos que Jasão faria mais tarde. Esse era um barco menor, projetado para uma tripulação menor, para viagens costeiras. Mas havia algo mais mágico a respeito dele.

O Espírito do Barco ainda estaria ali? É claro que estava. Aquela parte de Argo não havia sido alterada, não importava quantas vezes tivesse sido reconstruído. Simplesmente mudava com a mudança de seu capitão.

Eu subi a bordo e, depois de um momento de hesitação, entrei no mundo que Dédalo havia construído.

Entrei no labirinto.

Não era Dédalo que percorria aqueles corredores escuros, obviamente. Era a memória do homem; a *forma*, a consciência que havia se formado por causa da habilidade em ciências e encantamentos daquele antigo inventor. Seus pensamentos eram ecos altos por aquelas passagens. Suas necessidades, seus medos, sua raiva, sua urgência, tudo era uma construção mental. Eu me lembrei novamente dos ecos da Dominadora, a manifestação desvanecida da Senhora das Criaturas Selvagens, que não podia se mover, durante a *morte de sua luz* em Creta, sem demonstrar angústia.

Eu segui a trilha de pensamentos mais profundamente para dentro do complexo. A perspectiva mudou, a desorientação ocorreu, mas o Inventor não podia disfarçar a respiração suave de sua própria expectativa. Ele se afastou de mim, sem ser visto, enquanto eu avançava. Quando as paredes começaram a se fechar, e a passagem se tornou tão baixa que até mesmo me agachar era doloroso, a "sensação" de sua presença observadora foi, de alguma forma, intensificada.

Ele chega mais perto...

A curiosidade da criatura fedia no espaço confinado. A entidade não me compreendia. Ela conhecia humanos, fantasmas e sombras. Não compreendia o homem, jovem-velho, que avançava em direção ao confronto. Não era difícil ouvir os fragmentos de seus pensamentos.

Ele chega mais perto.

Os Reis Partidos

Familiar. Velho. Por que eu o conheço?
Por que eu me lembro dele?
Esse labirinto era uma memória grosseira da câmara original que havia sido construída nas rochas profundas de Creta. Era apertada, confusa, sufocante; era sinistra. Mas não possuía o poder distorcido, a sensação de infinitude, nem evocava o sentimento mórbido de desesperança que eu sabia ter experimentado na criação original. Apesar disso, eu sabia que seria errado subestimar a sombra poderosa que estava me atraindo para mais perto, tecendo sua armadilha.

Sim! Era precisamente isso o que Dédalo estava fazendo; ele tecia esse labirinto enquanto se movia, organizando as pedras ao nosso redor, levando-nos em direção ao centro. E era uma estrutura forte. Eu me sentia impotente, ali. A menor tentativa de encantamento teria exigido um esforço tremendo. Ele estava tirando energias do Mundo dos Fantasmas. Ele havia reunido forças por muitos anos, ajustando-as de acordo com suas próprias necessidades, fortalecendo sua sombra com os truques e talentos dos mortos de muito tempo.

E, mesmo assim, ele ainda estava ansioso ao meu respeito.
Por que eu o conheço?
E por que eu sentia o mesmo?

Então, Medeia caminhou em minha direção pelo labirinto. Ela veio até mim, saindo da escuridão, sua pele pálida, seu olhar triste, andando como se estivesse em um sonho.

Por um momento, senti uma profunda alegria, então percebi a verdade dolorosa: ela estava morta. Embora brilhasse e viesse a mim com luz e afeto, ela estava naquela terra intermediária entre a vida e a morte, que os gregos chamavam de *efêmero*.

Seus braços se estenderam e ela me aconchegou a si, um momento rápido, um último sinal de afeição.

— Eu preciso ir.

— O que aconteceu?

— Eu preciso ir.

— O que *aconteceu*?

— Estou esgotada. Proteger meu filho me esgotou. Estou em transição. Sinto muito. Eu o verei de novo, onde começamos. Tenho um caminho a seguir.

Fiquei surpreso ao perceber que ela estava quente quando a toquei. Uma mulher tão pequena, tão esguia. Meus braços a envolveram e ela era como um fantasma. Estava chorando, mas então ergueu os olhos para mim, os olhos escuros cheios do amor que havíamos conhecido em uma época que já se fora; as rugas, as marcas de desespero que agora prevaleciam em seu rosto eram as de uma mulher que sabe que seu tempo acabou.

— Nós nos encontraremos de novo — ela sussurrou. — Mais cedo ou mais tarde.

— Que seja mais cedo. Ou mais tarde. Mas sim. Nós nos encontraremos de novo.

— E, enquanto isso, você tem a sua Niiv.

— Por enquanto. Sinto muito, Medeia.

— Sente muito por quê?

— Pelos anos perdidos. Quando éramos jovens e o mundo era jovem.

Ela suspirou, aconchegada ao meu peito. E riu suavemente.

— Nossos caminhos eram diferentes. Nossos caminhos se separaram. Trilhas que levaram a diferentes montanhas e diferentes vales. Todas elas levam de volta ao ponto de partida. Nós não perdemos anos, você e eu. Nós tivemos muitos anos. Esse foi o nosso problema, sendo tão velhos e infinitos como nascemos para ser, duas pessoas que não podiam escapar das garras do Tempo...

Os Reis Partidos

Erguendo os olhos para mim, ela passou um dedo pelo meu rosto, carinhosamente.

— É uma pena que não sejamos totalmente imortais. O nosso problema foi termos muitos anos para usar e muitos amores com os quais usarmos nossos anos. Não desperdiçamos um momento sequer. Tudo isso em um espaço de Tempo que ninguém pode entender. E agora eu estou morta; e você não está. Mas você *estará* morto. Um dia. E nós nos encontraremos de novo, e talvez compreendamos qual foi o nosso propósito.

— Viajantes.

— Viajantes.

Ela agarrou meus cabelos, puxando meu rosto em direção ao seu, e colou sua boca na minha. Um último beijo. Os lábios dela estavam tão úmidos, tão suaves, tão cheirosos e tão famintos quanto uma flor de primavera que se abre depois da chuva. Tudo naquele beijo era a alegria da lembrança.

Então, ela sussurrou:

— Meu filho irá matar o pai, a não ser que você interfira. Eles estão lá fora nesse momento, e Thesokorus está furioso. Gaste um pouco da sua vida, Merlin. Por favor. Por mim. Pela sua irmã. Por amor.

Ela partiu tão rapidamente quanto havia aparecido na escuridão do labirinto. Eu fiquei lá parado, chocado e trêmulo, tentando controlar as lágrimas, lágrimas por uma mulher que eu havia amado e que chegara a odiar, e que havia sido um tormento constante em minha vida. Eu não podia pensar em nada daquilo agora, na dor, na busca; só pensava no idílio, na diversão, nas provocações e na afeição que haviam marcado os nossos primeiros anos. A época do amor e da alegria, havia tanto tempo, e que poderia ter sido uma brincadeira de deuses desconhecidos.

Eu fiquei com raiva então; senti a onda vermelha da fúria. Eu olhei para a pedra fria e vi apenas a cobiça de um homem. Dédalo estava indo para casa e arrastando o mundo com ele. Ocorreu-me, enquanto eu esmurrava aquela ilusão de rocha fria, que aquele homem, nascido no passado, nascido para a compreensão e para a inteligência naquela ilha remota, não podia atravessar o rio.

Foi um momento de inspiração. Nantosuelta, a corrente de água normalmente calma, mas às vezes furiosa, que definia os limites de dois mundos, não deixaria o homem passar. Ele estava incompleto, e o rio sabia.

E, mesmo assim, ele arrasara uma terra. A terra de Urtha. A terra do meu amigo e da família do meu amigo. Os Mortos haviam vindo voluntariamente com ele. Eles eram uma legião, alinhados nas margens do novo rio. Os Não Nascidos estavam inquietos, infelizes com aquela situação desgraçada.

Dédalo tinha poder. Ele havia sugado todo aquele poder do Outro Mundo. Ele havia se cercado da força de fantasmas.

Bem. Naquele momento, no auge da raiva, ao perder a minha irmã do início do Tempo, a minha amante; ao pensar em Niiv, que não podia dominar o tempo como eu, que não sobreviveria à distância dos dias que eu queria que ela passasse comigo; naquele momento, decidi envelhecer.

Foi assim que eu me senti.

Meus ossos pareceram se estilhaçar dentro da minha carne, enquanto o feitiço se esvaía deles. O sangue congelou em meu coração, mas escorreu pela minha pele. Minhas mãos ficaram vermelhas, e eu chorei lágrimas de sangue, incapaz de controlar a onda da raiva. Eu arrebentei o labirinto, arrebentei a pedra, expus o homem que estava no centro dele.

Os Reis Partidos

Por um momento, Dédalo ficou chocado. Eu me aproximei dele. Ele parecia forte. Ele brilhava. Seus olhos estavam ocos. Seu rosto, coberto por pelos escuros, os braços nus, feridos e poderosos. Ele começou a tecer novamente.

Pedras se formaram ao meu redor.

Eu arrebentei as pedras.

Afastando-se de mim, pela segunda vez eu pude sentir a confusão e o medo dele. Eu apanhei um pedaço de pedra e corri na direção dele. Eu o golpeei e o derrubei; montei nele e o golpeei de novo.

— Brutal. Brutal — ele disse, com uma gargalhada. — Mas lá no vale, o seu amigo Jasão está para morrer. Você não quer vê-lo?

E a raiva passou. Eu olhei em volta. Aquela não era a margem do rio, não era a montanha onde Dédalo havia sido abatido por Jasão em épocas passadas. Aquele era um lugar na Grécia. Nós estávamos no fundo do vale do oráculo em Dodona, e abaixo de mim, além da criatura ensanguentada que jazia tão submissa aos meus pés, como se estivesse esperando que eu fizesse um movimento para que pudesse contra-atacar com força igual, ali, perto do rio, Jasão estava se afastando de seu filho mais velho, Thesokorus; o Pequeno Toureiro; o homem que se tornara conhecido como o Rei dos Assassinos.

— O que eu estou testemunhando? — sussurrei para o homem.

— Um toque de vingança, antes de eu encontrar um modo de voltar para o meu próprio lar.

Deixei a pedra cair. Eu me senti envergonhado. Eu não podia, naquele momento, compreender de onde aquela raiva súbita havia vindo, e nem por que aquele ser metade homem, metade máquina, permitira que eu o derrubasse sem se defender de meus golpes. Talvez ele soubesse que eu estava lamentando a passagem de uma velha amiga que havia se tornado uma inimiga feroz. Eu olhei para Dédalo. Ele não parecia estar gostando da situação. Na verdade, ele estava esperando que as coisas acontecessem.

Pela terceira vez, eu percebi o quanto ele estava confuso. Mas agora, havia algo mais: medo.

Eu me afastei dele, naquela paisagem ilusória, descendo o monte até onde pai e filho se enfrentavam à maneira grega, preparando-se para o combate, mas incertos sobre o momento para começar a luta. Os dois se inclinavam para frente, apoiando-se no joelho esquerdo, a mão direita apoiada no cabo da espada, os dedos esticados, ainda esperando para arrancar o metal da bainha e começar o ataque.

Enquanto eu me aproximava, ouvi a conversa entre eles. Era o filho que estava falando.

— Eu pensei que o havia matado em Dodona. Eu senti o cheiro das suas fezes e do seu sangue. Você não podia ter sobrevivido depois daquele golpe.

Eu havia testemunhado o combate. Fora depois que a Grande Busca havia falhado em saquear Delfos, e os exércitos celtas haviam se dispersado, atônitos. Pai e filho tinham se encontrado no vale de outro oráculo, e o encontro não havia sido afetuoso.

— Eu sobrevivi — disse Jasão, cuidadosamente. — E percebo que você herdou a mesma tendência. A não ser que essas cicatrizes no seu rosto e nos seus braços sejam decoração.

— Minha vida foi curta, mas não sem dificuldades. Não estou aqui, nem lá. E aquele golpe que lhe dei foi fundo.

— Não foi fundo o suficiente. Não na carne, pelo menos. Mas eu fui ferido. Tudo o que eu fiz foi vir encontrá-los de novo, você e o seu irmão. Meus dois filhos com Medeia.

— Eu não acreditei em você então, por que você espera que eu acredite agora?

Os Reis Partidos

O sorriso de Jasão era triste.

— Não tenho resposta para isso. Só quero uma última viagem em Argo, com Thesokorus ao meu lado. Toureando, se ele assim o desejar.

— Eu não reconheço mais esse nome. Eu sou Orgetorix.

— Meu filho, ainda assim, sob qualquer nome.

— E Kinos? E quanto ao meu irmão?

— Morto. Vou falar francamente. Ele não tinha a sua força. Ele tinha uma mente maravilhosa, uma imaginação intrigante, mas quando se tratava de caráter, ele não era um matador, e certamente não um matador de reis. Ele foi destroçado no momento em que aprendeu a pensar. Pensar o destruiu, porque seus sonhos o quebraram. Você se lembra de que nós costumávamos chamá-lo de "Pequeno Sonhador"? Ele se despedaçou no submundo, em um lugar com que ele próprio sonhou. E nem mesmo sua mãe conseguiu ajudá-lo.

Thesokorus se abaixou e passou os dedos pela terra úmida perto do rio. Ele estava respirando pesadamente, e percebi que tremia, uma das mãos apoiada na terra, a outra na espada. Ele ergueu os olhos para Jasão, seu rosto endurecido, muito mais envelhecido do que os anos que o haviam formado.

— Fale sobre minha mãe. Eu a vi há poucos momentos, e ela não passava de um fantasma. Você a matou?

— Não.

— Então, quem a matou?

— O *tempo* a matou — Jasão respondeu, sem pausa. — E você. E Kinos. E eu. E lugares e eras, e eventos e circunstâncias que nenhum de nós podia controlar. Ela viveu uma vida longa. Eu fui apenas um sussurro no coração dela, apenas um momento de desejo e afeição. Ela teve mais tempo para o homem que você chama de Merlin. Ela era irmã dele, eu sei disso agora. E eles são mais antigos que as florestas.

— Eu não sou filho daquele homem.

— Não, não é.

— Ela teve filhos de outros homens?

— Nunca pensei em lhe fazer essa pergunta.

— Mas... deixe-me esclarecer. Eu sou seu filho. Medeia é minha mãe. *Era* minha mãe. Eu fui formado por você. Eu devo viver, e finalmente morrer, do modo que você me formou.

— Sim, deve. E agora eu tenho uma pergunta para você.

— Faça.

— A respeito da vida que lhe resta, um tempo maior do que a vida que ainda devo viver, ou certamente assim o espero, apesar de suas cicatrizes e seu temperamento serem motivo de preocupação para mim...

— O que há a respeito dessa vida?

— Você a viverá com raiva ou sem raiva; com afeição ou com desejo de vingança? Eu traí a sua mãe. Eu não nego isso. Paguei um preço alto. Mais alto do que você jamais soube, porque antes que eu pudesse falar com você, minhas entranhas estavam sangrando, minhas fezes se espalhando, e sua faca era a causa. Nada disso importa agora. Eu tenho uma nova chance, uma chance breve, e se eu pudesse encontrar agora aqueles deuses que um dia me deram força e confiança para viver minha vida do único modo como a vida deve ser vivida...

— E que modo é esse? — Thesokorus perguntou rapidamente.

— Vida após vida. Após vida. Após *vida*! Até que não *haja mais* vida!

Thesokorus bateu o punho contra a terra, mas com entusiasmo. Ele ergueu os olhos para o pai novamente.

Os Reis Partidos

— Eu gosto dessa ideia. Gosto muito. A única coisa que tem faltado na minha vida desde que eu emergi de um sonho tão estranho, depois de ter sido sacrificado e escondido... a única coisa que me tem faltado é o que meu irmão, de acordo com as suas palavras, teve em abundância: sonhos, e propósito; eu só tive ação. As cicatrizes provam isso. Batalhas! As cicatrizes provam isso. Eu feri meu pai. As cicatrizes do meu pai provam isso. Eu senti falta do meu pai toda a minha vida. Mas não posso pensar em você como meu pai. Só posso pensar em você como Jasão.

Quando Jasão não respondeu, Thesokorus deu um sorrisinho esperto e disse:

— Mas agora eu acho que *Jasão* é suficiente para mim. Você conheceu homens e mulheres, heróis e semideuses, e formou uma tripulação para aquele barco, você, um homem, nada mais que um homem, e você domou Hércules, e Teseu, e Atalanta, e encontrou o Velo de Ouro! E eu cresci com essas histórias, e essas histórias são tudo o que eu tenho de você. Oceanos, rios, criaturas, rochas que colidem, espaços que se abrem nos penhascos e os engolem. E tudo isso com a constante presença, não de deuses, aconselhando esses heróis, mas de um homem que não conhecia outra direção, a não ser adiante. Você voltou para casa, para Iolcos, seguindo em frente. E encontrou rios e correntes, e conduziu aquele barco sobre terras secas, e conhecia a si mesmo, e conhecia seu caminho. Você conhecia uma verdade simples: que uma pequena corrente, se seguida, deve sempre terminar no oceano, e ao seguir a costa do oceano, você sempre encontrará a praia de onde levantou velas.

Ele pausou por um momento, ainda correndo os dedos pela terra. Então, sacudiu a cabeça.

— O que aconteceu comigo, para que essas pequenas verdades me fossem negadas, quando elas teriam sido tão importantes para mim? Por que eu sou um viajante, como aquele seu estranho amigo, Merlin?

— Você é o que é porque o que aconteceu, aconteceu. Eu traí Medeia com outra mulher. Em sua raiva, ela tirou meus filhos de mim e os matou. Ou foi o que eu pensei. Na verdade, ela os atirou no futuro, e, ao fazer isso, se atirou para perto da morte. A raiva nunca torna os sábios tolos; ela torna os tolos ainda mais tolos. Medeia e eu fomos tolos, embora não pudéssemos negar nossa paixão. Por que fomos tolos? Porque o amor nunca foi mencionado. Ela queria filhos. Ela teve muitos, e salvou apenas dois. Eu vou lhe dizer uma coisa, Thesokorus. Eu nunca entendi, e duvido que algum homem ou mulher entenda algum dia, o que passou pela cabeça daquela mulher quando ela os abandonou no tempo, por causa do ódio por mim, da raiva de mim.

Eles estariam conscientes da minha presença, a apenas alguns passos de distância? Parecia que estavam perdidos em seu próprio mundo.

Por alguns momentos, eu não pude dizer se estavam prestes a atacar um ao outro. Certamente, Thesokorus ainda estava tenso como um gato pronto para saltar.

Então, lentamente, os dois homens se ergueram. Eu olhei em volta, e vi Dédalo observando do topo do vale. A luz brilhava sobre ele quando se virou rapidamente e partiu, um homem desapontado.

Jasão desatou o cinturão onde levava sua espada e o atirou por sobre o ombro. Seu filho fez o mesmo. Os dois homens fizeram um gesto de cabeça um para o outro, sem sorrir. Então, foram até a beira da água, abaixaram-se, e, depois de um momento, se sentaram, lado a lado, olhando para a distância em silêncio.

Eu os deixei a sós.

Os Reis Partidos

Com um barulho de trovão, a terra se transformou novamente, mas não de volta para aquela meia visão de Creta; aquela era a fronteira leste do reino de Urtha, e o Nantosuelta corria violentamente por ela, serpenteando pela terra de norte a sul. O exército da Terra dos Fantasmas estava espalhado pela floresta, espíritos inquietos sobre cavalos inquietos, esperando um modo de atravessar para o reino dos coritani, onde apenas os Não Nascidos tinham permissão de viajar. Era a hora do crepúsculo, ali. As fogueiras queimavam ao pé das montanhas, do outro lado de onde eu estava. Uma hospedaria escura se erguia à minha frente; a porta de trás era um espaço estreito, emoldurado por enormes toras de carvalho. Uma cabeça de alce entalhada nos observava por detrás das calhas, seus chifres se projetando por uma largura de cinco homens. O focinho da besta não era o de um alce; era o de um lobo feroz.

Para além dali, ancorado, estava Argo, na última forma verdadeira que havia assumido: parte grega, parte das Terras do Norte; de carvalho imponente e abeto enrijecido, pronto para enfrentar o Alto Oceano, como havíamos descoberto.

Dédalo havia claramente usado sua influência para preparar o exército para a travessia, fazendo-os empunhar os escudos, gritando os cantos de guerra de épocas das quais haviam vindo, e atirando uma chuva de pedras com estilingues para a margem oposta; eu duvidava que suas flechas de ferro pudessem atravessar a água.

O temor era: se eles não pudessem atravessar, voltariam e terminariam o saque das terras de Urtha, que haviam começado em sua viagem para leste.

— Dédalo! — eu gritei, então. — Dédalo!

Não houve resposta ao meu redor, e eu entrei na hospedaria. Era um espaço enorme, quase tão escuro quanto a noite;

escudos de metal polidos pendiam das partições, refletindo a luz fraca que entrava pelas calhas e as sombras dos movimentos daqueles que andavam pelo salão.

— Dédalo!

Um escudo foi atingido por algo feito de ferro; então, um segundo; e o salão reverberou com o som. Enquanto o ruído se desvanecia, eu senti a presença do homem.

— Quem é você? — perguntou ele, de seu esconderijo.

— Eu sou o garoto que construiu Argo. Eu construí o primeiro, pequeno barco. Quando você o adaptou, no porto da sua ilha onde tinha suas câmaras, você deve ter encontrado o Espírito do Barco. Todos os capitães dele têm ecos aqui, e eu deveria estar lá.

Mas por que eu o conhecia?

Dédalo perambulava pela hospedaria escura. Às vezes, um escudo prateado captava o brilho do bronze, às vezes, o reflexo pálido de seu rosto.

Ele ficou em silêncio por um longo tempo. Então, ele disse, como se tivesse ouvido a minha pergunta:

— Você colocou uma pequena imagem no barco. A imagem de um homem, o receptáculo de sua própria capitania. Você construiu um barco e construiu um marinheiro.

Eu *não* me lembrara. Mas tudo voltava para mim, agora. Claro! A pequena figura que os gregos chamavam de *kolossoi*. Uma vida em madeira ou metal. Minha pequena figura havia sido entalhada de forma grosseira, do galho caído de um carvalho, trabalhada à perfeição (ou pelo menos eu pensei assim, sendo apenas uma criança na época), polida com óleo, pintada com cores vibrantes e escondida, depois, em um compartimento pequeno e secreto na parte de trás do barquinho simples.

Os Reis Partidos

Agora, eu entendia. Era como se uma visão para dentro daquele outro mundo, "onde os encantos governam, em vez do conhecimento adquirido", estivesse me enchendo de compreensão.

— Eu criei você — sussurrei, ainda lutando para compreender o processo pelo qual aquela pequena figura se desenvolvera em um homem e, finalmente, naquela criatura.

— A cada vez que a embarcação foi reconstruída, eu fiquei mais forte — ele disse, como se novamente sentisse a minha pergunta. — Eu fiquei com Argo até me tornar forte o suficiente para partir, para encontrar meu caminho no novo mundo. Encontrei uma ilha, perfeita para os meus sonhos, perfeita para desenvolver e refinar minhas habilidades. E, mais tarde, quando eu estava explorando o Reino Médio, e lutando contra forças sobrenaturais, Argo voltou e eu o tornei ainda mais forte; apenas para vê-lo *pirateado* pelo homem que deveria estar morto agora, tão morto quanto a mulher que acabou de partir. Mas essa é uma tarefa para outro momento.

— Você ajudou a construir Argo. Você acredita que ele quer essa vingança?

— Eu não tenho amor por aquele barco. Ele me traiu.

— E sofreu por isso.

— Ao ajudar na minha abdução, ele ajudou a matar meus filhos. Apenas Raptor sobreviveu. Ele já estava além das fronteiras do céu. Mas Argo tem ajudado desde então. Tem tentado fazer reparações.

Eu não disse nada em resposta. Eu não conseguia ler o significado daquilo. E Dédalo, aquele homem renascido, ainda estava me desafiando, talvez por causa de sua raiva contra meu ataque brutal e primitivo a ele.

— Quando eu encontrar a outra parte disso — ele ergueu a metade do amuleto dourado de lúnula, a metade de Munda;

eu podia vê-lo claramente refletido em um escudo, a sombra de Dédalo pairando por detrás —, vou atravessar e abrir o caminho para o exército. Eu vou levar um exército comigo pelo mundo e de volta para as minhas montanhas. Com a ajuda deles, eu vou destruir a Senhora das Criaturas Selvagens, que dificultou tanto a minha vida.

— E tudo no seu caminho.

— Não será um caminho tão longo.

— Você está podre até os ossos com o desejo de vingança.

— Pelo contrário. Estou brilhando com minha nova criação. Só me falta a quinta parte. Quatro já foram suficientes para me deixar atravessar para a primeira margem do rio. Mas eu só pude exercer uma leve influência mais para leste. Duzentos guerreiros, eu construí ídolos de carvalho evoquei os Animais Mais Antigos. Eu até mesmo roubei o espírito de um homem, um escravo do sul, para trazer de volta da ilha os discos recém-caídos, quando ouvi o sussurro de Argo, de que ele estaria viajando para lá...

Talienze! Então, aquela havia sido a função dele...

— ...E eu soube, então, que tinha o mesmo tipo de força, mas apenas em uma medida bem pequena.

— Ele não teria sido capaz de trazer de volta os novos discos. Seu espírito roubado; Talienze. Você sabe disso, no fundo do coração, ou no espaço onde seu coração deveria estar. Você sabe dos fatos.

Houve silêncio novamente.

— Raptor ainda está no Reino Médio.

— Não existe Reino Médio. Isso existe apenas porque você quer assim. Você criou isso, da mesma forma como criou os discos, voando para sua montanha, com sua tagarelice e esses fatos, entre as marcas que tanto queria conhecer e confirmar.

Os Reis Partidos

Alguma coisa atingiu um dos escudos, derrubando-o com um estrondo no chão e girando enquanto o objeto desconhecido caía a seu lado. Um segundo disco passou voando tão perto de mim que eu tive de me abaixar, com uma rapidez que meu corpo detestou. Eu estava me sentindo velho. Esse disco também atingiu um escudo, caiu aos meus pés, e eu o apanhei. Estava quente, e era todo gravado com símbolos.

Eu podia sentir a confusão do Inventor, tangível como suor.

— Você vê? — ele disse, com incerteza. — Mesmo aqui, o garoto consegue me alcançar.

— Por que você diz isso?

— Porque a origem desses discos não sou eu.

— Não. Sou eu.

Não era um feitiço fácil, não tão fácil como possessão animal, porque envolvia metal. Mas podia ser feito, e Dédalo o havia praticado por anos; anos no passado, na verdade. Aquele era um talento forte.

— O erro que você cometeu — eu lhe disse amigavelmente — não foi lutar tanto pelo impossível, mas falhar em perceber que você nasceu cedo demais. Quando estava desesperado para explorar um lugar que poderia ou não existir, e enviou seus filhos e filhas para a morte, você traiu sua própria mente. Você começou a tirar forças do sobrenatural. O sobrenatural existe, mas apenas para manter o natural sob controle. No momento em que você enviou Raptor para o seu Reino Médio de fábula, você se perdeu. Apenas o sobrenatural poderia tê-lo levado para lá. Você traiu o seu intelecto. Você esqueceu, ou negou, que era um homem nascido cedo demais para ver seus sonhos se tornarem realidade.

— Todos nós podemos enfrentar essa realidade em particular.

— Eu concordo.

Robert Holdstock

— E alguns de nós lutamos contra ela.

— Com que propósito?

— O triunfo que vem com o vislumbre do desconhecido.

— Uma vida, a vida de todos aqueles a quem você ama, valem um vislumbre?

— Diga-me você. Você é o homem que anda com o Tempo como amante, bebendo cada palavra sua, consolando-o e acariciando-o. Como um barco à deriva. Argo foi seu berço e sua mortalha. Eu fui além das fronteiras!

— Você falhou.

— Eu tentei! Eu mandei a minha vida até as fronteiras. Dois lindos filhos, três belas filhas prontas para segui-las. Eu sacrifiquei a vida pelo entendimento. Não é essa a grande razão pela qual nos é dado o poder da imaginação?

— A imaginação deve ser usada para prefigurar. Você a usou para criar uma falsa compreensão. Você sonhou além das fronteiras. Muitos de nós fazemos isso. Não há nada de errado nisso. Em quanto nós gostaríamos de alcançar um entendimento do incompreensível. Nós temos de aceitar que tudo o que podemos colocar em prática é uma pequena parte do tempo futuro, uma pequena adição, uma pequena ajuda para o tempo quando não tivermos de costurar asas em nossos filhos para fazê-los voar. Você forjou seu próprio mundo para si mesmo, Dédalo. Você é *adepto* de forjar, e não há como negar isso.

— Você me forjou primeiro. A centelha de vida foi sua.

— E você a usou bem. Até Creta.

— Eu a usei novamente para trazer esse rio de volta ao seu antigo leito.

— E o rio não o deixará atravessar.

— Vai deixar. Logo que eu tiver encontrado a outra parte disso.

— Novamente, um clarão dourado. — Argo me contou que está perto do outro lado do rio, onde o filho do rei o deixou cair.

Os Reis Partidos

Agora ele se mostrou novamente, uma sombra, passando rapidamente pela porta da hospedaria que ficava do lado do rio. Eu o segui, mas percebi que ele havia desaparecido novamente, embora eu pudesse sentir sua presença observadora e faminta.

E algo estava acontecendo com o rio Nantosuelta.

Entre a hospedaria e a margem mais distante, o rio estava diminuindo a velocidade! O que antes fora uma corrente bravia, encharcando as margens e as folhagens próximas, agora se acalmava enquanto a lua subia. E enquanto a corrente diminuía, o rio gradualmente mostrava as curvas suaves que levavam ao leito forrado de pedras.

Como o exército esbravejava! Eles avançavam com seus cavalos. As vozes e o barulho dos escudos soavam, furiosos e ritmados no ar fresco da noite, o grito sangrento da coragem reunida. Tochas formavam uma parede de fogo no nosso lado. Mais tochas formavam uma corrente de retirada do outro lado.

Os cães de bronze urravam. Os *talosoi* se moviam pela beira da água, abaixando-se de modo familiar, observando e esperando.

Argo havia escapado de suas amarras e deslizava, com a proa em nossa direção. Havia um brilho na água sob ele, uma faísca de sol sob a luz pálida da lua. Uma figura se esgueirou pelo lado do barco, parecendo uma enguia, pequena e leve; mergulhou, e reapareceu, segurando a lúnula. A figura subiu a bordo novamente e Argo retornou.

A gritaria continuou. A chuva de pedras continuou. Os golpes de estilingue foram devolvidos pelas forças esparsas do exército defensor de Vortingoros, mas por detrás de nós, não havia sinal de Urtha nem de Pendragon, ou dos outros.

Agora, Dédalo apareceu, uma forma fugidia em seus farrapos cinzentos. Ele foi até o local de atracação. Os *talosoi*, aqueles que eu podia ver, uns dez entre quarenta, se voltaram para observá-lo. A figura deslizou de Argo como uma enguia de seu esconderijo de lama, esguia, rápida e segura, e ao passar por Dédalo, ela lhe atirou o fragmento dourado; ele o apanhou; Munda correu para longe dele, correu para mim, se atirou em meus braços.

— Eu *tive* de fazer isso. Confie em mim!

Dédalo levantou seu "coração e pulmão", então amarrou um cordão em cada metade, pendurando-as no pescoço.

O Nantosuelta era agora um rio baixo e lento, através do qual as hordas dos Mortos começaram a atravessar com a água na altura do peito, levando os cavalos, puxando os carros de guerra, cada formação precedida por um batalhão de lanceiros, levemente armados e vestidos, os escudos erguidos para repelir o ataque de pedras.

O rio estava cheio de homens e animais.

Então, o rio se revoltou!

Pela segunda vez, eu testemunhava uma onda de água, uma grande onda de destruição, jorrando ao longo do curso, fluindo poderosamente pelas margens estreitas, arrancando árvores e vegetação em seu rastro, vinda em nossa direção com uma velocidade tremenda, mais rápida do que o carro de guerra de Conan, mais rápida do que jovens cães perseguindo um bando de pássaros; e ela estava sobre nós em um instante. Trazia consigo as grandes árvores de outra floresta. Seus troncos arrebentados arrasaram as hospedarias, os *talosoi*, as margens do próprio rio. O exército dos Mortos foi arrastado, ainda gritando, na direção norte. Mesmo os grupos que chegavam para observar o caos pareciam incapazes de voltar. Eles corriam para frente, mergulhavam, afundavam, afogavam-se e gritavam no caminho de volta para uma nova escuridão.

Os Reis Partidos

Eu tive a impressão de que o rio iria, mais tarde, mudar de curso e levá-los para o oeste, para o lugar ao qual eles pertenciam, em vez do mar.

Eu fui me refugiar na Hospedaria dos Escudos, com Munda aconchegada em meus braços, como se eu pudesse protegê-la de qualquer perigo, naquele momento. Dédalo continuava em pé, em choque silencioso na beira do rio, assistindo à destruição de seu sonho final.

Argo permaneceu ancorado, protegido por algum encanto antigo, os olhos pintados observando seus dois antigos capitães. Ele subiu com com o aumento das águas mas não saiu do lugar, nem mesmo quando uma árvore enorme, após quatrocentos anos de vida, voou pelo rio, atingindo-o com seus galhos, uma vida perdida caindo em fúria, arrancada de suas raízes.

Apenas a Hospedaria dos Escudos e seus habitantes, e Argo, sobreviveram à enchente. No nosso lado, quero dizer. Tão rapidamente quanto começara, havia passado, e o rio se acalmara novamente. Munda e eu nos levantamos e olhamos para onde a tempestade havia ocorrido. As costas, crânios e armas dos *talosoi* eram uma lembrança dolorosa da chegada, havia tanto tempo, em Ak-Gnossos, em Creta.

Dédalo estava de pé, olhando para a lúnula quebrada ao redor de seu pescoço. Ele havia imaginado que essa última das cinco partes que ele havia forjado, com impressionante habilidade e grande visão, para proteger seu corpo através dos tempos, seria o meio para abrir a passagem para casa, para si mesmo e para seu exército de mercenários perdidos, os habitantes inquietos do mundo onde deveria haver apenas tranquilidade e prazer.

Eu não me surpreendi. Os mortos estavam sempre famintos pela vida; por que as coisas deveriam mudar com o tempo? Nem mesmo o natural pode controlar *aquela* aspiração sobrenatural.

Eu olhei para a menina.

— Fale comigo. Sobre o que acabou de acontecer.

— Eu fui nadar novamente. Depois que você partiu. O rio sussurrou para mim. Eu tenho nadado frequentemente no Sinuoso, apesar de ter recebido instruções para não fazer isso. E o rio sempre fala comigo.

— E o que o rio sussurrou?

— Ele protege os mortos e os vivos. Ele é a barreira. Ele é o limite entre os mundos. O reino do meu pai é, e sempre foi, vulnerável, porque está dividido entre os mundos, e um homem como o Inventor, um estranho, um morto trazido de um mundo diferente, pode ter um grande efeito na corrente. Mas no final das contas, o rio não vai pensar em estender suas fronteiras. A tarefa dele é proteger a vida do outro lado. Foi um erro tentar atravessá-lo. O homem chamado Inventor nunca teria conseguido. Ele nunca o teria deixado atravessar.

Ela estava tremendo. Eu lhe dei meu casaco de pele de cervo.

— Onde está o seu irmão?

— Com meu pai. Com minha mãe. Organizando as coisas em casa. Niiv sente sua falta, a propósito. Está tudo muito quieto agora, mas eles estão fazendo os preparativos para a guerra contra os invasores. Enviando os sinais para o recrutamento. E encontrando o nosso gado, que está espalhado por toda parte. Encontrando nossos cavalos. Convocando o conselho para discutir os novos arautos. Meu pai está considerando a possibilidade de realizar uma campanha ao norte, para recrutar novos guerreiros.

— Pensei que ele estivesse cansado de guerrear.

— Ele está, mas não pode demonstrar. E um rei sem reféns importantes não é um rei forte. Ele deve ter reféns reais com os quais barganhar, se quiser ter mercenários e cavalos.

Os Reis Partidos

Eu teria rido alto, mas não o fiz.

— Você está começando a falar como a filha de um rei.

— E aprendendo a ser também! — ela concordou, ainda tremendo por causa do rio. Então, fez um sinal de cabeça em direção ao Inventor. — E quanto a ele? Quando nós o matamos? Como? Eu quero minha lúnula de volta, de preferência sem sangue.

— A lúnula é dele. Sempre foi.

— Por quê? — ela perguntou, irritada.

— Um pequeno pedaço da vida dele, em bronze, está escondido dentro dela. Foi roubado dele. Da mesma forma como suas filhas. Todas, menos uma. Espere por mim.

Eu comecei a andar na direção de Dédalo, então, um pensamento me ocorreu, e olhei de volta para Munda. — Estou feliz de você pensar em Ullanna como sua mãe.

Munda sorriu e assentiu.

— E aprendendo — ela repetiu suavemente.

Eu não pude me forçar a tocá-lo. Passei por ele, mas senti genuinamente a pausa de um momento, a tristeza de um momento. Os olhos dele, quando se virou para olhar para mim, estavam cheios de assombro e perda. Ele segurava as duas metades do ornamento simples como se elas o tivessem traído.

Talvez elas tivessem.

Eu sussurrei para Argo; ele sussurrou de volta. Eu lhe disse o que pretendia fazer. Haveria um tempo, que é recente para mim enquanto escrevo, quando eu iria questionar por que fiz o que fiz. Aquilo tirou tantos anos de mim. Tirou tanta vida de mim. Modificou-me.

Eu subi a bordo de Argo, encontrei o Espírito do Barco, atravessei a porta, cumprimentei Mielikki e seu lince (em sua forma de verão) e me sentei.

Evoquei uma das dez máscaras, os dez tutores da minha infância, os dez modos de caminhar através do mundo e evocá-lo. Eu já tinha tido o suficiente de Morndun, *A Morte se Move pela Terra*; e Skogen, *A Sombra das Florestas Invisíveis*. Eu havia evocado a memória de Sonho da Lua, *A Mulher na terra*; e Cunhaval, *O Cão Farejador*. Essas eram interações muito mais poderosas com o encantamento que estava dentro de mim do que simplesmente mudar de forma e ocupar passarinhos.

Agora, eu queria Sinisalo. *A Criança na Terra*.

Mielikki se afastou. O ar era de verão, a grama, alta, e as flores, abundantes. Mesmo aqui, nessa lembrança da infância, quando as máscaras haviam falado comigo, me ensinando, mesmo aqui eu conseguia sentir o leve movimento de Argo, meu barco, na água que fluía entre dois reinos. Eu evoquei o passado.

— Onde você está, Sinisalo?

Depois de alguns momentos de silêncio, chamei de novo.

— Sinisalo?

— Estou aqui. Você passou um longo tempo percorrendo o seu caminho. Você tem algum plano para terminar isso e voltar para casa? Todos os outros estão em casa. Todos os oito. Nós acabamos de receber a sua irmã.

— Como ela estava?

— Triste. Mas isso vai passar. Ela cumpriu o tempo dela, à sua própria maneira. O único preguiçoso é você. O garoto que não se incomodava em amarrar seus sapatos. O garoto que gostava demais da vida para usar seus grandes poderes de encantamento, manipulação, chame do que quiser. Você ainda tem muito para oferecer. Então, suponho que ainda passaremos muito tempo esperando por você.

Sinisalo era insolente. Uma face pequena e branca, a face sorridente de uma criança, os cabelos cor de cobre em desalinho, observando e ouvindo com a intensidade de uma criança.

Os Reis Partidos

Mas não era uma criança, não realmente. Apenas a representação da criança na terra.

— O que você quer que eu lhe conte? — a criança perguntou.

— Quantos anos serão tirados de mim em troca de um ano para a filha morta de Dédalo.

— A criança de mel?

— A criança morta e preservada em um pote de mel de cristal, sim. Morta por uma criatura selvagem. Trazida até aqui por mim. Para ser encontrada, nesse momento, no casco desse barco.

— Quantos anos você pode oferecer?

Eu respondi a Sinisalo.

— Em troca, ela pode ter... dez. É suficiente? Não posso oferecer mais. Terá de ser suficiente.

— Muito bem, então. Nós o veremos mais cedo do que esperávamos.

Sinisalo riu suavemente, acenou em despedida, e pareceu desaparecer em meio à grama alta e as flores cor-de-rosa e roxas.

— Eu não sei o nome dela — eu disse a Dédalo, que estava em pé na popa de Argo, olhando para a menina —, mas você a terá por algum tempo, e eu sugiro que você a livre das asas.

Sim, embora *eu* me esqueça do nome dela agora, ele *gritou* por ela, e ela gritou por ele, e na sombra da Hospedaria dos Escudos, junto ao rio calmo, eles se abraçaram. Eu percebi como as mãos dele acariciavam as asas desajeitadas, e suas correias horríveis, os tendões que ligavam uma criança à loucura de um homem, uma filha ao amor equivocado de um pai; talvez, ao final daquilo tudo, fossem apenas laços que precisavam ser rompidos.

E eles tinham dez anos para aproveitar aquela separação. Juntos.

Pelos Deuses, eu me sentia velho, agora. Até mesmo Dédalo percebeu.

— Por que você fez isso? Exigiu demais de você.

— Vá para casa. Em Argo. Ele o levará. Eu tenho um caminho a seguir, mas antes de poder fazer isso, tenho o resto de uma vida para viver aqui! E eu gostaria de vivê-la sem os Mortos urrando às minhas costas.

— Por que você fez isso? — ele perguntou novamente.

Eu não lhe respondi, enquanto deixava o barco. Olhei para trás apenas para ver o brilho de vida e alegria na criança, sua surpresa feliz ao perceber onde se encontrava agora, emergindo daquele sonho terrível sobre o qual eu sequer conseguia pensar.

As coisas poderiam ter acabado de forma diferente, se não fosse a lembrança daquele pequeno pedaço de carvalho, no formato de um homem, beijado por uma criança e abandonado depois de um quase desastre no velho rio, pela criança que havia lhe desejado a capitania e uma longa vida.

O rio levou o velho barco em sua nova e brilhante forma, Argo de Jasão, afastando-se de mim, levando Dédalo e sua filha para casa, nos braços do Oceano.

Mas antes de partir, ela sussurrou para mim.

Eu não sabia quem o Inventor era, até ele me chamar da Terra dos Fantasmas. O que eu tinha feito, toda a traição, tudo voltou à tona novamente. Obrigada por me ajudar.

— Eu não sabia que você estava sentindo tanta dor.

Você não poderia saber. Eu a escondi de você. Antes de você voltar para Taurovinda. Mas a cada vez que você subia a bordo, eu sentia mais coragem. Eu precisava que você visse o que havia acontecido. Eu precisava da sua força.

— Acabou, agora. Não há nada com que se preocupar, exceto mares turbulentos. E encontrar uma tripulação para ajudá-lo nas ventanias.

Os Reis Partidos

Sim. Está acabado. Mas você navegará comigo novamente. Você pertence a mim, mais do que Jasão ou qualquer um dos outros. Mas nós todos nos encontraremos nas Profundezas.

Do outro lado do rio, os homens estavam se reunindo na noite, as tochas ardendo, gritos, perguntas e confusão, um barulho tão grande quanto o som anterior dos escudos.

Uma pequena mão subitamente tomou a minha. Munda olhou para mim com curiosidade.

— Você parece muito mais velho sob a luz da lua. Você não está doente?

— Não, não estou doente.

— Muito bom. Porque há um homem do outro lado dessa hospedaria com dois cavalos brancos, um carro de guerra brilhante, e um irmão. E ele diz que nos levará a Taurovinda, e que isso não nos custará nada. O pai dele foi quem mandou. Eu não tenho ideia do que ele está dizendo, mas é hora de partir.

Eu ri suavemente, enquanto a seguia para onde Conan e Gwyrion estavam discutindo sobre quem deveria segurar as rédeas, porque eles precisavam ir rápido, já que seu pai — de quem eles já haviam roubado vários carros de guerra, mas que no momento estava bastante satisfeito com eles, embora fosse um homem irascível e de humor errático — provavelmente encontraria alguma desculpa para aprisioná-los novamente na próxima fase da lua, que estava bem perto de chegar.

E, de fato, eles conduziram o carro de guerra rápido como uma estrela cadente, e todos chegamos machucados.

A morte da vingança é a morte mais linda de todas.

Anônimo

"Eu sou uma parte de tudo o que encontrei."
Ulysses, de Alfred Lord Tennyson

Coda

Niiv tem passado seu tempo com as mulheres no poço, tagarelando e rindo. Ela passa a maior parte do dia ali, coisa que não fez por algum tempo.

Ao anoitecer, eu estava tomando ar do lado de fora da sala do rei, onde, naquele momento, acontecia uma reunião do conselho. Estavam discutindo questões sobre gado, os coritani, e a construção de um novo santuário no lugar onde, poucos anos antes, a Hospedaria dos Escudos havia finalmente ruído, sua pedras repousando no leito do rio, agora que o Sinuoso recuara e voltara ao seu velho curso.

Niiv me chamou e veio correndo para mim. Ela apertou minhas bochechas e tomou minha mão. Ainda tinha os mesmo olhos de elfo, travessos, de sempre. E, pelo jeito, aproveitara muitíssimo o seu dia no poço.

— De repente, fiquei tão cansada — disse ela. — Não sei por quê. Eu vou descansar em sua cabana na floresta.

— Eu não vou me demorar muito também. Essa reunião está muito tediosa.

Ela montou em seu cavalo cinzento e cavalgou na direção do portão leste, descendo a planície até o santuário das árvores e montes, onde havíamos construído nossa casinha.

Os Reis Partidos

Voltei para a reunião, sentando-me perto da porta, sentindo o calor envolvente da fogueira. O inverno estava no ar, os primeiros sinais de frio fazendo-se sentir, seu cheiro em minhas narinas, uma sensação de aspereza no rosto, uma confusão de nuvens negras se movendo para o norte.

Kymon estava em pé, expondo suas ideias, agitado e veemente. Ele era um homem alto e vigoroso, seu manto cinzento preso na altura do estômago, a fogueira emprestando um brilho dourado ao suor em seu peito. Havia uma cicatriz horrível em seu braço direito, obtida num ataque recente, que também deixara uma cicatriz esbranquiçada em seu rosto, visível apesar de seu bigode enorme. Urtha estava sentado, ouvindo tudo com um ar de impaciência no rosto, quando seu filho pediu-lhe para fazer algo sobre algum assunto do protocolo.

Colcu, rei dos coritani e convidado para a reunião do conselho, estava sentado com as pernas esticadas, braços cruzados, rosto zangado, ouvindo, desgostoso, o que seu amigo dizia, mas respeitando as regras de cortesia do salão real.

Recentemente, o relacionamento entre Kymon, Urtha e Colcu andava um pouco tenso. Por qual motivo? Eu nunca soube dizer. Montaria, reféns, caça. Havia sempre alguma coisa.

Depois de um momento, Urtha olhou para mim e franziu a testa. Balancei minha cabeça silenciosamente, ergui a mão, e ele concordou, dando um sorriso aberto, porém triste, antes de baixar os olhos enquanto eu novamente saía do salão para o ar frio da noite.

— Merlin!

Uma das mulheres do poço fazia gestos para mim. Ela trazia nas mãos um pequeno saco, que entregou quando me aproximei. Parecia aflita.

— Niiv deixou isso para trás. Acho que foi sem querer.

— Eu entrego para ela. Boa noite.

Levei um momento para me lembrar daquilo: era um saco que Niiv carregava desde que ela havia subido a bordo com dificuldade, gritando impropérios para Argo, quando partimos de Creta. Havia um objeto dentro, algo que ela guardara com muito cuidado durante todo o tempo, exceto quando ela havia corrido com a nuvem de crianças agitadas na cidade de Tairon.

Quando a mulher desapareceu atrás das árvores, de volta ao bosque que guardava o poço, abri a sacola e tirei o objeto de dentro. Eu tinha certeza de que Niiv queria que eu olhasse o que havia ali. Bem, de qualquer forma, foi assim que racionalizei minha invasão à sua privacidade.

Era um pedaço de ardósia cinzenta, e não de metal, como eu imaginara, no qual ela havia rabiscado palavras em seu idioma. Foi um choque dar-me conta de que ela havia feito aquelas anotações, expressado seus pensamentos, naquela época de tantos perigos, tantas aventuras. Ela vinha se preparando para o pior durante aquela viagem, e essa anotação fora na época, assim como era naquele momento, uma promessa para mim:

Eu abri mão de uma grande porção da minha vida para encontrá-lo novamente nos tempos que estão por vir. Espero ardentemente pelo tempo que virá. Por favor, certifique-se de me reconhecer quando nossos caminhos se cruzarem mais uma vez. Tudo isso vem da afeição que senti por você desde aquele primeiro momento em que patinamos no gelo, em meu país, à sombra da morte de meu pai. Meu Merlin. Sua Niiv.

Coloquei a sacola com cuidado no canto, tentando não perturbá-la ao entrar em casa. Mas quando me deitei, Niiv ainda estava acordada, deitada do seu lado da cama, afastada de mim.

Ela se virou para me olhar. Seus olhos, alertas e felizes, brilhavam, cheios de vida e carinho, e seu sorriso era caloroso.

— Diga-me uma coisa.

— O que você quiser — garanti, enquanto, tremendo de frio, puxava as peles sobre nós.

— Você passou a me amar de verdade?

A forma como ela fez a pergunta me deixou espantado e me entristeceu. Não pude falar por um momento. Mas então beijei a ponta de seu nariz, puxando-a para mim, sentindo a forma como ela pressionava suas costas contra o meu corpo, como o corpo dela se encaixava ao meu.

— Eu amo você. Você sabe disso.

Então, os lábios dela tocaram os meus, um beijo provocativo.

— A minha pergunta foi: você me ama *de verdade?*

Mais uma vez, demorei alguns segundos para encontrar as palavras certas. Falei brandamente.

— Quando a conheci, você me irritou. Aliás, você me assustou naquela ocasião. Você sabe disso. Nós falamos sobre isso mais tarde. Mas as coisas estão diferentes há muito tempo. Ah, você deve saber disso. Eu a amo muito, muito.

Ela suspirou e sorriu para mim mais uma vez antes de deitar a cabeça no travesseiro.

— Eu acredito que você me ama. Eu acredito que você me amou. Você realmente me amou. Isso não é o fim, então. Nós teremos um futuro juntos. Estou tão feliz por isso.

Ela se aconchegou em mim outra vez, procurando o calor do meu corpo.

— Você não irá me deixar, irá? Não esta noite.

Fechei eu olhos e ouvi sua respiração leve.

— Não, Niiv. Eu não vou deixá-la.

Ela se ajeitou, suspirou e depois sossegou.

— Abrace-me forte, Merlin. Eu preciso dormir agora. Preciso de seus braços em volta de mim. Tenho de enfrentar o sonho.

— Que sonho é esse?

— O Sonho do Cisne. Eu tenho sonhos com cisnes. Eles são tão lindos. Eu os amo. Meu pai também os amava.

Eu a apertei contra mim. Falei com ela baixinho. E ela logo dormiu.

Meus braços não se cansaram de abraçá-la.

Com o amanhecer, Urtha chegou. Ele puxou a pele de cervo que fazia as vezes de porta e a luz brilhante de inverno invadiu nossa casinha. Urtha era uma sombra escura naquele brilho emoldurado. Rude, sempre audaz, ele ficou subitamente sem jeito quando viu a cena. Ele não disse nada por um momento e depois perguntou:

— Estou incomodando vocês?

— Não. Você não está nos incomodando.

Ele olhou para Niiv e depois para mim.

— Posso ver pelas lágrimas secas que esta não foi a mais fácil das noites.

— Foi uma noite muito longa.

— Devo esperar lá fora?

— Não... não, por favor. Fique onde está. Estou pronto para encarar o dia.

Tirei meu braço que estava sob Niiv e beijei sua testa fria. Lembrei-me mais uma vez de sua promessa rabiscada na ardósia.

Eu abri mão de uma grande porção da minha vida para encontrá-lo novamente nos tempos que estão por vir.

Sim, eu pensei. E você será jovem e eu serei velho e você tornará minha vida um desafio, mais uma vez.

Os Reis Partidos

Mas havia algum prazer naquele pensamento, e felicidade, apesar desse silencioso momento de perda.

Seu cabelo grisalho estava espalhado pelo travesseiro de penas de ganso. Seu rosto magro parecia mais jovem, pois todas as rugas de preocupação e de idade na pele daquela mulher idosa relaxaram.

— Eu disse a você para poupar sua magia — sussurrei. — Mas fico feliz que você não tenha querido me perder.

Urtha suspirou na porta.

— Suponho que eu também vá perder. Você voltará a percorrer aquele caminho do qual sente tanta falta, há tanto tempo.

Saí da cama e vesti minhas roupas de inverno.

— Eu não tenho outra escolha. Vou voltar a trilhar meu caminho novamente.

Aquelas foram palavras duras de dizer ao homem que havia se tornado um grande amigo.

Urtha acenou concordando, resignado ante o inevitável.

— Eu sei — ele disse, calmo. — Eu sempre soube. Esse dia sempre chega. Falando nisso: alguém está de volta. Nosso amigo: Argo. O barco atracou bem perto daqui. Você está surpreso com isso?

O que eu poderia dizer? As palavras dele me fizeram sentir melancólico, mas apenas por um momento. Eu estava seguindo em frente e havia certa emoção nisso. Eu estava mais que pronto para encarar uma mudança.

— Não, não estou surpreso. Eu sabia que o barco viria. Há alguns dias venho sentindo sua presença. Eu irei com o barco também.

— Para onde?

— Para o norte, claro. Onde mais? Tenho de levar Niiv para o pai dela. Depois, tenho de recomeçar a percorrer o Caminho do ponto onde o deixei quando encontrei Niiv, Jasão e você, três encontros que trouxeram uns poucos anos de boas mudanças para minha vida.

Urtha sorriu com aquela lembrança.

— Eu vou sentir muito a sua falta. Especialmente com o inverno a caminho, tendo de passar o tempo todo confinado entre paredes.

— Você vai encontrar muito que fazer. Você sempre encontra.

Para além dele, a luz muito forte do inverno, um tipo estranho de luz. A luz que há durante uma queda intensa de neve.

— Está nevando? — perguntei. — Isso vai tornar essa estação difícil.

— Não, não há neve. Não ainda — disse Urtha, triste, sacudindo a cabeça com ar de sabedoria. — Você tem de ver isso para acreditar. Aconteceu durante a noite.

Ele segurou as peles que fechavam a cabana para mim e eu fiquei parado, abaixo do braço dele, para depois andar na direção da floresta, olhando completamente perplexo na direção de Taurovinda.

A terra, para todos os lados a que meus olhos se voltavam, estava completamente branca, coberta de cisnes.

Notas do texto

O Códex: O "Livro de Merlin" é uma série de anotações feitas em rolos de pergaminho, encontradas em troncos de madeira petrificada em uma caverna em Perigord, na França, em 1948. Elas estão fragmentados. Outras descobertas como essa ainda podem ser feitas.

O Livro foi dividido em três partes: *Celtika*, *O graal de ferro* e este terceiro volume, *Os reis partidos*.

Os três volumes representam períodos de escrita muito diferentes, feitos durante um período de tempo muito longo. O estilo sofre alterações, os detalhes não são consistentes. Porém, estes escritos são uma oportunidade única, pois nos permitem compreender de forma mais profunda — guiados por alguém que vivenciou os fatos — os detalhes da história e da lenda, contados por um homem que é uma lenda, ele mesmo, apesar de tantas vezes ter sido representado e interpretado de forma errônea.

Merlin: conhecido por vários nomes, inclusive Antiokus (ver *Celtika*), Merlin era um apelido de infância que significa, de acordo com o texto, "aquele que não consegue amarrar os sapatos".

Os Animais Anciãos/as Dez Máscaras: São muitas as referências aos "Animais Anciãos" e às "Dez Máscaras" no Livro de Merlin. Eles são a versão europeia do que os aborígenes australianos chamam de O Tempo do Sonho. Os Animais Anciãos na mitologia europeia são a Coruja, o Salmão, o Cervo, o Urso, o Castor e o Cão Farejador. As máscaras são: *Sonho da Lua*, a mulher no mundo; *Lamento*, o pranto na terra; *Sinisalo*, a Criança na Terra; *Skogen*, A Sombra das

Florestas Invisíveis; *O Guardião* (capaz de entrar no Outro Mundo); *Morndun*, o fantasma da terra (aquele que anda pelo Outro Mundo); *Gaberlungi*, o Contador de Histórias; *Cunhaval*, o Cão que corre pela terra; *Prateado*, o Salmão que nada pelos rios da terra; e *Falkenna*, a Ave de Rapina, que caça nos céus da terra.

Creta: Eu usei a forma moderna do nome dessa ilha, em vez de Minoa. Os egípcios da sexta dinastia chamavam os marinheiros de Creta de *Ha nebu* ou nortistas. Outro nome pelo qual era conhecido era *Keftiu*, ou "aqueles que vêm do interior". No Velho Testamento, Creta é chamada de *Caftor*.

Druida: A palavra significa literalmente "homem de carvalho". Druidas eram homens (mulheres, algumas vezes) que recebiam treinamento nas áreas de memória, medicina, conhecimento, poesia e magia. Eles recebiam vários títulos — raramente eram chamados de druidas — e eu adotei a forma Aquele que Fala pelos Reis, pela Terra e pelo Passado.

Talienze: O livro é pouco explicativo sobre a natureza de Talienze, Aquele que Fala, druida do reino de Vortingoros, mas do qual certamente não era nativo. Talvez tenha chegado lá como um refém infantil, ou talvez fosse um viajante que resolveu se acomodar por lá. Pode ser que maiores explicações sobre ele estejam compiladas em uma parte ainda não encontrada do Livro. Pode ser, também, que naquela parte em que os garotos que descreveram a morte abrupta desse homem (ver o texto) tenham dado uma ideia incompleta do que realmente aconteceu.

Pendragon: Esse homem é obviamente o rei Artur, personagem da lenda posterior à época do Livro de Merlin. A facilidade com que ele transita entre o Outro Mundo dos celtas e o mundo "real" contrasta com a dificuldade que os Mortos têm de se movimentar

Os Reis Partidos

entre esses dois mundos. Ocasionalmente, Merlin tenta explicar essas diferenças e a que leis eles estão submetidos e quais têm que obedecer, mas essas descrições são confusas, fazem referências a costumes mágicos muito antigos, e eu preferi omiti-los.

Dédalo: Usei a forma antiga do nome, Dédalo, em vez do nome mais familiar, *Daedalus*, como consta do Livro. A caverna Dicté a qual o texto se refere é a caverna onde Zeus nasceu, em Creta. O Livro de Merlin não deixa claro se Dédalo adaptou o lugar do nascimento de Zeus para uma Oficina de Invenção.

A criança de mel: O Livro de Merlin sugere que Dédalo teve três filhas, mas o destino de duas delas não fica claro. O que se sabe com certeza é que a Senhora das Criaturas Selvagens — a forma terrena da Deusa Mãe — usou a criança ou as crianças para seus propósitos, talvez "roubando de volta" as cavernas que Dédalo usava como Oficinas de Invenção. Mais detalhes sobre o que acontece com ela, porém, se é que alguém ficou sabendo, não constam do Livro.

Argo: Quando Jasão reconstrói Argo, ele usa carvalho de um galho de carvalho de Dodona, oráculo do bosque de uma região na Grécia dedicado à deusa Hera, a mulher de Zeus. Atena era filha de Hera. Apesar de as duas brigarem muito — e ferozmente —, elas se alternavam para proteger Argo.

Este livro foi impresso pela Prol Editora Gráfica
para a Editora Prumo Ltda.